詠給明就仁波切（Yongey Mingyur Rinpoche），攝影：蔡榮豐。

①前世（第六世）明就仁波切。

②明就仁波切坐床典禮，攝於智慧林，1987 年。

③明就仁波切於尼泊爾努日，1983 年。

④明就仁波切於法座上，左為薩傑仁波切。

①明就仁波切在外婆背上，攝於明就仁波切尼泊爾努日家鄉的屋外，約 1976 年。

②措尼仁波切（左）、明就仁波切與母親，約 1980 年。

①明就仁波切與父親祖古烏金仁波切、兄長措尼仁波切於尼泊爾加德滿都那吉寺，1981 年。

②明就仁波切（前）與措尼仁波切於智慧林，約 1989 年。

①明就仁波切的上師之一也是他的父親：祖古烏金仁波切於那吉寺，約 1990 年。
②明就仁波切的上師之一：薩傑仁波切，攝於智慧林，約 1988 年。
③明就仁波切的上師之一：紐修堪仁波切，約 1988 年。
④明就仁波切的上師之一：第十二世大司徒仁波切，印度菩提迦耶，2008 年。

①明就仁波切於山野行腳。（攝影：殷裕翔）
②明就仁波切攝於閉關期間，2013 年。（攝影：喇嘛札西）

①明就仁波切攝於禪修中心。

②明就仁波切攝於閉關期間，2013 年。（攝影：喇嘛札西）

詠給明就仁波切（Yongey Mingyur Rinpoche）於世界各地推動禪修，引領全球弟子回到自己內在的家。（照片提供：德噶禪修中心）

帶自己回家

藏傳佛法前行修持指導

作者—詠給明就仁波切 & 海倫特寇福　英譯中—妙琳法師
Author | Yongey Mingyur Rinpoche & Helen Tworkov

目錄

推薦序

純正的教法

尊貴的詠給明就仁波切是一位同時具足淵博的學識和修證的上師。仁波切一直以來給予的口傳教法以及著作的書籍，都將帶給所有對佛法有興趣的人廣大的利益。因為仁波切所傳授的教法來自他所有的上師、從未中斷的傳承，以及他個人的修持體悟。同時，他對現代社會不同文化的理解，帶給他與時俱進，能與時下聽法大眾交流分享的知識和智慧。仁波切善用適合現代人簡明精煉的語言和例子，讓他所教導的佛法更容易被接受。

我很歡喜得知明就仁波切的新書《帶自己回家》將由化育基金會的眾生文化出版。我相信，這本涵蓋了偉大法教和藏傳佛教前行修持重點的書，能給所有讀者帶來利益。

我祈願和祝福明就仁波切寫這本書的功德，眾生出版社發行此書中文版的功德，以及讀者學習書中純正教法的功德，都能利益一切有情成就佛果。

持守神聖法教之第十二世廣定大司徒仁波切
智慧林八蚌寺佛學院住持
二〇一五年六月二十日

THE TWELFTH TAI SITUPA

Date: 20.June, 2015

FORWARD

Very Venerable Yonge Migyur Rinpoche is a teacher who has both the qualities of profound Buddhist knowledge and practices.

Teachings that he have been given orally or written in his books will bring great benefit to all those who have interest in Buddhism because it has come from an unbroken lineage of teachings from his masters and he has also applied these teachings in his personal practice.

At the same time due to his understanding of different cultures in modern society he is also well equipped from that point of view to share his knowledge and wisdom for today's audience.

His words and examples are simplified according to the needs of today which makes it simple and easy for people to adopt his teachings.

I am happy to learn that Very Venerable Yonge Migyur Rinpoche's book named "Turning Confusion into Clarity: A Guide of the Foundation Practices of Tibetan Buddhism" is published in Taiwan in Chinese by Chung Sheng Publications which belongs to the Hwayue Foundation.

I believe this book will bring benefit to all the readers to gain great knowledge of Buddha dharma and the importance of the Foundation practices in Tibetan Buddhism.

I make prayers and dedication of the merits of Very Venerable Yonge Migyur Rinpoche writing this book, merits of Chung Sheng Publications publishing this book in the Chinese language, merits of the readers and that this authentic book will benefit all sentient beings to reach Buddhahood.

You're in the Holy Dharma

The 12th Kenting Tai Sirupa

The Supreme Head of Palpung Monastic Institutions of Buddhism

"SHERAB LING"
P.O. Upper Bhattu Via Bajinath-176125, District Kangra, Himachal Pradesh, India
Tel. : 91-(0) 1894-63013, 62955, 62233, Fax : 91-(0) 1894-62234

序言　未到海邊，焉知大海為何物

詠給明就仁波切（Yongey Mingyur Rinpoche）既是我的上師之一，也是我的幾位心靈導師的心子。讓我為仁波切精深殊勝的法教作序，如同正午之下的探照燈一樣無所適處。因此，以下文字，僅當作對仁波切智慧和傳承大師們的供養。

在《世界上最快樂的人》（The Joy of Living）一書中，明就仁波切寫道：「試圖檢查自心的時候，我們會面臨一些重大的障礙，其中的一項是根深蒂固且往往是沒有意識的觀念：覺得自己『天生就是這樣，無法改變』。我自己小時候就體驗過這種悲觀、無助的感受，和世界各地的人接觸的時候，我也一再看到這樣的心態反映在人們身上。即使我們並非故意這樣，但這種『我無法改變自心』的想法，卻阻斷了所有嘗試的意圖……然而，在和全球各地科學家對話時，我驚訝的發現，全球科學界都有一個共識：正因為腦部是如此建構的，所以腦的確可以對日常生活的經驗產生實質的改變。」

融合個人體驗、對人心的洞見、熱忱的開放度和對時事現況的明瞭，並結合佛法奧義與當今世界所關注的主題，成為明就仁波切獨特而簡潔精妙的教學風格。在本書中，仁波切出色的運用了這些方式。他為我們提供了前行修持詳盡的教導，以便行者可以依照這不可或缺的指導，遵循傳統，無誤的修持。不僅如此，本書的特別之處還在於：仁波切在依循傳統的教導中，穿插了關於偉大上師們極富激勵性的回憶和故事，以及仁波切自己在精神道路上的體悟，將前行教法鮮活飽滿的呈現出來。

當現在很多修行人熱衷於追求所謂的「高深的教法」，仁波切卻選擇透徹的教導前行修持，這具有更加深遠的意義。正如怙主敦珠仁波切（Dudjom Rinpoche，1904-1987）所言：「你內心對大圓滿真義的了悟，需仰賴這些前行的修持。」

過去的偉大上師們對此也有相同的教言，例如直貢吉天貢波（Drigung Jigten Gonpo，1143-1217）曾說：「其他教法認為正行殊勝，而在我們看來，前行才是殊勝的。」

對於此書的讀者，有了這個穩固的基礎，後續的修持會自然圓成。但如果沒有這些基礎的修持，無論後面的修持看起來多麼殊勝無比，未來的結果，仍然跟在結冰的湖面建築的城堡沒有兩樣。當大地回春，寒冰融化的時候，城堡必會沉沒；那些缺少前行根基的高深見地，也將在外境挑戰下崩塌。頂果欽哲仁波切（Dilgo Khyentse Rinpoche，1910-1991）經常說：「衣食無憂的坐在陽光下作一位禪修者很容易，只有在惡劣的情況下，才是測試禪修者的時候。」

有人曾經來拜訪欽哲仁波切的外孫——雪謙冉江仁波切（Shechen Rabjam Rinpoche）討論自己的修行困境，他先陳述自己的大圓滿修持進行得多好，而且「保任見地」（remain in the view）是多麼殊勝，接著他說：「但你知道，我沒辦法忍受去禪修中心，那裡的人都很不友善，我和他們沒法相處。」當冉江仁波切建議在那種情況下，他應該嘗試作修心的練習，那個學生回答道：「哦！那真是很困難。」所以，他認為修持法道頂端最深奧的教法很容易，但運用我們一開始就學的教法，卻太具挑戰性。

這個人離開之後，冉江仁波切回憶起偉大的瑜伽士夏嘎措竹讓卓（Shabkar Tsodruk Rangdrol，1781-1851）形容這種狀況說：「有的人佯裝他可以嚼碎石頭，其實連黃油都咬不動。」在他的自傳中，夏嘎補充到：「現在有些人說：『沒有必要在前行修持花那麼多努力，做那麼多複雜的事有什麼意義？只要修持大手印就夠了，省去所有繁複的練習。』不要聽這樣的胡言亂語，未到海邊，焉知大海為何物！」

那麼，我們從哪裡開始呢？如果真心在轉化之道上，有一個富有意義的開端，我們必須先仔細看到我們自己。我們可以問自己：我希望自己的人生怎樣？迄今為止，我生活的重心都是什麼？今生剩下的時間我要如何支配？當然，只有我們感受到改變是值得並且可能的，這些問題才有效。我們會認為「我的人生和周圍的世界沒有需要改進的」嗎？改變是可能的嗎？這都取決於每個人自己去決定。

接下來的問題是，我們想往哪個方向改變？如果我們嘗試沿著社會或公司的階級往上爬，因此獲得財富或享樂，我們能否斷定，即使我們能得到這些，它們會帶來長久的滿足？在這個十字路口，當我們尋找自己真正的目標時，我們需要對自己誠實，而不滿足於對這些問題表面的答案。

佛教提供的答案是：我們作為人的生命極其珍貴！有時出現的幻滅，並不意味著人生不值得經營和好好度過，然而，我們還未清楚認定——什麼能讓人生有意義？

偉大的佛法大師們的教導，不是隨意給的處方，這些來自心靈道路上的成就者切身的經驗、非凡的學識和對苦樂如何生起的清晰認知，才是我們真正的指導。

我們傾向於認為：「我要先照顧好現在的生意，完成我所有的計畫，等這些都做完了，我才能看得更清楚而投入精神生活。」這樣的想法是愚弄自己最糟糕的方式。吉美林巴尊者（Jigme Lingpa，1729-1798）在《功德藏》（Treasury of Spiritual Qualities）中寫道：

夏日炎熱苦，
眾生歎為樂，
秋月明淨光，
不思不警覺，
百日已虛度。

所以，為了不讓時光像手指間滑落的沙，我們應該用密勒日巴（Milarepa，1052-1135）的道歌來提醒自己：

恐懼死亡深山崖洞住，
思量禪觀死期不確定，
征服不死心性之堡壘，
死之一切恐懼散無蹤。

當隱士重複著「我什麼都不需要」的魔咒，是讓自己擺脫自心無盡的干擾，而浪費時間所帶來的苦楚，他們想修整自己的生活，使其完全投入真正有意義的事情。正如明就仁波切的一位上師紐修堪仁波切（Nyoshul Khen Rinpoche，1932-1999）曾告訴我們的：「心是非常有力量的！它可以創造快樂或痛苦、天堂或地獄。如果在佛法的幫助下，你能夠淨除自己內在的五毒，那麼外在什麼都無法影響你的快樂。但是，只要你心中還存有五毒，那麼找遍全世界你也不會發現快樂。」

我自己的根本上師——頂果欽哲仁波切也始終在給予這些教法，就在他一九九一年離開去不丹（仁波切圓寂之處）前，在尼泊爾雪謙寺（Shechen Monastery）給予的最後教言，正是前行的修持。

作為一位因本書的教導而深深受到激勵的人，我鼓勵你遵循它去學習、實修。現在，就讓明就仁波切的教言，自己展現在讀者面前吧！

馬修李卡德（Matthieu Ricard）
於尼泊爾博達雪謙寺
二〇一三年四月

第一部

進入法道

發現手中的鑽石
認識心的本質
走近我的上師們

第一章　發現手中的鑽石

一旦你認出它們是鑽石，你就能夠利用它們寶貴的特質。
成佛就如同發現你手中的鑽石，
你是找到真正的自己，而非除掉自己。

我的父親——祖古烏金仁波切（Tulku Urgyen Rinpoche）是一位偉大的禪師。當我年幼時，住在父親的那吉寺（Nagi Gompa）——一座能俯瞰加德滿都城的尼寺。在我還未正式開始學習佛法前，就經常跟寺院裡的尼眾一起聆聽他的教法。很多次，我聽到父親用藏文「桑傑」（sangye）這個詞來解釋證悟。「桑」（san）意為「覺醒」——從無明和痛苦中解脫出來；「傑」（gye）意為「開展和興盛」；「證悟」有一種打開的意思，父親解釋道，就如同鮮花盛開。

父親講述了很多關於證悟的美妙事物，當時我不能理解，於是我想出一個自己的有關證悟的版本：成佛是意味著不再感受到不安、惱怒或嫉妒。那時候我大概七歲，覺得自己懶惰且有點孱弱，我認為覺醒就能幫助我把問題都拋諸腦後，而我會變得強壯、健康、沒有恐懼，也不會犯錯。最棒的是，證悟會抹滅掉對過去負面感受的一切記憶。

帶著這個令人愉快的結論，我問父親：「當我證悟了，我還記得起自己，那個舊的我嗎？」

通常對於我的問題，父親都會慈愛的大笑，而這個問題特別逗樂了父親。接著，他解釋說，證悟不是被另一個靈魂附身。在西藏文化有個占卜和預言的傳統，一些人可以讓靈體附身而具備預言、預知的能力。當被附體時，他們忘記自己過去的身分，變成一個不同的人，他們搖擺旋轉身體，如同喝醉了一般翻騰撲跌。父親這時學著這種人瘋狂的樣子，揮舞著手臂，抬起一條腿繞著圈子舞動。突然間，他停下來說：「不是像這樣的！覺醒更像是發現了自己。」父親將雙手捧起對我說：「如果你雙手捧著一堆鑽石，但是你不知道它們是什麼，你就會把它們當成石頭來對待。可是，一旦你認出它們是鑽石，你就能夠利用它們寶貴的特質。成佛就如同發現你手中的鑽石，你是找到真正的自己，而非除掉自己。」

打造堅固的地基

藏傳佛教的前行修持，在自覺之路上有八個步驟的次第，這八個步驟幫助我們認識一直捧在自己手中的鑽石，這個發現就是我們所謂的「覺醒」。這八個步驟的修持，將我們帶離造成迷惑和不快樂的習氣，引導我們走向真實本質的清明。

在藏文中，這些基礎的練習稱為「恩卓」（ngondro），意為「前行」，傳統譯為「預備練習」。然而「預備」這個說法經常削弱了「恩卓」的重要性。因此，我更願意把前行叫作「基礎」。就像蓋房子需要一個堅固的地基，沒有穩固的根基，房子會倒塌，而我們投注的所有金錢和精力，都會付諸東流。這就是為什麼祖師們都強調，前行比之後的修持更加重要。

前行包含所有佛陀教法中，出現過的最精要的重點，比如：無我、無常和苦。這些教法將慈悲、業力和空性從有趣的理論，轉化為直接的體驗。它也能讓你改變對自己的看法，知道如何瞭解自己的能力，以及如何與他人互動。通過前行修持引介的可能性，非常廣闊和深奧，以至於你試圖要完全領會，或許都會覺得力不從心。因此，記得這點很重要：前行修持要一步一步的完成。

罐子裡的蜜蜂

你是否曾經到過還在用牲口推磨的地方？或許在那裡你見過拖著磨石的驢子或駱駝，牠們一圈一圈的走，推動磨石，將麥子或玉米碾成粉。這些牲口戴著眼罩以免被干擾，在我們的日常生活中，也做著同樣的事情。我們看不見自己本具的珍寶，不斷在無明中輪轉。我們從外在的人際關係、財富和權力中追尋快樂，卻令自己越陷越深，在困惑中不得解脫。我們把這樣無止境的循環稱為「輪迴」，意為「旋轉」或「輪轉」。我們要談的，就是被困於這樣輪轉的狀態，聽聞不到任何佛法，也不瞭解法道，不知道這個沒有終點的輪轉出口在哪裡。我們的感覺，就如同經中所說「像被裝在罐子裡的蜜蜂」，這種感覺並不好受，然而，出離的意願也由此而生。

覺醒的最初徵兆，是洞察到我們不是注定永遠重蹈覆轍。或許，之前我們會這樣想：「這就是我的人生，我被卡在這些重複的神經質習性和不舒服的感受中，沒有辦法。」接著，我們似乎認識到這種理論的局限，於是思維：「也許這個將我封在輪迴的罐子上，有個小小的裂縫，讓我可以從中脫身。」這便是從輪迴出離，從展現為貪慾與厭惡的內在困惑中出離的開始。我們停止追逐短暫的安逸享受，停止相信社會所承諾的戀情、豪宅、名聲和財富能帶來恆常快樂，我們不再向外追求，並開始認識到：我們自己其實已經擁有可以快樂的一切。

非常重要的是——認識是什麼創造了「輪迴」（也稱為「迷惑之境」）？輪迴不是從外在環境生起的，它跟我們所處世界中任何特定事物都沒有關聯，輪迴來自於我們的心習慣性執著於對真相的錯誤感知。從輪迴中出離，我們開始從心自設的陷阱中走出來，希望放下不滿足的經驗，而能幫助我們放下的一個好的起點，就是捨棄認為外境帶給我們不安、煩惱和不滿的感受習慣。

那麼我們要讓心轉向什麼呢？就是轉向心本身，從既是迷惑源頭，也是清明源頭的自心入手。錯誤感知讓我們困在不能解脫痛苦的行為模式循環中，我們要轉向放下這些錯誤感知，放下這樣的習慣，我們便有了選擇的自由，也意味著不再被自己的神經質、自我中心、迷戀和嫌惡所奴役。徹底認識這種自由，並且讓它遍及我們的生活，這就叫作涅槃、解脫、覺醒或證悟，也稱之為成佛。發現這種自由的道路就是法道。輪迴是一種心的狀態，涅槃也是一種心的狀態，就像無論是否被雲遮住，太陽都會放射出光芒，清明就在迷惑和痛苦之中。

想像你在夜晚到了一個鄉村旅店，四周看不到人、車子或房子，但在第二天早上，他們都奇蹟般的出現了。當然，他們一直都在那兒，只是在黑暗當中我們看不到，這跟我們已經解脫的自性，是完全相同的道理。認識——讓我們轉惑為明，獲得真正的輕鬆。認識，也是開啟通向法道大門的鑰匙，而我們的法道，就從這些前行修持開始。

讓我補充勸告一句：這條法道展開的是一個發現之旅，但這不代表認識內在覺醒的道路，是筆直平順的。整個佛法的道路，建立在認識我們所尋找的安樂、自在以及保護，都來自心這一最值得信賴的源頭。然而，讓我們束縛在迷惑中的習氣熾盛頑固，除去這些習氣，不是按部就班就可以完成的，根據我自己的經驗，即使領受了離執的特殊教法，放下習氣的過程也不是一蹴而就的。

放下與放棄的差別

我們常聽到佛陀的教法，都是關於如何「放下」我們的執著和固執，但這到底是什麼意思？這很容易讓人想到它代表「我不能擁有財富或名聲，或是好的房子或工作。我必須放棄家庭、朋友，甚至孩子。」這是一種誤解，我們真正需要捨棄的，是我們的執著。

當我開始作前行修持的時候，對這些都不清楚。在我的傳承裡，前行修持放在傳統三年閉關的開始，這期間為了能專注於修持，所有的干擾、外緣，包括家人、朋友，都要盡量避免或減少。

我從十一歲開始，就住在北印度達蘭沙拉西邊的智慧林寺（Sherab Ling Monastery）。兩年後，進入三年閉關，我很快發現一個顯而易見的矛盾之處：一方面我們在學習的是「財物沒問題、食物也可以、名聲也是可以的，一切都是心」；另一方面，又像是我們必須捨棄一切。

一個下午，我去大殿一側的僧房，拜見我的閉關上師——薩傑仁波切（Saljay Rinpoche，1910-1991）。跟往常一樣，他一手拿著念珠（藏文：mala），一手轉著經輪。轉經輪裡裝滿了密咒經文，最普遍的是「嗡嘛尼唄美吽」（大悲觀世音菩薩的心咒），轉經輪是由木質手把支撐著裝著經文的金屬圓筒，用手握著木把輕轉，就可以把加持和祝福傳送出去。

我向仁波切解釋說，他所教導的在我聽來像是：必須放棄我在尼泊爾和印度的生活，「你的意思是要完全的出離嗎？」我問道，「我必須到森林或住在山洞裡嗎？」

仁波切引用了一位印度佛教大師帝洛巴（Tilopa，988-1069）對他的弟子那洛巴（Naropa，1016-1100）的教言，他回答我：「顯相不會把你束縛在輪迴中，只有你自己的執著，會將你綑縛在輪迴裡，重點是要放下執著。」

仁波切停下來等我的回應，而我通常保持沉默請他繼續，接著他說：「這不代表要沉溺於物質享樂，那永遠不會帶來快樂。只要能放下，無論你身在山洞還是皇宮，都會快樂。」

接著，薩傑仁波切手掌向下，抓住他的老菩提子念珠，展示放下和放棄的差別。「念珠代表我們的經驗，」他說：「你越想抓得緊，越多的念珠會從你的手指間滑出。」

「當你奮力想抓住所有的珠子，你的手越來越緊，直到你疲憊不堪，最後放棄努力。」他鬆開手指，讓念珠落在膝間。「但是，」他接著說：「放下不是放棄。這是另一個例子。」這時仁波切手掌向上托住念珠，「這就是放下。」他解釋道，「現象是沒問題的，財富也不錯，金錢也可以擁有，感知也是一樣，問題在於執取。這樣放下，你不再緊抓著念珠，但你仍然掌握著它。這裡主要的差別是：手掌向下緊抓，還是向上托住？向上托住代表智慧。」

放下就是智慧。如果我們抓得太緊，是徒勞無益的。從輪迴轉心向涅槃的訓練中，最重要的部分，就是放下執著。這樣聽起來你會覺得鬆一口氣吧？因為障礙我們快樂的主因，不是我們漂亮的房子或聲名顯赫的工作，而是我們的執著。然而，放下不是像丟垃圾，或給無家可歸者一件舊外套那麼簡單，從輪迴中讓自己解脫出來，其實有如剝離自身的皮肉。

通常，如果我們在外在物質的層面什麼都不捨棄，是無法直接契入無執心的。因此，法道包含鼓勵不同程度的出離修持。禪修本身就是出離：無論我們的心多麼混亂、執著或充滿貪慾，我們仍然從世俗生活的壓力中抽身出來，去試圖認識內心的困惑，這已是邁出了很大一步。學習如何讓心從迷惑的習性中出離，如我們修持前行，是為了在自身中找到真正解脫的來源，這是另一大步。

薩傑仁波切和我父親，都經常一再講同一句話：「我們已經擁有這段旅程所需的一切。」為什麼他們一直重複這句話呢?因為即使我們明白它的意思,仍然不是真的相信,沒有人百分之百的相信。但那也沒關係,我們總是需要一個開始。

去發現我們已經擁有的,聽起來似乎很容易,事實卻未必。我們對輪迴的執著是如此堅固,以至於沒有任何外力可以擊破它。突破必須從內在而來,開端便是放下所有對自己內心的投射、建構及固有的觀念,去認識自己真正是誰。能達到這個目的最有效工具——就是禪修。

覺知一直都在

在整個前行中,我們都會用到的一種禪修方法是「奢摩它」(梵文:shamata),「止禪」的意思,藏文稱為「息內」(shiney)。我會在下一章詳細講述止禪的練習方法,這裡要先提出幾個要點,使它更清楚。「止」是描述心安住在它本然的穩定,不隨境搖擺的狀態。我們通過「認識」來讓心安住,認識什麼呢?認識覺知——心恆時都知道、一刻也不曾和我們分離的特質。即使我們平常沒有認識出覺知,覺知也不遜於呼吸對我們生命的重要性。因此,我們經常會交替使用,止禪和覺知禪修這兩個名詞。

發現我們本具的覺知,讓我們可以接近心本然的穩定和清明,不受任何外界條件環境影響,也不受情緒心境影響。無論我們快樂、憂傷、平靜或是不安,覺知都一直存在、不增不減。覺知不從外獲取,我們只是學習認出它,認出了覺知,我們內在證悟的本質就會甦醒。

然而，只有當我們相信自己本具的潛力並讓它開展，才會認識到覺知。我們需要放下認為自己缺乏、不具足、不夠好的想法，認識到我們本來就是佛。即使我們沒有百分之百相信，自己已擁有這條心靈道路所需的一切，我們還是要開展對自己潛能的信心。為了建立這個信心，前行的第一步縝密的修持，將會令我們確信——成佛就把握在自己手中。

轉心的四種思考

傳統的前行法本，從簡易短小到繁複冗長，有不同版本，在眾多現存的前行釋論中，有關於儀軌、供養、觀想等詳盡的說明。但這在西方弟子看來，並不是那麼具啟發性，或許在傳統西藏文化包裝下，他們不太能夠把握住亙古常新而遍及寰宇的教法精華。所以，儘管有提供大量教導如何修持的內容，重點還是在其內涵和意義。這裡，我想先簡略的介紹一下八個前行修持，以便在深入討論其內涵前有整體的概觀。就如同看到整個森林的全貌，會幫助我們不致於迷失在叢林裡。

前行的八個修持分為：轉心四思維（也稱為「四共加行」）和「四不共加行」。「共」與「不共」的差別在於不同的修持方法和技巧，四共加行的內容存在於佛教的各個教派，四不共加行中的很多見解，尤其是「皈依」，在所有佛教傳承中也都是一致的。但是，我們在藏傳佛教所用的修持方法，有別於其他佛教傳承的獨特性。

一、珍貴稀有的人身特質

第一步的觀修重點在於：思維生而為人的我們，具足了從迷惑走向覺醒的所有條件。平時我們認為理所當然，關於自身的各種特質和條件——比如擁有眼、耳、四肢及器官，以及能認知、講說和學習的能力，透過第一個轉心的思維練習，會激發行者對它們發自內心的珍惜和感恩。我們透過檢視自己的生理和心理特質，建立起不動搖的確信：此時此刻，我們已經完全具備珍貴稀有達到覺醒的潛力。這樣的認識，能突破我們凡夫（也是人性），只看到自己缺陷的傾向，我們不再對自己的潛能和期望感到匱乏和受限。

二、事情真的應該如此嗎

珍貴人身所帶來的各種機會，不僅難遭難遇，也難以持久，失而復得的機率很小。雖然衰老和死亡是不可避免的，上了年紀的人還是不甘心面對日漸衰弱的身體，強烈的抗拒生命最平常的現象，而這樣抗拒的本身就是痛苦。一旦我們停止否定死亡的必然性，便可充分利用這珍貴人身所賦予的時間。這就是第二個思維的重點。

無論我們檢視任何現象：我們的身體、建築物、飛機、電腦，都能肯定無常的必然性。我們的身體呈現的挑戰尤其艱巨，因為我們都如此的不想死，邏輯和理性的心告訴我們：我們都會死！而我們的行為則看起來像是會永遠活下去。對恆常的幻覺通常也表現在如何對待自己的工作、經濟狀況、所愛的人等等。但是，因為這些都依靠外在的因緣條件，所以不可能維持不變，當我們看不到它們無常的本質，就容易無明的執著自己所不能擁有的。

事物自己的狀態和我們希望它成為的狀態不符合，造成我們每天大量的困惑和不滿足。比如我們到了機場，發現航班延誤了，被延誤的旅客產生的共同不安彼此影響。如果我們接受改變，就不會被它控制，但是我們堅持「事情應該如此」，似乎航班延誤，乘客就應該惱怒。我們就像被勾住的魚，一旦事情不如我們所願，就不可避免的被失望、氣惱，甚至暴怒席捲。

我們可能感到無助，其實未必如此。對延誤的航班，我們可能做什麼都沒有用，但絕對可以減少惱怒。透過禪修，我們跟覺知連接，一旦和覺知連接，我們就不會認同自己的反應。這將影響我們平常的行為，允許我們改變對境況和現狀的態度，即使外境自己改變，我們的反應也不會失落無望。

一點平常的小問題，比如拖延耽擱，這可能發生在機場、在路途中，或是排隊等提款機的時候，這些都有可能讓我們的心混亂慌張。很多現代人形容自己每天生活的狀態：一貫的緊繃失衡、一貫的抱怨和對抗外境。執著外境應該如我所願，使得很多人在面對自己臨終時，也無法接受無常。日常生活給我們提供了無數次，接受改變和無常的機會，只是我們浪費了這些寶貴的機會，認為自己還有大把時間。

事實上，當我們穩定自己對覺知的認識，我們可能還有那麼一個改變外境的機會。如果我們帶著憤怒和訓斥，衝到航空公司櫃檯抱怨，工作人員的回應一定像所有被攻擊的有情眾生一樣，退縮到防禦性的自我保護，那是他們的智慧。然而，透過禪修練習，我們對自己的行為，可以更有選擇性，我們能夠看到自己慣性傾向和情緒模式，如何一步步發展，行為和反應如何在下一刻影響我們的心。一旦認識到了，我們就有了選擇。任何狀況的結果，都不是預先設定的，接受自身的無常，會鼓勵我們放下慣有的反應，培養出減少未來痛苦的行為，這就要引入因果業力——下一步要思維的內容。

三、行為決定了未來

業力和因果定律息息相關。寺院傳統教育會用種子為例，來教導年輕的僧人：我們種下一顆種子，芽就長出來了；我們發動引擎，車就開了。世界就是這麼運作的。業力還有一個道德的內容：我們此刻所做的，會對自己和他人的下一刻帶來正面、負面或中性的影響。很多日常的活動都是中性的，但是，以前面談過的航班延誤為例，我們有可能採取正面或負面的反應和行為。現在是過去的果，未來又是現在的果，這不會總是很明顯，因為即使我們現在的行為注定影響將來，但這個將來或許是下一分鐘、下一個月、甚至下一輩子。

很多人不相信轉世，也抗拒業力，因為它牽扯到過去世或未來世。然而，理解業力的運作，無論跟我們今生或死後可能發生的事，都有關聯。因此，不一定要透過相信前世今生，才能從理解業力中得到利益。業力解釋了我們現在的心態，是受過去或遠或近的事件所影響，而我們今天的行為，又會影響我們的將來。

我們還需要知道非常重要的一點：業力不是命運。過去的業力影響了我們現在的經驗，但它不會決定未來，我們的行為才會決定未來。也就是說，決定未來的，是我們現在的行為是否幫助或傷害自己及他人，我們創造了自己的業，所以，我們越能夠對自己的行為負責，就越有能力創造自己想要的生活。

我們的生命不是被預先規定好的，無論過去或現在條件如何，我們都可以改變和控制人生的方向，但是因為認識了死亡必然降臨，會激發出我們想要創造善業的願望。一切都是無常的，死亡會不期而至，理解業力讓我們的生命現在就有意義，每一刻都能成為轉向覺醒的機會。因為認識到這樣的時刻有限，我們會更好的利用它。如果我們相信來世，那麼多造善業的願望會自然擴大，因為我們想為來生創造最好的條件，而此刻就是最好的機會。遠離造成不快樂，或傷害自他的行為，也會減輕我們未來世不利的條件。

一旦清楚我們在自己痛苦經驗中所扮演的角色，第四個思維的內容，就會更主動的關注業力因緣的運作，也會更致力於在此刻就盡量減少痛苦，而不是把它帶到未來。

四、壞消息就是好消息

經過前面三個轉心的思維：人身難得、死亡無常、因果業力，我們會開始發現自己一直追求的快樂是多麼短暫、無實。當然，大多數成年人都經驗過輪迴中的挫敗，因為沒有選擇的餘地，我們可能只在心中希冀著最好的情況發生，卻仍像被拴在磨石上的駱駝，周而復始的輪轉著。不過，在我們真正出離迷惑之境前，必須盡量面對輪迴所顯現的，各種痛苦和不滿足，只有那樣，我們才能準備好，全身心投入解脫痛苦的見解和價值實踐中。

釋迦牟尼佛宣講的第一個教法就是「苦」（梵文：dukkha）。一想到苦，我們通常會聯想到地震、戰亂或疾疫等災難，然而，眾多佛法修持所涉及的是，面對航班取消或找不到電視遙控器，都要保持穩定的心。日常瑣碎的小困擾看似微不足道，但就是這些生活瑣事，就可能讓我們持續的焦慮不安。「苦」所指的，就是那樣一刻不得安寧，始終想改變外境，不停息的心。

有時候，「苦」解釋為不滿足，一種「無論外境多麼好，還應該更好」的感受。「今天完美極了，就是熱了一點。」「我的生活會很不錯，只要……只要我能有更多錢、只要我能升職、只要我能買那棟房子。」這樣的心態不斷向外，希望改變外境，或退縮著逃避現實，向外貪求著新車、美食、愛侶或名望。慾望、執著，心從來不滿足於當下，始終不停轉著念頭，找可以依靠的地方，有時停靠下來，幾秒鐘之後又飛走了。「苦」的永恆主題是：事情總是和想像的不一樣。因為心的焦躁難安有太多不同的層次，一言難盡，但一點不滿足就有可能衍生出真正的痛苦，毀掉我們的人生。

佛陀了悟到，輪迴是因為執著和無明造成的。看到苦，才會生起出離並趨向解脫的心。我們從接受現狀——至少從認識現狀開始做起，不斷熟悉自己如何輪轉不停的模式，從而看到解套的可能性。認識，就可以打破輪迴的蜜蜂罐。

在那吉寺的一天早上，我與尼眾們一起聽我父親講苦的真理。還是個孩子的我，真的不能理解，人們怎麼受得了那樣的教言。父親講完之後，尼眾們都離開了，我還悶悶不樂的縮在角落。父親對我叫道：「阿麼！」（Ahme，藏文一種親暱的稱呼，像「親愛的」或「寶貝」的意思。）「阿麼，你為什麼看起來那麼傷心？」

「從頭到尾，」我對父親說道：「你都在告訴我壞消息。」

接著，父親告訴我東南亞一個佛法中心請他去講法的經驗。主辦單位租了一個大體育館，邀請我父親授課一個週末。第一天，座無虛席；第二天，座位空了一半。課程將要結束的時候，一些學生表示：「對於苦，我們已經聽夠了！可以請你給我們一些好消息嗎？」我父親告訴他們：「那壞消息就是好消息啊！」

父親對我解釋，大部分有情眾生沒有認識自身痛苦的能力，但是人道眾生有。「這是我們與生俱來的福報，」他說：「這是我們跟其他生物的差別，但我們真正的優勢，是運用這個認識，作為通向自由的道路。如果我們從不去認識苦，我們會始終陷於輪迴。」

認識「苦」幫助我們從「苦」中解脫。當我們誠實的面對痛苦，「苦」掌控我們人生的強大力量會減弱，而認為「苦」是壞消息的想法，也會轉變為「苦」是解脫的好消息。當我們放下的執著和投射越多，消融的痛苦就越多；消融的痛苦越多，我們的真實本質就越會展現。我們存在的基礎本質——它不曾更現前，也不曾缺失，沒有變大或變小過，不依賴我們的心情和感受決定。它不像股市受外境而升跌，我們經歷的怒火升騰或驚呼狂喜、憂鬱失落或熱情高漲，都從心現前的平靜清明中生起，也消失在同樣的平靜清明中。就這樣，一再的生起、消融，一次又一次。

快樂不是求來的

西方人所說的「追求」快樂，一般都跟改變外在環境有關，比如推翻暴力政權、改組金融體制、換新伴侶或新房子。跟隨社會的鼓勵推崇，我們把自己的快樂押注在追求名聲、權勢和財富，竭盡全力的滿足自己的慾望。我們追趕流行服飾或附屬品，努力攀升權位，力求更大的回報。這種快樂依賴「成功」而定——通常是衡量我們實現了多少追求，和滿足了多少慾望。而存在的問題只有一個：欲求的本質就是無法滿足——至少不會長久滿足。

我所要談的快樂不是「求來」的。實際上，我們越能夠保持自知，不盲目追逐念頭和幻想，不在一個個炫目的外境上打轉，我們就越能夠連接一直與我們同在的醒覺的滿足感。然而，我們已經太熟練於對事物喧囂的回應，混亂的內心似乎就該如此，所以必須透過練習，才能夠放下執著。

這樣醒覺的安穩，其實相當令人喜悅，也會延伸到內心一種深刻的安然無虞。我們都有過放鬆的一刻：鬆掉雙肩的重負、放下內心的焦慮、長長的舒一口氣，內心想著：「太棒了！一切都沒問題——我、現在的狀態以及周圍的世界。」這是一種對事物如是的接受，停止抓取自己想要的，也不再試圖控制自己的舒適狀態。這樣放下，讓我們感到平靜和樂觀。我們不設法保持這個狀態，像在頭上戴上帽子，這更像是少了一種要改變，或影響周遭環境的企圖。然而，這個完全滿足的一刻轉瞬即逝，頃刻間，念頭、貪執、幻想又回到我們心裡，但是如果我們自律和堅持，這樣無造作的平靜會延長，不會只是一個短暫的經驗。

啟動轉化的能力

在我們從轉心四思維，進入四不共加行的教導前，我想來談談，關於藏傳佛教中一些特定修持所需的口傳。閱讀各種書籍，可能幫助一個人完全熟悉四不共加行，或是其他修持在做什麼。法本和論釋提供我們邁向覺醒極好的助緣，但是對接下來的前行修持來說，我們必須接受上師給予口傳，才能開始修持。

藏傳佛教的口傳有不同的形式，包含儀式和教授，都是為了「授權」弟子進行一個修持，以確定和加強弟子修持的能力。口傳聽起來可能帶有某種程度的文化差異，但是跟一些你們已經熟知的事情，有著相似之處。比如說，我們都接受過不同程度的教育，在聽課受教前，我們必須找到有開設自己感興趣科目的學校，或許還得通過入學考試。有時我們透過非正式的方式接受知識，其他時候卻要經過正式的儀式，例如畢業典禮，標誌著我們可以升上更高階的學習。我們都是這樣通過教育的階段模式和架構，去求索自己有熱情和興趣的學科。

當到了心靈道路的傳法受教時，就不再是註冊學科的形式，而是要轉化我們內心的一種關係。因此，一位上師所示現的特質，向弟子傳遞和溝通的內容，比在證書或殊榮之下獲取的知識更為重要。跟一位心靈導師和傳承結緣，讓證悟的可能性從抽象的概念，轉變為我們可以親眼所見、親身體驗的過程。

確切來講，這是怎樣的一個道理呢？老師，我們也稱作「導師」或「上師」，其持有教法的力量。口傳雖然只是個儀式，有時甚至只需幾分鐘，但就在念誦法本和教授中，啟動了我們的能力。這就像延長線，插入已接通的插孔便會通電。口傳激發了我們的能力，給修持的過程注入活力。就像手機買了電話卡，一定需要啟動，電話卡才能使用。這就是口傳的作用。

在儀式外，我們與上師或僧團中法友的接觸，會是最初引介我們證悟可能性的第一手經驗。我們有機會看到，自己和一位代表法教和傳承的上師，具備相同的證悟潛力。口傳不只是授權學生可以進行某個修持的儀式，它更給予弟子一種自信和樂觀的態度——「我也可以做到！」

沒有適當的口傳，修持會失去力量，變成死板的文字。有大量振奮人心的資訊可以學習，但沒有經過上師親自傳法和指導的修持，就像乾掉的果子乾澀無味，這也像透過看書來學彈鋼琴，而不跟專業的老師上課一樣。沒有來自灌頂的信心，我們的願望很容易就陷入挫折、昏沉或無聊中。

請慎重和尊重書面學習和實際修持的差別，如果你真心想修持，那你需要為自己找到一位適當且純正的指導者。過去在西藏，人們為了得到修持教法的口傳或灌頂，得徒步走上很多天到另一個地方去求受，如今即使你附近沒有佛教中心，也可以透過網路找到合適的上師，獲得這位上師到了你所在的城市傳法的訊息，或是你親自到上師居住的地方求授灌頂，甚至也有機會加入線上的佛法討論社群。這些都會在你修持有疑問的時候，提供解答和幫助，也會有人協助你擬定合理的修持計畫。這是非常重要的。

開始認識自己

到目前為止，關於人身難得、死亡無常、因果業力和輪迴過患的教導，讓我們可以退後一步，反省流轉於輪迴執著的習氣，下一階段的修持，我們要朝自己更進一步。我們繼續檢視個人的言行，但要進入更細微和深入的層面，這將開始認識我們自己的佛性。

你的心依賴什麼

四不共加行的修持從皈依開始：皈依佛——無上的導師；皈依法——佛陀的教法；皈依聖僧眾——證悟的僧伽團體。我們皈依的動機，是為了要開展和培養已擁有的美好特質：智慧和慈悲。佛、法、僧三寶，成為我們用來擦亮如鑽石般的本性，所用的工具。我們努力開展的能力，就是皈依最好和最真實的自己——我們的佛性，但我們還不太清楚那意味著什麼。

讓我們先來檢視一下，自己平常所依賴的皈依處。通常我們都從某個人或從某件事尋求保護：我們的人際關係、家庭、健康和財富。然而，當我們失去了家園、人際關係終結，或是健康和財富發生了變化，我們所投注的保障也隨之減少。如果我們依靠的是政權或軍權，一旦他們倒臺了，賦予我們的地位和權力也將消失。如此觀察檢驗，我們會發現，皈依輪迴中的任何人事物，都是不可靠的，我們的心也會跟皈依的對象一樣不穩定，上下波動。

當我們人生有了新的方向，我們轉向的皈依處，會支持和引領我們，達到自由和解脫。我們本能的都傾向受到保護，但是現在我們選擇的皈依境，能幫助開展我們內在已經具備的，恆久而快樂的正面特質。我們不需要捨棄對皈依對象的渴求，轉化它，從現在所擁有的慢慢開始建立。

來自所有佛教傳承的弟子，即使是不同文化背景和法脈，都要皈依佛、法、僧。在我的傳承中，皈依還包含了菩提心——為了利益眾生並幫助他們認識和證得佛果，而自己要證悟的願心。菩提心的主要重點是：從現在開始，我們所有的修持，乃至最終我們的所有日常活動，都是以幫助他人證悟、成佛和永享自由的願心為動機。我們布施給別人食物、衣服、錢財或是愛和安慰，都可以利益他們。但是當我們在菩提心攝持下做這些努力，就是為了最究竟的利益，發下最究竟的祈願。我們可以這樣發願：「我皈依佛、法、僧，是為了能夠證悟，而可以幫助所有眾生證悟。」皈依修持所涵蓋的願菩提心，抹去了自他的分割，即有別於其他一些佛教宗派的修持。

清淨鑽石表面的污泥

相似於皈依，淨障的修持，基於人類的所需條件而建立。我們或多或少，都做過帶給自己或他人痛苦的行為，當我們明白因緣果報的道理，就會知道沒有什麼傷害別人的惡行，是對自己有利的。這些惡行可以是故意殺人，或是在高速公路上開車時不可避免的撞死了昆蟲，或是說謊或欺騙。我們都做過讓自己事後想尋求原諒，或洗刷乾淨的行為。

或許你會問，既然我們的真實本性是純淨無瑕的，我們還要清淨什麼？我們要清淨的是鑽石表面的污泥。我們清淨自心，直到認識我們本來就是清淨的，沒有認識出來時，我們總希望調整和改變每天的經歷，因為我們看到的都是問題。淨除業障的修持，會幫助我們瓦解，認為自己不清淨的習慣。

把一切給出去

獻曼達的手印，普遍用於傳統藏人的修持中。

有時候他們在掌心放上米或鮮花，念誦完簡短的供養文後，把米或鮮花拋向空中。如果手掌中什麼也沒有，他們也會做出一個放下，並給予出一切的手勢。

從小到大，我都看著人們這麼做，直到有一天看到我的外祖母修持，才引起我特別的注意。我問她在做什麼，她說，那是把世界上的一切——整個世界，包括她自己，供養給佛陀。當時我沉默無語，擔心自己太多的問題可能會惹惱了她。

後來在智慧林，薩傑仁波切教導我，修持獻曼達可以培養心的離執。他的解釋跟外祖母說的一模一樣：「我們把整個世界和一切都供養出去，這樣能培養我們的心捨離貪執。」接著他具體例舉要給什麼出去：「星球、銀河系、海洋、雲彩……。」

「但我們並不擁有這些啊！」我打斷，試圖更正我的上師。

「我們所修持的是自己的心，」薩傑仁波切說：「想像讓一切成為可能。一切！但我們也給予一般世俗層面的所有物，比如房子或轉經輪，我們的錢財、桌子或書，甚至把身體都給出去。」

「我們真正要給出去的，到底是什麼？」我問道。

「我們要給掉執取的心，」薩傑仁波切說：「我們捨離製造痛苦的心，因為那是自我的心。」

自我之心的執著和把持，是我們解脫道上根本的障礙。要解決這個障礙，我們透過想像，來體驗一種無量的布施之心，用自己的想像，來開展心的慷慨不吝，以此累積福報。同時，想像也帶領我們超越相對、凡俗和概念性的現實，讓我們瞥見心明空的本質。一切相都從心的本質生起，能夠認識這點的洞察力，幫助我們累積智慧。最終我們會認識出，自己的真實本質是無上的富足、無限，以及如同鑽石般不可摧毀。

與上師融合的心

前行修持到這一階段，我們就彷彿是到了一條大河邊，期待著渡河到對岸。或許我們還沒有完全從自我珍惜的習氣中解脫，但我們已經對它們有相當的認識，並且發展出了一些信心：我們的人生可以不再被迷惑控制。又或許，我們已經瞥見了自心本初的清明，或者行道至此，已經體會到修持的價值，並且期許自己繼續前進。然而，靠我們自己，是無法超越輪迴到解脫的，我們需要一位活生生的老師或上師。

前行的最後一步修持，我們將感受到，擁有一位上師所帶來的不可估量的利益。我們會開始理解：究竟上，我們的本質和上師的本質沒有分別，這將給予我們修道上莫大的信心和激勵。上師相應法的修持中，我們讓自己的心和上師的心融合，由此得到整個傳承的加持——如虛空般廣大的聖者祖師，早已準備好為我們的努力護航。

無論河對岸在我們看來是近是遠，我們都需要幫助才能跨越。上師能幫我們從困惑轉向清明，他就是我們從輪迴跨向涅槃的橋梁。同時，上師相應法也是前行和正行之間的橋梁。從此以後，我們將持續轉化各種把我們困在輪迴裡打轉的模式，並且透過這些基礎修持瞥見自由，而重建我們的觀念和言行。

前行是起點，也是終點

現在，很多人匆匆做完前行，然後期待著「高階」的修持。然而，沒有什麼修持比前行更重要。你知道很多西藏的偉大上師，完成前行後做什麼嗎？他們又從頭開始作前行修持。我所知道的一位證悟極高的喇嘛，完成了十六遍前行修持，很多修行精深的喇嘛，臨終前也是在修前行。前行是起點，也是終點。

在前行的修持過程中，每一步在見地和修行上，對我們都有更多的要求，但每一步也是在為下一步作準備，所以才能落實。請把這些話記在心裡。不要求快，不要設想這之外還有「更重要」的修持，一步步腳踏實地的，必定能讓我們的心由迷惑轉向清明。

第二章　認識心的本質

我們必須透過禪修去認識心的本質，
這樣我們才不會被念頭、情緒和外境擾亂。
無論晴或雨，心總是穩定的。

好的牧羊人

在繼續更多有關前行的教導之前，我想來談談禪修。原因之一是禪修為我們的修持包括前行，提供了至關重要的工具；原因之二是因為現在禪修對不同的人，代表著不同的事物。為了建立一個共識，我想用自己最早得到的一個禪修教導為例來說明。

我父親將禪修的作用，和一位好的牧羊人的行為作比較。從父親在那吉寺小房間的大窗戶看出去，頭頂的蒼穹和開闊的加德滿都城盡收眼底，有時候我們會坐在一起，看著游牧男孩放牧。「好的牧人坐在山頭俯視他的牲口，時刻警覺和清醒，」我父親解釋道，「如果有牲口走丟了，牧人會立刻衝下山去帶牠回來。他們不需要驅趕牲口，指使牠們向東或向西，這樣的話，可憐的動物吃不飽也累壞了，牧人同樣也會很辛苦。」

「好的牧人也禪修嗎？」我問道。

「他們沒有直接的調心，」父親說：「所以他們不是在禪修，但是他們還是放鬆和不分神的。他們向外看著自己的牲口，同時保持內在的穩定，也不追趕羊群。當我們禪修時，我們不追逐念頭。一位不稱職的牧人視野很窄，他可能追著一隻向左邊走失的羊，而錯過一隻正向右邊走開的羊，因此他會像狗追著自己尾巴般奔忙不停。當我們禪修時，我們不需要試圖控制所有念頭的感受，只要自然的休息，就像好的牧人，保持警覺而留意著。」

有一次，父親指向一位靠著岩石，坐在陽光下午餐的牧童。他從懷中取出午餐，慢悠悠的吃起來，不時抬眼看著他的羊群。午餐完畢，牧童拿出一支竹笛開始吹奏，父親則打開窗戶聽著笛聲，每個人看起來都很快樂——牧童、我父親與羊群。「那個牧童在禪修嗎？」我問父親。他搖搖頭。「但他為什麼還是可以那麼快樂呢？」我問。

「好的牧人過得很自在，」我父親解釋道，「他心很平靜，所以讓他的牧群也很平靜。因為他沒有讓牲口緊張，所以牠們不會跑掉。這就讓牧人有充分的時間坐下來、用午餐、吹笛子。「但不要混淆放鬆的行為和心的狀態。今天太陽正好，不太冷，風也不大，這種情形對牧人來說是再好不過了。一旦環境轉變了呢？如果主人要賣掉羊群了呢？要瞭解心的自由，我們必須透過禪修去認識心的本質，這樣我們才不會被念頭、情緒和外境擾亂。無論晴或雨，心總是穩定的。」

培養不受環境影響、穩定的心，我們必須在心上用功，直接在心上用功，可以開展我們禪修覺知的本然特質。每一個前行修持有不同的切入點和內容，但每一步，我們都密切的在用心。

認識覺知

覺知是心自然、本具、隨時與我們同在的一種知道的特質。沒有覺知，我們無法活動；沒有覺知，我們也無法經驗任何事物。但是，我們並不總能認出它。事實上，大部分時間我們都沒能認出它。禪修，就是教我們認出自己已經擁有的覺知。

覺知有三種：一般的覺知──在學習禪修之前我們就在經驗著；禪修的覺知──透過認識覺知本身而來；清淨的覺知──當我們對它的認識加深，而能夠直接經驗的覺知的本質。

一般的覺知

一般覺知最普遍的特質是覺知在，但沒有認識出來，此時的心散亂在認同每個想法和影像上，因此不能認識出覺知本身。覺知一直都在，少了它，我們無法生活，但沒有認識出覺知，並不影響我們生活。

一般的覺知有兩種形式：一種是留意於當下的，特徵和禪修有所關聯，也就是好的牧羊人的示範；另一種形式是散亂的，跟禪修的狀態大相徑庭。這兩種形式的覺知，都是沒有認出覺知本身的狀態。

比方說我們看一朵花，帶著分心閃神的一般覺知去看，眼睛雖然盯著花，但心裡想著披薩、伴侶或是電影。或者我們和朋友開車去餐館，離開餐館時，對回程的路線卻產生了異議，我們不是因為覺知消失而忘記來時的路，覺知跟呼吸一樣和我們形影不離，然而覺知被讓人分心的事物、喃喃自語、幻想或白日夢遮蔽了。我們有足夠的覺知開車到餐館，但對自己如何到的，卻不夠有覺知去記得。覺知是渾濁和模糊的——但沒有消失，這樣散亂的狀態，就像一位差勁的牧人。我們會一邊吃著早餐，一邊盤算著晚餐，晚餐的時候，卻忘記自己早餐吃了些什麼。

當我們的注意力在洗碗、開車或解答一道數學題上，我們對這件事保持專注。當我們說一個人工作出色，這一般都反映他專注的能力；一位製鞋工的專注，可能表現在縫製、黏合以及皮革柔軟度的細節；醫生必須注意病人的身體和情緒狀態。做任何一個工作，保持不被干擾的一般性覺知，是工作傑出的首要條件。任何情況下，注意力也就是心本身，是覺知著對境的——羊群、鞋子、病人或道路。心沒有丟失於分神的喋喋不休，而是覺知著它的對境，但覺知本身沒有被認識出來。

在學習佛法上，注意力和專注度，這樣的心理特質也是非常有益的，比如說背誦經文等。但專注和聚焦，並不會揭露我們本然、最初心的狀態——那是我們找到真正自由的地方。因此，我們需要認出覺知。

禪修的覺知

禪修需要一定程度覺知到覺知本身，開始認知心的特質，而非只是心感知到的現象。當我們開始禪修的時候，用佛像、呼吸或是一朵花來作為助緣，是很有幫助的。我們讓注意力放到助緣上，但只是注意還不是禪修。禪修的兩個關鍵成分是意願和認識，我們有意圖的安住於對境——這就是意願，同時我們也保持覺知，知道發生著什麼——這就是認識。換句話說，當我們把注意力放在呼吸時，並沒有完全沉浸在這個經驗，而對其他任何事失去覺知，我們完全清楚知道自己在呼吸，但同時也知道自己覺知著。

如果我們用一朵花，作為覺知的助緣，將注意力帶到覺知的對象上，並運用它成為認識出覺知的助緣，這就是我們所說的助緣。禪修的對境輔助培養我們的認識。釋迦牟尼佛說：「一位僧人當他行走，他知道自己在行走；當他站立，知道自己在站立；當他坐著，知道自己在坐著；當他躺著，也知道自己在躺著。」這樣在每時每刻、每個行為中都保持著知道、認識，這就是禪修。

一旦認出覺知，如果它是有幫助的，我們可以繼續運用它，但不必過於聚焦或狹隘。運用如呼吸或色相為助緣來禪修，是一種讓心在忙碌的心理活動中，仍能保持其空間、更為放鬆的方式。如果你開始是用花作為助緣，不用擔心你是否有覺知，如果你是有意願的用花，作為認出覺知的助緣，那就會發生。這樣想要禪修的意願和動機，本身就會帶來認識。

在前行的修持中，禪修的助緣可以是各種動物比如牛或狗、天道的眾生、本尊或上師……以至整個宇宙。咒語的聲音也可以成為助緣，跟用花或呼吸來禪修有同樣的作用。助緣對境的功能，就是讓我們發現和認識心的特質。

清淨的覺知

當禪修的覺知加深，我們會開始經驗到所謂的清淨的覺知。這並不是什麼非凡的意識狀態，事實上，它的一個主要特徵是其完全的平常性。它其實就是我們開始禪修時，首次瞥見覺知之後的自然延伸。無論如何，禪修的過程本身，不僅讓我們連結到覺知現前，也連結到覺知的本質。一旦我們認出清淨的覺知，整個覺醒的道路包含所有前行的修持，都將幫助我們滋養和穩固這個認識，並將它與我們生活的每個面向結合。

學習如何禪修

既然覺知一直都在，看起來我們不會認識不出來，儘管我們也調整好意願和動機，但我們的努力仍然看不到效果而倍感挫折：「聽起來是那麼容易的一件事，為什麼我就是做不到？」這因為所有知性上的理解，並沒有讓我們真正領會它有多麼簡單，而繼續跟隨誤導的見解。這些錯誤見解都有一個共同點：相信當下總是有點不對勁。或許是我們禪修的空間不夠安靜，或許是太熱或太冷，或許我們有太多念頭或情緒，或許認為自己的念頭和感受不正確。無論發生什麼，我們都認定那是當下的一個問題。

當我們開始去探索尚未經驗過的內心樣貌，一旦下定決心，無論發生什麼，都是沒有問題的。我們只要單純的注意到發生了什麼，然後放下它，不需要去調整它、抓住它或評價它。我們就像看臺上的觀眾，觀看如遊行隊伍般的念頭和情緒經過。

與其試圖去為禪修，營造一個完美的心理或物質環境，最好的一個助緣，不外乎利用我們身體的優勢。佛陀說我們的身體像杯子，心像杯中的水。當杯子是穩定的，水也會穩定，當杯子晃動，水也會跟著晃動。讓身體平定下來，是對修心最好的支柱，因此將身體姿勢調整好，是學習禪修重要的第一步。

在一個特定的環境禪修是有幫助的，但是不要想：「噢，我沒有一個安放著完美佛堂的禪修房，和一個可以眺望瀑布看出去如畫般的窗戶。」對完美的禪修環境的執著，是一種干擾和藉口，我們在現有的任何環境下都可以禪修。如果我們周圍環境清爽、安靜，那好極了——非常棒，如果我們住在塵囂忙碌的城市，那也沒有問題。很多人在監獄、軍營、流浪者收容所或是醫院裡禪修，修持的核心是修心，其他的一切環境條件，無論宜人與否，都可以成為我們修持的良緣。

對我們修心最大的助緣不是外在環境，而是我們自己的身體。我們已經知道身心之間的聯繫：

當身體因為疾病失去能量，心也會無力。在感冒或頭疼的時候，我們會說：「我簡直無法清晰思考。」當心被阻撓困擾，身體也會覺得受挫，像被人生擊敗了一般。當經驗浪漫或晉升這樣的快樂時，我們渾身上下都會充滿了活力和信心。然而，人們一般對身體在禪修時，對心有多大的支持，卻少有敏銳的覺察。

七支坐法

為了讓身體的坐姿，良好的支持我們的禪修，我們要遵循傳統教法中的七支坐，這個姿勢象徵著證悟姿態的特質。這套方法讓身體穩定，創造一個對心的支撐基礎，同時調整身體的氣脈，幫助心保持覺察、開放和放鬆。

因為每個人的身體是不同的，每個步驟需要練習，不要一開始就讓自己坐很久，一次坐四十分鐘，而被疼痛和身體不適干擾，或是感覺到焦躁不安。這樣不如採取一個穩固有力的姿勢，短時間如五到十分鐘的禪坐，然後慢慢增加時間，這樣會更加有益。

雙腿

雙腿盤坐。大部分的人會坐在墊子上，讓尾椎比膝蓋高出幾寸，如此讓下半身形成一個三角支架，作為支撐上半身穩固不動的根基。如果有人的身體狀況不允許盤坐，坐在椅子上也是可以的，但要保持脊椎打直。可以用枕頭輔助來墊高身體或雙腳，保持膝蓋與臀部同一個高度，讓雙腳穩定的平放地面。你所需要的是一種能帶來力量和鼓舞的姿勢，不需費力但也不消極的狀態。

如果你是採用盤坐的姿勢，就有幾種盤腿的方式。金剛坐（就是雙盤跏趺坐）是最穩固的坐姿：左腳放在右邊大腿上靠近身體，然後右腳放在左邊大腿上。西藏人很多不是採用這種坐姿，大部分的人用單盤的方式，也就是一隻腳放在另一邊的大腿上，或是兩條腿都平放地面，一隻腳靠近身體，另一隻腳放在它前面。

所有這些腿部的姿勢都是為了支撐後背，以及幫助身心的躁動平復。對從來沒有接觸這樣坐姿的人來說，或許會覺得困難甚至疼痛，但假以時日還是會有改變的。伸展練習會有所幫助，而禪坐練習本身也會增進坐姿的能力，不過禪修不是競技比賽，達到雙盤的姿勢，不意味著衝過百米賽跑的終點線。禪修意願比姿勢更重要，意願……還有真誠。所以，帶著純真的意願去嘗試，盡自己所能即可。

雙手

雙手放在大腿上，或是放在肚臍下小腹前，兩手掌向上重疊在一起，哪一隻手在上或在下並不要緊。正規的姿勢要兩個大拇指輕輕碰觸，雙手形成一個半圓形的手印。雙手也可以手掌向下放在膝蓋上。有人如果腿長手短，不要過分用力拉肩膀、伸小臂造成緊張，只要輕鬆把雙手不費力的放在大腿上即可。

手臂

手臂和上身之間要留有一點空間，想像你兩邊腋下，各夾著一顆雞蛋般的感受，這樣會幫助前胸打開舒展。傳統稱這個姿勢為「雙臂如雄鷹展翅」，但是不要抬高你的肩膀，或刻意將手肘向外，像翅膀搧著一般，這樣會產生讓人難受的緊繃。最重要的是，要讓胸部有最大的呼吸空間不受約束，所以不要擠壓你的手臂。

背部

保持背部挺直是最重要的。如果你彎腰駝背，胸部也會凹陷而影響心的狀態，使其無法振作向它本具的潛能開展，這樣也是導致心昏沉倦怠的最大弱點。相反的，如果背部過於向前挺直，造成身體內氣脈堵塞，身心也會亢奮不適。一個太過僵直的背部會令身心緊繃，很快筋疲力盡。有些人這樣擺著看似完美筆直的姿勢開始禪坐，但突然間就睡著了，那就是緊繃著一個姿勢而耗盡體力的表現。西藏有句話說：「不要像吞了一把碼尺般僵直坐著。」

請不要忘記，每個人的身體和脊椎構造有所不同。藏人的比喻是，打直的脊椎像疊高起來的硬幣，或是椎骨像箭一樣直。但是，脊椎有它自然的曲線，這點一定要考慮到。所以，「脊椎打直」不是客觀要求你的脊椎應該如何，而是採取你自己最完美的平衡姿勢。

頸部和頭

當你讓脊椎保持自然彎曲，頸部前傾，頭部會找到放在脖子上的適當點——不會過於前傾或後仰。通常是略微前傾，下巴內收，頸部打直。對於禪修新手，甚至是禪修老手，在禪修的時候也免不了在掉舉和昏沉間搖擺。禪修中如果頭部太向前彎，結果就是遲鈍和沉睡。如果下巴上揚或前伸，一般會造成念頭紛飛或心意掉舉。找到身體最適合的平衡，能幫助避免這兩種心的傾向。

測量身體的最佳平衡，可以手掌向卜握著一顆柳丁，大概放在嘴巴的高度，另一個手掌心向上放在肚臍下方，然後鬆開拿柳丁的手，讓柳丁落下。如果身體的平衡是正確的，柳丁會自然落在下面的手掌中。

嘴巴

當你放鬆嘴巴和下巴周圍的肌肉，上下牙齒和嘴唇略微張開，這就是嘴放鬆的狀態。接著，讓舌尖輕抵上顎上牙齒的牙齦處，可以透過嘴巴或鼻子呼吸，或是口鼻同時呼吸。

眼睛

一些禪修傳統建議閉上眼睛修持，禪修新手會發現，這樣是最容易減少干擾的，但也因此會產生一些問題。當你修持進展，你想在各種情況和環境下作心的練習，完美的禪修墊、莊嚴的佛殿、甚至如何擺好坐姿、如何調整脊椎和手，都是練習修心經久不衰的輔助與支持。你不能忽略這些傳統的教導，但你的目標不是像一尊石雕佛像那樣，永遠保持完美的禪修姿勢。如果你只能在日常生活之餘修持，或是只能閉著眼睛禪修，那麼，你就限制了讓修持和日常活動結合的能力。

禪修時將眼睛打開，可以採用三種不同的視線方式：第一，視線向下，目光放在身體前兩尺左右的地方；第二，以平常的方式直視前方；第三，目光略微向上。交替這三種視線的方式是非常好的，長時間採用一種視線會相當無聊或讓人疲勞，不時切換眼睛視線，會使禪修增添活力。另外，不要控制自然的眨眼，需要眨眼就眨眼，試圖控制眼睛不要眨會導致緊張。

禪修的訣竅

採用一個你可以坐至少二十分鐘，不需要移動的姿勢來禪修。如果做不到沒關係，擺好姿勢一分鐘或五分鐘，然後每天加長一分鐘。確定好禪修時間的長度，再開始練習會比較有幫助，因為你不會在禪修時老想著：「我可以結束了嗎？該這麼痛嗎？這是不是太痛了？」用一個姿勢好好禪修一分鐘，比二十分鐘都在心中嘀咕，會帶來更多利益。

當你選好禪修的坐姿，用一點時間感受全身，這樣可以排除緊繃感。檢查下顎、嘴、脖子和下巴的位置，試著放掉所有的緊張，特別是留意肩膀，你需要經常刻意讓肩膀鬆下來。再檢視你的手掌、手指、後背或腳踝——是否還有緊繃？盡可能的調整到穩定和安適的狀態。

嘗試百分之百的放鬆，這代表經驗到什麼都是可以的。如果身體還有些緊繃，沒有關係，比放鬆身體更重要的是放鬆心，所以盡力坐好姿勢而讓心放鬆。如果你把禪修當成是體育競技或一個重大計畫來看待，那麼身體就會繃緊。如果你把禪修當作是享受桑拿一樣的放鬆，那你的身體會懈怠而可能昏睡過去。在鬆弛和緊繃中間的平衡點，就是禪修的身心所需要的。

身體的兩個要點

當你在下座後練習禪修，或是你的練習只能發生在排隊等候、走路或坐在巴士上，那麼你需要做到兩個身體的要點：保持你的後背打直，然後讓肌肉放鬆。這樣就夠了。

遇見瘋猴子心

通常一開始禪修的人，坐下來一分鐘就發現自己心念疾馳，甚至比以往更多的念頭湧上心頭，這就是遇到了瘋猴子心的效應，心不可控制的嘮叨不停，東想西想。我們或許是帶著心會平靜安寧下來的期待開始禪修，但當我們坐下來禪修，就像剛喝了濃縮咖啡那樣亢奮。心就像無頭蒼蠅般亂撞，從美食到美名，從中彩券買豪華車到品嚐有機漢堡，心感覺像坐在雲霄飛車——飛奔、狂野，甚至還有點驚恐。其實這是好現象，因為瘋猴子心就是那樣的——自我興奮或是高度緊張。這就是瘋猴子心的習性，只是我們從未注意過。

如果我們把一隻猴子帶進莊嚴的佛殿，不出幾分鐘，它一定會抓亂華麗的絲緞、打翻供水、扯爛坐墊、翻天覆地的搗亂。這場景想起來絕不美好，但這就是我們心的活動：從未休息、攀緣對境、混淆現象、狂奔亂跑。當我們身體或心專注於一件事，比如蓋房子、準備考試，或填寫報稅資料，我們就把瘋猴子心留在了門外，暫時脫離它的掌控，但很多空閒的時候，瘋猴子心還是控制了全局。

我曾經聽過一個被隔離監禁多年的犯人，後來經過基因比對證明無罪，被釋放之後，他這樣形容獨自關在牢中的經驗：「與己為伴，比任何人作伴都要糟糕。」這似乎可以表達心被自己折磨的痛苦，沒有外在消遣可以帶來解脫——更別說禪修了。

猴子受不了無事可做，因此為了保持忙碌，它讓心轉個不停。假設你在銀行帳單上，看到跟你自己算的差了一元，猴子便興奮起來，它會說服你把所有明細再算一遍，找到誤差在哪裡。當你解決了這個問題，另一個問題又出來了。

在跟學生的單獨面談中，我聽到各種關於家人、配偶和主管的問題，聽起來都是很小的問題，但如果你一再去想，就會變成越來越大的問題。把一個田鼠丘想成一座山是猴子的專長，這就是瘋猴子心不安好動的本性。

通常我們不去觀察心本身，所以遇到瘋猴子心會讓人困惑，但實際上我們開始認出覺知，便可以看到所有的念頭、情緒和衝動，只是不斷在心中經過。如果人們禪修是為了消除念頭，那麼跟瘋猴子心相處，會讓人沮喪。其實，我們根本不需要消除瘋猴子心，對這個念頭工廠視而不見，從來都行不通，而鎮壓它也是不可能的。相反的，我們可以跟它當朋友，要如何當呢？就是和它待在一起，不強勢，也不試著征服或是控制這個新朋友，但如果我們想瞭解它的特質，就必須在每個和它相遇的當下覺知。無論用什麼方式或傳統，一旦我們開始禪修，就肯定會遇到瘋猴子。透過覺知的禪修，我們給了瘋猴子一個有建設性的工作。

薩傑仁波切把瘋猴子比作一位公司的老闆——一位讓所有的人日夜工作、不眠不休的老闆。心沒有停止過使喚我們，它逼迫我們不間斷的想東想西，多半的結果都是一無所獲。所有心的活動，就如同這位瘋猴子老闆的員工，聽命於專制的老闆，也不知道如何改善處境，因為我們深信自己是老闆，而不是奴僕的錯覺。

對瘋猴子老闆的認同，把我們變成自我的奴隸：「這是巧克力，我愛死巧克力了！我要巧克力，我討厭菠菜！我喜歡那個人，我不喜歡這個人。那輛車真醜，這個很美！」猴子拽著心一會兒跑到這兒，一會兒奔向那兒。心就像湖面起伏不平的波浪，翻騰跌蕩。面對瘋猴子老闆的指令，我們唯命是從。有時候我們可能會想：「等一等！或許我不時能指使一下那隻猴子！」可是，我們不知怎麼才能做到。

薩傑仁波切解釋道，喜歡和討厭、接受和拒絕、厭惡和貪愛——所有瘋猴子用來攪動我們平靜的——都是投射。這些投射濾過感官訊息，成為我們加諸於感官對境的各種看法。這樣一來，氣味不只是氣味，它是吸引我們的香氛感受，或是讓人厭惡的惡臭。鳥鳴是悅耳的，狗吠就不是了。這樣的反應回饋，是預先架構的看法和印象，而非事物和狀況實際的樣子。

「我們總是回應著投射，但不知道如何認識投射者。」薩傑仁波切說道：「投射者是瘋猴子心——那個老闆。憎恨猴子是沒有幫助的，那只會讓心陷入負面不能自拔，同時給猴子更大的力量。把猴子關起來也不是辦法，因為牠總是知道如何逃走。可以不成為瘋猴子心的奴役，方法就是給瘋猴子心工作做。瘋猴子心喜歡差事，喜歡工作，也喜歡保持忙碌。你讓瘋猴子心成為雇員，你就變成了老闆。」

我們剛開始修持佛法的時候，瘋猴子心還無法在一個工作上做太久，它容易厭倦，又很好動，會反彈回去製造麻煩。為了讓我們保有主控權，我們不僅給猴子一種工作，還要經常變換任務，讓它始終樂此不疲。當我們有了更好的掌控，就可以讓猴子為我們全職工作了。但是，這不是一朝一夕就能夠做到的，因此薩傑仁波切鼓勵他的弟子，要保持認識出覺知的意願，不時的轉換禪修方法和對境。

休息你的心

當我們在修持前行時，可以變換覺知的助緣，覺知的助緣可以是呼吸、看一朵花，或聽聲音。當瘋猴子心突然跳起來大叫「關注我！我們必須重播這段且預測未來」時，該怎麼辦？如果當時是用呼吸作為助緣，那就再回到呼吸上，無須評判自己，也不要氣餒失望，我們只需要回到呼吸上，繼續禪修。

不同方式的止禪，或說覺知的禪修，都帶領我們開顯心本具的特質。最常見的方法是用呼吸作為助緣，認識出覺知，這和感官覺受有關，呼吸是最常用的助緣，因為它在任何情況和狀態下，都能被感受到，這就是為什麼我們經常聽到「回到呼吸上」。當我們丟失在紛亂的念頭中，當我們的心被過去的經驗帶走，或是陷入憤怒或嫉妒的黑洞——「回到呼吸上」。呼吸的本質，使它成為最可靠的一個助緣，特別是對禪修新手而言。

讓我們試著用呼吸作為覺知的助緣，但一開始不要刻意作什麼禪修練習，開始的時候最好只是休息你的心。只是休息。現在，保持你現在任何一個非正式的姿勢。如何休息我們的心？想想你在平時生活中休息的狀態：當你慢跑了幾里路，停下來休息的時候，是怎樣的？想像你花了一兩個小時打掃房間之後，歇息下來。想像你開始歇息的那一刻。或者，想像你回到在香港或明尼亞波里斯高樓公寓的家，卻發現停電了！發電機也沒用，你必須爬兩層，或是十層、二十層的樓梯才能到家。最後你回到自己的公寓，倒了一杯水，坐到沙發上。啊……。就像那樣！想像自己費力完成一個活動後，靜靜的這樣放鬆。只是放鬆，放鬆你的心，幾秒鐘即可。啊……。

試想一下，然後讓自己休息。

持續休息多幾秒鐘。

現在，停止休息。覺得怎麼樣？

現在，我要告訴你一個大祕密——這樣去休息你的心，就是禪修！但如果我開始就這樣告訴你，你或許會帶著很大的期待而變得緊繃不安，那不會有幫助。就那樣休息著，心中生起任何感受都可以，不去控制，心中的「啊……」就是接近自然的覺知，我們稱之為「開放的覺知」或「無所緣的止禪」。

我所說的心接近開放的覺知，是指沒有禪修的意圖，你便不會從那個經驗當中，得到太多的利益。動機和意願幫助你認識出覺知，但如果禪修意願中帶有太多期待，你也會失望。你需要的是，把有意圖的禪修和放鬆休息的心結合起來。

這樣的練習要重複多次的去做，不要試圖抓住覺知，當你發現心在遊走，把它帶回到練習上，再重新開始。

現在，讓我們試一下比較正式的練習禪修，這是止的練習，或說覺知的禪修。我們用呼吸作為覺知的對境。

【禪修練習】你在呼吸嗎

- 以放鬆的姿勢坐好，後背挺直。
- 你的眼睛可以睜開或閉上。
- 用一兩分鐘安住在開放的覺知中，想像你辛苦工作之後，坐進沙發時放鬆的嘆一聲：

啊……。

・現在讓自己自然的呼吸，用鼻或口，或口鼻同時呼吸。
・把你的覺知安住在呼吸的進出上。
・每次出息之後，讓覺知安住在還未吸氣之前的空隙。
・如果心開始不定，帶它回到呼吸上即可。
・繼續這樣練習五到十分鐘。
・結束時再讓心安住在開放的覺知中。

呼吸對大多數新學禪修的人來說，是最普遍的一個覺知對境，但是，任何你經驗到的對境，都可以成為覺知的助緣：色相、聲音、氣味、味道或感受。你可以選擇一個外在的事物，比如一朵花、一尊佛像、燃燒的香——任何事物都可以。重複上面練習的步驟，開始包含在開放的覺知中安住幾分鐘，這樣會幫助你身心相連接。

如果你選擇一個色相的對境，那麼輕輕將視線放在它上面，不需要研究、分析、判斷，或評估你注視的對境。你只是看著。如果你選擇了聲音作對境，那麼只是聽。不要排拒其他的感官經驗，比如附近的動態、聲音、氣味或溫度改變。讓你所有的感官都開放著，當你對選擇的對境保持穩定的覺知，同時你也知道任何感官經驗的出現，可以每次這樣練習五到十分鐘。

與覺知連接

即使是開始練習禪修的階段，你都可以嘗試允許你的覺知，從對境上移到覺知本身。這也許會自然發生，而你仍需要知道可以允許它發生，因此不必試圖阻止覺知這樣轉移，你會自然進入所謂的開放覺知——不需要對境而穩定的覺知。當心跑掉時，再回到對境上，以穩固你對覺知的認識。

隨著不斷的練習，你會學習用日常生活的經驗來禪修，你不再受限於特定的禪修助緣、地點、禪修時間或姿勢。你從試圖「專注」或「聚焦」中解放出來，更相信開闊、放鬆的覺知，會融入所有的經驗，而所有的經驗都成為邁向覺醒的努力。甚至，在你覺知呼吸的時候，試著從專注於呼吸，轉移到覺知呼吸。你可以從覺知任何設定的「有所緣止禪」的對境，轉移到覺知本身。當你可以穩定的把心安住在覺知的本然狀態，便可以完全放開對境，這就是無所緣的止，也就是開放的覺知。

帶著百分之百的放鬆，去練習開放的覺知，這表示無論在禪修中生起什麼都是完美的。你儘管讓瘋猴子心自己瘋狂，猴子不需要放鬆，猴子也不知道如何放鬆，這是牠的本性。猴子會撒野，或是打個盹兒，但你已經不再跟猴子一體了，你和覺知同在。如果你百分之兩百的放鬆，那你可能會被拖向兩個方向：強力的逼自己放鬆，但變得更緊張；或者，過度放鬆而睡著了。所以，只要百分之百的放鬆就好，每當你開始禪修，先安住在開放的覺知，會很有幫助。

讓心只是休息幾分鐘，只是休息。

這裡還有一個祕密：你知道安住修的真正障礙是什麼嗎？它太簡單了，因為它沒有帶來「哇！」的經驗，沒有增加任何感受，也沒有任何需要做的。它像你的鼻尖一樣靠近你，就是因為太近而看不到。有時候老師會告訴我們「不要禪修」，這不代表要放掉覺知，而是「不用在陽光下開手電筒」。由於自認為天生有缺陷，我們會在太陽下，還試圖用手電筒去補足陽光。

開放的覺知就如同虛空。我們會提到虛空，也用它作為參照，其實我們並不認識它，只看到虛空中出現了什麼。當我們說看到虛空，通常是指山谷、桌子、樹木，或可以帶給一個區域定義或景觀的事物，這並不是虛空本身。同樣的，我們並不太相信認識出虛空有多少好處，開放的覺知練習，往往也就缺少可信度。我們並不真正相信它的利益，就如同我們認為免費的都沒有價值，似乎要付出代價的才能保證價值。在禪修中，我們付出的代價，是比開放的覺知花更多功夫的練習——有所緣的覺知，也就是心不能什麼都不做的休息，它必須依賴外在的特定感官對境來安住。

在任何禪修練習開始的時候，都在開放的覺知中安住一兩分鐘，這是非常好的，可以幫助我們和心最基本的狀態連接。即使不安、恐懼、憤怒或嫉妒的風在湖面掀起波瀾，湖水深處依然是清晰和平靜的。充分理解這個道理很重要，因為我們經常都以為「自己太躁動而不能禪修」，或是「我的憤怒或嫉妒摧毀了我的寧靜」。沒有任何東西可以摧毀我們的寧靜，雖然暫時和寧靜脫節了，但它不會被摧毀。這不是很棒嗎？但是，我們還未開展出跟基本覺知足夠的連接，而能相信它的可靠性——甚至相信它的存在。當我們正在氣頭上，或是掉入情感的漩渦，我們任由這樣強烈的經驗擺布，就像整個湖水都掀起軒然大波。事實並非如此，無論我們開心或傷心、憤怒或憂鬱、恬淡喜悅或是活力四射，覺知都是這麼澄澈、清明、光亮。覺知不受念頭或情緒左右，也不視環境或情況而偶然出現。

跟覺知連接，對於理解我們所說的「本初善」，格外重要。覺知不是堅固的實體，也不可度量，但它保持在我們最基本的存在中。無論心多麼混亂或散漫，無論瘋猴子如何控住全場，我們都有著覺知。這就是為什麼說，不需要消除或推開負面的念頭，如果我們有意識的把覺知帶到心理活動之前，瘋猴子心自動會失去力量。

和念頭作朋友

絕大部分的人都有被念頭逼瘋的經驗：「多麼希望我能夠不去想那個人、那件事……還有跟我老闆、同伴的爭執……」沒完沒了的想法和念頭，即使什麼結果都沒有，它們還是如同罐子裡的蜜蜂一樣盤旋不停。當這樣的念頭被認定為問題，我們便想要除掉它們，儘管我們認為它們是敵人，念頭也可以是禪修極好的助伴。在禪修中，我們總以為什麼經驗都比念頭來得好，「整天我都在想啊想的，到禪修了，總算可以讓我待在深沉、清淨、無念的空無當中了。

禪悅、空無、純淨，多美好啊！」而現實狀況呢？現實狀況是禪修時的心，也跟其他時候一樣疾馳不停，這時非但沒有認識到自己對禪悅寧靜的期待，我們還開始跟念頭鬥上了：「可惡的念頭！快滾開！」

消滅念頭有很多方法，比如酗酒、嗑藥、暴飲暴食、瘋狂購物或是上網閒逛——任何透過癮頭或壓抑，讓心變得狹隘和局限的各種方式。現在很多人以為禪修是一種有效、理智的方式，可以把不想要的念頭清除掉，比如專注於一朵花，認為這樣就可以壓制或驅逐念頭。這樣幾秒鐘沒有念頭是可能的，但是當我們放開專注的對境，念頭又如洪水般撲回來，這樣的壓抑不會帶來長期和轉化性的作用。

用禪修來調適我們的心，的確是一種理性的作法，但透過禪修來消滅念頭，是最大的誤解。思想如同呼吸，是很自然的活動，迫使自己面對造作的空白，與我們要開顯心本然的清明，這是背道而馳的。

我剛到智慧林第一天發生的事，讓我認識到念頭可以是朋友。那時候，寺院還是傳統藏式而非現代印度的建築，房間沒有洗手間，我需要走幾分鐘才到浴室。那天，當我試圖推開馬桶上方的窗戶，發現它卡住了，於是我猛敲窗戶，直到它猛然向外打開，撞到外面的牆壁，玻璃撞碎了！我焦慮得幾近崩潰，害怕寺院的人因此會嫌棄我，或覺得我很笨，我的侍者和老師們也許會生氣，當我罪行揭露時，一定會被罵得很慘。

接下來兩天，我什麼都沒說，也沒人對我說什麼，但我全部想的都是那塊碎玻璃。於是我決定——在還沒人注意到窗戶被打破前，我應該先自首。我把情況如實告訴了負責修繕的總管，他說：「沒問題。」他接著解釋那扇窗戶已經多麼老舊，木質窗框也腐朽了，早就該換了。他的一番話讓我如釋重負。

但是，過沒多久，關於做錯事的念頭又回來了！當我在學習經文的時候，打破玻璃的一幕會突然在心中閃現，讓我驚慌不安，那場景一直縈繞心頭，一想到它，我就心跳加速。我試圖把它除掉卻毫無可能，於是我開始責備自己：「別那麼傻，連修繕總管都說沒問題了。」最後，我把自己的狀況告訴薩傑仁波切：「我能夠去除我的念頭嗎？」

薩傑仁波切告訴我：「你是沒辦法除掉你的念頭的！但是，那沒有問題，你根本不需要除掉它們，也許你的念頭還能夠成為你最好的朋友呢！你要學習把念頭轉化為你的助伴。」

雖然當時我沒有完全理解這句話，但我領悟到一點：把念頭當成朋友或敵人，決定了我們快樂還是痛苦。我仍然不知道如何把念頭變成朋友，但我開始相信：試圖戰勝或驅逐念頭，其實都只會讓糟糕的情況和痛苦繼續存在。

通常，瘋猴子心掌控著我們的方向，一個念頭接著一個念頭，我們停不下來，被它們搞得暈頭轉向。當我們訓練覺知，便不再掉入念頭之河，覺知能幫助我們站在河岸上而不被流水捲走。我們從瘋猴子心的專制中解放出來，念頭還在那裡，它們或平靜或起伏、或專注或瘋狂、或瑣碎或混雜，但我們不再認同它們，我們成為了覺知，而不再是妄念。透過認識出覺知，我們可以退一步看著念頭，同時知道自己看著念頭，不再需要除掉它們，因為我們不再被念頭隨意使喚。認同我們自然的覺知而非念頭，就可以消融念頭破壞性的力量。

只要看著它

開始練習禪修的時候，呼吸、鈴聲或花朵，是最常用的禪修助緣，心渙散的時候，我們將它帶回到對境上。但我們也有另一個選擇：運用念頭本身作助緣來認識出覺知。當我們覺知著念頭，就不再跟隨它的故事獨白，同時也沒有被猴子老闆使喚，我們只是單純看著念頭從心中經過，不對它做任何回應。

現在讓我們來試一試。看著念頭，就像它們是在你頭上打轉的蒼蠅，你瞪著眼睛，把頭偏到左，再偏到右，抬頭，低頭，跟著瘋猴子心去追逐一個又一個的念頭——嘰哩呱啦、披薩、計畫、伴侶、機票……看著，看著。持續這樣盯著念頭幾分鐘。

很多人發現這個練習相當困難，即使我們只是讓心跟平時一樣，但當我們刻意去看心中生起的念頭，反而有點像凝固了。有意識的觀看瘋猴子心，打破了心散亂的模式，因此反而生不起念頭了。

現在，讓我們用正式一點的方式，練習用念頭作助緣的禪修。

【禪修練習】念頭在哪裡

- 以放鬆的姿勢坐好，後背挺直。
- 你的眼睛可以睜開或閉上。
- 用一兩分鐘安住在開放的覺知中。
- 允許念頭任意生起，把覺知帶到念頭上，用覺知看著念頭。不要改變念頭或是「嘗試」讓它們消失，只要帶著覺知轉向念頭。不需要分析、推敲，或是評論你的念頭，單純的看著它們。
- 如果念頭自然消失了，那就安住在開放的覺知當中。
- 當念頭又生起，單單把它作為你覺知的助緣。
- 如果你被念頭帶跑了，輕輕把心再帶回來，回到覺知念頭的過程中。
- 嘗試練習五到十分鐘。
- 回到開放的覺知中安住，結束練習。

對很多人來說，覺知念頭會讓念頭消失，這是沒有關係的，讓它們消失，不要費力抓住它們。事實上，抓不住念頭會帶我們回到開放的覺知，所以就讓它自然發生。這樣練習禪修一段時間，會產生的效果是：即使念頭在那兒，也不會讓你散亂。覺知把瘋猴子心的力量，導向了不同的方向，只要你看著念頭，不被念頭之流席捲，你就是在禪修。你跟隨自己的心意練習著覺知，如此，你運用念頭而從念頭中解脫。

念頭不會停息，但你可以停止追逐它們，這時對覺知的認識，重新定義了你的心，減少了自我的執取和固著。任何幫助消融這個堅固和獨立的「我」的練習，都是有益的，認識出覺知的心，不再認為「凡事都跟我有關」。

讓覺知安住在覺知本身，代表著我們不再認同或追逐心的活動，如念頭、情緒等。此時才談得上，在任何情況下保持穩定如山，任何情況包含了心理和生理、內在和外在的各種狀況。我們能在風暴中或陽光下、愉快或不快的感受中、想要或不想要的念頭生起時、建設性或破壞性的情緒出現時，都保持穩定。

心在哪裡，禪修在哪裡

無論做什麼修持，你的動機明確是全關重要的。如果你把一個圓形的物體，比如車輪，從山頂上滾下，它一定會滾到山腳。認識覺知也同理：當你確定了這個方向，心就會朝這個方向前進。目標不是對境，覺知是對境，這就是為什麼要把「對境」當作助緣。你用它來作為接近覺知的工具，當你通過助緣集中心力、確定目標，然後讓覺知從對境自然轉移到它本身。

紐修堪仁波切（Nyoshul Khen Rinpoche）曾告訴我：「你作什麼修持都好，最重要的是把握覺知。覺知涵蓋了一切，一旦你認出了覺知，所有的修持都是重要的。如果你認識不出覺知，無論你修的是多麼特別高深的法，它都不會幫助你證悟。」

不要擔心你的心會搖擺不定，不要評判自己或惱怒，或認為自己很孤單，每個人的心都會遊走，這是沒有關係的。當你捲入念頭中，再回到助緣——呼吸或任何你選定的對境，心散亂了，再把它帶回來，這就是你的練習。例如回到呼吸這個對境上，會提供你所需要的讓心穩定的支柱，而逐漸認識覺知。當你用禪修來覺知呼吸，專注於呼吸的心，自然會認識出覺知。簡單來說——用對境作禪修助緣，會讓覺知認識出它自己。你不需要把心帶離對境，這會自然發生，但你需要不執著對境，保持認出覺知的意願。

禪修是心的活動，心在哪裡，禪修就可以在哪裡。認為只能在一個特定的時間，採用特定的形式，坐在禪修墊上才能禪修的想法，製造了很多誤導人的困惑。當然你也會問，既然我們可以在任何時間、任何地點認識出覺知，為何還要大費周章的在坐墊上擺好七支坐法的禪坐？對此的回答是：因為我們已經對瘋猴子心，發展出非常堅固的認同，為了讓這個認同轉向覺知，我們需要幫助、助緣和方法。我們都需要這些策略，但不要跟禪修真正的意義搞混了，我們不是用禪修來認識對境，禪修是為了認識自心，因為自心才是所有可能性的源頭——好和壞、快樂和憂傷、清醒和敏感。自由，就在我們自己的心和精神之中。

對一些在修前行的學生，最大的障礙是認為，前行和禪修是分開的兩種修持，這是不對的。我的一些學生說：「比起作大禮拜或持咒，我更喜歡禪修。」當我們一開始進入法道，每一個修持都是覺知的練習。隨著修持進步，每一件事也是覺知的練習——或說至少是可以練習覺知的機會。每一個醒著的時刻，都可以練習覺知。

在混亂或悅意之間保持穩定，是對我們的修持目標一個合理的描述，但是我們也要區分好過程和結果。認識覺知的過程肯定會影響瘋猴子心，我們平常的心理活動，不再像過去那麼散亂和活躍，修持對覺知的認識，一定會把心帶向更平和的狀態。然而，我們既定的目標是保持對覺知的認識，過程中發生什麼都沒關係，就讓它發生，這是我們最關鍵的目的。

事實上，會發生什麼呢？如果我們允許它發生——那就是我們的心會安住下來。但是，我們不專注於變得平靜，或尋求一個特別的結果。如果我們執著於保持平靜，那麼就不能夠持久的瞭解它。如果我們持續修持對覺知的認識，認識的過程中會體驗到，覺知本身就是本然的平靜，這是覺知的本質，無論我們的心緒多麼起伏，覺知固有的平靜始終與我們同在。這樣的練習有助於我們發現，不依靠感覺好壞來判定的寧靜和穩定，一旦有了這個體會，我們的心自然會平靜下來。如此，儘管平靜已不是目標，但它卻是結果。經過練習，我們在心混亂的時候，也能夠體會平和的覺知。當我們轉變了看法，穩定了目標，甚至痛苦的念頭和感受，都可以成為通向這個體會的路徑。依循這樣的修持，會帶給我們巨大的信心：發生任何情況，我們都有能力使之成為修持。無論內在或外在的混亂，我們都相信覺知無瑕的可靠性。

實際上只有一個天空

佛法的修持是循序漸進的，好比說我們第一次看到的月亮，是來自朋友的一張2D平面圖，朋友描述了月亮的形狀、顏色和特質，這就像是初學者接觸法教的狀態。我們用概念指向概念的超越，通常開始的時候，我們對佛法的理解體現於文字、圖像、字母和感受，我們在這裡，而佛法被我們指向那裡。

隨著不斷的修持，經驗轉變了我們看月亮的能力。這時，我們看到投射在湖面的月亮，比平面圖像和文字描述的月亮，生動鮮明多了。我們的佛性就是那輪明月，而我們透過概念，超越概念。

下一階段是直接的證悟。我們直接看到月亮——不帶任何概念的看到，無須文字、描述和預設的概念，只有赤裸的覺知。我們成為了曾經被指向的所在，這裡和那裡、「我」和佛法，都不再是分隔開的兩個事物。開始的時候，我們見到月牙兒，那是小小的證悟，是直接證悟的開始階段。在此階段，我們還沒有成佛，但已經從輪迴和苦中解脫了。當我們完全的見到自己的真實本性，就像看見了滿月，這時已經圓滿了證悟之道，也就是說，已經沒有什麼需要去了悟了。自此開始，我們的修持就是去加深和穩固所了悟的。

透過運用心所感知的相對真理的語言，我們得以清晰分辨，但語言和概念，只是引導我們的方法。我們將覺知分為三類：一般的覺知、禪修的覺知和清淨的覺知，是幫助我們瞭解那個不可區分的覺知的方法，其實只有一個覺知，就是我們心本具自然的特質，是每個人都具備的。我們說有西方的天空和東方的天空，實際只有一個天空，覺知就像天空，不可分割。

你的生活改變了嗎

今天很多人禪修是為了平靜、減壓，或是陶醉於禪悅，這樣的禪修的確會帶來正面的效果，尤其是當一個人認同心是困擾或快樂的來源。但是，這樣會導致人們，把禪修歸類為一種有開始和結束的活動：「現在我在禪修，等一下我就不在禪修。」

這裡的困難點，就在禪修所帶來的任何正面效應，都非常短暫，少有人留意讓禪修融入日常的活動，而使智慧和慈悲的見解及目的與禪修分離。禪修的肌理可能增強了，但是目標不明確，所以很難真正達到解脫。

切實的檢測是要看座下發生了什麼，如果在日常生活中看不到改變，那麼禪修完整的利益並沒有體現出來。如果你遇到鄰居的狗在你的草坪上小便，或是服務生送上來的湯是冷的，或是航班被取消，你的反應跟還沒禪修時一樣暴怒生氣，那麼你的修持中一定少了點什麼。

當我們理解了見地，就知道自己的方向，以及可以把它運用在日常的活動中。這個見地是我們的本質，覺知的精華本身就是清淨、完整而充滿所有美好特質的，而我們一般認為這是缺乏的。這個見地如果無法融入我們的活動，即使是一本正經的座上練習，也難免乾澀枯燥、了無生機。我們最終像擺在商店架子上的玩偶——只是端正完美的坐著，看似我們每件事都做對了，但覺醒仍舊遙不可及。

所有前行修持的階段，都涵蓋了禪修覺知的培養，從禪修的覺知，到第三種清淨覺知的轉變，但是不同的傳承也有所不同。在我的傳承中，清淨的覺知是根據指導，或由一位已經證悟心性的上師「指出來」，稱之為「心性指引的教導」。儘管我們已經擁有覺醒所需的一切，但仍然沒能精準的認識出清淨的覺知，因為它是如此的簡單和平常，人們總以為開悟的剎那會帶來非凡新奇的經驗，所以我們期待著那不可思議的一刻，殊不知每時每刻我們都未曾與清淨的覺知分離。指導者、老師或上師，只是讓我們見到自己已經具足，卻沒認識出的本質。

在我的傳承中，指引心性的教導，有時在學生開始前行修持時就給予，有時卻是在學生已經完成各類修持之後才給予。如果你已經接受了心性指引，那麼前行的修持，將是你用來加深和穩固，認識清淨覺知的方式。

不管運用哪一種覺知，每一個前行修持，都為我們提供了一個機會，去認識過去未曾見到的覺知的某個面向。佛法充滿了眾多可貴殊勝的內容，但認識覺知，才能把我們從輪迴帶向涅槃。

第三章　走近我的上師們

小時候我並不明白，
為什麼我們已經有了釋迦牟尼佛，身邊還需要一位活著的上師。
如今，我無法用語言充分表達出，一位上師的意義是多麼重大！

我所知道的佛法，都來自於我自己的上師，或許你也會想瞭解他們。我成長的經歷和我的上師們相當不同，我第一次到西方是二十出頭時，那時我學了一些英文，我講述事情的方式，跟我的上師或許有所不同，我所用的例子和借鑑，以及我對科學和心理學的興趣，都不是上師教的。但是，我所教導的所有重點和精華，跟我的上師們教導我的沒有不同。從我的上師們在西藏修行的那個時候到現在，整個世界已經發生了巨變，但人心絲毫沒變，這意味著：無論對從前還是現代的修行人，前行修持都同樣息息相關和裨益良多。

有些人有很多上師，有的人卻只有一個，上師的數量沒有正確與否的標準，而我自己有四位主要的上師：我的父親祖古烏金仁波切、尊貴的大司徒仁波切（Tai Situ Rinpoche）、薩傑仁波切，和紐修堪仁波切。堪仁波切是唯一一位我長大了才跟隨的上師，其他幾位是從我孩提時代就遇到的上師。但是，當我日復一日的越跟他們覺醒的智慧連接，就越體驗他們一致的本質——同樣的心，毫無差別。

我的父親——祖古烏金仁波切

我的父親總是慈祥和藹，而且不同於一般西藏的父親，他會給我糖果，還會在道晚安的時候親吻我的臉頰。我長大一些的時候，覺得他是位老闆或部長，因為他周圍的每個人，包括階位高的喇嘛或外國人，都對他尊崇備至。遇到意見不合時，他們都會說：「讓我們去請示祖古烏金吧。」這些人也視我非一般人，因為我是祖古烏金的兒子，這曾讓我一度相當驕傲。然而，我所認知的父親還是那戴著大眼鏡，身患糖尿病的老人。當我開始跟隨他學法的時候，他的身體狀況淡出成為背景，而他的智慧深深吸引了我，那是我想看到和聽到的。從那時起，我便視他為我的上師，從某個角度，他在我心目中作為上師的分量，更勝於作為父親的分量。

早在我還未跟父親學法之前，父親的行儀，就多次顛覆了我這個小男孩所認為的真相，那時父親就以他平等對待每個人而遠近聞名。有一件事我記得特別清楚，一天下午，尼泊爾國王的一名部長和隨行要來拜訪，寺院廚房早已為此進入「高戒備」狀態，在準備著特別的甜點和茶。尼眾和外國人為之興奮雀躍，但從我父親的舉止，完全看不出那天有什麼不尋常。我以為父親會換上特別的袈裟，但他沒有。前來的部長身著華麗絲質的禮服，談吐極有教養和深度，他們交談了一陣，看起來氣氛不錯。

部長離開後幾分鐘，一位當地的乞丐來請教父親一些問題，他滿腳污垢，頭髮凌亂，衣衫襤褸。在我看來，那是乞丐的一貫外型——骯髒和邋遢。現在回想起來，我不確定父親當時是否注意到這點，但我確信這個人的外表，沒有讓父親有先入為主的觀感，因為父親的一個特質是，他似乎能認識出他遇到的每個人的佛性。那時父親邀請這位乞丐，跟他一起享用為部長來訪而準備的茶點，他的語氣和關注沒有任何的改變，對待兩批不同客人的方式毫無差別。在父親看來，兩者的價值是完全相同的。即使作為一個小孩，我無法用言語表達自己的驚訝，但我知道這是不尋常的。

我們也許不認為，這是要在一位證悟的上師身上看到的表現，但是如果我們檢視自己的行為，或放眼看身邊的人，我們會認識到這是多麼的特別！當我們去思考「什麼樣的心才會展現那樣的行為」，我們會深受啟發並問自己：那樣的心是依靠什麼運作？不是世俗的價值、不是自我造作的執著，或社會階級的高低。當我們說「平和安住」的時候，不是指一個平和的局面，比如在安靜美好的地方禪修，而是指心在任何動盪的狀況中，都能保持穩定。

尊貴的大司徒仁波切

大司徒仁波切是我住了很多年的智慧林寺的住持，一直以來他都是我最重要的上師之一。第一次見到大司徒仁波切，是在我四五歲的時候，但那時我絲毫未意料到和他有共同的未來，儘管他很清楚。那時母親和我外祖父母，帶著我去印度朝禮佛陀的聖地，我們到了位於喜馬歐爾邦西部的措貝瑪，是蓮花生大士曾在此禪修的蓮花湖，我們在那裡接受了達賴喇嘛尊者的教法。這次旅行中，我們也到了菩提迦耶——釋迦牟尼佛成道的地方，以及佛陀初轉法輪的鹿野苑，還順道探望了比我年長十歲的哥哥措尼仁波切（Tsoknyi Rinpoche）。哥哥就讀的扎西炯佛學院，距離智慧林只有半小時車程，於是我們預約與大司徒仁波切的會面。我的外祖父喇嘛扎西多傑（Lama Tashi Dorje）曾與上一世的大司徒仁波切，一起在西藏的楚布寺（Tsurphu Monastery）修行。

就在我們第一次拜訪智慧林的時候，大司徒仁波切告訴我的外祖父，「（第十六世）噶瑪巴（Karmapa）曾告訴我，這個男孩是明就仁波切的轉世。」外祖父對此印象不深，當時我也還沒有正式認證，直到大司徒仁波切這麼一說，全家人才對我的身分真正清楚。離開智慧林的時候，我的外祖母對我說：「哇！你是很重要的一個小男孩喲。」

我問她：「妳說我是個『重要的男孩』是什麼意思？」

她說：「你是一位祖古。」祖古的意思，是指一位在過去世修行成就，而賦予這一世強大的證悟潛能的轉世之人。

第二天，我們回去見大司徒仁波切的時候，外祖父向大司徒仁波切請求給予我們長壽灌頂。這個儀式中，要吃下一顆混合了草藥和糖的長壽丸及喝長壽甘露水，大司徒仁波切準備了一套藥丸和甘露水給我的家人，另外還為我準備了一套——和上牛油和糖的美味糌粑（青稞麵糰）。他對我的特殊待遇，加上甜點，讓這次會面特別愉快。

大司徒仁波切接著告訴我：「非常歡迎你將來到我的寺院學習。」六年後，我真的去了。

第一次見到大司徒仁波切，我就對他有似曾相識的感覺，後來我才知道，過去世的明就仁波切（在我之前的六位）都是接受大司徒仁波切指導的。我自己在東藏康區的寺院，就是大司徒仁波切的法座八蚌寺（Palpung Monastery）的一個分支。

薩傑仁波切

我父親在西藏就與薩傑仁波切相識，後來他們倆都在噶瑪巴的法座錫金的隆德寺（Rumtek Monastery），教導年輕的僧人和祖古們。薩傑仁波切是一位祖古，他跟隨上一世大司徒仁波切在八蚌寺學習，一九五九年逃出西藏，最後回到智慧林，與這一世年輕的大司徒仁波切重聚。

薩傑仁波切與我父親，塑造了我最初幾年的佛法學習，他們兩人的教法，在見地和表達上都極其相似，也一直互相印證。很多方面都像是跟著兩個不同身體的同一位老師在學習，以至於有時候我都會混淆跟誰學了什麼。

在我領悟他們的智慧之前，從我父親和薩傑仁波切那裡，先是感受到了他們的慈悲。無論條件環境有多糟，他們都不遺餘力的幫助別人。智慧林附近的比爾流亡藏人都知道，薩傑仁波切心地仁慈，他們總是請他到家裡，為生病或臨終的家人修法誦經。比爾距離寺院有半小時的車程，山路蜿蜒，尤其冬天和雨季路上非常危險，但仁波切從不會說「我太忙」或「去那裡的路太難走了」而拒絕他們。

我在智慧林學習兩年後，正式坐床成為第七世明就仁波切。坐床後不久的一個深夜，我被大力拍門的聲音吵醒了，拍門聲持續幾分鐘，我和侍者都沒有去應門。通常祖古都有侍者，當時我的侍者睡在隔壁房間，我們都希望敲門的人拍拍門就走掉，最後，我讓侍者去看看發生什麼事。門外站了三位在寒風中哆嗦的人，他們因為父親剛去世，所以從比爾開車上來智慧林，請我去他父親身邊作特別的修法。當時我才十二歲，根本不知道那些特別的祈請文，而且我睏極了。在寒冬的深夜，冰霜覆蓋窗戶，我根本不想從溫暖的被窩裡起身。於是，我讓侍者告訴他們，明早八點我就去修法。他們離開之後，我很氣惱的抱怨被吵醒而難以再入睡。

第二天早上，我的侍者安排了車帶我們去比爾，一路上我忐忑不安的假定，我會是第一個到的喇嘛，而我不確定應該要做什麼。但是到了那裡我才發現，在我拒絕他們的請求後，他們敲醒了薩傑仁波切，而他昨晚就跟他們來了。想到薩傑仁波切這樣一位老人，在寒冷的夜晚，離開溫暖的床去為亡者修法，我從心底訝異和感動，同時也羞愧於自己的行為。自從那次經驗，我就對他完全的信任，日後我更加深刻認識到薩傑仁波切無量的慈悲。

紐修堪仁波切

我第一次聽說紐修堪仁波切的名字，是在去智慧林前不久。那時我父親在那吉寺的小房間，每晚都坐滿了求法的西方人，有時候父親也跟他們問起外界的新聞。那時候，我們沒有電，所以沒有收音機或電視，聽學生們講新聞，就像我父親私人的英國廣播公司新聞報導。有人會報導美國的新總統競選，或西藏流亡政府和中國當局的會談，或關於南美的地震。

一天晚上一位學生報導說：「紐修堪仁波切在西藏。」

我父親非常驚訝的問道：「你確定嗎？他拿到簽證了嗎？你從哪裡聽到這個消息的？」

那個學生說，他確定紐修堪仁波切在康區的噶陀寺（Kathok Monastery）——西藏寧瑪傳承的六大祖寺之一。父親回應道：「哇！這真是太棒的消息了！那裡的藏人多麼有福報，能有這樣一位殊勝的證悟上師來訪和傳法。」

父親接著對我說：「你應該爭取機會，跟紐修堪仁波切學法。」

接下來的兩年，我基本上都待在智慧林，直到後來開始三年閉關，都未曾離開過。閉關結束，我立刻去了尼泊爾探望家人，那時候父親又提起：「你應該去紐修堪仁波切那裡學法。」父親輕描淡寫的提出建議，就像在說「你應該下山去市場買一支新的煤油燈」一樣，他是不想給我壓力，但實際上父親已經聯繫了紐修堪仁波切，他告訴我不久後，我也許有機會跟這位偉大的上師學習，那是多麼幸運啊！

當我還在尼泊爾的時候，收到邀請去不丹參加頂果欽哲仁波切（Dilgo Khyentse Rinpoche）的茶毗儀式，那是一九九二年的秋天，我第一次見到紐修堪仁波切。至今我對那次見面還記憶猶新，心裡所有的概念思維都不見了！他的眼睛、嘴巴、手勢、說話和走路的樣子，無須言語溝通，都是對我的身教。仁波切走路時極為放鬆，彷彿沒有肌肉一般，但他走得很快，像在冰上滑過那麼流暢，絲毫沒有緊繃。他的眼睛微微向上看，似乎無時無刻不在禪修。他眉宇挺拔，幾乎沒見他眨眼，大概一小時眨眼一次吧，但他的目光不曾須臾恍惚。他所有的展現都是完全的自然和清明。

當時和我一起在不丹的還有三位僧人：祖古貝瑪旺嘉仁波切（Tulku Pema Wangyal Rinpoche）、我的朋友丹增（Tenzin）以及我的侍者。荼毗大典其中一天，我們受邀到紐修堪仁波切的房間用午餐，仁波切住處有兩個相連的房間，我們在裡面那間用餐。我告訴仁波切，我很早就從父親那裡聽說到他，今天終於可以見到他本人，真是太好了！那天的交談多半關於紐修堪仁波切的居住地——不丹，因為我們四人第二天就要出發在不丹旅行。仁波切告訴我們該去哪裡，哪個聖地可以去參訪，路況如何等等。

午餐將畢時，一位侍者進來告訴紐修堪仁波切，一些西方人在外面房間等候拜見他。他招呼我們等他回來，接著走到外面房間並關上房門。我的朋友丹增好奇的趴在地上，用手撐著上半身，臉貼在地板上，從門和地板間的縫隙向外看，他告訴我們西方弟子在問仁波切問題，仁波切正在作答。我立刻上前，跟他一樣趴在地板上，翹著屁股往外屋看。

突然間，沒有任何預警，一位侍者打開門撞到我們的頭，我們窘得漲紅了臉，還假裝那樣趴在地上臉貼地板很正常。那位侍者善意的什麼都沒說，祖古貝瑪旺嘉仁波切卻大笑不停。

我們回座規矩的坐好之後，堪仁波切也回來了。我告訴仁波切我真的很想跟他學法。他沒有答應，也沒有拒絕，只說了句：「我們看看。」我對他生起了極大的信心，期待著儘快可以聽他的教法。然而，因緣之下，我又等了好幾年。

後來，我終於再回到不丹，從堪仁波切那裡領受了農齊（藏文：Nyongtri）傳承的口傳。農齊的意思是「經驗教授」，它的傳承也稱為大圓滿殊勝的耳傳派。傳統上一位大師一生中只會把這個教法傳給一名弟子，而傳法的過程可能要幾十年。這與其他綜合了經教、論典和辯經學習的傳承有所不同，在這個傳法的過程中，上師必須完全滿意弟子對現階段教法的表述和領悟，才會繼續下一階段的教授。對我而言，雖然沒有花幾十年領受這個教法，但我確實跟在堪仁波切身邊數月，他的教導至今仍指引著我。

上師的角色

小時候我並不明白，為什麼我們已經有了釋迦牟尼佛，身邊還需要一位活著的上師。如今，我無法用語言充分表達出，一位上師的意義是多麼重大，儘管不是立刻就能體現，但修行本身就會證明上師的價值。因為很多人在成年後才接觸佛法，對佛教相關知識的理解很膚淺，以為修行會即刻讓他們快樂，儘管我們被告知：自己本身就是證悟的，只需要清理掉鑽石般本質上的塵垢就好了。但那需要多長時間？我們還需要多少幫助？

一開始我們都滿懷熱忱，然而在看不到任何改變時，或是被自己深重的習氣阻撓時，或是當起初的熱忱被沮喪和失望一掃而光時，我們的感受會如何？修行之道蜿蜒的伸向解脫，但要治癒苦的病，我們需要檢視它的成因。這就是說，對於最困擾我們的問題，比如傲慢和自滿、瞋心和貪婪，不是抽象的理論可以解決的，而要盡可能親力親為的自己面對。這是我們內心的污泥，它的確需要長時間去清理，而我們也確實需要幫助。我們所有人都需要！

我們通常一邊修行佛法，一邊仍然相信，是外在情況造成我們不快樂。我們一開始就只帶著一絲絲，甚至完全沒有這樣的理解：解脫的障礙是心建造的，我們也能夠破除障礙見到鑽石般的本質。修持之路必定會遇到陷入泥沼的情況，那又該怎麼辦呢？如果我們想攀登珠穆朗瑪峰，我們就需要找一位已經攀登過峰頂，而且熟悉路徑和登山繩索的嚮導，而非一位只讀過，或看過關於登珠峰書籍或電影的人。

所有前行的修持都是幫助我們，從已成為我們第二自性的認知圈套裡，走出來的方式和方法。我們總說要放下，要放下，要放下。重複這句話的原因，其實是自我習氣的不肯放下，自我的工作，是防止我們認識自己真正是誰，而上師的特殊功用，就是介紹我們認識自己。

雖然我的三位上師都已圓寂，我仍然從他們那裡學到新的東西。一些我曾經理解得不夠透徹的，或是我當時自認為理解其實並沒有理解的，會突然間變得清晰起來。我把多年前聽到的教法用在當前的困惑上，而他們的智慧便展現為活生生的真理。他們的教導至今仍激勵和啟發著我，而我對他們所展現的愛與關懷的感激，更是日益加深。我們可能對佛、法、僧感到摯愛尊崇，我們也會珍惜和獲益於反映證悟的對境，如佛像，但它們都無法對我們展現慈悲，給予我們指引和鼓舞，潤澤我們的祈願。是上師具有生命力的示範和指引，把我們和法的核心連接起來。

第二部

轉心四思維——四共加行

人身難得

死亡無常

因果業力

輪迴過患

第四章　擺脫自我設限——人身難得

在我第一次聽父親解釋人身難得的時候，
我問道：「如果人身那麼稀罕珍貴，
為什麼加德滿都這麼多人，到處都很擁擠？」

現在，我們就開始對轉心四思維，進行詳細的探討。這些思維的內容，構成了前行的第一部分，我們稱之為「共的前行」或是「外在加行」，它從思維人身難得開始。我們出生為人之所以珍貴，是因為我們有覺醒的潛能。我們與生俱來便是佛，所有的佛法修持，幫助我們認識和展現這個真理。因為我們並不真正相信我們覺醒的能力，所以需要這些教法，來逆轉認為自己不夠的傾向。

一天，當我父親在他那吉寺的小房間，解答尼眾們的提問時，他說：「你們每個人都有佛性。」父親當時坐在他的床（一個禪修木箱），通常藏傳的上師大部分時間都坐在上面禪修和講法，當時八歲的我和尼師們坐在地上的坐墊或氈子上，一起聽父親說法。無論他用什麼詞藻，父親總是在談心性，以及如何跟我們的佛性，也就是被他稱為「清淨的覺知」去連接。

我聽父親說了很多次，我們的本性就是佛，而每個人出生就具備佛性，生而為人，是給予我們認識出佛性最好的機會。儘管每次我都專注聽著，但我總是認為這個好消息跟我無關，因為我自己太弱小和焦慮了，那時的我遭受極度害羞和恐慌症之苦。像暴風雪、雷擊這樣的惡劣天氣，都會造成我的恐慌——喉嚨緊縮、渾身冒汗、噁心頭暈，帶著這樣的經歷，我不能想像自己跟諸佛有一樣的特質。

但是，那天父親在講解中特別強調，每個人無一例外的都具備佛性。「無論你相不相信，」他說：「你的真實本性，和一切諸佛的真實本性，沒有絲毫差別。」我聽到後第一次對自己說：「我也一定不例外。」就這麼一個想法——認為自己本質上與佛無異，就給了我一點信心，並相信自己將來不會那麼怯弱和恐懼。

那段時間，父親也向我介紹關於人身難得的教法，他問道：「生為狗會是什麼感受？或是作牛會怎麼樣？你會有自由和時間去禪修嗎？」他讓我思考在不同的情況下，是否會有機會接觸到佛法。「我們每個人都擁有成佛所需的一切。」父親告訴我，意思是能認識自己已經是佛。「我們可以看、可以聽、可以品嚐和觸摸，我們有開展無量慈悲的能力，我們也幸運的出生在佛法出現的地方和時間。所有這些，都讓我們可以開始去認識和感恩：一切有利的條件，已經成為我們生命的一部分。」

儘管我出生在和睦的家庭，身邊所有人都是虔誠的修行人，這個教法在我聽來並不容易接受。

每次我坐下來，想要去欣賞自己的本初善，所有我能想到的，都是我的恐慌症、我瘋狂的心和孱弱的身體。帶著認為自己很失敗的感受，我問父親到底我哪點做錯了？

「一開始就發現自己的負面特質，是個好徵兆。」他告訴我：「缺點通常藏得很深——像內心深處的一個影子，我們甚至都看不到它。要消除負面缺點，我們首先要看到它。」

為了解釋怎麼消除缺點，父親用了乾牛糞的例子。在印度或尼泊爾，牛糞經常用來當燃料，在牛糞還未乾的時候，把它壓扁成一個牛糞餅，貼在屋子外面的泥牆上曬乾。「當你把牛糞貼在泥牆上，等它乾了就和牆壁黏在一起了。」父親解釋說：「之後當你想清掉黏在牆上的牛糞，會怎樣呢？牛糞遇水會散開，然後讓牆壁更髒，臭氣也跟著出來。但是，如果你不停沖水上去，最終會把糞便都沖刷乾淨。」

「當我們開始檢視自己的心，我們會只看到自己不喜歡的那部分，甚至覺得自己的負面特質比以往還多，這是很自然的。最後，我們會看到這些負面特質，只占我們很小的一部分，潛在的是我們的佛性，我們清淨的覺知——什麼也不能把它帶走。一直深藏於內的佛性，永遠跟我們同在。」

通常，我們完全認同自己的情緒模式和慣性想法，把它們認為是「我」。我們的潛能被壓縮成對自己局限的定義，把自己局限在「我就是這樣」的執著念頭中。我們不滿意自己的生活，又壓抑自己不去改變。要超越自己設定的局限，我們需要放下把人的特質和條件，當作理所當然的習慣。

我開始逐漸相信自己擁有的，不只是令自己不悅的這幾樣東西，我開始覺得證悟或許真的是可能的——甚至對我而言。轉心向解脫的第一個思維的核心，就是對證悟的潛力生起信心，並善加利用。

拆解自我設限的習慣

人身難得的教導，有十八個思維的內容：八有暇和十圓滿。每一個內容，都具體的給予我們思維的方向，鬆動和拆解我們自己設限的習慣，每一個思維，也提供一種方式，去看待我們已經具足的特質。

八無暇是指八種限制，和障礙我們的環境。幸運的是，我們的出生沒有受這些環境和條件限制，而無法接觸到佛法智慧，因此稱為八有暇。

思維前四種條件，是從外在痛苦來看：人道與其他道的眾生相比，要值得慶幸多了。我們可以想像自己是牛，然後去認識此生沒有受到跟牛一樣的待遇，以及身心受困的痛苦。我們可以想像得到，一頭牛站在被自己糞便堆滿了的屠宰場，困惑或驚恐的面對周圍的一切。這樣的狀態要成佛極其艱難，幾乎毫無可能。我們要用想像和禪修去認識牛的生命，從而發自內心體會和感激，我們擁有人身殊勝的優越性。

思維這八種自由的狀態，我們要比較人的優越性，和生在其他四種非人道——地獄、餓鬼、畜生和天道的不利之處，接著要思考，自己處於人道中四種限制我們覺醒的環境和條件：生於邊地（沒有佛法傳播的地方）、生邪見家（不具正見的地方）、生於暗劫（佛不出現的時間和地方），以及諸根不具（有先天的心理和生理殘疾，而嚴重障礙修行的能力）。在詳細講解八無暇之前，我們需要先釐清有關六道的概念。

心被迷惑的狀態——六道輪迴

在藏傳佛教中，我們以六道輪迴圖，顯示被迷惑的心所呈現的幾種狀態。六道輪迴包含三惡道和三善道。三惡道是指地獄、餓鬼和畜生道；三善道指人道、阿修羅和天道。

前面的三惡道——地獄、餓鬼和畜生，對應的是瞋恨、貪慾和無明，這三者的順序，反映了身心痛苦不同程度的經驗。例如，畜生道代表無明愚痴的心理狀態，動物有很多好的特質，但是缺少認識它們自身狀態的能力，也不能從希望和恐懼中解脫，有的動物也逃不出成為獵物或肉食動物的命運。雖然畜生道的眾生和我們一樣有佛性，但其生存環境阻止牠們認識佛性的能力。

當然，我們人道眾生也有無明愚痴，那是我們認識自己本具佛性最主要的障礙。但是，跟動物不同的是，我們可以不被迷惑和愚痴控制。舉例來說，家長不顧糖尿病的日漸普遍，允許孩子吃過多高糖分的食物。作為人，我們被賦予作出更好選擇的智力，即使貪慾的習氣還是讓我們猛吃甜食，我們仍然有能力克服和控制個人有害行為。另一個和環境有關的例子，是世界上很多地方的飲用水和日常水源，受化學甚至人類排放的廢物污染，這種情況顯然源自人類的無知和愚昧，但我們也有能力去採取正面的改善措施。我們本質上並不受制於這些身心的不良習慣，我們也都有潛能，了悟被無明所覆蓋的清淨覺知而覺醒。輪迴中的痛苦被稱為煩惱或染污——是它障蔽了我們認識本初智慧的能力。

三惡道：畜生道、餓鬼道、地獄道

大多數有關六道的教授，都從最底的一道開始往上介紹，但是在非人道中，畜生道對我們來說是最容易跟自身聯繫的。讓我們先用一點時間回憶，自己曾經被動物本能的衝動控制的經驗：近來你有沒有特別想吃某種食物？被原始的性需求驅使？或在緊急狀況下感受到「打或逃」的反應機制？你能想像這樣強烈的渴望嗎？動物一生都被本能和自我保護所驅使，很多人也生活在相似的狀態下，不知道自己真正是誰。深入瞭解非人道眾生的狀況，主要是幫助我們，認識並慶幸自己沒有被煩惱禁錮，進而確定我們沒有浪費覺醒的機會。

餓鬼道的眾生四肢瘦削、腹大頸細，一次只能喝一滴水，這樣被無法滿足的飢渴所折磨的眾生，稱為餓鬼。

我們這裡真正在談的是什麼？是貪婪——一種貪得無厭，永遠在執取和渴求的心態。人類對這一道並不陌生，二〇〇八年金融危機的時候，多少人被貪婪驅使，被自私控制，無視後果的投入，必定帶來慘痛經驗的行為。當人們一門心思，甚至透過非法和不道德的手段，想盡辦法做到日進斗金，他們這樣無止境的慾望，耗費掉了自己親近佛法的所有時間和精力。

餓鬼永遠都停留在這一道，一些人道眾生也有很多時候處於這種狀態。但是，沒有人注定一直待在餓鬼道，重點要瞭解的是，這類心理狀態如何製造了我們解脫的障礙，同時也要瞭解，人道眾生可以不被這些障礙禁錮。我們反反覆覆經歷著各種輪迴的煩惱狀態，然而擁有人身，給了我們從自製的牢獄中脫離的鑰匙，進而從輪迴中完全解脫。

在藏傳六道輪迴圖中，地獄道居於最底層，表示一種受著極度痛苦的煩惱狀態，地獄道眾生被瞋恨和惱怒折磨。想像一下「盲目的憤怒」和「亂發脾氣」這樣的描述，想一想上次你怒火狂飆而失去理智的經驗——看不到當下情緒的成因，也不知該採取什麼合理的方法減輕它。心完全被瞋怒占據，而造成的一種盲目狀態，讓你看不到瞋怒對己對人的破壞性影響，和脫離煩惱的出口。

除了瞋恚的煩惱，地獄道的眾生還被極熱和不可想像的寒冷所折磨，被困於無止境的痛苦中。想像一下你自己的身體經受極大痛苦的狀態——神經抽痛、牙齒發炎、肌肉痙攣，或是想像自己是被折磨的受害者。現在，想像從你出生到最後一口氣，這樣的極苦都一直持續，如此狀況下，要生起認識佛性的願望，幾乎是不可能的。

和其他惡道一樣，請理解「地獄」不是一個地理位置，而是心迷惑的投射。外境不會造成這樣的心理狀態，不只是西方人會誤解地獄存在的位置，連西藏人也會認為惡道是外在的環境，這就是為什麼薩傑仁波切曾經告訴我的：「一切都是心的顯現，『外面』沒有地獄。」

既然這些惡道都是在形容人的煩惱，或許思維不同的道是如何由心顯現，而非我們出生在那樣的惡道中，對我們更有幫助。如果錯誤的認為自己是出生於那樣的惡道，就也可能會認為那是沒有終止的宿命。其實不是那樣。自由意味著不受瞋恨、貪慾、愚痴，或任何破壞性情緒主宰。生活在憤恨中的人，我們就說那是地獄，因為他無法出離，因此不可能接觸到佛法，也沒有可能覺醒。極度煩惱的狀態使我們深陷其中，看不到究竟發生了什麼，當我們認同負面的展現，就像掉入河水中，被浪捲走了。

思維惡道的苦，幫助我們建立信心：我們可以學習跳出衝動和煩惱的掌控。我們可以有選擇，我們可以接近本初的智慧，開展覺知。因此，三惡道的眾生，盡失認識自己證悟特質的機會這一痛苦，最能引發我們的慈悲心。

三善道：人道、阿修羅道、天道

輪迴中的三善道，包含人道、阿修羅道和天道。人道主要的苦來自於渴求、慾望和執著。執著不僅是指對外在的現象，諸如房子、食物、金錢和伴侶，而形成我們最深的執著，是對自己的想法和認同。我們執著自我，執著錯誤感知中，自己一直珍惜和保護的一個虛幻造作的影像。我們總把自己放在首位，並試圖達成滿足自己需求、證明自己是誰的一切想法。

對於人道的好消息，是人道提供了從輪迴到涅槃足夠的苦，不太多，也不太少。三惡道的苦太劇烈，那裡的眾生無法解脫，而人道所受的苦，卻能激發我們對自由的渴望，短暫的快樂也證明苦不是固有的，它是無常和可改變的。苦樂參半，創造了醒悟絕好的條件，這不是很棒嗎？

阿修羅和天道，顯現的是嫉妒和傲慢帶來的煩惱。（阿修羅道和天道，一般是分為兩個不同的道，但是在前行中歸在同一道。）這一道的眾生被奢華的享樂誘惑蒙蔽，生不起想要覺醒的願望，試想一些人在欲樂享受上花去的時間、金錢和精力：精緻的食物、完美的沙發、最好的車、極致的按摩浴缸、理想的海島假期，他們被物質享受層層包裹，坐享表面的安全和滿足，讓自己不得不遭受必然的人生變故所帶來的絕望。那一天真的來臨時，他們仍然沒有準備好，去面對經濟或社會地位的改變、失去所愛的人、衰老、病痛和死亡。

沉溺於這一道的禪修者，可能會把更多的時間，花在布置美麗的佛堂上，而非致力於修心，或者因為舒適的誘惑力太強，以至於他們修著修著就躺在了沙發上。你知道這其中的問題嗎？太舒適和滿足更不利於修道，當我們的心沉溺於奢華享樂，它不會對練習覺知有興趣。用點努力和堅持把背挺直坐好，會幫助我們的心捨離習氣的陷阱——無論是沉迷於感官，還是盲目嗔怒，或是貪慾。

天道眾生把禪修當作另一種追求享樂的傾向，或是刻意製造愉快的禪修經驗，就像要飛去度假勝地的島嶼，禪修成為他們另一種尋找享受的途徑，而不是去清晰看到自心本質，或直接經驗事物實相的方法。這種尋求快樂的錯誤策略，最終會將他們帶入更糟的痛苦。

我父親總是強調：生於人道是覺醒最好的機會！然而，當我還是孩童時，天道看起來還是那麼迷人：豪華的宮殿充滿了美味的食物、盛大的派對、優美的音樂，而我父親解釋道，感官慾望的徹底滿足，會造成一種沉醉迷戀的狀態，使天道眾生有些愚鈍。昏庸的自我滿足，讓天人壽命很長，但我父親說：「天人的生活沒有智慧。」聽父親這句話的語氣，我確信：所有存在的生命狀態中，沒有智慧是最可悲的。

設身處地的觀修

因為佛性是每個眾生本具的，對於解脫，沒有絕對的障礙存在，但不是所有的眾生在他們此時的狀態，就有機會覺醒。很多眾生有精神、生理或情緒上的不利條件，以至於造成法道上的強大阻礙。每一個眾生也都會遇到困境和障礙，但是具足人身，意味著我們有能力度過難關，突破障礙。

觀修八有暇的時候，我們將自身，和處於被困而無力解脫的眾生調換位置，想像自己生在地獄道、餓鬼道或畜生道，或是自己是天道眾生，設身處地的成為這些道的眾生，而不只是作為旁觀者，就像是電視機前的觀眾。

你不需要依次去觀修，如果讓自己成為地獄道或餓鬼道眾生，讓你太壓抑或難受，那就先觀修自己是畜生道或天道的眾生，稍後再回到比較困難的部分。我建議從最容易的著手練習，或許是畜生道，選一個你知道的動物，比如牛或狗。

【禪修練習】成為一頭牛

- 以放鬆的姿勢坐好，後背挺直。
- 你的眼睛可以睜開或閉上。
- 用一兩分鐘安住在開放的覺知中。
- 把牛的影像帶到心裡。
- 安住在那裡。如果你的心散亂了，輕輕把它帶回牛的影像上。
- 現在你變成牛了，你有四隻腿和長長的尾巴，想像發出的聲音也像牛一樣「哞——」，然後想像你吃著草。
- 現在透過以下四個方面來思維牛的生命：

身體：牛的身體是怎麼樣的？想像自己確實就是一頭牛的感受，住進這頭牛的身體，要具體和形象。

壽命：思考牛的生命何其短暫，認識你生命的長度，和它賦予你覺醒的機會。

環境：這頭牛每日每夜在哪裡度過？在哪裡覓食？是在骯髒的牛圈還是在烈日下？牠渾身沾滿牛糞和蒼蠅。

痛苦：牛是如何生活和被利用的？牠的身體是為了提供牛奶還是牛肉？或許牠的鼻子上穿了一個環，被人鞭韃，在火熱的田地裡耕作；或許牠被關在養殖場，擠在牛群中不能動彈；或是被灌食化學激素催長，等肥碩之後送到市場。盡可能的在你自己身體內去這樣感受，讓身體的感受成為禪修覺知的助緣。

- 接下來思考：如果你是一頭牛，你的生命將是多麼局限，你不會有能力選擇人生道路，更別說要除去痛苦的因。
- 現在，思維和感恩你生而為人的幸運，實在跟生為一頭牛太不一樣了！你可以反覆思維當牛的狀況，和欣賞當人的福報。
- 如果你在禪修中散亂或疲累，安住在開放的覺知中一段時間，再回到牛的觀修上。
- 這樣練習五到十分鐘。
- 結束時再讓心安住在開放的覺知中。

知道自己在哪裡

讓你的心安住於牛，不等於是作關於牛的白日夢，這是覺知的禪修。一般來說，當我們心中想到什麼，並沒有帶著要想這件事的意圖，念頭開始一個接一個快速的經過，我們甚至都不知道自己在想什麼。此外，我們認同自己的想法，沉浸在自己的想法和感受中，並且相信它們跟自己無異。這裡帶著要開展覺知的意圖，讓我們在想法冒出來的時候，知道自己在想，觀修自己是牛的禪修中，我們刻意想像著牛，透過思考開展對心的活動的認識，而不是讓自己在念頭中散亂。因為覺知，我們知道自己在禪修。

試著去把握一般的覺知和禪修的覺知之間的差異，其中的關鍵在於我們在想著牛的時候，認出自己的覺知，我們在思考的時候，知道自己在思考。所以，一開始要確定認出覺知的意圖。

當我們這樣練習觀察修的時候，不時和安住修交替練習，是很有幫助的。當我們想像自己是牛，想了一段時間之後，心可能開始覺得無趣或躁動，我們會想：「受夠這頭牛了！」如果是這樣，放下觀修，安住一會兒。放下觀想的內容，但是保持覺知，吐一口氣，放鬆一下，「啊……」，就這樣休息一下，回到開放覺知的練習，不再作牛的禪修。

如果說我們在禪修時，完全被念頭席捲，忘失當下，這時，要把自己喚醒，回到當下。這一刻，我們經驗到的就是覺知，這就是無散——無修也沒有丟失的一種狀態。一開始我們認識到：「噢！我丟失了。」接著想：「我現在應該禪修。」但這已經是後來的一念了，這中間有一個無散的覺知的瞬間，我們清楚自己在哪裡、在做什麼，但並沒有要去控制心或特別做點什麼。我們完全平靜於當下的一切，這就是安住在無修當中。

當對禪修感覺厭倦或乏味的時候，應該放掉觀修；當覺受發生轉變的時候，也要放下思維。這裡指的是例如：從理智上很容易理解，當人比當牛有太多的優越性，但在這個認識上確實生起感受，從心底感恩自己得到人身，當人身難得從理論進入切身的覺受，這時要放下觀修，安住在這個覺受中。「啊……。」我們在毫不費力的無修中休息，對發生什麼或沒有發生什麼，都不著意，也不忘失。

如果心又開始躁動，或是妄念湧起，那就再回到牛的觀修上，要帶著這樣的技巧和努力來練習。如果你一分鐘內散亂後再回到牛禪修二十次，那也沒有問題，訓練心無散，需要一再的練習。

從牛的觀修中出來，你清楚認識到，牛的生命和你自己生命的不同，思維兩者的不同點，最後帶著覺知靜坐片刻，結束這一座的觀修練習，整個練習可以持續五到十分鐘。

阻礙覺醒的四種狀態

在思維四種非人道：地獄、餓鬼、畜生和長壽天之後，轉心的第一個思維，要繼續觀修四種人道的無暇——阻礙覺醒的狀態。

首先，我們認識到自己沒有生於「邊地」——通常是聽聞不到佛法，或抵制佛法的地方。現今有一些反對或批評異己的宗教，或是鎮壓反政府宗教團體的國家或社會，或是處於愛爾蘭基督教會之間，或斯里蘭卡佛教徒和坦米爾人之間的爭端，遜尼和什葉兩個穆斯林教派的分歧，這些都是一種無法自由選擇自己信仰道路的境況。

第二，感恩自己的修道沒有被邪見或世智辯聰限制，這是指主流信仰阻礙佛法傳播，因而不能或很難得到佛法利益的環境。邪見或謬誤的信仰包含：相信傷害他人會帶來福德，或認為奴役或殺戮是合法的，或是否定超越個人理解之外的真理，比如色空不二。

第三，思維沒有佛出現的狀況。人類歷史上，不遇佛出世的時間稱為暗劫，如果生於暗劫，我們將聽聞不到佛法，更別說有支持我們證悟真理的條件了。這當然不是我們現在的情況，因此我們要歡喜自己擁有的福報。

第四，也是最後一個無暇的狀態，是指沒有先天性身心殘疾。殘疾並不代表絕對不能修學佛法，但它的確會讓修法更加困難。如果我們沒有這方面的障礙，那應該隨喜自己，完好的身心帶來的便利，而不再視之理所當然，這點的思維，會幫助我們認識人與生俱來的才能，以及這些能力如何輔助和促使我們覺醒，讓我們能夠聽聞教法、閱讀經論、外出求法，或是朝禮聖地。

擁有滅苦的能力

試著把思維八有暇，帶入每天的修持，就像之前作牛的觀修那樣，開始可能每個觀修需要十分鐘，隨著不斷熟悉，每一個觀修用一兩分鐘來修持就足夠了。

當你在每一道觀修的時候，安住在眾生處於八難的痛苦中，由此可能很自然的，會生起悲憫的感受，甚至在座中流淚。你不需要抑制這樣慈悲的感受，只需要保持覺知，知道發生和經歷著什麼。

我們練習觀修，把自己放在惡道和無暇的狀態，是為了要認識自己擁有滅苦的能力，這是我們的主要目的。除此之外，這樣的觀修會帶來其他很重要的好處。禪修最大的兩個障礙，是昏沉和掉舉，思維眾生能幫助心不陷入昏沉。因為當我們想調伏自心時，心的回應是變得更加昏昧模糊，或是更加焦慮疾馳。當我們昏沉的時候，還沒開始思考，心就關閉了，失去了我們的禪修意願，經常這樣迷糊朦朧的就睡著了。掉舉的時候，心飛速跳躍，像無頭蒼蠅到處亂撞，一刻不停。通常用呼吸或其他對境，比如看著燭火或花朵，也難以促使心完全從昏沉和掉舉中，清晰安住下來，但當我們觀修眾生，尤其是思維苦和無常，對心穩定和專注會有幫助，昏沉和掉舉不容易發生。當然，我們的心還是會散亂，這是心很自然的功能，繼續把自己帶回到覺知就好了。

建立穩固的基礎

在開始講解十圓滿前，我想跟你們重述觀修人身難得，對整個前行修持奠定的重要基礎。

觀修首先讓我們認識覺知，當我們觀修和其他道的眾生交換位置時，我們開始發現，一直和自己同在的慈心和悲心，於是我們只需要知道如何去開展這些特質。被白日夢和幻想占據的人生，讓我們看不到自己編造的劇本之外的真相。通常，心念對我們具有超乎想像的強大力量，而透過這些思維，我們學習用想像的力量，拆除令我們深陷輪迴的情緒模式。

我們都固執於自己的身分認同，甚至變得完全受困於，貼著自己珍愛的標籤的各種盒子裡：「我是男人、我是藏人、我是佛教徒……」無數這樣的標籤，形成了堅固的認知，但是，一旦把自己想像成動物，我們僵固的自我感受可以有些放鬆。現在我們的盒子也包括可以是一隻牛，多麼奇妙啊！

一旦認為自己是誰的禁錮想法開始鬆動，我們會嘗試新的外相、形狀和稱謂。當我們繼續修持，這新發現的彈性空間，會讓我們在他人和自身，看到更多恆時存在的覺知——智慧和慈悲。如果我們可以變成牛，那或許我們也能成佛。

我們觀修一開始的想像很簡單，但逐漸會增加難度。開始我們想像的是外在的一種動物，接著我們變成那個動物，之後要觀修我們之外的佛，但是前行完成的時候，我們變成了佛。我們適度謹慎的開始，但當我們對自己是誰，和能夠成為什麼的定義開始擴展時，一切都是可能的。最終我們僵化的概念瓦解了，我們認識到自己不是變成佛，而是我們已經是佛。

當我們在精神修持的路上運用想像，它就成為我們突破狹隘定義，用放大鏡看一切可能性的方法。對於我們的心，我們不再試圖控制，或逼迫停止它自然的活動，而是運用它富有創造力的能量。所有充斥於心的文字、圖像和對白，都成為達到這個目的的助緣。

是誰在指使心每一刻的改變和重組？是什麼讓心那麼多變易動？要回答這個問題，你需要先問問自己：是否有一個用來定義你的真實的「我」或「自己」？如果你認為有，那麼試著把它找出來，所有認為關於自己的想法基礎在哪裡？又或許你對自己的定義，只是感知上的一個概念？當你移除所有你對事物的看法，甚至對自己的信念，剩下還有什麼？當你赤裸的直視自己的時候，你看到什麼？

一次在印度菩提迦耶德噶寺（Tergar Monastery），有位學生指著我座位前面的木箱，他說那可以看作一張桌子、一口棺材、一個箱子，或是法座……這完全取決於怎麼看它和用它。重點是，即使我們通常認為，經驗來自獨立於我們思維之外的客觀現實，然而想像就會帶來經驗。對心靈道路上的修持而言，觀想是一個極好的能力，但同時也可能讓人頭疼不已。那麼，我們確實可以作出選擇——運用它來自利利他，或是被它掌控擺布。

觀修練習給我們帶來許多有趣的問題：是誰讓我們有可能把自己想像成其他道的眾生？我們思維與其他眾生對換位置的能力，如何讓我們看到了自己？如果我們對世界和對自己的信念，僅僅是一些想法，那麼我們又是誰，或是什麼？這些關鍵的問題，就是在暗示空性的絕對真理，即是能帶領我們解脫出僵固虛幻概念的究竟實相。未來我們將有很多機會探討這個主題，現在，先保留對這些問題的好奇心和創意空間吧。

解脫的有利條件——十圓滿

十圓滿或說十種具備的內在和外在條件，涵蓋了我們本有的覺醒機會：生而為人、或生中土、諸根具足、業未顛倒、信仰佛法、有佛出世、佛說正法、傳承住世、有僧伽住持正法、遇善知識攝受。

與限制和障礙的境況相反，十圓滿或十具足，賦予了人得到解脫的有利條件。

第一是生而為人——覺醒的先決條件。儘管我們還未完全運用它的能力，人身已然重要，因為它給予我們潛力，去探索自己的意識形態、學習認識心、體驗內在的覺性、以及瞭解超越自我、性格和個性想法的我們的本質。

第二個具備的條件是「中央之地」，指的是能夠值遇佛法的地方，就是菩提迦耶，位於印度中部釋迦牟尼佛證悟的地方。另外，這也指任何我們能接觸得到佛法的環境。對於這些需要具備的條件，不要太過著意字面的理解，重點是認識和感恩，我們出生在能夠聽聞到佛法的時間和地方。

第三，我們諸根完具。在這個時代幸運的是，盲人有了布萊葉盲文點字的書籍，聾啞人士也有手語來溝通，身體殘疾似乎不再表示完全不可能修持佛法、開展自性。但是，有的人還是嚴重缺乏修行的能力，所以我們應該歡喜自己，眼能看到智慧之語，耳能聽聞正法傳播。

第四個是業未顛倒。這是指謀生的方式，沒有帶來自他傷害和痛苦，尤其是在等級和種姓制度決定人生活範圍的時代。當今世界很多地方，社會階層沒有固定的等級化，然而因為謀生所需的職位有限，以及對破壞環境帶來利潤的接受，或是為戰爭或食肉而形成的工業，這些都表示：現代文明還是認可造成苦的非正業。思維這點，我們會認識到：自己能選擇從事的職業，不給世界帶來更多苦難，是幸運的。

接下來的五個條件，確定了我們能值遇佛法的可能性。首先，有佛出世；第二，不僅佛陀出現，還宣講了正法。如果佛陀只是出現於世，但不開口說法，那也對我們幫助不大。事實上，這幾乎發生了！當釋迦牟尼佛在菩提迦耶證悟之後，他最初的想法是：「沒有人能相信我的經歷、我所發現和證悟的，對誰宣說都沒意義，沒有人能夠理解。」但後來，根據經典記載：大梵天和護法神替眾生懇求，勸請佛陀說法。

第三，不僅佛陀出現和講法，我們還具備值遇正法傳承的福報，如果沒有歷代的傳承，佛陀的教法很可能已經失傳。世界歷史上很多宗教興起又消亡，多少王朝和皇室覆滅，然而在過去兩千六百年，我們的傳承從釋迦牟尼佛開始，未曾間斷過，這是多麼讓人驚歎歡欣！

第四，我們要感恩住持正法的僧團。儘管佛陀出現並講法，他的教法可能只是以文物的形式保存在博物館，而沒有一個活生牛、即刻能與其源頭連接的媒介，是住持正法的僧團，把釋迦牟尼佛的智慧傳承下來，並教授修持和體證這些教法。我們能夠接觸僧伽，是莫大的加持——切勿輕視它！

十圓滿的最後一項，讓我們能聽聞佛法的，是慈悲攝受我們的善知識。我們何其幸運，出生在有佛法老師的地方，我個人的經歷就足以證明這點，僅靠我自己的力量，是無法從膽怯和恐慌中解脫的。因為我的上師們的指引和幫助，我才得以看到神經質習氣的展現，而不被它們吞沒，從習氣中解脫彷彿帶我進入了一個與之前完全不同的世界。這僅靠我自己是無法辦到的，而上師們的慈悲，給了我觸動內心的體驗，而非定格在「證悟的人行止應該如何」的一個想法上。

人身的稀有難得

現在，我們已經開展出對具足人身的真切感激，接下來我們還要好好思維並接受，擁有人身這個條件也是無常和稀有的。下一世我們未必可以再得到人身，就如同寂天菩薩所言：

> 暇滿人身極難得，
> 既得能辦人生利，
> 倘若今生利未辦，
> 後世怎得此圓滿？

在我第一次聽父親解釋人身難得的時候，我問道：「如果人身那麼稀罕珍貴，為什麼加德滿都這麼多人，到處都很擁擠？」

我父親用一個西藏的故事回答我：從前有位來往西藏和印度做生意的藏人，在西藏他聽到有關人身難得、人比其他眾生都稀有的教法。一些時日之後，他回去見那位說法的上師並問他：「你到過加爾各答嗎？」

上師說：「沒有。」

「啊！現在我明白，你為什麼會說出生為人非常稀有了。」那人說：「加爾各答每條街都擠滿了人，要穿過去都很困難，你生活在西藏這樣廣闊空曠的土地上，從山這邊的小村莊走到山那邊才有另一個村莊，難怪你會認為出生為人是罕見的珍貴，但我保證那不是真的。」

接著上師告訴他：「你帶一支鏟子去樹林裡挖一塊土，大概四尺見方，看一下，把草皮下的生物數清楚，需要花多少時間？」

一個蟻塚所含的眾生數量，可能就超過一個小城市的人數，而海洋中的生物更是不計其數。一項國際研究已經發現了二十幾萬種海洋生物——那還只是目前所發現的數量。因此有個西藏的說法是：如果你朝一個房間不停撒米，一粒米黏在牆上的機率，也大大高出得到人身的機率。

佛教認為，得到人身是過去世善行福德的結果。想一想，現今世界上從事社會福利，或在強權面前修持安忍，或在經濟困窘時捐贈錢財或食物的行為都不多見，出於利他和奉獻的行為，相較出於自私和欺壓的行為，實在鮮少而罕見。這就和業力有所關聯，我們稍後會詳細講解。現在，請感恩自己稀有難得的人身，並且知道這不是偶然獲得的，欣賞和認識這點，其他的先不必擔心。

沒有比現在更好的機會

我的一位朋友曾抱怨，她所在的加拿大不列顛哥倫比亞地區，缺乏佛法修學的環境。「在西方修行很孤獨，」她說：「家人希望我們學醫，或從事有前途的職業，即使佛法激勵我們一生都去利益他人，但我們的承諾並不被尊重。不像在西藏，佛法是那樣的受到珍視。」

「每個人修行佛法，都需要突破自己的困難，」我告訴她：「否則的話，為什麼需要修行呢？每個人都需要受到鼓勵。所有立下誓言為了解脫眾生之苦的菩薩，面對過各種障礙挫折和家人反對的老師們，想想釋迦牟尼佛、想想那洛巴、想想密勒日巴，他們之所以成為偉大的導師，不是因為他們都沒有障礙，而是他們借助障礙邁向成佛。再看看現代的大師們，比如第一世頂果欽哲仁波切。」

頂果欽哲仁波切（1910-1991），是上一世紀西藏佛教最偉大的上師之一，一位真正的法王。他還是小孩子的時候，唯一的心願就是學法，他的父母對佛教虔信，但因為他的哥哥已經認證為祖古，不希望把另一個兒子也送去寺院。每一位見到兒時欽哲仁波切的上師，都認為他有特殊的資質，但他父母仍然拒絕讓他出家。

直到一個夏天，事情發生了改變。欽哲仁波切的父親雇了很多苦力來幫忙收割，給大家準備的食物是用大鍋子煮的湯。一天，十歲的欽哲仁波切跟他弟弟玩耍時，不慎跌進滾燙的湯鍋，全身嚴重燙傷，一病不起。全家人每天為他誦長壽祈請文，但過了幾個月他仍然奄奄一息。一天，他父親對他說：「我願意做任何事，只要能把你救活。有什麼是你能想到的，任何儀式或祈願文，可以讓你好起來的？」

欽哲仁波切立刻告訴他父親：「讓我穿上出家人的僧袍，也許會很有幫助。」

果然，當僧袍輕輕蓋在他的傷口上，他很快痊癒了。

另一位了不起的佛教大師——阿底峽尊者（Atisha，982-1054），也曾經受到家人阻礙。他跟釋迦牟尼佛一樣也出生在皇家，他的父親希望他繼承王位，想盡辦法誘惑他遠離精神的追求。那洛巴的故事也相似，他所想的就是修道，而他父母逼迫他結婚，最終結果也未如他們所願。偉大上師們極高的證悟，固然讓我們深受鼓舞，但認識他們曾經歷的掙扎和家人反對，同樣也會激勵我們。看到他們和我們一樣面對障礙和問題時，我們也要看到他們在修持中的持戒、堅韌和虔敬——這些出離困惑必須要培養的特質。

我們並非孤軍奮戰，所有的傳承上師和法教，都支持著我們。透過思維珍貴人身，會讓我們相信，自己也可以效法前輩祖師的行儀。瞭解我們已經擁有修持之路上所需的一切，也能策勵我們，不要浪費自身本具的寶藏，我們已經種下了可貴的種子，看到修道上小小的成績，必定能夠改變我們對自己的看法，進而擴展我們的認知，探索更廣大的可能性。或許，我們還會驚訝的發現，自己可以向上司提出休假或加薪，這樣曾經覺得難以啟齒的事，或者過去讓自己緊張害怕的活動，比如當眾發言、搭飛機旅行，或是唱卡拉ＯＫ，現在我們可以欣然受邀前往。

最重要的，我們開始看到，證悟不是遙不可及的一種可能，而是我們的本質。證悟跟我們，如同火和熱度，從未分離。但是，唯有認識到證悟只會發生在當下，我們才能真正覺醒。深刻思維自己所擁有的珍貴人身，我們會認識到——沒有比這更好的機會了！

第五章　一切都在改變中——死亡無常

當認識無常，
讓我們終於接受自己的身體必然會死亡，
我們會真心發願，充分利用人生。

加德滿都谷地夏季最炎熱的幾個月，我母親總會帶著我回到努日（Nubri）——我出生的地方，和外祖父母住在一起。家鄉的村莊，座落在尼泊爾和西藏邊境的南面，在努日的一個藏傳寺院裡，有一幅屍陀林的畫，畫裡一群大鳥噬食著人和動物的屍體。

我第一次看到這幅畫時便問外祖母：「那是什麼？」

「那是死亡。」她回答。

「死的時候會怎麼樣？」我問。

她說：「你的身體遺留下來，只有心繼續下去。」

「心去哪裡呢？」

「問你外公去吧。」她略帶惱色的說。

我的外公還在世，而且是一位證悟很高的大禪師，我總愛在他禪修時坐在他房間裡，但那時我太膽怯，不敢問他關於死亡的事。

很快的，死亡無常便發生在我身邊，和我外祖父母住在一起的一位牧人病了。在努日，我們有幾十頭的牛、犛牛和犏牛（藏音：dzo，犛牛和牛交配所生的下一代），有兩位幫我家照顧牲口和土地的人，他們也負責把牛奶做成奶油和乳酪，家人再賣給從加德滿都來的商人。其中一位牧人特別和藹善良，經常和我玩，還帶我去遠處的草場放牧。我們家住在相連的三間房屋的中間，那位牧人住在我們隔壁的二樓，傍晚外祖母會給所有人準備晚餐，但這個牧人從不準時來用餐，等他最後出現的時候，外祖母總是會責怪他。其實他們感情很好，就是會拌嘴。

後來，這位牧人病了。我那時七歲，他應該也有五十歲了。他無法起身去照顧牲口，更多時間都待在自己房間。那段時間，外祖母非常照顧他，做他喜歡的食物送去給他。有時候我也送餐給他，發現他躺在床上，我在他身邊坐下，他會安慰我說：「我好起來了，但是今天走路有點困難。」

我告訴他：「你真的會好起來的，很快就會康復。」

幾個月之後，他死了。我為此傷心了好幾個星期，雖然不是每天哭，但也是斷斷續續。我想念他和他的愛護、幽默，這樣一位我在努日的家人，我從沒想過，一場病就會把他從我們身邊帶走，即使我認識的人一個個離去，我也沒有意識到，每個人的生命都那麼飛速消逝。

到了秋天，在大雪封閉努日和加德滿都間的山路前，我和母親回到那吉寺。一天傍晚，我和侍者跟幾位尼師坐在屋外和父親講話，其中一位尼師請求父親，為一位剛往生的人念誦祈請文。祈請文中，父親用了西藏的一個方式來形容死亡：這座山上一個人死了，是對那座山的人捎來無常的訊息——每個人遲早都會死去。輪迴中沒有任何事物是永恆的。

從那時起，我心裡便開始有了一種模糊的認知：如果我沒有理解死亡無常，我會始終在周圍的人事物，甚至我自己的身、心中尋找一種穩定性。事實上，一切都在改變。我開始看到：尋求根本不存在的穩定和恆常，只會讓心不斷處於執著和痛苦當中。

重新看待變化

思維無常，自然會讓我們想到死亡。前行的法本中說：「這個世界所包含的一切，都是無常的，我也將會死亡。」人們普遍對死亡所產生的恐懼，及對自己存在的執著，乃至正在衰亡的身體，都為觀修無常提供了充分的助緣。我們都能連接上這類無常的感受，而禪修死亡和準備死亡，可以拔出最根深蒂固的執著。如果我們真心精進的禪修死亡，那必定會影響我們的生活。

一旦我們接受自己的無常，就會發願不在無意義的活動，或帶來更多痛苦的事情上浪費時間。無常的真理強化我們想要自由的願望，我們希冀在失去各種難得的條件之前，能夠好好的利用它們。我們不希望等到臨終才第一次面對無常，而後悔自己應該早做準備。當我們對無常的認識穩定下來，便能夠縮短自己認為事物該如何，與事物的實相之間的距離。

假設我們每天的修持，都包含思維死亡無常，一天下午我們到了機場，卻發現我們的航班被取消了，如果我們對此感到不安，證明我們修持的某一部分沒有做到位。或許太狹隘的專注於自己的身體，因而看不到自己一直抗拒著改變；或許我們一直忽視了內心的執取，而面對現實所發生的狀況無法接受。我們以為自己已經在修持面對死亡和接受無常，但當我們的汽車拋錨，或發現自己最愛的毛衣被蟲咬了一個洞，就沒法淡定了。

如果禪修死亡，不能轉變你對待細微變化的態度，那麼選擇一個不太強烈的對境，然後慢慢深入。舉例來說，回想一下某個已經往生的人生命的最後幾天，或是憶念一個正在生病的人，或是生病或已經死去的寵物。不是每個人一開始就能面對自己或其他人的死亡，那是沒有關係的。

在前行的次第修持中，第一個思維是確定我們認識：生而為人，給予我們覺醒稀有和珍貴的機會，接下來思維無常會激勵我們轉心向法，不再浪費時間，確定好一個方向，為實現我們一直嚮往的自由和滿足而精進。

當你可以在教法的基本原則內有所選擇，比如選擇禪修無常的對境，你有必要選擇和自己能力相符，不太困難也不太容易的對境。如果觀修你自己，或一個你愛的人的生死帶來太多不安，那沒有問題。

無論你選擇什麼作對境，先讓你的心，安住在它看似堅固恆常的外在狀態，看著它如何變化——比如燃燒的木棍或融化的蠟燭。你也可以從變好的情況去開始觀修，比如說一位病人的康復，春華秋實的變遷。春天的花朵或許令我們陶醉，但我們不會捨不得它轉化為果實。正面或中性的改變，能夠幫助我們對無常真理的認識更加穩固，而這個練習更深層面的助益，來自於體認製造我們的痛苦和不滿，就是對幻相恆常的執著。

我們傾向於把無常跟失去什麼，而非得到什麼聯繫起來。然而，所有我們生命中正面的潛力能夠被實現，都是因為無常。開始練習的時候，最重要的是找一個適合的對象，以便我們能比較容易看到無常的真理。再次重申，我們在學的不只是瞭解真理為何，而是要離苦。接受一切現象無常的重要性在於，這就如同一把智慧之劍，能夠斬斷重重虛幻和扭曲的迷惑。

當今世界已經證實，幾千年前地球上曾有的聖殿、學府，甚至整座城，如今都已化為烏有，曾經活著的各種動物現在也已經滅絕。一百年之後，幾乎所有現存的生命也都會死亡。一切都在變化著——森林、湖泊、房屋、政經體系、車輛、語言和想法⋯⋯。我們很容易從知性的角度接受無常，但佛陀指出：只會講述真理是沒用的！嘴上說「一切都是無常的」，行為依然固守一切不變，只會讓痛苦的病情加劇。這也就是為什麼禪修如此重要。運用無常作為認識覺知的助緣，可以切實的轉變我們看待變化的方式。

困難在於對我們所感知的一切，都是無常和無實質的，要能夠直接當下的經驗和認識，而不只報以理智的事後想法。有時候人們抗拒輪迴本質就是苦的想法，爭辯說：「我知道快樂是什麼，我曾經有過喜悅的經驗啊。」然而很明顯的，快樂會改變，因為它是建立在生滅變化的因緣條件上的。快樂過後會怎樣呢？如果我們堅持事情應該如此，那麼面對改變時，我們必定會失望、絕望或奢望。如果我們在經驗快樂的時候也預見了改變，那至少不會太失落難過。這需要覺知，如果帶著覺知，我們就不會用固著執取的心看待快樂的時光。

佛陀看到：苦是從現實與主觀感知的不符合而生起的。我們試圖把自己的希望，強加在實際狀況上，因此造成了自己眾多的痛苦。這裡不是談事態嚴重的大問題，例如戰爭、絕症或是海嘯地震，也不是在談因為關係破裂、失業或自己房子失火而帶來的痛苦。我們要談的是平常生活的事情，就可能帶來一系列的不安：電腦當機、汽車爆胎、送洗的衣服被弄壞、航班取消。當然我們期望送洗回來的衣服都乾淨完好，而不是被毀損，我們以為電腦都可以正常運作，當我們的心執著自己的期待，而不能順應任何的變化，那麼生活會變得難以掌控。那時候，我們的心只會從生氣變成失望，再發展成歇斯底里的哀嚎和喋喋不休的抱怨。

更有甚者，一個無足重輕的事情，可能引發一連串的事件，而以悲劇告終。比如有位年輕婦女因為送洗的衣服被弄壞，怒氣沖沖的離開洗衣店，她可能一路只顧著生氣，而沒注意躲開從後面開來的卡車，而濺了一身污泥，她滿心惱怒，以至於遷怒於人。怒火占去她所有的注意力，還有可能因此遭遇致命的事故，比如被車撞到喪命，留下年幼的孩子沒有了母親。

這就是輪迴的悲劇——被無明和始料未及的後果帶來的痛苦，無休止的循環。大問題不是一開始就那麼嚴重，透過止的禪修，我們會學習如何在不滿的情緒，和抱怨發展成災禍前，就被檢視出來。

開始放下執著

看看你是否能認識到，執著是不快樂的因，當你執著於你是誰，或你想要什麼的想法和幻想，這個執著就阻礙你看到事情真實的樣子。第二個轉心思維的重點是，去接受死亡無常的必然，從而激勵自己在有限的時間內，盡量善用人身的各種條件。然而作為初學者，我們要先觀察自己對世俗生活各方面的執取、對抗和固著，而後才能看到同樣的執著傾向，也影響了我們對自己存在的感知。一旦我們可以開始放下執著，我們會變得更能接受現實，甚至能接受自己的無常。

當我們牢牢固執於自己的想法，我們就看不到整個情況，把田鼠丘看成大山而自食苦果，就像之前例子中的婦人。當然，錯過航班的確會帶來不便，但那不是什麼大災難，當我們對自己的期待和計畫過於堅持，我們會失去判斷能力。一切都事關重大，這樣的過度反應，有可能導致破壞性的行為。

相對於過度緊繃執著，另一個極端是太不在乎。你可能會想：「沒什麼是重要的，幹嘛還試圖做有意義的事？人際關係和朋友之間有那麼多執著，最終還是分離。我可不要試！遲早我都會死，還有什麼大不了的？」這種見解反映了迷惑的想法：我們的執著和習氣是本具而不可改變的，因此要從中解脫的任何努力都是無望的。這也反映了對我們本初善的無明，以及對每個人所具備的認識自己真實本質，而利益連同自己在內的一切眾生這一潛力的無明。理解無常不是要我們跟抑鬱和絕望為伍，相反的它可以滋養我們對此刻就要覺醒的願望，引領我們開展真正的人生。看到我們的執取，幫助我們在堅固的執著和放棄的鬆懈之間保持平衡。

我們可以盡全力堅持我們的執著，最終自取毀滅，或許你就碰到過（也許就是你自己）無比執著於自己所愛的人、金錢或權力，而導致身體受影響，比如心臟病突發。我的學生曾告訴我，滾石樂隊的一首著名搖滾歌曲叫做〈（無法）滿足〉（[I Can't Get No]Satisfaction），就是執著的強烈感受，從來沒有滿足過。現代社會每個人想要的越來越多，但對已擁有的滿足感卻越來越少。

沒有結束，只有改變

我們要從細微和粗糙的兩方面，去理解無常。粗糙的是指明顯可以看到的變化：木頭燃成灰燼、屋頂塌陷、冰櫃故障以及人身老死。細微的是指每個剎那與剎那之間的改變，雖然不是肉眼可以注意或見到的變化，但仍然是粗大的物質所具有的。臉上的皺紋可能突然間讓我們吃驚，但它是歷經多年慢慢形成的。從花蕾一點一點長成蘋果的過程，就是細微無常很好的示現，當我把蘋果一口口吃掉，那就是粗的無常了。

再例如，我們正捧著茶杯喝茶，手一滑，杯子摔碎了！一個杯子頃刻變成了數十塊陶瓷碎片，我們稱這個為粗的無常。當然，一個完好的杯子，也是每十億分之一秒都在變化著，而我們自己也是每十億分之一秒都在改變。通常我們對過去、現在、未來的理解，使我們經歷的現象有開始和結束。杯子摔碎了，就不再是杯子，但它創造出了陶瓷碎片。

儘管細微的變化很難察覺，但沒有什麼始終不變，西方有一種很好的表達方式：人不可能踏進同一條河兩次。如果我們每天都去同一條河，我們會以為今天的河跟昨天的，甚至明天的河，沒有不同。但是，河水每天、每一秒、每十億分之一秒，都在變化。世俗的觀點認為，無常與事物的終結相關，是可見的外在形體分解或消失，但是無常存在於宇宙的每個層面，就如同水和冰不可分離，有現象就有無常。

我們用死亡這個概念，來形容所知的人類、動物、汽車或樹的終結，世俗觀點用最後一口氣，來定義有情生命的終結，因此我們沒有把它看作是改變或轉化的一刻。當我們說「那輛紅色敞篷車死了」，意思是它即使經過修理也再不能上高速公路了，或是它被當成廢鐵賣掉，融化成另一個物品。船沉了、房子倒塌、寵物死去、漁網破了，這些對外相形態變化的描述，都暗示一種結束。但是，我們所謂的「結束」其實是一種轉型，一個我們所知道的，想要維持或定義的狀態的結束。「結束」只是在概念上的，物體沒有結束，而是改變了。打碎的杯子結束杯子的狀態，但是它成為另外的東西。任何我們可以看見和定義的事物，以及任何我們看不見的事物，都在改變。不斷的改變，就是平常的真理本質的顯現。

如果明天是最後一天

我父親開示過，對死亡的禪修，可以開展智慧和慈悲，而且是瞋恨、痛苦、執著和病痛最好的對治。這聽起來像是個壞消息，當時我聽到的時候也不信服，但當我十二歲正式認證和坐床成為第七世的明就仁波切時，我的看法改變了！我的坐床典禮在智慧林舉行，當時有幾百人從比爾、西藏流亡政府所在地的達蘭沙拉、尼泊爾和當地的藏傳寺院趕來參加。主持儀式的大司徒仁波切，坐在面向人群的法座上，我坐在他旁邊，我哥哥措尼仁波切從扎西炯康巴噶寺過來，他坐在我的對面。我為了這個儀式已經焦慮了好幾個星期，因此他一直陪在我身邊讓我安心。

儘管如此，當我坐上法座的時候，還是感覺喉嚨緊縮，一陣陣如同飛機遇上氣流顛簸造成的暈眩，向我迎面襲來。我開始冒汗，覺得噁心，經歷有史以來最糟糕的一次恐慌症發作。我哥哥擔心我會暈過去，一直示意我喝水。儀式接近尾聲時，每個人都走上前來獻哈達（白色的絲巾），而我得加持每個人，排著長長隊伍的人群過去了，最終儀式也結束了，但我的恐慌還在。儀式結束後，每個人都受邀前往室外的大帳篷用午餐，我則直接衝回了房間。

我躺在床上，噁心和頭暈持續了好幾天，直到我估計自己快死了的那一刻，我父親的話在耳邊響起，我想到了無常和思維自己也會變化的真相所帶來的利益。因為已經斷定自己很快會死，僅僅想到這個可能性，就不再像過去那樣讓我害怕。我自問：「如果我明天就要死了，又會怎樣呢？」

接下來幾天，仍然受制於恐慌症的我，開始真正想像明天就是活著的最後一天。我躺在床上，就像家鄉那位牧人，設想著自己的死亡，我問自己：「如果明天我將死去，我會有遺憾嗎？如果我生命的最後幾個小時都充滿遺憾，那將是什麼？我還太年輕，無法為自己沒有賺大錢或做大生意而遺憾，」我想著：「我也不遺憾沒有成名或變得強壯，我也不覺得自己會因為太自滿、憤怒或執著而懊悔。」

接著，我開始瞭解自己真正會遺憾的，是這一生沒有過得有意義，才剛開始修行就死去，沒辦法活著去幫助別人。想到這裡，我看到自己對法的虔敬，感覺悲心開始由內生起。

有了這段經歷，我開始鬆掉一些對死亡恐懼的強烈反感，過去我總是對恐懼感到恐懼，對自己會害怕感到恐懼，這讓我焦慮得直冒汗。這次經驗後，我開始把對死亡的恐懼和實際的死亡分開，恐懼便不再那麼恐怖了，此後，我可以用對死亡的禪修來分析無常，同時也對修持佛法有了新的體驗。我開始認真的，把佛法看成唯一能持久快樂的真正來源，有了這個認識，很多不必要的擔心都開始消散了。

厭離輪迴，可以從我們認為正常的一些反應得到省思，比如說大排長龍的等候中被觸怒，在乾洗店遇到不快的經歷，電腦當機帶來的不便，或是飛機延誤讓人生氣。如果可以作出選擇，誰會採取不利己也不利人，卻反映出心很執著的行為來回應呢？當然，我們的習氣深重，不是一夜之間就能改變，但是當我們的定位改變了，把注意力從困惑轉向清明，覺醒的種子就開始結果了。

此刻我有什麼遺憾嗎

觀修無常的時候，記得要找合適的對境。你投資股市嗎？沒有的話，想想有人在金融危機中損失慘重的情況，試著用這個命運突變作為禪修的對境，這就是很顯著的粗的無常的例子了！但你真正要去觀修的，是造成你所期望的和事實相矛盾的微細動機，找到一些因為你貪婪和執著的心而製造的問題。如果你想說「噢！我本來是打算把那些損失的錢，都捐給寺院或我的上師」，那麼記得釋迦牟尼佛所說的：「一個人觀修無常幾秒鐘所累積的功德，比聚集全宇宙中的珍寶，供養給大修行僧的功德，還要廣大。」

如果你感到自己已經準備好用死亡來觀修，那麼想像自己躺在家裡或醫院的床上，告訴自己：「這是我在這世上最後幾天了。」看看你是否有四大分解的經驗，比如聽力或視力消失，或許你會感到出息變長、入息變淺，你可以問自己：「此刻我有什麼遺憾嗎？」

記住，你才剛開始轉心向解脫，所以現在的練習，不要帶入太多讓自己悔恨內疚，或是對敵人的回憶。相反的，你要試著跟自己的清淨心連接，要想說：「啊，我要是能幫助更多人，該多好啊！」發願會產生一種希望自己對別人更有幫助、更慷慨和慈悲的感受，這樣的願望會在未來的日子激勵你的修行。這樣觀修死亡的禪修是對粗的無常的觀修。

禪修結束後要思維：「我還活著！我還沒有死，現在我可以對這些正面的事情付諸行動了。」這樣，修持會帶來歡喜。你或許會注意到觀修死亡無常對你的傲慢有所影響，任何讓你覺得優於其他人、你為之驕傲的事物：比如健美的身材、你的紅色敞篷車、美麗的家、榮譽和學歷，當你設想自己臨死之前，這些身分地位的認定還能代表什麼呢？

【禪修練習】我的身體改變了

- 以放鬆的姿勢坐好，後背挺直。
- 你的眼睛可以睜開或閉上。
- 安住在開放的覺知中一兩分鐘。
- 現在選擇一個無常的觀修對象，你可以選擇自己的身體，或是另一個人或動物的身體，也可以是一棟房子或一棵樹。
- 當你檢視這個對境，思維從出現至今，它如何改變著？仔細觀察它在每一剎那的變化。

・如果你選擇用自己的無常來觀修，可以考慮問下面的問題：
我人生這麼多年都流失了嗎？
一切都在瞬息間改變著嗎？
有人永遠的活著嗎？
死亡會不期而至嗎？
・如果心散亂了，停一下，再繼續思維。
・觀修過程，可以不時放下思維，休息在開放的覺知中。
・繼續這樣練習五到十分鐘。
・結束時再讓心安住在開放的覺知中。

如果你用自己的死亡、得絕症的父母，或自己所愛的人，作為觀修無常的對象，你可能很容易陷入情境而忘了禪修。記得回到覺知上，不要忘記：禪修或非禪修，取決於是否認識出覺知。如果思緒把你的心帶走了，沒有關係，試著再回到覺知上。如果反覆嘗試這樣的觀修，都帶來強烈的情感沖擊或悲傷，那麼停止觀修。選擇能夠勝任的禪修對境是很重要的。

另一種觀修細微無常的方式，是運用呼吸。把覺知帶到腹部，隨著呼吸起伏和收縮，當覺知穩定的安住在呼吸的狀態上，接著思維：隨著每一次的起伏，你又向死亡靠近了一步。每一次呼吸之間，你身體的每個部位都在變化——你的眼睛、耳朵、筋骨……一切，這是細微的無常的變化。

當你逐漸熟悉用身體的脈搏和呼吸，觀修細微的無常，接下去可以嘗試，覺知身體感受的變化：由熱到冷，從舒服悅意到疼痛不適，持續覺知每時每刻身體的感受和感覺的變化。你可能會留意到氣息從鼻孔吸入的感受，跟氣息呼出的感受不同。

如果在觀修自己的死亡，引發不可控制的恐懼或不安，那麼就考慮用它去分析對死亡的恐懼，以及為何接受死亡是那麼難。你也可以先用另一個人的死亡作觀修。一般來說，恐懼來自於執著，而對死亡的恐懼是很自然的，重點不是要清除恐懼，而是要用恐懼帶來的覺受，作為覺知練習的助緣。隨著對感受的覺知更加穩定，你或許會發現恐懼也自然在減少。

憶念一個故事或情境，能夠幫助引發恐懼，但要讓修持有實效，你需要從故事中抽離。如果你能退後一步跳出故事情節，你對恐懼的認同會消除，隨之存在的強烈感受也會平息下來，你也可以在禪修的覺知，和觀修無常與死亡的恐懼間，交替練習。

我父親的往生

許多西方人認為，死亡不可避免的伴隨著恐懼，但目睹我父親往生的過程，我看到死亡不一定帶著恐懼。我父親多年來患有糖尿病，在他臨終前，措尼仁波切和我，都在那吉寺陪在父親身邊。他的情況沒有明顯的好轉或惡化，但突然有一天，他開始感謝身邊每一個照顧他的人：幾位擔任護士的尼師、定時來探望的醫生、廚師等等。我哥哥和我相視無語，聳聳肩表示：「這是怎麼回事？」我們根本不知道父親為什麼要感謝每個人。

第二天早上，他費力的起身小解，再回到床上後，他坐成禪修的姿勢。我們對他說：「您會累的，還是躺下來休息吧。」

他說：「不會。」並且面帶微笑，表情輕鬆。

接著他的呼吸開始慢下來，一位尼師以為他缺氧，便用呼吸器給他補充氧氣，但是父親的呼吸還是繼續慢下來，出息變長，入息變短，直到呼吸停止。他的臉龐看起來非常柔和，透著虹光，像珍珠般潤澤。房間裡變得很祥和寧靜，他的身體保持禪修的姿勢三天，三天後身體慢慢傾向右邊，臥倒在床上。

我父親曾說：「對瑜伽士來說，疾病是一種快樂，死亡是個好消息。」這個好消息是指，死亡的過程是證悟的最好時機，當身體失去能量，器官停止功能，體液乾涸，呼吸緩慢，我們的佛性會更突顯。感官系統的自然死亡，讓赤裸的覺知毫不費力的彰顯出來，不論是否有禪修經驗，障蔽我們的執著、概念和二元都會消融，剩下的是俱生無明——無法認識出我們自己覺知的本質。隨著身體的分解，無明的心和智慧心的距離，變得非常非常近，身體自然的分解，擴大了心能夠認識出它基礎清淨本質的機會。

當呼吸停止，覺知展現為鮮活的清明，因為此時意識粗重的部分，比如文字、概念和感官的感知都不現起，但人們經常錯失認出清淨覺知的機會。能一瞥心的本質的時間，可能只持續片刻，大部分的人都完全把握不住這個機會，但對已經證悟心性的人，此時會對佛性有非常清晰鮮明的經驗，他們甚至可以在這樣的狀態中安住數日，讓淨化和證悟的過程持續下去。這意味著，完全的證悟可能伴隨死亡而來！當我們活著時，即使有很高證悟的人，心上也可能留有些許概念和執著的痕跡。當身體消亡的時候，這些概念和執著的痕跡會被完全淨除，就像我父親的例子，他在臨終進入禪定三天，達到了完全的證悟。

當病苦難忍時

讓我們假設，現階段對我們來說，疾病並不好受，死亡也不是好消息，但我們還是不須採取世俗的方式逃避它們。有些人對死亡的恐懼，讓他們喪氣或絕望，對修行人來說，對死亡的恐懼，可以是一種力量的來源。我們確實可以借助這個恐懼，變得有活力，對當下更開放，並確定解脫的方向。

如果你發現禪修死亡的時候，這種恐懼讓你招架不住，那麼換一個方式進行，選擇讓你會恐懼的一種活動，最好是你平常從事的活動，比如騎馬或攀岩，或是一些社會活動，如公開發言或主持聚會。選擇任何讓你覺得全身緊繃，手心冒汗，或是唇舌發乾的活動，讓它成為你禪修的助緣，把你的覺知帶到身體的感受上，完全察覺到自己的恐慌。但是，覺知本身會幫你，從恐慌帶來的失控和無所適從中解脫出來。現在覺得如何？或許恐懼不復存在，取而代之的，是一種喜悅生起，充滿你全身，讓你不再對恐懼投降。

禪修無常究竟的利益，是接受珍貴人身賦予的時間有限這個事實，從而激發自己真誠想要從輪迴中出離、邁向解脫的願望。我們可以透過禪修死亡或瀕死的狀況，來思維無常。我們也可以在開始的時候，用相較於自身不那麼強烈的現象，來作觀修。任何一種觀修，都應該幫助我們，透過禪修完全接受改變的必然性，甚至我們自己的死亡。

我曾經到過加拿大新斯科舍省北部的布雷頓角島，那裡的海洋性氣候帶來多變的天氣，一天之內經歷晴朗、下雨、起霧、晴朗、彩虹、多雲，又下雨……當地的人說：「如果你不喜歡現在的天氣，等上幾分鐘。」我們也可以這樣告訴自己：「如果你不喜歡你現在的心情，等一下再看。」那是會改變的——如果我們允許它發生，它不是由內固定住的。如果我們停止對它執著，它就會一掃而過，就像飄過太陽的雲彩。但是，我們一定要讓它過去。比如各種身體的變化，我們別無選擇，但我們可以藉此檢測和觀察，執著身體不變會帶來多少痛苦。

當我們開始接受無常，這個世俗諦真理的時候，我們也開始彌合「我們想要」和「事實真相」之間的差距，慢慢調伏在慾望和迷惑之風中搖曳的心。當我們對無常的觀修和禪修結合起來的時候，我們的心會開展出一種穩定度，不會再受一點小事影響。在這個過程中，我們不再耗費精力去焦躁不滿，而是利用這些能量，去發展對自己和他人持續有利的智慧和慈悲。我們從輪迴的及時行樂中出離，轉向意義深遠的解脫之道。

真理就是如此

為什麼說無常是世俗真理的本質？我們已經認識到，所有看起來恆常的事物：樹木、桌子、我們的身體等等，都是無常的。對於認為它們恆常的錯誤感知而言，無常當然是更「真確」的見解，但這只是在相對層面的更真實，因為無常的真理不是究竟的真理。

如我們已經分析過的，無常是基於一個世俗的過去、現在和未來的概念。然而，時間本身也是相對的，如果我說「昨天我去了動物園」，這句話只在當下存在，如果我說「明天我要去動物園」，也是只存在於當下。過去的已經過去，未來的還沒來到，把時間分成秒、小時、日、月等，只是一種方便。

當我們說「這個身體是無常的，這張桌子、這棵樹，以及整個世界都是無常的」，我們把所有這些現象都指定為一個分離、獨立的存在。「我會死」是在預測「我」這個分離的實體，在特定的概念或生存狀態下活著，但「我的」這個固有、堅實的存在，會在「我」停止呼吸的時候也終結了。這樣去面對自己的無常，是非常有幫助的，它一定可以堅定我們對佛法，以及對出離輪迴誘惑的決心。

接受一切現象的無常，是苦最好的對治法，這也無疑的符合於真理的究竟實相。但這個見解仍保存了世俗的感知，因為它仍然帶著一種錯覺：一切現象有一個本具的、獨立的存在，因而有開始和結束。

誠然，一切的起源確實不易看出來，是什麼讓河水流淌？又是什麼讓河水乾涸？什麼讓那個女子對損壞的衣服過度反應？我自己存在的真實起源是什麼？什麼是因緣條件？下一章我們將解讀業力——因果定律，業力也是在世俗層面，相對於過去、現在和未來所談的。當我們結合無常和業力，會進一步拆解我們一貫珍惜的獨立自我的概念。過去我們認定的在一個特定時間地點出現，擁有一個單獨、本具的自我的這個「我」的概念，或許並不是我們以為的那樣。

此外，也正是這個獨立、單一的「自我」，讓其他現象有了相同的特質。因為固有的「我」，所有我經歷的也是固有的，比如我的車，也有本具的「車」——不依賴因緣條件而存在的獨立的堅實個體。然而，實相並非如此，當對自己的錯誤感知消融，我們身邊的一切事物，也會開始失去它們表面的堅實性。舉例來說，一張全家福的相片裡看起來有實實在在的人，坐在實實在在的凳子上，背後還有看來堅實的大樹。如果我們在電腦上把這張相片放大很多倍，就會得到一張因畫素顆粒極大而模糊不清的相片。如果繼續放大它，則每一微小的部分都如同從太空看下來一樣，變得無法辨識了。

如果我們去體會這樣的經驗，那我們就可以感受到，色相轉變為更開闊的空間，轉變為空性和開放本身。真理就是如此！比如說，我們拆解一張桌子、一棵樹、一臺電腦、一輛車或是人體，物質便失去它的堅實性，當我們重新把各部分組裝起來，色相又被創造出來。最初那看似堅實牢固的物質，其實是無數原子的集合，而原子本身也大部分是空的。我們越深入觀察，能被找到的越少，物質的易變性，無論我們是拆解還是重建，都不會離開它本身的空性而存在。空性給予一切可能性，空性不是否定或消滅物質，它不是空無。在電腦上放大圖像並沒有銷毀圖像，它只是讓我們從不同角度去看同一件事物，當我們縮回原本的大小，最初的圖像又會重現。

《心經》云：「色不異空，空不異色；色即是空，空即是色。」少了其中任何一個，我們都無法真正理解另一個。為了理解相對世界的「色」，我們必須理解絕對世界的「空」。舉例來說，輪迴的困惑會一直把無常的事物認定為恆常、堅固而持久的，我們執著於家庭、房子、名聲，總是看不到執取最終必定消亡的事物，就會製造痛苦。在四加行的修持中，我們一再的回到色和空，去分析自己如何製造了痛苦。身體的衰亡、種子長成莊稼、季節的交替，一切都表明了無常。然而，讓這一切變化發生的是空性，沒有空性勝義諦的真理，色相都將保持靜止，無法改變，而事實並非如此。

當我們觀修無常的時候，可能會感到悲傷，甚至沮喪。由無常聯想到相對的時間、事物的終結，修持無常可能引發我們的悲哀。一開始，我們對自己珍貴人身的第一反應，也許是更執著它，而當我們看到自己想要的，和事物實際的狀況有巨大的落差，我們又只能勉強的接受一切都在改變、消亡和死去，包括我們自己的身體和所愛的人。無常的定義並不只是衰敗、腐朽和分解，無常讓我們可以接近鑽石，不只看到表面的污泥。我們神經質、局限和困惑的自我感知，並不是本然存在於內的，我們妄自菲薄、執著瞋恚，以及痛苦的模式，也都是無常的。因為無常，我們可以改變——只要我們願意，然而我們不會永久住世。當認識無常，讓我們終於接受自己的身體必然會死亡，我們會真心發願，充分利用人生。無常的真理，成為我們的助力，確保我們不錯失現在所擁有的珍貴機會。

第六章　世界如此運轉——因果業力

觀修業力，會改變我們如何看待自己每天和家人朋友的互動，以及在家裡或工作環境的行為。

我們曾經所做和現在能做的，都有無限的可能性。

我曾經無數次聽我父親談到業力，但當我在智慧林開始學習四加行時，曾感到相當不安，因為我認為有關業力，自己應該知道的和實際知道的相差甚遠。在學到轉心四思維第三步之前，我神色嚴肅的去找薩傑仁波切，並告訴他：「其實我並不真正明白業力的意思。」

薩傑仁波切笑了出來，儘管基本的邏輯道理並不難，對只有十三歲的我，甚至比我年長的學生也似懂非懂。實際上，業力在談的是因果定律或是因緣和合。

笑過之後，薩傑仁波切用傳統教小喇嘛的方式，向我介紹業力。「你種過什麼東西嗎？」他問道。

我記起在努日時，我有多愛和母親、外祖母一起穿過田野，特別是我手裡拿著一杯種子播種的時候。接著薩傑仁波切問我：讓種子生長必要的條件是什麼？「土壤。」我說：「加上陽光、好天氣、雨水和耕種。」

他說：「這就是因緣和合的道理，你還需要時間，需要沒有像風暴或乾旱那樣的災害，需要動物比如鳥或鹿不吃掉種子。你需要所有必要的條件，陽光不足，稻子可能就長不高；雨水太多，可能會把種子沖走。如果因或緣改變了，結果也會改變。但是，適當的因緣具備，結果一定會成熟。如果你種的是稻穀，就不會長出馬鈴薯或玫瑰。」

接著，薩傑仁波切告訴我，他年輕時的一位喇嘛朋友的經歷。那位喇嘛要從東藏到拉薩朝聖，通常在藏地，這樣的旅程要一個人背著行李，夜宿山洞，徒步行走幾週才能抵達。去拉薩的途中，要穿過一座積雪的高山，途中他停下來準備午餐。他放下行李去找了三顆石頭，把石頭圍成一個小圈，再去找生火的樹枝。他帶著木頭回來，將木頭放在石頭爐灶裡，再拿出一個小鍋子準備用雪水煮茶喝。可是，他怎麼用打火石，木頭都點不著，於是他又出去找岩石縫裡的乾草來生火。最後，火點著了，他融化了雪水，煮好茶，拌著青稞粉喝了。

喝完茶後，他靠著岩石休息，突然間他看到雪地上各個方向有很多腳印。他先是提高了警覺，但他立刻意識到這些腳印都是他自己的，他瞪著這些腳印想了很久：為了煮一杯茶，需要多少的因緣條件啊，而每一個條件都是相互依存的——雪、鍋子、柴火、乾草以及石頭。

為什麼理解因緣和合這麼重要呢？轉心的第一個思維，讓我們發展出因為認識自身已具足的潛能，而去探索真理的信心。但是在第二個思維裡面，我們認識到這個機會的稍縱即逝，而激發自己以最好的方式利用時間。要能好好的利用時間，就必須知道因果的道理。正如生而為人，給予了覺醒的潛能，我們每天的活動，每時每刻，也有同樣的潛能。

日常生活就是一連串因果循環的活動，世界的運轉即是如此。要泡茶，我們先要煮水；要讓燈亮起來，我們需要按下開關。業力的概念從因果附加合乎道德的動機就開始了：善行帶來正面的經驗，不善行帶來負面的經驗。當我們把對因果的觀察，延伸到意願、動機、衝動和激勵等等的時候，會發現因果的相互作用同樣影響了我們的心態，塑造了我們的經歷。如果我們想要快樂，就必須弄清楚什麼因緣條件能帶給自己安樂，同樣的，如果我們不清楚造成痛苦的因緣，又如何能期待從痛苦中解脫呢？

每個當下都是機會

先讓我們談談身、語、意的十惡業。殺生、偷盜和邪淫是身體行為方面的三個不善業；語業方面有四個：妄語、綺語、惡口和兩舌；意業有三個：貪慾，不喜他人的快樂和成功，貪求自己快樂的心；瞋恚，願意見他人受傷或痛苦的心；邪見，不相信或忽視因果道理和佛法其他教理的心。

與十惡業相對，十善業包含：身體力行的布施利他，如幫助或保護他人；通過正語和愛語促進和諧安定；持守利益眾生安樂的正見等等。當然，有一些行為非黑非白，薩傑仁波切也就是以此來說明動機的重要。比如我們並非出於憤怒、惡意、報復或其他個人動機，而是為了保護他人而造成傷害，警察可能射殺一個人，而解救五十個人質。動機是保護生命，方法有傷害性，這會帶來什麼業力呢？我們不能否定好的動機，同時，好的動機並不能把造成的惡業一筆勾銷。

佛教歷史的故事，證明傷害一個人，即使是為了救五十個人，也會受到苦報。但是一個動機為善的業力報應，跟動機為惡意傷害的行為所產生的後果，有相當大的不同。為了幫助他人、不帶傷害之心的動機，不會引發更多的對抗。因此，必須非常仔細的檢視動機和意圖。

除此之外，意圖也可以把中性的行為，轉化為正面的。以睡眠為一個中性行為為例，我們都希望晚上睡得好，除此之外不寄予更多的願望，但我們可以祈願。我們已經接觸了菩提心——證悟之心，當我們帶著菩提心去睡覺，睡覺就成為增加我們幫助眾生證悟的能力之因。當我們在因果上運用菩提心，每個當下都是從輪迴轉向覺醒的機會，一旦我們承諾要讓自己和他人，都從輪迴的困惑中解脫，我們就必須實踐善行。日常生活充滿了道德選項的抉擇，而我們必須對自己的選擇負責。

每一刻影響下一刻

我們都知道播種收成，也知道因緣會影響結果，但我們無法解釋為何冰雹摧毀莊稼，一隻龍蝦被漁夫網住而其他龍蝦漏網？為什麼有些西藏人翻過了喜馬拉雅山，有些沒有？紐修堪仁波切一九五九年逃離西藏的時候，同行有七十人。一天晚上，當他們正翻過一座山，中國士兵朝他們開槍掃射，到了第二天早上，只有五個人倖存。之後，堪仁波切和另外四個人繼續前進，徒步穿越喜馬拉雅山最高點，到達了印度。

很多人的故事震撼人心，因為我們無法解釋它為何發生。我在洛杉磯有位朋友，她的父親來自柏林的猶太家庭，當納粹開始屠殺猶太人的時候，她父親求家人離開德國，但他們告訴他：「別擔心，我們不會有事的。」每個晚上他都和父母弟妹爭執，他說：「我們可以一起離開，現在就走！」最後，只有他一個人離開德國。

戰爭結束後，他得知他的家人全部在集中營被殺了，他一生都在試圖弄清楚到底是什麼原因。他後來的生活很好，有家人和朋友，但他女兒告訴我：「我對我父親記憶最深的，就是他的困惑，他並不憤怒，但是他一生都想弄明白，為什麼他活下來了，而他的家人沒能倖存。」

不理解業力的道理，我們只會從今生自己的行為，去評斷當前的狀況。但如同一顆種子成長所需的一切因緣條件，每一個結果、每一個當下，也有眾多原因和條件。如果我們對此不理解，會一直用最狹隘的見解看待我們的生命，我們看不到所有的可能性，不表示我們需要記得自己的過去世，或是記得所有能夠解釋我們現狀的細節。道理不是這樣的，而是如果我們檢視業和因果的力量，即使無法一一例舉，我們也會接受現況是由許許多多因緣條件所造成的。

一般人無法記起他們的過去世，所以很難用業力解釋今生，這就是為什麼現在就瞭解因緣如何運作是很好的，之後我們可以運用到未來，而未來可能就是下一小時或明天。當我們熟悉因緣果報如何在今生起作用的，我們也可以將它擴展到今生以外去思考。

很多人把他們的生命看成是需要燃料的引擎，當燃料耗盡，我們就死了。但是，一旦我們認識到業力作用的普遍性，我們就會理解死亡並不是終結或完全的消失。我們這個身體停止運作了，但心會在下一個身形中繼續，心不是一個靜止的實體從不改變，它一直在變化著。意識的每一刻，都是影響下一刻的主要條件，心緒和身體有著緊密的聯繫，但是它不完全依靠身體，也不因為身體死亡也整個消失。正如物理定律顯示，一個既有的系統所具備的能量是不變的，改變的是形態，一直轉化的意識流從不停止，但它會感召不同的物質形體。

每一個行為都有因緣和結果──無一例外。死亡也是一個活動，也有它的原因、條件和結果，這樣說來，死亡也跟其他我們用來推理因果的活動，如播種沒有兩樣。是什麼決定下一個與我們的心同在的身體呢？我們現在的身、語、意的行為，決定我們未來的形體。沒有因緣條件，就不會出現結果。

關於業力的重點，是要瞭解有關心的因果，而不只是追究外在環境。當我們認定開展心的本質，是自己所尋求的，那我們就要找對支持這個訴求的因緣條件，做什麼能讓心向覺醒開展？什麼行為又是阻礙它的？無論我們是否瞭解，業都存在。理解業力，我們可以為自己要醒悟的決心，積極的創造最好的支持與條件。

轉世投胎的概念，造成很多人的障礙，你不一定要接受前世今生，才能開始這些練習。你會逐漸改變看法，但不應該讓懷疑阻礙你前進。

疑慮為道用

佛陀曾經鼓勵他的弟子，利用懷疑來激發自己去檢驗佛陀的教法。當時古印度的卡拉瑪人有一次來見佛陀，他們告訴佛陀，有很多老師來講過很多不同的見解，以至於他們不知道該聽誰的？該相信什麼？應該怎樣分辨真理和謬誤？佛陀沒有說「我是最好的，你必須跟隨我說的」，而是告訴他們：「很明顯，你們被眾多不同的看法弄糊塗了。」佛陀表示他們這樣的困惑是正常的，並告訴他們不要依賴傳統、傳說、謠言或假設，而是透過自己的實踐和學習，測試什麼行為是善巧和有益的，什麼行為是不善和有害的，明辨能力會隨著覺知而來。

佛陀告訴他的弟子，對待他的教法要像「智慧之人檢驗金子」一樣，不從表面來估計金子的價值，「就像驗證黃金要燒、切、在試金石上打磨，你也必須經過檢驗才接受我的話，而非只出於對我的尊重。」

沒有無緣無故

對我們行為的穩定覺察，不一定能揭示或解釋一件事，長遠的業力史出現我們無法究其緣由的情況，然而，如果我們透過分析，確信業力因緣存在於生活各方面，乃至於我們不能親見、不能檢測，或不能解釋的情況。一切存在的事物，都是因緣業力的結果，你我亦不例外。

但我們不能機械化的套用因果業力的道理，比如說我們每天都祈禱能中獎，但我們從不買彩券——這是一個有因無緣不生果的簡單事例！一般來說，中獎是看作稀有和正面的結果，撇開玩笑，假設我們真的中獎了，我們並不知道原因為何——也就是買彩票之外的因，儘管有百萬人買彩券，中獎的就這幾個。我們仍然不需要完全瞭解原因（我們的彩券被抽中，而其他人的沒被抽中）而接受這個結果（中獎），這就出現接受業力的難處了：我們必須對自己並不清楚原因的結果負責。我們不知道原因為何，但是仍然要對結果負責。當然，如果結果是正面的，那會比較容易接受。

比如我們撞車了，第一個反應是：誰的過失？可能是另一位司機沒有正確的亮指示燈，或許是我們自己的車突然故障。也許我們會起訴汽車廠，我們會想：「誰應該負責？」其實，這表示的是「該怪誰？是誰的錯？」

從佛教觀點來看，即使警察都認定不是我們的錯，我們還是要接受這個負面經歷，是我們自己惡業的結果。警察確認我們不是造成事故的因，並不代表我們是無緣無故參與其中的，我們永遠找不到某件事發生的所有原因，但是那並不能否定或排除因緣和合的連帶作用關係。如果我們認為，不知道某個事物就表示它不存在，這是陷入了虛無主義。比如說，我們認為

「我不知道怎麼捲進這場車禍，因此它跟我的過去或未來無關，這事就此為止」，這樣的想法，反映出一種很有限和主觀的見解。

業力不是命運

業力不是命運，也不是宿命，但很多人都用它來作結論──「那是我的業力」，暗示「我對它無能為力」，這完全是一種誤解。我們與生俱來就有衝動和偏好、體驗和特徵，這是很明顯的。儘管我們粗暴的衝動並不一定導致殺人，我們本能的向善，也不一定開展成無量的慈悲，但是任何本能習慣的成熟，就像種子需要因緣條件的輔助。充分運用我們所賦予的和與生俱來的，去把握和引導我們的行為，始終是我們自己的責任。

業力遍布於我們每天的經驗當中，它反映在我們的家庭狀況、職業，以及我們富裕與否，它塑造了我們的興趣和行為，減低或增加各種可能性。業力不是判無期徒刑，但它像一個我們可以調整和改變的偏好，並非不可逆轉和改變。

在止的禪修時，我們練習在衝動初露徵兆的時候就看到它，我們可以探測到偏向憤怒的衝動，避免它像火山一樣爆發。如果我們認識不到衝動出現，那麼反覆發怒，會加強憤怒的傾向而形成業力──重複發生的習性。認識，幫助我們瓦解對衝動習慣的認同，因而從中抽離。我們也可以用易怒來培養慈悲，讓它成為對己對人有利的成分。身為人類，我們可以在正面和負面之間作選擇，我們的業力也因此引向正面或負面。但如何選擇是我們的責任，而它將影響我們的未來。

我們既不能支配，也無法控制生活的每一面。善行不一定能防止我們遇到障礙，過去的惡業成熟形成的惡果，由於業力太強，無論我們做什麼，都不能在一生中受盡其果報，這就解釋了，因緣業力是多生累世影響著我們的。同樣的，也可以看到在一生中，作惡的人卻遇到好結果，如果只從一世來評判，這看起來很「不公平」，但是要用今生我們記得的所有行為，來解釋一個事件的業力，就像要把一棟房子放進一隻鞋裡，那是行不通的。

在能知曉的範圍內去檢驗因果，不管我們看不看得見，都會幫助我們比較容易接受業力。儘管我們看不見、聽不到、摸不著事實，並不證明因果定律關閉了或停止服務了，這不像是停電電梯就不動了，這更像大氣層內的電場持續運作著，無論我們有沒有提供動力。

沒有人生活中是毫無障礙的，但這不是行為不當的藉口。比如說，當看到每個人不同程度的受著苦，我們會想：「那有什麼差別呢？不管我怎麼做也都會有問題。」即使我們不能理解今生某些狀況，是如何被無法知曉的過去影響的，我們還是不能忘記今天的行為會影響明天。如果分析過去帶來太大的抗拒，那麼就往前看——看未來。未來既不是一個目的地，也不是我們無意中發現的一個隨心所欲的方向，我們此刻就在創造未來。用過去的因試圖去理解現在的果，不如對未來果承擔起責任，這樣，我們就成為了自己的護法。即使在非常困難的狀況下，我們的行為如何跟世界互動，都能成為保護我們的心遠離焦慮和不滿最可靠的方式。

不要忘記這點！隨著練習深入，你會去思維過去、現在、未來的整個畫面。

從細微處開始觀察

試著用容易理解的事物來分析因果，比如我們如何為自己的明天作準備？也許我們承諾，要每天早晨禪修十分鐘或一小時，然而我們可能睡過頭了，或老闆要我們出席早餐會議，或是水電工上門要維修，我們匆匆出了門，不但沒有感受到禪修的好處，心裡可能還因為沒有完成功課而煩惱。越想越氣甚至惱怒的自責：「怎麼搞的？我真白癡，就該早一點起床啊！」一路上都心神不寧，怨氣沖沖，帶著這樣的心境，大有可能視而不見路面的結冰，或聽而不聞後面超車疾馳的卡車聲。

再來看看這類的因果例子：因為找不到電視遙控器而焦躁失控，給自己和他人製造更多的痛苦；早餐桌上父母親或父母與孩子間爆發的爭論，難聽的話與指責脫口而出，吵完後每個人不了了之的離開。想像在上班途中或孩子在學校，這樣的不和諧如何影響整個上午，想像如此負面的經驗會造成什麼後果，現在只看這樣短期的因果就好，把覺知帶到最細微的干擾，觀察它們如何影響接下去的活動。

這些日常生活中，短而見效的因果例子會帶來一個好處，可以讓我們脫離認為業力因果是堅實、可以計算的「事物」這樣的想法。比如說，我們可能想：「這是我的善業，才可以買這麼美的房子、豪華的車，擁有這麼多財富。」或是相反的想法，這種傾向，是把因果像東西一樣放在磅秤上，想去計算出善果或惡果的重量。

其實業力最重要的方面是跟心有關，無論我們禪修與否，都會不時發現，自己的心被一些特定的事情擾亂。當我們運用覺知對待因果，就會訓練自己認識出心理活動的細小變化，也會更敏銳的知道，焦慮的心如何影響了其他事情。如果我們不付帳單，可能會擔心討債公司來電話或找上門來，我們可能益發不安，直到精神出現問題。同樣的，如果找機會做一點幫助人的小事，比如幫助一位媽媽把她的嬰兒車拉上公車，或是在地鐵讓座，甚至多帶點笑容，都可能使心聚集更多的善美，而影響整個氣氛。

我曾經在紐約的計程車上問一位朋友，該給司機多少小費，她解釋了自己的看法：「如果司機不滿意他得到的小費，一整天都還賺不夠，他可能會喪氣或惱怒的回到家，衝著他太太大吼，太太因此不高興而摑了兒子一巴掌，兒子可能會生氣，便踢家裡的狗出氣。所以，或許小費給得好一點，會避免這一串連鎖反應。」

讓我們一起用禪修練習來觀察因果，先從我們認為負面的開始。

【禪修練習】業力引導

- 以放鬆的姿勢坐好，後背挺直。
- 你可以睜開或閉上雙眼。
- 安住在開放的覺知中一兩分鐘。

・回想一個你被激怒的時刻，用一點時間回憶當時的經驗和感受。
・思維怒氣是如何影響了你的想法、感受和行為？你說了什麼，有什麼想法，還是你完全被怒火控制？接下去發生了什麼事？被瞋怒引起的情緒和行為，如何影響了你後來的經歷？立刻導致了什麼？對你自己、你的人際關係或是周圍環境，帶來什麼長遠的影響？
・思維這個情境幾分鐘後，休息一兩分鐘，把心安住在開放的覺知中。
・接著再回到業力的觀修上。這次用正面的業力影響來作練習，比如說悲心。
・回憶一個曾經讓你覺得充滿愛和慈悲的時刻，用一兩分鐘的時間去記起當時的感受。
・試著觀察愛和慈悲的感受，如何影響了你的想法、感受和行為？這樣的感受帶給你身、口、意什麼樣的結果？接著發生了什麼事？這個由愛或慈悲引起的感受或行為，如何影響了你後來的經驗？立刻造成了什麼影響嗎？對你自己、你的人際關係或是周圍環境，帶來什麼長遠的影響？
・嘗試這樣練習五到十分鐘。
・結束時再讓心安住在開放的覺知中。

心的作用

負面業力最具挑戰的一點，是誤以為惡業來自一個壞人做的壞事。感覺生氣或是發洩怨氣，並不能因此定義我們，就像雲不能定義天空一樣。但如果我們認為做壞事的就是徹底的壞人，那麼就很難對一個「壞」的行為負起責任。然而，這樣的情況卻很普遍。

要研究這點，先讓我們看看「心」這個名詞。在英文中，「心」表示一個堅實固定的物體；在藏文中，「心」有很多用法和詞藻，最普遍的是sem，並不表示心是一個物體，指的是心理活動和認知過程。這個單字本身就表示流動、變化和靈活性。如果我們把心的作用看成固定、僵硬、不可塑造的，那麼有一個可能發生的情況，就是把它錯誤判定為一種「恆常」的因素。舉例來說，有很多非常聰明的孩子，在學期考試的表現很差，因此一輩子感覺自己很笨；還有很多青少年，因為某方面的不足，就被認定為是失敗的。這兩種都是把缺點過度誇大，以偏概全的例子。

當我們理解心的作用，就可以觀察自己過去的負面行為，不再退卻。如果我們可以把這個認識帶到當下，自己知道對他人或自身不健康或有破壞性的習慣模式，會因為持續認知個人行為的覺照力，而得到改變。就因果業力來說，心作用的一刻，便會帶來長遠的後果。但是，這仍然不能定義我們是誰。為了徹底認識人的潛力，我們需要和自己佛性的本初善連接，讓它充滿在我們的存在中。如果我們養成用零星的負面行為，來定義全部的習慣，那麼我們的任務將相當艱巨。

業力定律

若一個人在不平的路上摔倒了，是很平常的一件事，一種反應可能是：「我是怎麼回事了？」

這不是說他過去沒碰過不平的路，失足也許只表示他覺知不夠。然而，另一個人可能會想：「哪個單位該對此負責？我要告他們。」儘管沒有明確的答案，一個人接受且承擔發生的狀況，另一個人的反應是責怪他人，感覺自己是受害人，想要報復。

哪一種態度會製造更多痛苦呢？第一種情況，我們接受責任，但這跟自責不同：「噢，我真笨，愚蠢！」並不是那樣，無論我們是責怪自己或他人，都是自我在堅固它的重要性。如果我們想：「我要找到該為我跌倒負責的人。」那表示說有人故意設計傷害了我們，這種態度源於一種執著的自我。如果接受業力，承擔責任會成為學習和經驗的途徑，而不是衡量獎懲的天平。

佛教關於業力的看法中，對正確或錯誤的行為判定，沒有受文化影響的規定，沒有需要打破或堅持的規則。業力定律展現的，是所有現象都自然的相互依存，所有活動有正面、負面和中性的影響。一位服務生的心如果被個人的想法占據，有各種自我執著的念頭，那麼他就不可能完全將注意力放在顧客身上。一位禪修者的心如果被回憶或投射干擾、焦躁不安，那麼它不會完全覺知。倘若覺知是我們體驗真理的道路，那麼我們需要盡可能的清明。

做不善業當然會直接有讓人不歡喜的後果，除此之外，帶來問題的行為也會讓心處於混亂，對感知模糊不清。傳統上描述不善行，是指帶來不良後果的行為。一方面，這個不良後果指不善行的對象受到影響了；另一方面，做不善行的人內心混亂也是不良的後果，而且它造就了未來不善行相應的緣，進而阻礙善行的可能性。

這裡的重點是：不能只從外在結果上理解業力，而是要認識業力在心上的結果。心是我們解脫的源頭，所以我們不能只是對自己的惡行，或自己對他人言行上的傷害感到悔恨。我們需要認識，我們每分每秒的行為是否帶給心清明？是否有助於無明和困惑的清淨？

我不能操控一切

對業力缺乏理解的人，經常會以為承擔責任就是要控制，例如被診斷為癌症的病患可能會得出結論：癌症是自己造成的，因此自己要負責。這也許會引起他們重新思考，自己過去做了什麼導致現在得病？同時也會認為如果彌補某些事情就可以康復了。但是，實際上我們不一定總是能知道，可能造成某一個結果的無數個原因，就像一個致命的疾病是怎麼開始的。

對情況負責並不表示要控制情況或主導結果，一旦有這樣的企圖，無論知不知道起因，既不能接受現實，自己也會扮演全能的上帝：「是我讓這個情況發生，我也可以解除它。我要對癌症負責，對我的背痛或這個事故負責，我，我，我——今生在身體裡的這個我，是無所不能的。」這樣的想法，把擔當責任看成是控制，或是自己的所有權。我們對相關於「我」的事物，包括自己的身體，越是在意，認為「我」可以操縱和控制一切，我們的心就會越受限和僵化。如果我們無法認識到一個活動或事件，是一系列因緣和合產生的結果，自我就會發展出一種對自己的精巧幻覺：「我所做的一切都來自我的決定，是我自己的分析和衡量。」

這忽略了所有現象的內在聯繫，而錯誤的塑造了自我。

當我們用因緣觀去看所有的事，會很快發現，每個結果都是許多因緣條件促成，沒有一件事是絕對獨立發生的，我們的存在也是無數的因緣條件組合起來的。對此真正理解了，才會消融對有限、具體、分離的「我」的強烈認同。

混淆了具有承擔的責任，而試圖控制結果，會強化自我帶來更多痛苦。發生問題了，生活就是這麼運作，無庸置疑的會發生，我們仍會感到羞愧或悔恨，並認為那是因為我的判斷失誤或抉擇失敗所致，一切都是我的錯。那樣的話，我們絕對會認為自己糟透了！

不理解業力，我們會用自己認同的決策和活動來看待人生，這樣加重了以自我為中心。業力的教法是指導我們，每個當下都盡量做到最好，並相信善行一定會有善果（雖然我們不一定看得到或知道）。我們不專注於結果，或是在外境上尋求善行的獎賞，相反的，我們是要利用人身，訓練心讓每個機會都趨向自他快樂的解脫之境。如果我們能這樣把握每一天、每一刻，就自然會相信更長遠的利益。

每天的生活中，我們都有絕好的機會去確定自己的方向。一開始，我們在自己知道或能揣測的範圍內，去觀察業力，比如種下一顆種子，之後我們可以把研究擴展到自己不知道答案的問題。當我們安然於把自己放到越來越大的因果圖像中，你或許會問：我怎麼思考到這一步的？為什麼？我出生為這樣的身體，在這樣的家庭和社會的果，因緣究竟是什麼？

任何事都有可能

在一個事件的業力上，追究絕對的好壞，是沒有希望的。西藏有一個故事，一個男人和一個女人跟兒子，住在西部高原的小農場裡，他們非常辛苦的耕種，才能獲得賴以生存的食物。他們最值錢的財產是一匹黑色的駿馬，收成有餘時，他們會把鹽或皮革馱在馬背上運去賣掉，他們也用這匹馬拉犁鬆土。他們對這匹馬寵愛有加，餵給牠吃的比自己吃的都好。

有一天，這匹馬跑了，全家三口往不同的方向找，還是沒能找回他們的愛馬。一家人非常難過，便向當地的神祇禱告：不管是什麼，都祈求原諒造成了這樣的不幸。冬天來了，大雪封路，他們度過了寒冷的幾個月，直到日照的白天漸漸變長。冰雪開始融化，他們開始擔心沒有馬怎麼耕田施肥？

春天的一個早上，他們的駿馬回來了，還帶回一匹年輕的母馬。全家人高興極了，擁抱親吻著愛馬，一家人感歎自己的好福氣，一下子得到了兩匹馬。害羞的母馬有一點倔強，於是兒子說要馴服牠，便找來韁繩和鞭子，開始帶著母馬繞圈子。母馬很快可以沿著圈子小跑，並讓男孩可以碰牠的身體、舉起牠的馬蹄。接著，男孩也可以騎到牠背上了，事情進展得很好，直到有一天，男孩騎馬走近幾隻正在吃草的犛牛，母馬受到驚嚇把男孩從馬背上摔下來。男孩摔斷了腿，父母痛苦絕望，因為他們希望唯一的兒子將來可以照顧農場，可這一摔留下了嚴重的殘疾，男孩的力氣不夠，無法完成一整天的工作。現在他們該如何是好呀？

有一天，如雷般的馬蹄聲往他們的農場衝過來，原來是徵兵隊伍要來招他們的兒子入伍。但是軍官看到男孩，艱難的一瘸一拐走路的樣子，他們放過了他，男孩的父母大大鬆了一口氣，並拿出青稞酒來慶祝。

這個故事可能發生在每個人身上，每個人的業力都是混雜難分的，每個人的生命也涵蓋了正面和不幸的經歷。製造了痛苦的事，開始或許是帶來喜樂的因，反之亦然，這就是人生的常態。

我的很多學生都非常感激人生中有了佛法，但他們是怎麼跟佛法結緣的呢？有好幾個人都是因為個人的悲慘經歷接觸到佛法，其中幾位學生因為車禍失去了他們年幼的子女。佛法教導的是如何處理極端的情緒，無論是好、壞，或中性的狀況，都能善加利用。

帶著善業但遇上惡緣，如同我們可能生而為人，但出生貧困，缺乏食物及受教育的機會，那必然會減少得到快樂的機會。具足善緣卻惡業纏身的情況，使我們可能出生為狗，但受寵於一個富貴人家，得到很好的照顧。所有眾生都有錯綜複雜的業，每一個人皆然。

觀修業力，會改變我們如何看待自己每天和家人朋友的互動，以及在家裡或工作環境的行為。我們曾經所做和現在能做的，都有無限的可能性。每個人都會經歷痛苦，但決定痛苦的程度，以及未來是否有惡緣，是當下的行為。這就是為什麼轉心四思維的順序，是把業力排在痛苦之前，因為我們現在如何面對生活，將塑造我們未來的生活。我們依然會受業力因緣的影響，但是人身所賦予的不可估量的優勢，便是業力因緣不再定義我們。任何事都有可能，一旦我們認識了業力流動可變的本質，便會更容易的擴及到成佛的可能性，這就代表有可能認識出：我們已經是佛！

第七章　誰在製造痛苦——輪迴過患

假設你在作惡夢，夢中一頭老虎追著你，你一路跑一路跌倒，
老虎越來越近，這時讓自己從惡夢的問題中解脫，
而不需要醒來的最好辦法是什麼？

到目前，我們的關注點是以激勵我們覺醒的各種條件為核心：生起對自己本具能力的信心，無常的必然性，以及我們每天的行為如何影響心的解脫。轉心的思維引導我們打破流轉輪迴的習性模式，在第四個思維練習中，苦本身也被轉化為覺知的對境。佛陀的智慧告訴我們：輪迴本身就含藏苦的因緣條件，要從苦中解脫，就必須直接用苦作為修持的助緣。這就是佛陀所說的四聖諦之中的第一諦——苦諦。

很多人聽到佛陀的第一個教法會想：「我接觸佛法不是來給人生找麻煩的，我已經夠苦了。」的確，每個人都會經歷痛苦、不滿足和煩悶。但事實上人們都不去探究隱藏在這些感受下的原因，或是什麼讓它持續不停，以及最重要的，人們不尋求終止痛苦的方法。他們想盡辦法避免痛苦——不直接面對它、不轉化它，而只是希望把它趕走。明顯的例子便是嗑藥、酗酒、打電動、瘋狂購物或是暴飲暴食。避開痛苦可以有數以千計的方法。

每個人都知道什麼叫不滿足，但不是很多人樂意承認，他們讓自己感覺良好的策略，其實行不通。這種逃避方式就像不知道病因就服藥，瘋狂的追逐由金錢、性和權力帶來的快樂，就像試圖用ＯＫ繃治好癌症。要治癒我們的病，首先我們需要查出病因。

痛苦——解脫之門

「苦」是我們出離輪迴的關鍵，就像跟著機場巨大的旋轉門繞一圈：我們必須轉向我們的痛苦，才能走向解脫。佛陀的一個主要教法是：我們若想從痛苦中解脫，必須先接受痛苦。當我們對「苦」妥協，便跟貪慾、執著和固執為伍；當我們發現逃避的方式不管用時，這些習氣已經深重到難以破除。然而，佛陀給我們的好消息是：破除習氣模式是絕對可能的。

用痛苦作為解脫之門的教法，對我曾經很困難，我習慣把大部分的注意力放在痛苦而非解脫，後來的一個滑稽事件，讓我瞥見了這個可能性。我十二歲的時候，往返於智慧林和跟我父親在尼泊爾的學習之間。這期間我參加一個在智慧林連續數日的年終法會，法會每天一早開始，修法的一百多位僧眾面對面坐在大殿誦經，中間留一個通向佛像的走道。我坐在走道旁第一排，加上身為祖古，我的座位高出了一般僧眾。

智慧林座落在喜馬拉雅山南邊，遠望松林之上巍峨的雪山峰頂，冬季的時候，白天的陽光很暖和，但夜晚很冷。那天早上特別的冷，大概四點鐘，每個人為了感覺暖和點，都特別投入唱誦。我一隻手拿著搖鈴，一隻手拿著手鼓（小小的雙面鼓）。突然有一些干擾，引起僧人們的注意，他們開始騷動，東張西望，我也探頭望過去。大殿燈光很暗，我看了好一陣才注意到，有一個西方人沿著我對面的牆壁，小心翼翼的往佛像前移動。他每走到一幅懸掛在我們頭頂上的唐卡前，都合掌當胸，放平手掌伸向唐卡，同時彎腰鞠躬。他穿著滑雪外套，沒戴帽子完全頂著光頭。

他移動到佛像前，走進來中間的走道，停在我的座位前，然後低頭跪下來，在我前面頂禮。所有人都看著我，但我不知道該做什麼，就把手掌放到他的頭頂（西藏文化表示加持的手勢）。他嚇壞了，觸電般猛的跳了起來，他的反應也嚇了我一跳，身體跟著彈了回來，眾人都笑了起來。我慢慢的才弄清楚，原來這個人沒想到有人會摸他，不知道我會給他加持，而我放在他光頭上的手，冷得像一塊冰。

儘管這件事有著不起眼的小誤會，事後也澄清了，但這說明我們的投射和期待，塑造了每一個瞬間。如果這個人事先知道，讓祖古摸頭頂是代表正面的意義，他的反應也會是正面的。手勢本身沒有本具的含義，手勢的意義是好、壞或中性都取決於我們的心，無關於這個手勢是否被個人經驗或文化影響賦予了價值，它依然是靠主觀感知來評判。由此可知，我們能夠轉化所有的痛苦為加持，因為痛苦本身也只是個感知，空無本質的意義，而加持本身也是空無本質的意義。

自作自受的苦

我們談到苦，把它分為自然的苦和人為的苦兩種。死亡是自然的苦中最明顯的例子，世界上大部分的人都同意，對死亡的恐懼比死亡本身更糟糕。一位研究禪修如何改變大腦的科學家告訴我，當我們知道並預料某個特定情況會帶來痛苦的刺激，大腦中的一些區域在這個刺激發生之前，就已經處於興奮狀態。預想著痛苦，我們就已經在無苦之苦當中了，這就是人為的痛苦。我在個人的經歷中，發現自己對恐慌的恐懼本身，就可能引發恐慌。

佛陀把生、老、病、死稱為可預測、可確定的四大自然的苦河，但是我們對死亡和苦痛的恐懼，是自己製造的苦。我們其實就是這樣自作自受，如果我們能檢視這樣反覆無常而不必要的苦的本質，真正認識到它也無實體，那就能夠開始放下它。

生命除了這四種轉變，自然的苦還包括跟四大（地水火風）有關的災難，比如地震、海嘯、火災或颱風。從世俗的觀點來看，對巨大災難的極端痛苦是正常現象，然而從佛法的角度來看，即使自然災難帶來的痛苦，也並不是不可避免的。因為一切現象都是空性的顯現，對一切現象的感知可以是正面、負面或中性的不同經驗。任何事都有可能被經驗為加持。如果在智慧林大殿對我禮拜的人，預先知道加持的手勢，而準備好去結善緣，那他一定不會被嚇到。

我們對事情的回應都來自我們的投射——主觀而基於對現實極為不完整的理解，我們如何看待衰老和死亡、地震和洪災，取決於對自己不能改變或控制的事情接受與否。每位有情眾生都會面對障礙，然而，消極負面都來自於態度、預設的概念和對抗，而非障礙本身。

假設我們是處在旱災中的農夫，每個人都盼著下雨，然後終於降雨了，每個人都為此而開心。接著土地被雨浸透了，而雨始終不停，很快的，每個人會開始祈禱雨停。但又事與願違，於是人們開始詛咒它，他們沒辦法在洪災中保護家園和農田，他們和雨對抗、搏鬥、抗爭。心靈之戰開始了！最後當他們的房屋被沖走，莊稼全毀時，他們感到自己挫敗之極。大雨勝了，農夫敗了！

這就是自然災害的苦如何變成自己製造的苦。當然，重建家園、恢復農地要費很大的力氣，這些艱辛是必定存在的。但我們被航班延誤引發的惱怒，有時比大災難時的反應更加強烈，重點是如果我們能通過覺知去對待情緒反應，而不被情緒主宰，就會看到我們如何給自己製造了痛苦。

當我們出離輪迴的時候，我們不再責怪外境影響了我們的心境，我們會運用佛陀的教法，對自己的狀況承擔責任，把心從製造痛苦的狀態中轉移出來。這並不表示要捨棄人類製造的苦難，如戰爭、貧窮、侵害、屠殺或環境破壞，我們不逃避，也不變成消極和無動於衷的旁觀者。無論如何，我們需要找到行動的策略。很多善意的人認為，激烈的情緒特別是憤怒，對不公正的行為是必要的、正義的，甚至是有利益的回應，他們經常認為，就像在機場被拖延而惱怒是本然的反應，憤怒也是對不公正自動而本然的反應。但它並不是，憤怒讓我們看不清楚，出於好意幫人卻因自己的負面情緒被障礙，憤怒也讓我們不能帶著真正的慈悲而行動，因為嗔怒之心使我們困在自己當中。從輪迴出離，意味著清楚如何用開放、清醒的心，而非被破壞性情緒影響而封閉無力的心，去引導自己的行為。

我認識一位在加拿大幫助環保組織抗議獵殺小海豹的女士，她在一個公關活動中，展示一些人在船上用棍棒把幼小的海豹打死在血泊中的圖片，活動收到了成效，獵殺海豹被訂為違法行為。這位女士對這個結果感到很欣慰，幾年後，她去了一個禁止獵殺海豹的村莊，期待能看到因為她的努力帶來的正面效果，比如人們把這項殺業從他們的社群取消，從此都能更快樂平和的生活。而事實上她看到的是一片絕望，酗酒成風，居民遷離，商店關門。為什麼會這樣？因為沒有工作可做，這裡的人無法再養家活口。

這時候她才瞭解到，環境組織的任務只關注於救海豹，而完全沒有顧及當地居民。獵殺海豹的人被認定為殘忍的惡魔殺手，環境組織推行對幼年海豹慈悲，但他們卻沒有看到整個畫面。他們的立意很好，但執行缺乏智慧，只有當負面熱度冷卻下來，我們對困難狀況的回應，才會是清明、智慧、平和的。

是蛇還是繩子

當我還住在那吉寺的時候，總聽到父親說：苦創造了快樂的因緣。儘管我的恐懼和焦慮，已經給了我很多可以修持的對境，還是不能理解父親這句話的重點。有一天他告訴我：「想像在黃昏的時候，天還沒全黑但快黑時，有人從開著的窗戶扔了一條花繩子到你的房間。結果，你尖叫了一聲，躲到桌子下面。為什麼呢？因為你以為那條繩子是一隻蛇，你全身發抖驚恐的看著，彷彿那條蛇正蜿蜒向你滑過來。你滿臉是汗，心跳急速，這時你的好朋友因為聽到你的叫聲跑了進來。你壓低聲音說，『噓——，不要動，你的腳邊有一隻蛇。』你的朋友往腳下一看說：『你在想什麼啊？這是一條繩子！』」

我父親接著說：「這時你可高興了，你給自己製造的恐慌全沒了！因為你製造了它，你也可以消除它。」

我們習以為常的破壞掉自己生活中的平靜，這似乎太「正常」了，以至於我們很少注意到。比如我們對別人微笑時，沒得到微笑的回應，我們便會很在意。我們甚至沒考慮到這個人可能剛失去了一位親人，或是他考試沒過，或他剛失業了。我們的自我預設，擋住了想到這些的可能性。又例如，我們跟人約好在餐廳見面，二十分鐘過去了，我們不想再等，因為等待讓我們很生氣。我們完全可以希望他們不是遇到了意外，或滑倒在結冰的路上，但是我們已經認同了自己的投射——他們不尊重我。從過去經驗，我們理智上知道朋友遲到或許根本不是因為我們，但是凡事都很個人化的習慣太難突破了。

我們要從這條道路得到利益，最重要的是，認識到是我們經常給自己製造了問題。

三種苦

我們把苦諦分為三類來理解：壞苦、苦苦、行苦。

有毒的糖果——壞苦

壞苦通常是從一個愉快的經驗開始的，佛陀用這樣一個例子來說明：你打算在外面睡午覺，但草皮下是燒紅的炭，當你剛躺下時，草地感覺起來很溫暖柔軟，而貪著這種舒服的感受，會讓你不知不覺慢慢被燙傷。

對悅意境界的執著，會成為苦的因，就像吃下有毒的糖果，或像抽菸。我們當然都記得快樂的經歷：宴會、婚禮、登山、在大海中悠游……這些都類似吃毒糖果，因為形成「苦」的條件伴隨著每一個移動，我們隨時都可能面對壞苦，除非這些因緣條件連根拔除，否則不滿的狀態將循環不止。

這就是輪迴的必然。我們得到了急切想要的東西：跑車、時裝、或一臺新電腦，開始的時候滿意極了，但我們堅固的習慣——任何重複的活動都很快讓我們厭倦，驅使躁動的心跳個不停。我們很快就沒了興趣，就像孩子玩厭了他的新玩具。壞苦更嚴重的情況是換伴侶，但最後也會以新歡舊愛差不多的感覺告終，相同的循環也出現在換工作、換房子，或換上師。

四大不調——苦苦

苦苦包含了像四大不調所帶來的自然災害，也包含像失業、房子失火或是被診斷為絕症，這些對我們的平靜特別具有挑戰性的情況。即使面對最艱難的狀況，我們也不必採取如同被人身攻擊般的自動回應。然而，在嚴峻的現實面前，能開展心的穩定和平靜，我們需要進入超越文化習俗各個面向的真理。

狗的蝨子——行苦

我們對行苦的感受幾乎是中性的，但也不完全是。即使沒有被享樂或痛苦控制，一種隱約的不滿足感，就像冰櫃背後的嗡鳴聲揮之不去。這就是不能安住、不得自在的心，像狗一直抓身上的蝨子。這樣的心始終無法安定下來。

觀修痛苦的心

第四個轉心的思維，是直接在修心上練習。我們轉心向內，覺知安住在我們的感知如何生起、如何鑄造了我們的現實、如何製造了問題。我們仍然用止的禪修作為支持，但是現在助緣的對境是我們自己的心。稍後我們會練習，觀修一切苦都是自己製造的，現在，以區分開自然和自造的苦為方便的途徑，讓我們先從容易理解的困境入手。

與之前的禪修一樣，在這個觀修過程中，強烈的慈悲可能會生起，我們不要把它推開，但持續讓覺知安住在思維苦的不安或不舒服的感受上，看我們的不滿足是如何在心中生起的。在這個禪修練習時，我建議先從一個我們認識的正經歷困境的人開始，去想像那樣的苦，為了能和帶來痛苦的主觀感知連接，我們要把自己放到受苦的狀態。我們可以用圖像、語言、情緒或身體的感受去製造這個狀態。

觀修自造的苦

或許你也有過類似把繩子誤認為是蛇的經驗，或是把一個正直的人誤以為是歹徒。我就有過那麼一次經驗，當時我在科羅拉多的丹佛機場，經過鞋子要脫下來、手機放在一個盒子裡、電腦放進另一個盒子等重重安檢之後，我坐在了登機門附近的候機區，正對著另一個安檢通道，那裡的一位安檢官一直盯著我看。他身材魁梧，留著深色的小鬍子，頭髮稀疏。我開始回想自己做了什麼引起他的注意，他盯著我看得越久，我就越覺得他看起來像個壞人，類似電影裡黑幫頭子的形象。接著，他拿出手機，我想：「這下可好了，有人要來找我了。」

果然，另一位警官走到他旁邊，長著小鬍子的警官向他指了指我，後來的警官留在原地，而小鬍子警官朝我走了過來。他走到我面前問道：「你是讓布切先生嗎？」我不清楚他在說什麼，於是沒回應，接著他又問：「你是詠給先生嗎？」

我嘆了口氣承認說：「是的，我是。」

接著他說：「我只是想告訴你，我太喜歡你的書了，它對我幫助很大。謝謝你！」

我們倆即刻都笑了起來，互相鞠躬握手，像好朋友見面一樣。但是，最滑稽的是，當他回到了安檢崗位，我望著他想到：「他看起來真是個好人、很友善、讓人愉快、酷酷的。」之前對他的看法，來自完全沒有察覺到自己的心，而大意的讓它陷入「機場妄想症候群」的思維模式，由這樣的錯誤感知給自己製造了痛苦。

當你觀修自己製造的痛苦時，試著找一個你瞭解或感覺熟悉的情況，如果你找不到一個自己的經驗，那可以聯想一個你認識的人，或是你看過的電影或書籍裡的情境。重點是要找一個有問題的狀況，然後看你怎麼建構出對它的看法，同樣你也可以拆解對它的看法。

【禪修練習】製造痛苦

- 以放鬆的姿勢坐好，後背挺直。
- 你的眼睛可以睜開或閉上。
- 讓心在開放的覺知中安住一兩分鐘。
- 現在，試著將一個特定的事件帶入心中，一個因為你錯誤的感知、信仰或態度，而製造了痛苦和不快樂的例子。
- 試著跟事件過程中的情緒狀態連接，不管當時你是感覺憤怒或是嫉妒。
- 現在回想你看到事情真相時的如釋重負。

・接下去問自己：我的錯誤感知是從哪裡生起的？又去了哪兒？它是怎麼被取代的？
・繼續這樣練習五到十分鐘。
・結束時再讓心安住在開放的覺知中。

和六道的苦相連接

第四個思維讓我們和痛苦重新建立一種關係，我們不再像逃離敵陣一樣躲開它，或是否認或壓抑它，而是和隨之而來的各種不舒服或不安同在，讓它和我們的呼吸同在，並知道它不會摧毀或定義我們。我們對自我的感覺，甚至我們自己的快樂，可以擴展，並超越它的習慣性限制而包容痛苦。這樣，我們和苦的關係就改變了！「苦」仍然存在，但已不是我們身分的固有主體了。當痛苦的局面出現，我們不再採取試圖逃避的徒勞方式，也不會立刻跳入指責外境的慣有模式，而能夠試著認識自己在每個當下的念頭情緒。

為了幫助自己確信自造的苦的必然本質，讓我們再看看輪迴中的六道。在第一個思維中，我介紹了六道是瞋恨、貪慾、無明、嫉妒、傲慢和疑惑等六種煩惱而展現出來的。在那個階段，我們用一頭牛來作觀修，為的是可以欣賞人類所具備而畜生道所缺乏的特質，從而感恩生而為人。觀修中我們跟無明相連接，認識在畜生道普遍存在的無明的苦。現在我們要作的禪修，是帶著跟苦連接的意圖，把覺知帶到每一道中特定的苦。

比如，我們再回到牛的觀修，這隻牛根本不知道是否有人會給牠食物和水。如果警報響了，牠無法辨別那是危險；當主人把牠牽走了，牠不會知道那是帶牠去洗澡還是去屠宰場。安住在覺知無明帶來的不安和痛苦，接著感受地獄道的嗔怒，感受怒火中燒所帶來的苦，看看嗔怒如何逼迫我們像困獸一樣找不到出口。

想像你的心被貪婪占據，總是害怕擁有的不夠，總想得到更多，總是為自己儲備所需，從來不滿足於已經擁有的。或是被妒嫉困擾的心，永遠對他人所有羨慕不已；想像傲慢帶來的苦，它讓你與他人總是保持著距離，因為你始終認為自己比別人優越，太過驕傲而無法接受自己的短處。或是想像身在人道的慾望，感受慾望在你身體裡翻騰，強烈到讓你寧死也要滿足它——財富、名譽、食物、性慾、實現一個期望，或是重現過去的輝煌。

現在讓我們來用這個作禪修，我會帶你思維跟每一道相關的痛苦心境，但是之後你可以自己找例子來練習，使你的經驗盡可能真切。

【禪修練習】進入六道的苦

這裡包含地獄道的瞋恨、餓鬼道的貪婪、畜生道的愚痴、人道的慾望、阿修羅道的嫉妒，以及天道的傲慢。

- 以放鬆的姿勢坐好，後背挺直。你的眼睛可以睜開或閉上。
- 安住在開放的覺知中一兩分鐘。

・如果心散亂了，停一下，再繼續思維。

・現在想像你自己在地獄道中，記住現在你關注的，是與各道相關聯的各種煩惱痛苦。現在你要連接的是感受到炙熱、燃燒的憤怒，遍布地獄道的極苦，來自可摧毀一切的嗔怒，它燒炙折磨著身陷地獄道的眾生。

・試著連繫一個自己經歷過的事件，其中可能含有報復或偏執的爭鬥。

・看看你是否可以帶出這樣的情緒，然後放下故事情節，只留下感受。把覺知帶到感受上，覺知但不評論或詮釋這些感受，這樣安住幾分鐘。

・現在想像你在餓鬼道。你是否有過無論怎樣都想要更多的經驗？即使你列出自己擁有具備的清單，試圖說服自己「你的人生是很好的」，你仍然被不滿足控制，感覺自己想要的總是得不到。你可以用一個事例來帶出這樣的情緒，但不要忘失在故事情節中，這樣觀修幾分鐘。

・觀修畜生道的苦，你可以再回到牛的禪修，思維「因為我的愚痴，我不明白自己的處境，誰是我的朋友，誰又是我的敵人？我的下一餐從哪裡來？我不知道如何改善自己的狀況，也不知道如何為自己創造優勢」，這樣觀修幾分鐘。

・思維人道的苦，試想一個你貪愛並認為會讓你快樂的事物。你是否想過「如果我就多那麼一點（名聲、愛、尊重、性、安全感），那我就可以轉心向精神的追求」？試著跟那樣折磨人的不安、不滿足的感受連接，事情其實非常好，卻因為慾望而總是感覺不足。

・想像自己在阿修羅道。你是否曾發現自己希望別人失敗？或是竊喜自己的競爭對手關於名譽或經濟的壞消息？在社會或經濟階級，你只想不斷往上爬超越對手，不願分享自己的特權，只希望自己獨享。其他任何人的成功都讓你如吞苦藥丸。你的感受如何？

・試著觀察這樣的情緒，如何讓你與外界隔絕，留下你孤獨、多疑的獨自一人。把覺知帶到這裡，觀修幾分鐘。

・想像你在天道。或許你曾想「我為自己創造了多麼美好的人生啊，我一定是很有福報的。我已經很滿意自己的生活，沒有必要再禪修什麼了」。你對完成有意義的事毫無積極性，一切都在自滿的混沌中，心暗昧遲鈍，歇息在懶散中，像被美食塞滿的奢靡。

・覺知任何生起的感受，覺知自己的驕傲和我慢，這樣觀修幾分鐘。

・結束時安住在開放的覺知中。

觀修各道的順序不重要，重點是認識我們的迷惑和錯誤感知，為自己和他人製造的痛苦。無論我們往哪一道看，從地獄讓人窒息的嗔怒，到天道對享樂的迷醉沉溺，接受遍及輪迴的所有痛苦。一旦我們知道自造的輪迴牢籠的鑰匙，就握在自己手上，僅此認識本身，就會讓我們更敢於看到，是自己障礙了解脫之道，由此，否認轉化為了勇氣。

觀修六道輪迴，改變我們與其他眾生連接的方式，我們看到每個人跟我們一樣，都在輪迴流轉，而每個人也跟我們一樣都想要自由。當我們和煩惱所帶來的巨大痛苦連接，解脫的願望自然會擴展到其他人身上。但是，開始的時候不要有太多期待，厚重的習氣需要一再的檢視，我們可能不時感覺快樂了一點，那很好，但可能一件事又把我們拉回造作痛苦和自怨自艾中。這是正常的，不要絕望。即使一瞥痛苦的自我造作之本質，都可以幫助我們轉向自由。

種下出離的種子

輪迴的苦是轉心四思維中最後一個思維。首先，我們認識到珍貴的人身；第二，我們專注於人身最顯著的無常；第三，我們瞭解業力以及每天善行的結果，將影響我們的未來甚至來世。死亡不是像燈油燃盡，燈就熄滅。在這一生，業力製造了輪迴的條件。什麼是輪迴？就是第四個思維——苦。

徹底的認識輪迴的痛苦，便種下了出離的種子。「我要從所有痛苦中解脫，我要出離輪迴，我希望開展出離心，能夠從煩惱和自己製造的牢獄中解脫出來。我要從具有破壞性的習慣中出離，讓自己解脫，利益其他眾生。」我們準備好承諾——為了一切有情眾生，包括我們自己，要出離痛苦而走向解脫。「我想要這麼做，我立下誓言，我承諾，我發願這樣做，我祈願能夠實現解脫。」但是，這真的可能嗎？

佛陀的好消息

佛陀的第三聖諦證實——滅苦是可能的，這是佛陀帶來的最好的消息。緊接著還有第四聖諦——道諦（法道），實現滅苦的方法和途徑。在我的傳承裡，這條道路從四加行開始，到目前已經透過轉心四思維生起出離心，到達皈依的門前——四不共加行的第一個修持。

但是我們首先要問：為什麼佛陀在介紹道諦之前，先開示滅苦的真諦？佛陀這樣做是因為，我們在修道的過程中，不可能一點滅苦的體驗都沒有，而這就需要對空性有一些瞭解，儘管苦的終結是可能的，但沒有對空性的體認，修道還是無法究竟滅苦。

空性帶來自由

從我父親講的關於把花繩誤當作蛇的故事，我理解到主觀的感知扭曲了事實，而讓情況變糟。對一位有恐慌症和自造恐懼的小男孩來說，這是很好的故事，但因為我習慣想像駭人的可能性，無法想像故事會有圓滿的結局。

「試想一下，」我對父親說：「你看到那是繩子，不是蛇。但是如果半夜，你的敵人拿著繩子進來你房間，緊緊的用繩子套住你的脖子，那時候想它是不是蛇，有幫助嗎？」

我父親大笑，說我是個聰明的小男孩。這讓我很滿意，但是我還是想著套在脖子上的繩子繼續問：「如果我認識出繩子就是繩子，會對我有幫助嗎？」

「不會，」父親回答：「這種情況，知道繩子就是繩子是沒有幫助的。當你想像繩子是蛇的時候，你給自己製造了問題。如果你認識出繩子是一條繩子，你除去了自己製造的蛇，但現在的問題還是在。如果有人用繩子勒住你，讓你動彈不得，那你必須接受無常和死亡。為了沒有痛苦的接受它，你需要學習究竟的真理——超越世俗諦的方式看待繩子。在勝義諦的見解中，繩子是空性的顯現，你是空性的顯現，死亡也是空性的顯現。」

「已經證悟空性的人，也會被勒住嗎？」我問。

「對一般的旁觀者而言，一個人被繩子勒住是會死的，即使是密勒日巴，他也會看起來要死了。」父親告訴我：「但這在密勒日巴自己，對他的經驗而言，他不會死。不是世俗層面最後的死亡，他會經歷變化和轉化，但是因為他自己空性顯現的感知，這不會是最後的結局。」

「如果密勒日巴曾經被勒住，」我問：「對他來說不是最後死亡的經驗，那你能夠改變像我這樣的一般人，看待他的方式嗎？」

「我可以改變我的感知，」父親解釋說：「但我不能改變你的感知。當我們死亡的時候，我們個人的感知（指我們現在的身體）不再存在，我們身邊的人看到的將是一具屍體。」

這次談話後，我和寺院的尼師聆聽父親教導空性很多次，但我還是不能超越空性不是空無的困惑。儘管父親總是強調證悟空性之後，一切都將如何美妙，會成佛、證道、開展無量的悲心。哇！你可以自由！所以空性怎麼可能是什麼都沒有！終於有一天早上，我在父親房間待到眾人都離開了，告訴他：「你說了那麼多關於空性的事，但我還是不明白。」

他說：「對於空性，你需要知道兩個字：空和顯，或是空性和可能性。空和顯表示現象本質為空，因而一切有可能性。找一個你認為是堅實的東西為例：桌子、汽車、鞋子、石頭，甚至你自己的身體，無論什麼物體，我們都可以分解它。分解後的每一部分，我們還能繼續分解成塊、碎片、原子、分子、粒子。留下的任何部分，我們還可以一再分解下去。這樣一來，我們所經驗的每一個面向，都空去了真實、堅固或本質的存在。

也正是這沒有根基的真理本質，給了一切機會，展現為任何一種物體或經驗。空性不是一個空虛的什麼都沒有的狀態，它是無限的可能性。因為空性，所以萬物出現，空性表現了世界的不實存性，同時讓一切可以發生。因此，空性也是圓滿——存在著一切的潛力。」

接著，父親用手觸碰桌子說道：「桌子沒有存在的自性，然而它顯現出來是真實的。舉一個例子，比如你在作夢，夢中摸到了一張桌子。你的心在夢中感覺很真實，你可以摸到它、看到它，它顯現為真，但並不是真的。當你醒著或在夢中看桌子，都是一樣的。」

因為現象的空性本質，任何情況都是可能的，這就是為什麼把「空和顯或空性和可能性」這些字連在一起很重要。我理解在其他語言說空性而不說空，聽起來可能有點彆扭。其實很多西方人和我，對空性和空無有同樣的困惑，如果不加上「可能性」的包容度，空性和空無很容易混淆。

父親指著他房間一直點燃的酥油燈繼續說：「空和顯像是火焰和熱度，它們自然一體，但又不能被分開。」《心經》說：「色即是空，空即是色；色不異空，空不異色。」就像那樣，你不可能拋開其中一個只要另一個說：空無就是沒有色，空性是完整的色。這就是為什麼我們說：「空性等於圓滿。」

事物既是也不是它們展現出來的樣子，有密度和重量的物體，比如巨石、門、飛機，是無數細小顆粒的組合，而顆粒本身也充滿了空間。我們對自己所經歷到的一切賦予了價值和名稱，還以為我們有限的感知，準確的代表了世界，但是這些感知只是空無實質與價值的心理構建。

為什麼手穿不過桌子

不同的感知，讓眾生用不同的角度看同一個事物：一個人看到是檯燈的影子，而另一個人看到的是一頂帽子。一個人或許把一個木椿看作桌子，而另一個人看它是棺材、法座或是書桌。沒有一個本質的「桌子」能夠被找到，因此沒有證明可以否定其他的描述。更進一步，我們知道木頭的外形也不會始終不變，即使我們現在看到的是桌子，它也是正在變化的色相的各種描述：消融、解體、轉化、消失。桌子也是由千萬億個原子組成，而我們知道每一個原子中百分之九十九是空的，那百分之一的物質裡面又有百分之九十九是空的。

當父親試著教我空性的時候，我總有個頑固的反應，跟開始用念頭禪修時一樣：如果我不想事物，也不用念頭作為禪修的助緣，我還是消除不掉愚蠢的念頭，那跟不禪修有什麼差別呢？

無論這個桌子是不是空性，我們還是看著同一個桌子，我也沒辦法把手從桌子中穿過去。那有什麼差別？我仍然在物體中尋找它的變化，而沒有改變自己的感知。

於是我問父親：「如果這張桌子和夢裡的桌子沒有差別，為什麼我把手敲在桌子上會疼呢？」

父親說：「習性。心的習性阻止你看到桌子的空性，直到你見到空性，主觀感知裡的堅實，還是會擋住你的手。」

當然用桌子為例，比用我們的身體來接受空性的想法容易一些。然而，我們身心的變化：從嬰兒到老年、從饑餓到飽足、從頭髮濃密到禿頂光頭、從生病到康復、從憤怒到平和、從高傲到謙卑，這都是無止境、每時每刻在建構的自我認知。我們一直僵固在自己情緒和身體的變化上，堅信有個本質的「我」存在。多麼的自相矛盾啊！

佛教和科學都承認一切現象無常、變動的本質。但是，佛法也解釋了打破我們的習慣，使真理完全顯露出來，最終止息痛苦的利益。科學是以瞭解真理為目的，佛教亦然，但我們尋找到真理，並不表示就大功告成了。我們尋找並看到真理的全貌，因為只有理解這個世界，以及萬事萬物包括我們自己，並不是它們顯現出來的樣子，才會打開通往解脫的大門。整個佛教都是為了達到這個目的而存在，也只有體證了這個究竟的真理，才能徹底消除痛苦。

父親給了我為什麼我的手穿不過桌子的解釋後，那堂課就結束了，接下去的幾個星期，我有幾個瞥見清明的時刻，但它們都很快消失了，我的心似乎比以前更加模糊。加諸在我困惑上的，還有對我來說也更像空無的夢境。於是，我讓父親再解釋夢境的真相，這次他舉的例子正好刺中我的痛點。

兩年前，我跟隨母親從那吉寺去加德滿都的市場，因為她第二天就要回努日的村莊，探望外祖父母，所以想帶一些新的廚具回去。那時候我已經開始跟隨父親學習，所以不能再跟母親回努日。那時的市場不大，大部分商店都彼此緊挨著。我和母親一邊走著，突然看到一輛兒童腳踏車在出售。我目不轉睛盯著這輛嶄新而亮晶晶的單車，心裡想要極了，我問母親能不能買給我。她猶豫了，於是我開始哭鬧：「我真的真的很想要這輛腳踏車。」最後她同意了，但她打開錢包發現錢不夠，於是我又開始哭。她哄我說也許下次來再買，並加了句：「反正你要留下來跟你父親上課，你會有很多功課，或許根本不需要那樣的玩具。」

第二天母親去了努日，但那輛單車留下了——在我心裡。我靈機一動有了主意，跑去父親那裡，問他能不能買那輛腳踏車給我。他說：「當然，沒問題！」於是他請人去了加德滿都，但腳踏車已經被人買走了，接下去幾天我都很鬱悶。

當我請父親再次解釋夢的真相時，他說：「假設在你夢裡，有人給了你一輛腳踏車，這讓你非常開心。你騎著它到處走，跟朋友炫耀，每天把它擦拭得乾淨閃亮。後來，腳踏車前輪掉了，當你打算推它去修理，因為沒有平衡，後輪也歪掉了，於是你扳著手把想調正它，結果手把也掉下來了。最後，整輛車子都散成零件，你變得非常苦惱。」

我告訴父親：「是的，我甚至在夢裡都會哭。」

父親說：「開始的時候，玩具讓你非常開心，但它消失了不復存在。但是，夢裡的單車一開始就不是真的，在夢裡，它讓你如此開心。夢是真的，但與此同時，它也不是真的。『空』表示那單車不是真的，『顯』表示它在你夢裡是真的。」

我告訴父親：「是的，我同意。」我的確有一點認同，在心裡有一些理解了，但也有一些不理解。我仍然看不到、感受不到它。

第二年，我帶著同樣的困惑到了智慧林。我父親認識薩傑仁波切，他告訴我薩傑仁波切是一位了不起的大師，我應該請求他給予教授。他還告訴我的侍者如何請求一般的教授，以及特別請求仁波切教授第三世噶瑪巴的大手印祈請文。這個祈請文的核心，就是發願要證悟空性，證悟心的本質。

薩傑仁波切同意了，每天下午，我們五位年輕的僧眾去仁波切房間聽法。一開始他為了準備念誦這個特別的經文，用了好幾個小時先念了很多祈請文，接著他非常、非常慢的開始教授。第一天，他就講了很多關於空性的教理。第二天，他繼續講了很多關於空性的教法。第三天亦然。我再次想到：「空性的利益到底是什麼?我聽到那麼多關於空性的好事：如果你認識了空性，你將從輪迴中解脫；認識空性會開展無量的慈心和悲心。」但我就是想不透。

於是我去找薩傑仁波切，說道：「你告訴我一切現象都來自心，而桌子是空性的，杯子是空性的，好處是什麼？杯子的空性是杯子的事，桌子的空性是桌子的事。對！我知道空性具備所有佛的殊勝功德，但你可以告訴我一些我能理解的事嗎？」

薩傑仁波切問我：「你作夢嗎？」

我說：「當然。」心想：「又來了！」

他說：「假設你在作惡夢，夢中一頭老虎追著你，你一路跑一路跌倒，老虎越來越近，這時讓自己從惡夢的問題中解脫，而不需要醒來的最好辦法是什麼？」

我很努力去想，因為我真的想說出正確答案。最後，我確定找到答案了說：「向佛法僧三寶祈請！」

「在這個狀況下，」薩傑仁波切說：「那是不管用的，老虎還是會追來。」

「那我跑快點。」

「但老虎可跑得比你更快。」

我給出的每個答案他都說：「那是沒用的。」

最後，我不太有信心的說出：「或許認識那只是場夢？」

「是！這就是答案。」他說：「如果你認識那就是夢，你可以繼續作夢，享受夢境，繼續睡覺。你可以跳進老虎嘴裡，或騎在老虎背上，跟老虎作朋友，任何事都可以。如果你不能認出那是一場夢，那就是我們所謂的無明——對並不是真實的現象感知為真實的。當你不斷修持空性，漸漸的，你會開始改變認為一切都是真實的習氣，你也會開始有能力體悟相對和絕對的真理。成佛就是指你能體悟真理的所有面向。」

「好吧，看這張桌子，我知道桌子是空性的，」我說：「但如果我用手打在上面會疼，在夢裡如果我從高樓跳下不會死，但在這裡我的手會疼。為什麼？」

或許你能猜到薩傑仁波切的答案了，「習性。心的習慣讓你看不到你的手和桌子都是空性的，因為你的手看起來堅固真實，你不會把它看作是心的投射，對桌子也是一樣。一旦你認識到你認為事物真正的樣子，並沒有真實的根基，那麼，任何發生的可能性將變成無限的，但這要透過修持慢慢來。」

「如果你把手穿過桌子，」我問薩傑仁波切：「我會看到嗎？」

薩傑仁波切說：「不會，你的習氣不會讓你看到。本質上我的手是空的，桌子也是空的，但是我空的手穿過空的桌子，你的心會只看到一個堅實的物體——我的手，碰觸另一個物體——

桌子。」

你對此相不相信並不重要，請不要把修持佛法，想成是表演幻術或示現神蹟。重要的是有創意和開拓性的運用這樣的故事，讓它激勵你去探究真理。不要忘記苦的止息——那才是你修道的目標。

此刻你可能會問：「這樣的故事如何幫助苦的止息？為什麼一位有最深智慧的導師，會跟一位小喇嘛談把手穿過桌子？他真正要教我的是什麼？」薩傑仁波切是要向我展示：一切佛陀的教法都是為了完整的體證真理，更進一步，去理解如何讓這個體證引導我們滅苦。但如果我們不理解空性的本質，是做不到的，要達到最終目標，禪修就是我們最好的工具。

空性禪修的三個次第

我們透過三個次第來觀修空性，這並不表示我們自己的禪修體驗，會完全跟著這個線性順序發展，但作為教學的方式，這會是有幫助的指導。

一、依循理性和智識的推論

第一個次第是依循理性和智識的推論。我們綜合知識、現代科學研究數據，或分析心智作用的佛教經典，以及任何輔助空性真理展現的材料。雖然從理論上確信，並不能改變我們的見地，但能使我們的目標清晰。

有很多空性的例子可以信手拈來，但我們不習慣用它們作例子。一條紫色的茄子，看起來跟致命武器一樣堅實，即使我們的身體百分之七十的組成部分是水，它仍然看起來那麼實在和堅固。如果分析樹林中一枝斷掉的樹枝，看多少纖維構成了它的密度，它就像百萬根牙籤聚集在一起。當我們漫步在沙灘，我們可以用一點時間，去認識踩在我們腳底的一粒沙子，它也跟小石子、岩石、巨石的組成部分相同。我們身邊就有很多具混合性、暫時性、條件性組成的平常例子，一夜之間就消失的紐約世貿大樓不就是一個例子？

我們可以分解或大或小的任何物體或色相，或將一個新事物的一顆粒子拿來再分解，不斷不斷的分解之後，直到找不到能夠定義事物，此時或過去狀態的任何有實體的元素。這就是重點，我們所見的每個事物，無論是在相對感知中到或是被拆解成碎片，都沒有本質的實體所在。每個事物都沒有自身獨立的意義存在，它的價值和意義是來自我們的感知，並不存在於物質本身。這就是為什麼我們說「色即是空」，同時因為空性使一切成為可能，我們說「空即是色」。

為了在修道中運用這些知識，我們必須放下看待事物慣有的方式，讓空性的認識載入程式。接著，我們的任務就是如何穩固這個認識，而去利益自己和他人，這就需要禪修來達成。

二、洞見和止禪的結合

空性禪修的第二個次第，把洞見和止的禪修結合起來，這時空性成為我們覺知的對境。比如說我們前面有一張桌子，不用桌子這個色相來支持我們的覺知，而覺知它的無常，並融合桌子不實存的元素。我們可以想像肉眼不能看到的原子，也可以想像桌子開始瓦解，木頭開始腐朽，或是像柴火一樣燃燒。接著，我們要看的是什麼？在外形消融、改變、消失之後還留下什麼？我們可以在桌上放一朵花，而後想像透過定時錄影看著它，比如說看花期三週的鬱金香生命在三分鐘之內完全展現。這樣練習的目的是一再的去理解，我們的感知是被世俗或相對的真理影響的，我們需要讓自己信服：作為凡夫的感知非常有限。探究改變和無常，就是挑戰我們感知習性的可行方法。

然而，改變和無常只是故事的一部分，我這樣說是因為，當我們仔細觀察事物外形在細微改變時，或許會生起這樣的想法：剎那剎那間，有東西真實存在著，但這些在當下生動鮮明展現的事物，它們本身也是空性的顯現。

在第二個次第，我們開始體會現象的變化和流動的特質。如果我們在無風的日子隨意看一棵樹，它看起來是靜止的。如果我們定住目光，也許會發現一些很小的活動，比如麻雀的翅膀搧動了樹葉，很快的，我們會感覺樹是活生生在動的。或者我們可以用一棟樓作為止的對境，然後想像它像一個廢棄的穀倉一樣解體，試著與改變的狀態連接，觀察物體如何失去它的堅固性。

我們用一般的覺知看一棟房子，或一張桌子的時候，視野很狹窄，像是管狀視覺，只能看到整幅圖的一部分。當我們禪修空性，不是要我們放到真空當中，什麼經驗都沒有，而是要放下我們的固著和執取，以及對我們自己和周圍世界持有的僵化信念。換句話說，我們開始如實的看事物，而不以我們的認為來看它們，放下預設的概念、想法和附帶的價值，只是看。西藏人說：「就像脫去我們的帽子。」我們除去了預設概念和執著想法的層層覆蓋，不帶這些束縛的去經驗真理。

當我們不斷熟悉執實的妄念，比如桌子具實性，物質的重要性便開始減少，這樣會幫助我們打破執著和固執的鎖鏈。通常一張桌子會引起帶有價值觀影響的回應：好的桌子、壞的桌子、美或醜、昂貴還是便宜，我們的注意力奔出了身心，投注在對境上。當我們的注意力被境界吸引，主觀的感知便成了心的老闆，這就是薩傑仁波切所說的投射者。投射者是老闆，而我們是所投射對境的奴隸，追著我們認為精彩的，避開我們認為無趣的。當我們用空性作為覺知的對境，我們就成了感知的老闆，不再以被感知習慣和習俗主宰的方式對待身邊的事物。

認識桌子的空性、房子的空性、寵物的空性，或是紅色敞篷跑車的空性，直接切入我們的心對外境的黏附。有了這樣的認識，對境失去它預設和造作的價值，我們不再被感知攪得團團轉。現在，帶著內在的穩定，我們可以自在的享受事物的特質，我們可以享受其顏色、形狀或氣味，而不被慾望、評判或嫉妒影響而失衡。空性禪修如同看鏡子，鏡子裡一切都看得很清楚，但那不是真的，它是無常的，沒有實質或獨立性。

當薩傑仁波切教導我關於不同的域界時，我卡在一個看法中：地獄或佛的域界是心理構想，而人道是實存的。一天我問仁波切：「如果佛的淨土只是一個心的境界，那就只是一個想法，如果它只是一個想法，那為什麼我們還要用彩色的圖像和特別的祈請文，把它弄得像真的一樣？為什麼我們要讓它更堅實？更讓我困惑的是，為什麼有時我們會把它說成是真的，有時又說它是一個心理的想法？」

薩傑仁波切問我：「你怎麼看我的轉經輪？它是真的，還是不是真的？」

「當然是真的。」我回答他。

「佛界就像這個轉經輪。」薩傑仁波切說道。

「那就是說佛真的存在？」我問。

「不。」他說。

「你同時說了相對的兩件事。」我告訴他。

薩傑仁波切答道：「是或不是都是正常的，黑或白也是正常的。實際上，這個轉經輪同時是一個心理的構想，而它也存在。」

「但是我可以碰觸到轉經輪，」我說：「你現在就握著它。當你轉的時候會發出聲響，這怎麼會是一個心理狀態？」

薩傑仁波切說：「這跟夢中的轉經輪一樣。如果你在夢中有一個轉經輪，它並不真實存在，但你在夢裡還是用著它。甚至這個世界也是心理建構出來的，甚至薩傑仁波切也是！」

一個轉經輪，就像人體，比如薩傑仁波切的身體，是很多部分組合起來的。無論我們看到多少個部分，都需要進一步分析，我們不會只分析到一隻手臂、一條腿或一個器官，就停下來，我們繼續分析下去，直到理解一切現象的空性。因為這個絕對的空性，薩傑仁波切的形體、轉經輪乃至其他所有現象的真理，才會顯現。但現在我們知道的是，它們「真實」的特質是空性和因緣。由此，我們的見地轉變了，它符合於真理（它的實相），超越世俗或造作的狀態。

三、直接體認空性

空性禪修第三個次第是直接的體認。現在，我們的感受完全充滿這清淨感知的智慧：無造作、赤裸的、超越一切預設的概念，這個直接的體驗要透過觀的禪修來達到。

一般說來，觀的禪修有兩種形式：第一，我們對一個提出的主題進行邏輯分析，例如分析自我是實存的信念。我們分析這個概念，看它是否合乎道理。我們經常發現自己的想法禁不起推敲檢驗，即使對觀點自身的邏輯，我們的想法也經常鬆散不定。當我們清除遮蔽心的扭曲想法，直接的體驗會現前——不是透過扭曲的鏡片所見的信念和設想。

第二種觀的禪修，廣泛的運用在藏傳佛教的大手印和大圓滿傳承中，或是我們稱為藏傳金剛乘的修持，它涵蓋經驗的直接檢驗。這類禪修中，由一個簡單的問題，比如「在我的經驗中有任何事物是堅固不變的嗎」引向內在的探究。我們不是透過邏輯思考得到答案，而是透過在當下直接觀察我們的經驗。

這樣的檢驗會帶我們看到不曾看到過的自己，最後體證一切現象的空性。這時，眼睛持續見到的是顯空不二，耳朵持續聽到的是聲空不二，觸覺持續碰觸的是色空不二等等。直接體認我們所感知的一切事物的空性，消除了相對和絕對真理之間的二元對立，輪迴和涅槃成為不二的真理。

沒有永遠的痛苦

我今天在受苦的事實，並不意味著我將永遠苦下去。空性本身就是這個可能性的來源，一切現象的空性本質，說明了變化的可能性。如果一棟建築物有永恆實存的特質，那它永遠不會倒塌，可最終它還是會倒塌。我們都很清楚這點，而我們自己亦然：成長、衰老、死亡，這個改變的過程，讓我們可以把無明的感知，轉化為智慧的感知，把我們痛苦的經驗，轉化為快樂的經驗。

在我們進入法道前，就應該認識我們可以止息痛苦，否則我們不知道，為什麼要作現在所作的修持。空性如同車的燃料，如果車子沒油就開上路，那我們哪兒也去不了。如果我們仍然緊緊執持自我、概念的困惑，和事物恆常的幻覺，我們無法真正的進入法道。一切現象的空性讓我們可以改變、放下，轉向偉大的真理實相和清明。現在，我們可以準備開始進入發現自己真正是誰，以及世界的真相為何的階段。

世俗觀點對停止苦，一般都採取改變外在環境的方式。假設有人如家人、老闆，或鄰居讓我們生氣，我們便透過離婚、換工作、搬家等方式來避開那個人。如果一個員工對我們的職位有威脅，便想解雇那個人；如果不喜歡我們的房子，就另外買一棟新的。然而，「外面」的境界並沒有問題，許多殘酷的情況其實遠遠超出我們控制範圍，比如飛機墜毀、森林大火或是地震。

但是，這些外境本質並沒有不快樂。透過認識不滿足、自己製造的痛苦，甚至自然的痛苦也都是來自心，佛陀解答了自己的追尋。他發現，我們可以擴展有限的見解，超越我們的情緒、念頭和記憶，而看到伴隨我們每一個經驗的清淨的覺知。一旦看到，困惑和痛苦都能轉化為智慧和慈悲。這將從根本上去取代世俗的認知，所以需要一段時間消化。

有一則佛教故事，講一位沒有穿鞋的人出去旅行，為了保護已經磨破流血的雙腳，他收集動物的皮革鋪在路上，一路走一路鋪。直到有一天，他用皮革裹住自己的雙腳，就再也不覺得道路不平了。認識空性的真理，會同時破除我們所有的迷惑投射，瓦解苦的根基，將輪迴轉成涅槃。不能理解空性，會讓我們甘願一塊塊的在路上鋪皮革來尋求安慰，而徒勞無望。

前行修持幫助我們，將空性的認識和每個當下所經驗的顯相結合。然而，很多時候我們在修持慈心、悲心和虔敬心等加行的時候，還是在相對和二元限制的「我」之中運作思考，比如說，「我」皈依，為了幫助「他人」。但是，一步一步，我們會慢慢靠近絕對的見地。

在下面的章節中，我們將探尋：皈依如何將證悟和自己連接；同時，菩提心幫助我們鬆動對自己需求和慾望的執著；金剛薩埵的修持輔助負面業力的清淨，直到我們認識空性的本質清淨；獻曼達的修持如何幫助我們捨棄一切，透過見到本質的無限富有獲得更多；以及上師相應法讓我們最終可以透過淨觀，看自己和這個世界。前行帶我們走上回到自己的旅程，而我們帶回家的，是一個新的自己。對空性和我們本具的佛性更深的認識，都將融入這段修持中。

第三部

自由之路—四不共加行

皈依大禮拜
金剛薩埵
獻曼達
上師相應法

第八章 回到真正的家——皈依

在佛法修持中，我們為了覺醒，
為了對他人本能的關懷，我們皈依自己，
皈依內在快樂的能力，皈依穩定可靠的自心的覺知。

第一部分

找到回家的路

當我和措尼仁波切小的時候，喜歡模仿父親或其他僧人，裝扮成大喇嘛的樣子。那是我們的遊戲：坐在幻想出來的法座上，裝模作樣的搖鈴敲鼓，嘟囔著無意義的咒語，模仿著修法。佛教對我來說，就像每天的社會活動，直到我第一次三年閉關開始時皈依了薩傑仁波切，我才有了回家的感覺，對法有了歸屬感。

那時候，我喜愛的和愛我的每個人，都和我相隔很遠，讓我有些想家。薩傑仁波切告訴我：「每個人都是想家的，因為我們真正的家在內心，在我們還未認識它時，我們都會向外尋找家的慰藉，重點是我們能否找到回家的正確道路。皈依，讓我們步上一條正確的道路。」

皈依是四不共加行的第一步，也稱為「內在」的加行。轉心四思維（或說「外在」的加行），幫助我們探究讓我們輪轉在困惑和痛苦的習氣。由此我們看到，無論什麼情況，地獄般的嗔怒，還是五星級的享受，只要我們還依賴外境，就無法讓痛苦止息。我們必須出離自己對現象世界困惑的習氣，透過思維，發展出要斷除苦的確信、動機和意願。但是我們還沒有方法，或許我們已經認同恆常快樂的來源，是我們本具的自性，但在我們穩固對自己本初善的體認之前，這仍然只是不太有實際意義的理論架構而已。

內在的加行，給予我們認識或至少一瞥，我們佛性的方法和途徑。我們將要做的，就是淨除鑽石上的泥污。

你皈依了什麼

每個人都皈依了一些事物，讓我們再一次把凡夫的秉性，善巧的轉化為精神層面的開展。每個人都認同給自己身心帶來安全和保護的人際關係、活動或處所，為了避免焦慮和脆弱，人們甚至養成神經質或不健康的習慣，比如猛吃巧克力或是無緣無故傻笑，都可以成為一種保護網。

皈依的感受有時候變得明顯，是因為它不復存在或突然受到威脅。例如我的一位美國朋友，她在九一一發生那天早上，從電視看到第一架飛機撞上世貿大樓，接著是第二架。新聞宣布是恐怖攻擊時，她仍然平靜的注視著螢幕，直到美國國防部五角大廈被襲擊的畫面，出現在她眼前，她害怕得哭了起來。她告訴我：「這麼多年，我每天早上都念『皈依佛、皈依法、皈依僧』，但最後發現其實我也皈依了五角大廈，依賴美國軍隊和武力的保護。直到九一一，我都不知道我一直依賴著五角大廈的保護。」

我們大部分的人都在內心和精神上，保留了一些認為是安全庇護所的關係或地方。儘管外在的皈依處遲早會令我們失望，但我們還是要承認世俗對安全感的需要，因為這讓我們可以開始皈依的練習。我們先從熟悉的感受開始，然後轉移焦點。在佛法修持中，我們為了覺醒，為了對他人本能的關懷，我們皈依自己，皈依內在快樂的能力，皈依穩定可靠的自心的覺知。

當我們皈依佛、法、僧，我們運用外在的形象、概念和象徵符號，來連接內在的證悟特質。我們皈依自身的善德，以及皈依自己想要放下我執，更好的去幫助別人的願望。我們愈信賴內在的資源才能帶來長久的快樂，就愈能夠減少對不可靠的外境的依賴，最後我們會消融對內外、相對和絕對、外在的佛和內在的佛的二元概念。但一開始，我們要認識世俗的皈依處。

世間沒有永恆的依賴處

讓我們從問題開始：「我在哪裡尋找快樂？哪裡能讓我找到安全和舒適？」情愛、社會地位，還是股市？我們的車有一天會壞，公司可能會破產，伴侶可能會拋下我們，完好的健康必然會衰退，而我們愛的人也一定會死亡。股市漲跌起落，名聲也起伏變化，健康、財富和人際關係，所有這些輪迴中的皈依處都起伏不定。當我們相信的是它們，那我們的心也會像風中的旗幟搖擺不停。

一位法國人告訴我，他自己的西藏老師不鼓勵弟子剃度，這讓我很吃驚！他解釋說，他的老師曾說：「大部分西方人出家，皈依的是僧袍，而非佛、法、僧。」我告訴他這絕不只發生在西方。

我們一直活在渴望填滿自己的缺陷中，為了減輕自己普遍的匱乏感，瘋猴子心習慣性的試圖跟某個事物，尤其是某個人融合。然而，輪迴的皈依處本質就是無常的，如果我們想依賴這個從來就不存在的永恆，那麼伴隨著被欺騙和憤怒必定會感到失落。

讓我們透過禪修來認識一下不可靠的皈依處的概念。

【禪修練習】失去的感受

- 以放鬆的姿勢坐好，後背挺直。
- 你可以睜開或閉上雙眼。
- 安住在開放的覺知中一兩分鐘。

· 回想一個你被激怒的時候，用一點時間去回憶當時的經驗和感受。
· 現在，把一件你當作日常所需去依賴的事物，比如冰箱或汽車，讓它成為你止禪的助緣。
· 現在，想像你早上打開冰箱，拿你的有機柳橙汁，或是晚上開冰箱拿出一瓶啤酒，或是，覺知你坐進你的車子，開去上班或送孩子上學。保持覺知，不要被聯想或故事帶走，如果你被干擾，再回到覺知上。
· 試著假設這個事物在那裡，沒有損壞或被偷，看看你如何依賴它，把它當成理所當然的，看看你能否感受到，對這個事物的熟悉度帶來的舒適。
· 現在，想像你走上前去時，發現它不在了。看看你的感受如何？如果你被捲進故事中，十分鐘後，發現自己還在幻想如何報案，那試著回到感受上，僅僅去覺知任何你想到遺失這個事物，帶來的情緒反應或感受，不管它是強烈的惱怒、生氣、困惑、失望，或是焦慮。
· 結束時讓心安住在開放的覺知中。

剛才的感覺如何？你能察覺到當自己所期待的，落空時的第一反應嗎？情緒也會成為習慣性的皈依處。以憤怒、自以為是或怨怪他人來回應，有可能變成一種習慣的躲避處。如果憤怒讓你重新找到自己的定位，你會像回家一樣以它為庇護。也許你的習慣，是被困惑淹沒而向他人求救，慣有的無助也可能成為皈依處，讓你和世界以及你的責任脫離。在開始練習階段，知道你的皈依處是什麼相當有幫助，因為透過檢驗它，真的會激勵你放下過去的習慣傾向。

皈依並不能防止我們不遇到問題，它不能保護我們不遭受戰爭、饑荒、疾病、意外或其他困境。然而，它能夠提供我們轉化障礙為機會的工具，從中學習用新的方式面對困難，不再被困惑和絕望擊倒。塞車依然存在，但我們不需要靠按喇叭或詛咒來應對。疾病也許會讓我們苦惱，但每天我們仍然可以歡喜的感恩「今天我還活著」。最後，我們會向自己最好的部分皈依，從而避免自己再神經質的反應而帶來痛苦，這會讓我們的生活更輕鬆，在那些不可依賴的皈依對象消失時，也能感到有保障。

認識自己已經是誰

接下來，我們在道上的前行修持，以及前行之後的修持，都是在肯定——覺醒不是遙不可及的。直至達到這個目的，我們都以果為道，證悟是我們修道的成果，我們的目標是認識自己已經是誰。證悟的同義詞是成佛、開悟、覺醒、解脫，是對究竟目標不同的語言描述。我們發願，為了利益一切有情眾生而證悟，因此包含我們自己在內的一切眾生，都能證悟自己的覺醒本質。

從此開始，我們前行修持加入了證悟的聖者、此生的上師，以及值得信賴的加持來源。最重要的是，本質上我們也無異於諸佛的功德，我們不再用世俗或平凡的現象，作為覺知的對境。例如，我們觀修人身難得的時候，把自己與其他道的眾生比如牛來作對比，儘管牛也有佛性，但牠們不知道，不能證悟佛性，也無法體現證悟的功德。牛無法給我們像證悟聖者所能給予的利益和加持，對我們今後的修持，觀想一尊佛和觀想一頭牛，將不會產生相同的利益，這就是為什麼我們利用凡夫的本能，聚焦在聖者、成就者身上，並觀想充滿展現殊勝智慧的諸佛菩薩的皈依境。

「證悟」這個名詞，本質上並沒有表達視覺或言詞的，但詞彙和外形可以促進我們理解。練習皈依的時候，我們觀想身體如大空一般藍色的金剛總持。天空本身是無邊、廣闊、無限、無礙的，這代表勝義諦，也就是空性、證悟。金剛總持形象的每個細節：衣飾、法器、四肢的位置都是一種象徵，全部都是表達用文字圖像不能表現的概念，如智慧、慈悲或清明，所以我們用符號、儀式、顏色等來表達。我們把它們帶入修持，以擴展對宇宙的自我設限。在金剛乘，我們用這些圖像來接近掩蓋在概念、語言、傳統和習慣之下的本質，我們用覺醒的狀態作為修道的方法，不是為了證悟而修道，是為了認識出自己已經是證悟的而修道。修持代表的就是覺醒的自己。藏傳佛教中的圖像，無論看起來多麼奇異非凡，每一幅都顯現我們某一個隱蔽、未被認識或未被了悟的面向，所有「外在」的都「在裡面」，整個道路是我們感知的轉變。

佛性是內在的指南針

我們要瞭解兩種皈依處：外在的和內在的。對於外在或相對層面的皈依處，我們看到在我們之外的佛、法、僧，即使是這樣的二元，也一定比世俗皈依處更可靠，但是利益卻有限。只要佛陀還存在於我們的內心和思想之外，我們就不可能見到真正的佛——我們自己明空不二的清淨覺性。皈依幫助我們，從外在的佛陀跳躍到內在的佛陀。

有了內在或究竟的皈依，外在和內在之間的二元便會消融。究竟上，我們依靠的是我們自己，依靠我們自己的佛性和證悟的特質。淨障是能讓這些特質更突顯的過程，讓我們將它與生活結合。在修持中，我們認識出我們所皈依的佛其實就是自己，這便是修持的精華。

想要皈依本身也代表了佛性，皈依是為了更快樂，為了從痛苦中解脫，為了感到更安全和穩定。為什麼說皈依的願望就代表了佛性？因為我們從來不把痛苦，看作是正常和自然的人類狀態接受它，無論在什麼程度上痛苦著，都會渴望從中解脫，這種渴望從哪裡來呢？我們怎麼本能就知道從痛苦中解脫是可能的？因為人本具的智慧。除了我們的佛性，沒有什麼可以解釋，我們為什麼本能的知道痛苦失衡了，知道那不是我們真正的自己，也知道其實痛苦可以減輕。佛性就像一個內在的指南針，無論我們遭受怎樣的痛苦煩惱，它都會讓我們保持面對快樂的方向。

每一個眾生都有本具的智慧，輕碰一條蟲牠會捲起來，這是蟲子的智慧。每個不同層級的生命，都有逃生的智慧，自我保護是悲心的一種形式。一切眾生都希望快樂，都不希望痛苦，更不想死，這就是慈悲的種子。當我們培養對一切眾生的悲心，那也包含了我們自己，我們希望一切有情都不被傷害。如果佛性不存在，那麼我們認為的痛苦也應該不存在，因為痛苦表示我們和佛性分離，只要我們還有這樣的分離，一個單獨和不完整的「我」的痛苦，就持續存在。

一些人把「佛性」理解為一種物體，感覺佛性幾乎是種物質的存在，而我們用來解釋佛性的比喻，或許造成了這樣的誤解。當我們把佛性形容成鑽石或內在的指南針，聽起來可能像是形容一個身體的器官如心臟或肺，其實不然，它更像是充滿在每粒芥子中的芥子油，只有碾壓芥子去掉表皮，才能證明油的存在。油和芥子既沒有分開過，油在芥子中也沒有特定的分布，我們透過提鍊或說透過淨化，得到了油，然而我們所得到的，其實一直都在那裡。

從外在連接內在——皈依佛法僧

依止證悟者——皈依佛

外在意義的皈依佛，是指釋迦牟尼佛，是歷史上大概距今兩千六百年，在印度的佛陀，我們稱之為覺者，一位超越了所有二元概念，超越了所有迷惑和痛苦的人。他的證悟和教法，一直指引著所有佛教的教派和修持，然而佛陀他自己向誰皈依的呢？我們知道佛陀的父親淨飯王，透過政治和社會的權力地位來尋求保護，淨飯王曾試圖用聲色的誘惑把兒子綁在世俗的生活中，最終沒有成功，趁著夜色溜出皇宮的悉達多（佛陀的在家名字），開始了他追尋者的生活：皈依叢林山洞、皈依精通苦行的老師。但是六年後，他如拒絕他父親給他的生活般的捨棄了苦行，同時也否定了婆羅門祭祀的儀式。當悉達多坐在菩提樹下，他皈依了自己，依靠著本自的覺性，以及多年的訓練和經驗，他擯棄了所有的教條，下定決心要讓自心從根本的痛苦中解脫出來。

這是自依止的重要典範——但是不要誤用也很重要。我們不能把佛陀的教法放一邊自創一套方法，也不能像跟在母鴨後面的小鴨一樣盲從無知，我們既不忽視純淨的信心，也不沉溺於盲目的信仰。但是，我們利用凡夫信任一位特殊對象的習慣，運用佛陀、他的教法和範例來激勵和啟發自己。

如果諫言出自同僚或父母口中，或許毫無作用，但當我們從自己尊崇的對象：偉大的學者、著名作家或電影明星那裡聽到一點諫言，這話就會產生戲劇性的影響。諫言的力量就是這樣，對自己認為特殊的人所說的話，我們會高度注意且信任的聆聽。我們最初修持皈依的時候，就是讓這樣一種自然的傾向指引，運用證悟者的圖像、文字和事業，來加深我們的虔敬和接受度。相較於面對一般人，面對證悟者，我們會更加熱忱的禮拜和念誦。我們皈依代表所有證悟者——佛陀及其指導和教法，我們用外在的佛陀向我們內在的佛皈依，但證悟的特質怎麼認定呢？

證悟者的特質

佛陀所展現的證悟特質是：無量的智慧、無量的愛與慈悲，以及無量的證悟事業。當我們敬仰諸佛，是因為認識和珍視他們的證悟顯現，我們內心也本具這些證悟特質的種子，透過尊重和虔敬，種子便會長養成熟。

一、無量的智慧

無量的智慧有兩個面向：相對和絕對。絕對的智慧，是指對空性和一切現象如幻本質的直接體認；相對的智慧，告訴我們佛陀不是在涅槃中神遊幻想「一切都美好極了，沒有人在受苦，沒有我需要做的了」，相對的智慧意味著佛陀指導我們相對的真理，他知道我們的苦，我們的神經反應、幻惑、迷茫、概念和不淨的感知。無量在這裡是指沒有什麼是佛陀不能感知的。

二、無量的愛與慈悲

這像是一位母親，對她的獨子那份無法估量的愛，她愛自己的孩子勝過愛自己，無限的愛，而我們就像佛陀的孩子。愛和慈悲可以用概念來界定，但無量、無限的愛超越了概念。

三、無量的證悟事業

這是指佛陀有無量的方法幫助我們，縱使現在每天都有數百萬人因為自然災難、金融危機、戀情觸礁、或瘋猴子心的困擾而痛苦，看起來像佛陀拒絕提供幫助，但佛陀本人對此的解釋是：佛能給予的是照亮道路，讓你看見滅苦的絕佳條件，但提供滅苦的因，是我們自己的責任。這就是為什麼我們要修行，諸佛一直都在，但我們對諸佛給予的視而不見。他們可以為我們打開門、點亮燈，但如果我們不走進那扇門，所能看到的還是一片黑暗。

無上的保護——皈依法

當我還小的時候，就經常聽父親談到佛陀的殊勝特質，有一天我問父親：「如果佛陀真的那麼偉大，那麼完美和殊勝，為什麼他不能讓病人好起來？為什麼他不撿起加德滿都的乞丐，把他們都拋到淨土去？」

「業力。」父親答道：「每個人都有業力要承受。沒有人，甚至佛陀，可以改變我們的業。」

我繼續逼問道：「既然佛陀不能幫助受苦的人，為什麼人們都對著佛陀禮拜、讚頌和供養？」

「那是他們在改變自己的業。」父親解釋說：「只有你能改變或創造你自己的業，佛陀做不到，但透過修持佛法能做到。我們向佛陀祈願，儘管佛陀不能改變我們的業，祈願本身可以改變我們的業。看到佛陀證悟的特質，讓我們接近去看到自己也有著相同的特質，這樣，修持佛法成為改變自己業力最積極的方式。對『我們是誰』的感知也會開始改變。

為了能淨除痛苦，我們需要無上的保護——佛法，是佛法讓我們真正從輪迴中解脫。只有跟隨法道（意指去修持），我們才能開展自己的了悟。

成為彼此的鏡子——皈依聖僧眾

僧眾有兩類：聖賢僧和凡夫僧。聖賢僧是指菩薩、阿羅漢和其他達到直接證悟，持有傳承的智慧教法的聖者；凡夫僧是指我們修持團體中的成員。兩類僧眾對我們的修持都扮演著重要的角色，而我們皈依的對象應該是聖賢僧。

當我們還在輪迴中，很重要的是我們的皈依處要超越輪迴、超越凡俗。前行，是設想一個在世間全新生活的過程，因此，我們要適應去讓自己的祈願慢慢實現，而這需要一段時間的練習。

人們通常容易降低凡夫僧寶的重要性，佛陀很重要，佛法也很重要，僧眾隨便應付。然而，無論出家還是在家，就是在凡夫的僧團，可以讓我們最粗重的自滿和驕傲平和一點。熱衷汽車的美國人有一句話形容得很好：「當輪胎碰到地面。」也就是說，如果我們把一部嶄新閃亮的車展示出來，它看起來很完美，但我們仍需要試車。沒離開過展示廳的車，就像一位說著關於慈悲無我好聽的法句，卻沒有機會測試自己修行動機和願望的修行人。當我們實際跟人互動的時候，如何用菩薩的典範來引導？僧團不可避免會出現問題，因為我們面對的，是一群還未證悟的人相處在一起，嫉妒、競爭和惱怒難免會爆發。雖然一般修行人帶著還未證悟的心，做著還未證悟的事業，掉入無明的圈套，但凡夫僧團還是給予了我們，運用和實踐佛法的最好的機會。我們有共通的理想、目標，可以向傳承上師和教法尋求指導。當對方看不到他自己的時候，我們要能彼此成為對方的鏡子。

輪迴中的友誼一般都建立在貪著上，如果有人對我們有利，我們便對他示好，如果他們變得沒用了，我們也許就會跟他們拉開距離。我們不會真正看到對方的特質，只因有利可圖而結交朋友，我們看重的是和他們之間的關係。而在僧團裡，我們相信法教的價值，會體現在各個方面，這跟我們對佛法的信心沒有差別。

皈依三根本：上師、本尊、護法

金剛乘的修持，除了皈依佛、法、僧三寶，還要皈依三根本：上師、本尊和護法。上師是加持的根本，本尊是成就的根本，護法是事業的根本。

加持的根本──皈依上師

上師或老師是最重要的，因為上師和弟子之間存在著因緣聯繫。佛陀活在兩千多年前，現在不能夠像上師那樣，直接和有效的指導我們成佛。和我們一樣生活在這個世間的上師，體現了傳承的智慧，就像一盞充滿能量點亮的燈，可以照亮弟子的心。如果你和上師結緣，就會被點亮，這就是我們所謂的法脈傳承。

傳承或加持，不只是來自於正式的灌頂、儀式或語言，如果一位上師安住在證悟的心，心的特質能夠表達和交流，就會傳給已經準備好的弟子。透過上師的手勢、表情和音聲等，弟子能夠接受，並開始體現上師所傳遞的見解。活生生的傳承，是從上師而非歷史上的佛陀，世代相傳下來的。對弟子來說，上師比佛陀更慈悲，因為他是我們心靈成熟根本的因。加持不只是來自上師，加持也來自視上師如佛在世、將上師看作教法最好的承載和尊貴的聖僧。

能否認識和運用到上師加持的利益，取決於我們的信心。但我們不是坐等加持降臨，像草地等著雨露。虔敬心讓我們對上師給予的一切都能接受，沒有虔敬，就如同覆蓋在桌上的杯子，無法裝進任何東西。

在我們的皈依修持中，上師是我們個人的老師和指導，上師也可以是給予我們某個修持灌頂口傳的人。世俗來看，坐在那裡給我們傳法的老師，所謂外在的上師，有極大的重要性，因為如果沒有這位上師，我們可能根本聽聞不到佛法。更深遠的，外在的上師引介我們認識內在的上師——我們本初心的本智，也是我們究竟的皈依處。它是我們平常一貫認為所缺乏的一切：平和與寧靜、洞見與智慧、慈悲與同理心。我們渴望的一切，其實已經本具，外在的上師如同鑰匙，當我們用它打開門的時候，會發現真正的上師——我們自己。

成就的根本——皈依本尊

本尊是我們成就的根本。當我們和本尊建立了聯繫，他們證悟的特質，會照亮我們自身的證悟特質，幫助我們達成證悟。

每一位本尊，代表證悟之心特別的一面，舉例來說，在四不共加行的第二個加行中，我們專注於觀修本尊金剛薩埵，以淨化自己的惡業。如果我們專注於悲心，可能會和千瑞汐（藏文：Chenrezik），也就是觀世音菩薩相應。基本上，本尊觀修是以證悟特質的有形投射，從中反射出我們本具的特質。運用創造二元架構的善巧方便，我們開展出證悟的投射。

在前行最後一步的修持——上師相應法，以及前行之後的修持，我們將不斷淨除二元，並安住於本尊，由此更深入和清晰我們內在的特質，同時經驗當下就是覺醒的自己。在皈依本尊這一個修持，我們用二元的方式，想像本尊在「那裡」——皈依境中聖者的一部分。最後，我們會看到，本尊的心和弟子的心從來沒有分開過。

我們將本尊作為成佛的象徵形式，因為我們修道所用的見解，會透過本尊的圖像表徵指引出來。比如說，一位六臂的本尊表現的是波羅蜜多，也就是「六度」。六度是我們從輪迴過渡到涅槃彼岸的六種善行修持：布施、持戒、忍辱、精進、禪定、智慧；本尊的四隻腳表示四聖諦：苦、集、滅、道；本尊的一面代表法身，是所有現象的一味，沒有主客體、沒有二元、沒有輪迴、沒有涅槃；兩隻手臂代表智慧和慈悲；兩隻腳代表世俗諦和勝義諦的真理；當兩條腿盤坐交叉，表示真俗二諦的圓融或雙運。

本尊形象的重點是，無論他看起來多麼怪異——三頭六臂或多頭多足，尤其當你還不熟悉藏傳佛教表徵的圖像，其實它們都有意涵。而且，這些意涵直接反映你已經具備的各種特質，它們都是你證悟心的鏡中反射。請記得，你正在捨棄世俗的皈依處，歸向最真實的保護之源。還有什麼比你自己的佛性更可靠呢？

本尊透過息、增、懷、誅四類不同形象的展現，幫助我們達到目標。這種多樣性，反應出修行者不同的需要。想想家長如何用不同方法管教和善誘他們的孩子。如果平靜親和的舉措不起作用，家長或許就要展現嚴厲惱怒的一面。如果一個小孩擅自跑到馬路中央，媽媽出於愛和關心，可能會提高聲調或教訓孩子。因此，本尊也有寂靜和忿怒不同的事業展現。

本尊也展現增益的事業。猶如一位學科得獎的孩子，榮譽本身會帶給孩子信心和能力的開展；或是一個孩子特別擅長家務勞作，這樣的表現會透過讚賞或獎勵得到肯定。此外，我們也需要具有力量稱之為「懷」的事業，這是具有激勵性質的事業。在西藏，父母都會帶著他們年幼的孩子去見喇嘛，希望能幫他們孩子的心激發出能量，父母經常講有關民族英雄或大修行人的故事給孩子聽，為的就是用有利益的行為和成就，吸引或影響他們的孩子。所有的本尊，由無量的悲心顯現出任何眾生所需要的形態，以最恰當的方式，幫助他們獲取個人的需要。

事業的根本——皈依護法

護法是事業的基礎。護法還不像佛一樣徹底證悟，更像是聖僧中的菩薩，真心的希望幫助眾生覺悟。護法像助理、輔助或幫手。這些護法，或包含廣泛的覺證聖者，比如勇父（dakas）、空行（dakinis）和瑪哈嘎拉（mahakalas），他們逐漸被稱為佛法的保護者或教法的守護者。世俗的佑護者是地祇神靈或是民間信仰的天神，人們為了風調雨順、五穀豐收向他們祈禱，但他們不是證悟的聖者，不要將他們和智慧的護法、菩薩混淆。

傳統上，我們把護法稱為「隨從」，但現代人會把「隨從」或「隨扈」跟皇室禮儀的展演聯繫起來，認為這種說法過時了，或甚至有點傻氣。儘管這裡我們在談的，都是對心所化現的描述，我們不需要圖像或文字造成更多的障礙，因此選擇有幫助而不障礙理解的言詞。

人們也許都希望看到，自己國家的政府或總統頒布治理國家的新規定，比如醫療改革或農田徵稅。我們不會因為車子拋錨或電腦故障跑去找省長幫忙，遇到類似的情況，能給我們救援的是我們的幫手——助理、隨從，或我們的家眷，比如兄弟、表親或鄰居。同理，當我們遇到健康、財務、智慧或慈悲的障礙時，就可以向護法祈請助緣。

修持皈依的四個要點

在修持皈依的時候，我們需要記住四個要點。第一、菩提心——我們修持的動機，每次開始一座修持的時候，都要再次確認自己的意願和動機，要記得我們為什麼要修行。第二、我們必須知道皈依的法源，沒有它我們只是重複在念誦、作禮拜，但得不到利益。第三、我們必須知道如何修持，儘管很多內容是簡短的，但不乏修持完整的意思。第四、沒有希望和恐懼的修持。要做到第一到第三點就需要花一些時日，當我們做到時，第四點的意義自然就會突顯出來。

一、覺醒的心——菩提心

皈依文中我們念誦：「以我布施等功德，為利眾生願成佛。」為什麼我們要皈依？不只是為了我們自己，而是為了一切的有情眾生，為了幫助一切眾生成就佛道的願望，就是菩提心——覺醒的心。認識到皈依錯誤的對象而帶來的痛苦，激勵我們為了包括自己在內的一切有情而皈依，我們願意讓所有眾生看到滅苦的真實皈依處。因此，在觀想皈依境的形象和意義之後，有一段菩提心的特別修持，因為菩提心極其重要。現在，我想對皈依修持中配合的願菩提心作一些解釋。在每一座修持開始時，我們首先要檢查自己的動機，我們修持不是為了減輕自己的痛苦，或是為了自己證悟，我們認為修持皈依不僅利益我們自己，而是利益所有眾生，這就是對我們動機的確認。菩提心不是一般的悲心，它代表一個特別的承諾、一個意願——為了幫助所有眾生證悟。我們不只是被動的「祈願」每個人證悟，而是積極、有意願、精進的，為達到這個究竟的目標而修持。這反映出的是究竟或清淨的悲心，因為它祈願的是究竟的解脫——徹底的證悟。當我們念誦「為利眾生」的誓言時，我們也是在承諾，要將這些文字付諸行動。

假設我們從事輔助監獄教化的工作，在犯人釋放前會讓他們有謀生的能力，以免再犯案坐監。我們的工作是慈悲的行為，並希望犯人在釋放之後能過好生活，但這樣有什麼利益呢？讓他們再回到平常因為無明或困惑而受苦的狀態嗎？當然不是這樣。我們還是繼續一樣的工作，但需要轉化一下動機：「我希望幫助這些犯人，他們日後可以遇到追尋精神自由的機緣，而最終得到解脫。」

如眾多法教所示，在此我們作到了雙贏：為幫助眾生證悟而祈願越多，就越能開展出自己的菩提心，而菩提心本身也會幫助我們淨除輪迴的業緣。就像一口無底的許願井，我們越去祈願幫助眾生，我們的願心就越廣大，也就越有能量開展利他的事業。當我們越讓自己解脫出我執的牢獄，就越能夠真正的幫助到別人。任何幫我們從我執束縛中解脫出來的，都是最棒的饋贈、助緣，因為苦的根源，就是自我的執著。

在我們還未證悟時，我們不具備百分之百的菩提心，但有百分之五十，也是很好的，百分之十也不錯。其實，百分之零也是可以的，只要對眾生持有真誠的菩提心願，就是極有益的，哪怕百分之零也是意願和動機，甚至百分之零比百分之一或二還好，因為百分之零是沒有希望和恐懼的。

當我年幼的時候，我想：「OK，我可以學習空性，我可以瞭解無常。但菩提心？算了吧！菩提心是多麼巨大的一個任務啊！太廣闊、太重大了。要為了利益一切的有情眾生而成佛！」那時對我來說，菩提心是太艱巨的一個想法。空性和無常當然也不是微不足道的想法，但它們沒有像菩提心所連帶的責任。我覺得自己還不夠有力量去承擔這個重任。

那時我不理解，原來幫助眾生徹底的離苦，實際上是我們自己努力從困惑走向清明的主要動機。當我還沒認識到這也是一個循序漸進的過程，我無法想像自己可以做到。但逐漸的，菩提心開始變得可行了，也不再令人難以承受了，我開始認識到，雖然我的能力是有限的，但我的意願可以是無量的。

二、認識皈依境的特質

在前面章節討論佛、法、僧、上師、本尊、護法的時候，我們已經作了詳盡的解釋。對此我們要記得，三寶三根本最精要的特質就是無量的智慧、無量的慈心、悲心，以及無量的證悟事業。

三、修持皈依的方法

修持要從一個良好而穩固的坐姿開始，眼睛可以睜開或閉上，先在開放的覺知中安住幾分鐘。當你的身心稍微安住下來了，便可以開始觀想皈依境。這裡我會一一描述皈依境的內容，但在你的佛龕上有一張皈依境的畫會很有幫助，現在很多人也用電子產品顯示皈依境的照片。

觀想皈依境

觀想一幅莊嚴的圖畫，美麗清淨的大地，它可以在世界之上，或是在綠色的山谷間，或是像大溪地島那樣的浪漫島嶼，讓這樣完美天堂般的氛圍，帶入你所觀想的皈依境。在這個淨域中，觀想一片清澈、純淨、湛藍的湖水，平靜且透明如鏡，在湖的中央有一棵五枝分枝的滿願樹。

玲瓏絢麗的鳥兒飛入你的眼簾，悅耳的鳥鳴旋律般在耳畔響起，盛開的鮮花吐露著芬芳，微風徐徐，拂過你的肌膚。運用你的想像，觀想自己在最悅意的環境，但對此保持穩定的覺知，這就是對在心裡生起的對境的止禪。

接著把覺知帶到湖中的滿願樹上，五枝分枝中主幹一直通向最高處，其他四枝分別伸展向四個方向，每根枝幹都充滿了綠葉、鮮果、寶石，遍滿虛空。枝幹下面的樹葉形成繁茂的傘蓋，每一個枝幹上都安坐著很多證悟的聖者——你的皈依之源。

觀想六個皈依處

從化現為金剛總持的根本上師，開始觀想皈依的對象，金剛總持象徵所有證悟的聖者，是皈依境的主尊，坐在滿願樹的中央。金剛總持的下方，略小一些的是第二個皈依的對象——本尊。在金剛總持的右邊，是第三個皈依對象——釋迦牟尼佛。金剛總持背後的一支，是重疊的經書，象徵著佛法，是第四個皈依對象。第五是觀想形象為羅漢、菩薩聖眾的僧寶。最後，是在枝葉茂盛的傘蓋下方的護法眾。

1.上師金剛總持

在如意寶樹中央的，是趺坐於八頭雪獅寶座上的金剛總持。寶座上有一朵盛開的蓮花，花瓣鮮嫩嬌豔，向上托起象徵慈悲的滿月墊，以及月墊下象徵智慧的日墊。蓮花在西藏佛像圖畫中經常出現，象徵佛陀的證悟事業——蓮花出污泥而不染，正如佛陀利益眾生於紅塵，卻清淨無染。

上師金剛總持，或說金剛總持佛，象徵和代表你自己的傳承上師，以及你的根本和主要的上師。（藏傳佛教不同的教派所呈現的主尊有所不同，甚至金剛總持也有不同的外形顯現，但一般在皈依修持中都是一致不變的。）一個人可能有一位根本上師，或是多位上師，所有上師的本質沒有差別的，顯現為一尊金剛總持的形象。

金剛總持的身體呈深藍色，這個顏色象徵天空一般心的空性特質，我們也將它形容成法身或究竟真理——空性。天空象徵一切現象的絕對本質——超越概念、超越主體與客體、無邊、無礙、無造作，就像虛空本身。金剛總持的雙臂在胸前交叉，左手靠近身體，右手在左手外，象徵智慧和慈悲的融合。右手握著金色的金剛杵，是方便或慈悲行持的象徵，左手握著銀色的鈴，象徵智慧和空性。是什麼認證出空性呢？就是智慧，而慈悲從明性中生起。

空性和智慧，一開始在我們看來好像不相關的兩個特質，然而，當我們認識空性，認識的本身就是智慧，因此而二元消融，悲智圓融就是用金剛總持雙臂的交叉來顯示。一面的金剛總持，表示輪涅不二、自他不二。頭微微偏向左邊，目光寧靜，面帶慈容。金剛總持結跏趺坐，雙腳象徵絕對和相對的真理，雙腿交叉表示勝義諦和世俗諦的不二，或輪涅不二。金剛總持佩戴六個嚴飾：一雙耳環、一只手鐲、兩串項鏈、一個臂環，象徵六度波羅蜜，是菩薩從輪迴得度到涅槃的六種修持。

皈依樹的每一面都有象徵意義，學習到象徵的意義，會更加充實我們的修持。但是，一開始是不可能把每個細節都觀想清楚的，如果你試圖創造一個完美的圖像，這樣可能會讓你的心緊繃而疲累或受挫。瞭解大致的意義，知道證悟者都是你自己的清淨顯現，把握住主要的圖像輪廓，但不要太拘泥於細節。我父親和薩傑仁波切都反覆強調，重要的是在修持中憶念這些證悟者的存在，而不是過度著意於個別細節。

傳承上師在皈依境中有三種不同的形式，最濃縮版是金剛總持單獨坐在中間，體現了所有現在和過去的傳承上師總集。他的形象代表了空性，因此，像天空一般，空性含括了一切，特別是金剛總持代表和你上師的融合，他們無二無別。

第二種形式是傳承上師一一重疊，在金剛總持頭頂如柱子一般呈現在畫面上，或是傳承上師像樹的枝葉一樣散坐於皈依境中，而非柱子一樣排列。在金剛總持和所有上師的頂端，還有一尊金剛總持——本初佛金剛總持，代表大手印傳承的源頭。兩尊金剛總持之間，可以有多達四十位身著袈裟、法衣的上師形象，但請記住，這些形象都如同鏡中的影像無實體，純淨無瑕，如水月般顯現。

最詳盡的一種金剛總持和傳承上師的觀想形式，是在我們自己的傳承上師的枝幹周圍，還有藏傳佛教各個傳承的主要祖師和上師。

記住，無論你有多少現世的導師，金剛總持代表他們全部。你不需要只有一位個人的上師修持金剛乘，你可以從多位具德上師那裡得到不同修持的口傳，這在如法修持上是絕對有效可行的。

另一種形式，是你選擇一位特定的上師，成為你得到口傳和教授的指導者。你的根本上師也可能不止有一位，像我就有四位根本上師。

第三種和上師連接的方式，是我們所說的自動成為的形式。當你的鑽石沾滿泥污，你需要有人為你指出——那是鑽石，給予你心性指引，指出你的心的本質，而你也認識出你的心性，那麼他就自動成為，眾多你所尊重的上師中的一位根本上師。

無論你選擇什麼方式，或現在處於哪一種跟上師連接的狀態，金剛總持都在最中心的位置，因為他代表了整個傳承，以及傳承上師們與佛無二的功德。

如果你對你的上師還沒有百分之百的虔敬，或者還沒有生起完全的信心，或者對上師還沒有淨觀，那麼不要觀想上師的凡人外型，因為那不是你所要皈依的。上師的智慧心是你的上師，上師的教法也是你的上師，這些都是凡俗的層面所無法體現的，所以如果你觀想的是一個凡俗的外型，那會帶來困惑。當我們看到上師證悟的特質，我們就更能夠看到自己的證悟特質，這就是為什麼我們把金剛總持觀想為上師的本質，這是要強化你所皈依對象的真正含義。佛陀說，上師像花，學生像蜜蜂，佛法像花蜜。你所要的只是花蜜，不需要執著那朵花。當你接受了教法，它們就是你的老師。

2. 本尊

在皈依境中，你會看到本尊在金剛總持的正下方。我們已經談過本尊的各種形象，在我所屬的噶舉傳承中，很多本尊的形象都是雙運的，或是我們所說的雙身（藏文：yab-yum），兩性交抱的外形，象徵了顯空不二的本質。相較於本尊通常的外形，雙身的形象不是兩個本尊在交合，而是一個本尊顯現為二。單獨的本尊代表究竟的真理，本尊一分為二代表相對的真理。

◎法身（梵文：Dharmakaya）

本尊是法身的證悟顯現。法身即是無造作、無礙，如虛空般廣闊，展現為金剛總持。法身沒有形狀、沒有位置、沒有顏色、沒有開始，它是無生的，因此也不會有結束，沒有邊際、沒有限制。它顯現的是空性智慧的面向，廣大而不可思議。

梵文kaya是「身體」的意思，但是沒有現象不能被虛空涵蓋，或被法身涵蓋，所以我們用「身體」，並不表示那是個像口袋或花瓶一樣的容器，而是形容「心念之體」，或是一系列集合在一起的相關的特質。儘管金剛總持是人形的本尊形象，他所代表的卻是無形。從法身金剛總持，生起所有證悟的本尊形體，我們稱之為報身，報身的意思是「享用禪悅和財富帶來快樂的圓滿報身」。

◎報身（梵文：Sambhogakaya）

藏傳佛教中，報身佛明亮清澈的面向，顯現為虹光身形。報身本尊不是血肉之軀，而是由透明的光和色彩組成，類似全像攝影圖片。報身和法身的差別在於，報身是為了度化眾生而展現的微細化現。對於已經淨除其所有負面而得到很高證悟的人，報身佛成為他們宇宙的一部分，就像你和我是對方宇宙的一部分。

◎化身（梵文：Nirmanakaya）

應化身的聖者，是我們下一組要皈依的對象。梵文中「nirmana」意為形體本身和釋迦牟尼佛的化現。化身聖者的特質在於，容易被我們這樣的凡夫認識，他們成佛的形態，是在相對和世俗層面化現出來。

三身從來不曾分開。空性的面向是法身，明性的面向是報身，明空雙運即是化身，不同的展現都是為了利益眾生。現在，為了方便而稱為「三」身，但在修持中會有所轉化。

另一種理解三身的方式，是把它們看作不同階段的修道。首先，我們接觸和瞭解的是化身；當我們有一定了悟，我們會看到報身；最後，我們證悟法身——認證我們自己的智慧之心，究竟上我們認識到三身的完整無別。

3. 釋迦牟尼佛

在金剛總持佛右邊的枝幹，坐著的是釋迦牟尼佛，由代表十方三世一切諸佛的千佛所圍繞。有時候，釋迦牟尼佛和周圍九尊佛，代表十方諸佛。這些都是化現為人的覺者或化身，為了幫助有情眾生而出現在世間。

4. 佛法

在皈依境中離我們最遠的金剛總持背後的枝幹，是疊起來象徵佛法的經文。這些經文用純金印製，絲緞包裹，外形長方，兩頭齊整的方形經匣面向前方，每一疊經書有一塊露在外面的布片，每個布片上有一個梵文字母，代表一個特定的發音，字母和它的發音都是法的展現。用觀想的方式，你可以觀想聽到整部經文音節發出震動轟鳴，散布出法音，像懸掛的風馬旗隨風散播加持一樣。

5.聖僧眾

在金剛總持的左邊，坐著聖僧眾，是釋迦牟尼佛的主要弟子。他們包括舍利弗、目犍連（佛陀的堂弟）和阿難陀（佛陀的侍者），還包括大乘菩薩，如大悲觀世音菩薩。不要忘記，這裡你要皈依的對象是證悟的聖者。

6.護法

我們所觀想的護法是證悟覺性的體現或表現，在皈依樹枝葉的傘蓋下方，眾多寂靜尊或忿怒尊的男女護法，騰雲駕霧，風火雲集，站在蓮座的日墊上，多數抬起右腳，左腳踩在一個屍體上，象徵慈悲和智慧戰勝了我執和無明。

觀想一切眾生

開始修持皈依時，要坐七支坐或盡你所能盤坐。接著開始觀想湖中的皈依樹，五個分枝以及六個皈依對象，最重要的是，要用觀想祈請聖眾出現，你發願要在佛陀的面前作皈依的修持。

接下去開始念誦前行的經文，前行法本有長短簡繁不同的版本，你可以請求前行導師幫助你，選擇合適的經文。

當皈依境在心中穩定顯現，就可以準備開始向它作皈依大禮拜，雙腳併攏站直，合掌於胸前。除了保持對皈依境的觀想，你也要觀想一切有情眾生和你一起禮拜，最重要的是父母，觀想你的父親在右，母親在左，已往生的父母也可以觀想他們在你左右。沒有父母的孤兒，可以觀想任何一位自己認為可替代父母的對象。

在你的前方，面對著皈依境的是你的敵人，這些人是曾經和你爭吵過，欺騙過你、傷害過你的人，或是不融洽的家庭成員。

在你身後是你的好友、手足、法友、表親、同事等等，在他們的後面是一切有情眾生。

有很多觀想的內容對嗎？或許可以把和你一起皈依的眾生，想成一個巨大的交響樂隊，清晰的想像眾人圍繞著你，但不需要特別專注於某個人。你指揮和帶領所有人，虔敬的向皈依境作身、口、意的皈依，當你禮拜的時候，你的父母、親友、敵人及一切眾生，每個人都跟著禮拜。

輪迴中廣大無量的眾生，強化了你作皈依修持的動機，如果你對皈依境沒有虔敬，其他人也不會虔敬，無論你感到多麼怠惰或抗拒，為了所有人，你也必須這麼做。觀想皈依的眾生，也能提醒你輪迴中皈依對象的不可依靠，即使是你的父母，多年來都是你最可靠的支柱，這時也服膺皈依真實的依靠。同樣的，你曾在身心情緒上向其尋求保護的對象，如親友伴侶等，也和你一起皈依。所有不可靠的皈依對象，都不可能保護你不受傷害和敵對，透過修持帶給你內在感知的轉變，你會認識到自己唯一真實的保護。

當你穩定的觀想到皈依境和周圍禮拜的眾人，你就可以開始作皈依大禮拜了。

這個時候，要觀想的是完美清淨的畫面：澄澈的湖、滿願寶樹、六個皈依的對象，以及父母、敵人、朋友、一切眾生。以前你可能覺得這根本是不可能的，所以關於前行觀想的修持普遍存在著障礙，我在此先作一些說明，或許會有幫助。

觀想的修持

皈依是利用人類對外界保護的需求，金剛總持也運用了一般人對想像的依賴，而「觀想」一詞多用於跟密乘有關的修持中。我們這裡只是在談，一般人依靠輔助其所有活動的想像習慣，想像在世俗和宗教用途的差異，不在於想像的過程，而只是運用的方式。在金剛乘，我們運用想像，輔助我們內心的開展。

以計畫一個旅行為例，我們想像在歐洲國家的首都那金色穹頂的大教堂，或是泰國的沙灘，一幅幅圖畫像轉換電視頻道一樣在腦海裡浮現，幫助我們選擇一個目的地。我們認為外面有一個「真實」存在的東西——我們想去旅行的地方，但我們知道在腦海中的形象不是真實的。皈依境的細節——枝幹、鮮果、珍寶、傳承上師、湖面等等，也都不是真實的，這些都不具有密度和實體，而是如幻、透明且流動的。想像的心要很放鬆，不拘謹或緊繃。

那麼觀想如何幫助我們培養覺知呢？透過觀想而非坐在沙發上作白日夢，如何認識佛性？我們刻意的將特定的圖像帶到當下，所有的細節都是幫助我們的心，安住於我們所創造出的圖景（皈依境）的覺知。圖像不會像我們的購物清單或談話內容，在心裡忽現忽滅，創造內心的圖景與使其穩定，需要在內心努力達成，這就造成了很多學生觀想時遇到的很大障礙——過分用力。讓我們透過練習來解釋這點。

【禪修練習】想像的三部曲

1. 第一部：請舒服的坐好，試著回憶你兒時常待的一個房間，回想一個你喜愛的角落。現在只是記起這個房間的每個部分：家具、牆壁、顏色、地毯或是窗戶。想像家具間的空間，用一點時間去回憶，這個房間你能記得的所有細節，然後停止想這個房間。
2. 第二部：現在，請用禪修的姿勢坐好。

- 保持放鬆的姿勢，但背挺直。
- 你的眼睛可以睜開或閉上。
- 安住在開放的覺知中一兩分鐘。
- 現在，再次回憶你兒時的房間，用想到的細節作為你止禪的助緣。禪修對房間的感受，覺知床、被單的顏色、牆壁的顏色、牆上的畫、窗戶的樣子、窗簾，用對這些物品的記憶，來穩固你的覺知一兩分鐘。
- 讓覺知從對境轉移到覺知本身。

・結束時再回到開放的覺知中安住一分鐘。

3. 第三部：這是非常特別、非常重要的禪修。

・保持你的脊柱挺直而放鬆。

・只想你兒時房間，其他的不要想。不要有其他的念頭，不要想披薩或朋友，不要讓你的心從房間移動到廚房或客廳，甚至在房間內也不要想到床，又移到衣櫃，或想到地板或天花板。不要移動！你最先想像到什麼，就保持在那裡，保持你的覺知一分鐘。保持穩定的覺知。

・結束時回到開放的覺知安住。

上面的三個練習，哪一個最容易呢？一、記得你兒時的房間，二、用記憶穩固覺知的禪修，或是三、特別的禪修。當我問我的學生這個問題，大部分的人都回答第一個練習最容易，第二個比較困難，最後一個是最困難的，為什麼？因為每一個練習間，心越來越緊張。開始的時候你想：我記得我的房間，沒問題，很容易。但當你聽說這是很特別、很重要的練習，而且你的心不能散亂，你就會變得不自在而緊繃了。

當你在想像皈依樹的時候，要像回想你兒時房間的第一個練習方式。放鬆！想得很清晰是很好的，不太清晰也沒有關係，這不是最緊要的。只要喚醒對本尊存在的認識，把你對皈依境的記憶帶入內心，觀想的聖者都在他們該在的位置，接下來，就不要擔心細節了。慢慢的，在練習中細節就會逐漸清晰，不要擔心。

一個整體的圖像會幫助你的心不散亂，也會幫助你專注在創造一個宇宙的過程，最後，你也讓同一個宇宙消融。你讓它生起，也讓它消融，你在心的螢幕上，投射出明空雙運展現的圖景，而後你也讓圖像融於空性，就像你想像兒時房間的練習一樣。如果你理解了投射的圖像是明空雙運的顯現，那你就將智慧的元素帶入了你的禪修，我們稱這個禪修為「觀」的禪修（梵文：vipashana）。

觀——生起不實的圖像

觀是在放鬆的心上，生起一個不實的圖像，並用此經驗證悟心中所顯圖像的空性。我們用正式的禪坐和觀想，來增進整個過程中的覺知力量，但實際上它是演繹真理是如何運作的。我們越能夠讓自己的經驗和這個真理一致，我們就越能夠從證悟中開展活動。

運用象徵符號

人們經常問：這些圖像裡的細節和象徵符號，對我們心靈的發展是必須的，還是僅僅出自西藏人特有的文化？

佛法的意涵，歸根結底都是佛性，一切也都來自佛性。佛性超越了形體和概念，超越情節和文化象徵，但是我們需要一條途徑去接近佛性，去解釋不能言詮的內涵。就事實而言，我們需要一條道路、環境和指引。當修持前行時，認為「既然佛性是超越語言和概念的，我可以想怎麼做就怎麼做」，這是不會有幫助的。在金剛乘，我們用象徵的圖像作為道路，因為佛性超越了一切細節，但細節不是隨心所欲。

我們每天的現實生活，其實也是象徵符號所塑造的，在之前的章節，我解釋了法道如何將世俗的傾向，轉化為解脫的途徑，比如平常人都有受保護和自由的需要，運用在象徵方法上也是同理。以一個國家的國旗為例，美國、法國、巴西等等任何國家都行，我們實際上看到的是什麼？是在旗杆上掛著的一塊布，或是懸掛在政府大樓、插在山峰上、印在書上的圖案？當我們宣告勝利，或是紀念一位英雄，或是國難發生時，國旗這個標誌，就會有力的激發百萬民眾共同的情感表達，它所體現的力量，足以使成年人因為歡喜或哀傷落淚。佛法的象徵和標誌也是如此，對一些剛接觸藏傳佛教的人，個別象徵符號看起來很異類甚至古怪，儘管對象徵符號不那麼熟悉，但對象徵符號生起信心卻是相當平常的。

皈依大禮拜

如我之前所言，皈依和其他金剛乘的修持一樣，雖然大禮拜看起來著重於身體的修持，也要身、口、意三門一齊修持。現在，你和一切眾生都站在皈依境前，合掌當胸，雙手合攏像一朵含苞待放的蓮花，掌心中留一些空間，不要壓緊掌心。兩個大拇指可以靠攏在手掌中，或是和手掌分開。

當你開始用藏文或你自己的語言念誦皈依文，將合攏的手掌舉到額前，代表身。因為是在額頭上，有些西方人將這一步混淆為「意」，但西藏習慣將頭部歸於身體，因為它包含感官神經系統。

藏文中禮拜的意思是「淨化」（藏文：chak）和「接受」（藏文：tsal）。每次禮拜的時候，手掌放在三門：額頭、喉間和心間，身、口、意的負面惡業就被加持取代。當你把手掌放在額前時，想像你淨化身體上阻礙或破壞你的修行，或給你的健康帶來困擾的各種疾病，這些疾惡病痛的業緣，透過禮拜消融，取而代之的是，來自佛陀證悟身的加持。

合掌放到第二個位置是喉間，淨化所有口業的不淨：八卦、誹謗、惡言、責備等等，任何造成障礙或傷害而干擾你修持的業習。所有負面口業淨化的同時，你接受到證悟聖者證悟語的加持。

接著將手掌合於胸前，想著如此淨化障礙你意業方面修持的負面力量，同時接受到一切諸佛證悟心的加持。在西藏，人們所領會的心意和心是同一件事，思維和感受是一致的。心理運作的表層就是理解，內在就是感受、抉擇和跟智慧心有關聯的情緒訊息。

接著你彎曲膝蓋，雙手撐地向前伸直到最大限度，前額碰到地面，呈五體投地的姿態：頭、雙手和雙膝——代表無明、嗔怒、我慢、慾望和嫉妒。與此同時想像這五毒消融，而它們所對應佛的五智或覺性，開始在你心中開展。

五體投地之後，要將雙掌合攏於頭頂，然後再放到身體兩側，支撐起上半身和大腿站立起來，最後，再合掌於胸前。這樣就完成了一次禮拜，也同時念完一遍的皈依文。每一座皈依修持需要作多少次大禮拜，取決於很多因素，你可以和你的前行上師討論決定。

當我還在那吉寺的時候，就開始大禮拜的修持。一開始我大概一小時拜三百次，希望著能夠完成傳統十一萬一千次的禮拜，但全身的肌肉酸痛，讓我失去了那樣的熱情。我告訴父親我想修金剛薩埵，他說：「好，沒問題。」但當他允許我停止大禮拜的時候，我卻又繼續作了下去。

禮拜的時候，為了讓身體更容易持久，你可以在膝蓋著地的地方墊一個毛毯或地氈，你的手掌可以包一塊布，用衣服或襪子都行，或是戴著手套，能夠防止手掌磨出水泡。現在很多人不再用傳統的念珠來記錄大禮拜的數量，而是用帶在手上小巧的計數器，減少了禮拜時動作上的妨礙。你大禮拜總數應該作多少，和你每一座修持要禮拜多少次，有很多決定因素，你可以請教你的前行上師。

有時候，上了年紀，或是有一些身體困擾的修行人，沒有辦法作大禮拜。如果你是第一次作四不共加行的修持，而沒辦法作全身大禮拜，那麼你可以坐在凳子或坐墊上，完成念誦皈依文的修持。

在我的傳承中，傳統上四不共加行，要完成十一萬一千次大禮拜和皈依文念誦。根據不同的上師或傳承指導，次數會有所不同，有些上師要求短軌四不共加行，要完成一萬次的大禮拜，再進入後面的修持，或是再作長軌的加行；有些現代派的上師會用計算修持時數方式，來要求弟子，而不是用傳統的念誦和禮拜的次數來計算。

如果弟子太過在意計數，那將很難從這麼多次重複的修持中得到利益。你的第一次禮拜跟第二次，甚至第五萬次禮拜，都會不同。每一次都帶著清淨的動機，就會影響你的心，下一次則會帶來更大利益。大禮拜結合身、語、意三業的因緣關係，當你在修持中結合這三門，你的心會得到淨化。要在修持中做到完全結合這三個方面，需要一段時間，所以整個過程的利益和效用會不斷增加。但是，如果沒有清淨的動機，沒有菩提心攝持，哪怕完成一百萬次的大禮拜，也是徒勞無功。

沒有任何一個姿勢比五體投地更能體現臣服。大禮拜展現了一個鮮明的對比：你重複用一個極脆弱謙卑的身體姿態，歸向你自己創造的真實可靠的安全和保護。然而，你是在向誰禮拜？如果你認為自身以外有諸佛本尊受你禮拜，那麼禮拜就會感覺像是對軍官行禮，表示對階級的尊重。但從究竟的見地來看，我們不是對其他人臣服，而是對最好的那個自己臣服。

完成修持

皈依修持結束時，無論你作了十次大禮拜還是一百次、一千次，最重要的是消融皈依的對象。大部分法本對此的描述都是：「皈依境化為光，融入我自己。」這個過程大概要花一兩分鐘，安住於感受上，而不在細節上糾結。

每一個四不共加行的修持結束時，都有一個步驟是諸佛或本尊與修持者融為一體。這不單單是一個想法而已，而是金剛乘中至關重要的見地。沒有融入自身，你只是不斷重複著禮拜、念誦、恭敬外在的聖者，你坐在地上，把自己放到最低點，仰視聖者們坐在喜馬拉雅山的雲端。然而，金剛乘強調的修持就是要消除這樣的分割，而不是固化它。想像我們觀想的對象融入自身，是鞏固我們對自己本質與諸佛無別的認識，而對聖眾的恭敬、臣服和頂禮，是激發出對自己有利的心態，而非為了利益諸佛菩薩。

修持完成的階段，讓我們再次看到心如何運作。首先，我們作意的讓很多本尊、佛像、雲彩、珠寶、一片湖等顯現於心；最後，讓自己創造的一切都消融於心。我們讓它生起，也讓它消融，帶著覺知，我們開始看到這正是我們日常生活每天在做的。

請確實記得如法的完成一座法的修持，如果你時常忘記這個部分，那麼你就錯過了認識你自己的佛性，最有效的方法。

四、無有希懼的修持

至此我們已經解釋了關於皈依的三個要點：動機、皈依之源以及如何修持，接下來看看第四個要點——我們修持的心態。

皈依和大禮拜是展開修持的廣闊視野的第一個經驗，而它需要大量體力的投入，往往也讓人期待過高。我們熱切的希望修持能有成效，同時擔心自己達不到預期的目標。此外，期待讓我們朝向未來，而未來是當下很大的干擾。

輪迴中的皈依處，總是讓我們帶著執取和貪著，希望無常的事物能永遠保持下去。我們害怕改變，而改變是生命持續的必然性，於是我們向不實如沙堡的對象，投注了感情、體力和金錢。當你開始修行時，多少希望佛法能帶來一些幫助，也許疾病會消失，婚姻能挽救，你期待已久的彩券能中獎，或者你很快會證悟。而這裡的要點是放鬆，如果修持帶給你利益，非常好！如果你沒有得到利益，也很好。「我做得對嗎？我做錯了嗎？」只要放鬆你的心，完美的方式並不存在，所以不用為此擔心。當你開始修持皈依，要在心裡清晰看到皈依樹的每個細節，那幾乎是不可能的，所以，盡你所能去做就好，而且要記住：沒有什麼比動機更重要。

轉換禪修技巧

前行修持中，大部分人都會經歷昏沉或掉舉，這是很正常的。每當我開始抗拒一個修持，或感到無聊或煩躁時，我的父親和薩傑仁波切總是鼓勵我轉換禪修的技巧，他們對自己所有的學生也是這樣教導，因此，這不是我為現代人所開發的簡易佛法。

我們要從幾個方面去做。如果你的修持進行了一兩個小時，那麼當你在修持中感覺精力減退的時候，就要切換方法。或者，在修持中特定的一段，選擇不同的禪修技巧來進行。也可以依時間來安排一座修持的分量，重要的是能夠讓自己持續修持下去，但不要錯誤的像猴子亂跳一般的不斷變換方法。

對修持的思考

當你坐在佛前，或是準備開始大禮拜和念誦皈依文，思考你要做什麼以及為什麼要這麼做，這不是給自己一個符合邏輯及合理的理論，更像是一個柔和而發自內心的分析。我們在心中保持皈依樹的圖像，但在念誦皈依文的時候，也可以用自己的話來跟所作的修持相應，比如說：「我要皈依並接受佛作為我的老師，法作為我的道路，僧作為我精神上的同伴，因此從現在開始，我為了要幫助一切有情覺醒而自己要覺醒。」或者，你可以想像金剛總持就是你自己的上師。

我們同時也要發起菩提心，讓它成為我們的承諾和願望。我們不只是為了自己而修持，要感覺一切眾生圍繞在四周，禮拜的時候，每個人也同樣在禮拜。但是，焦點要保持在前方皈依境的佛、法、僧三寶上，或想像金剛總持代表一切證悟的聖者和來源。

這是讓自己進入皈依修持的方式，每一座修持開始時都要如此思維，如果昏沉或散亂占據了你的心，那麼先用我們討論過的方法入手：有所緣禪修、無所緣禪修、慈心或悲心的禪修、菩提心或是觀的禪修。在此，我要再講這些禪修方法，連帶來談皈依及菩提心的修持。

有所緣的止禪

我們先來談有對象或是有所緣止的禪修。皈依樹可以成為我們認識覺知的助緣，或者我們用皈依境中一個群體的圖像來作為對境，念誦的聲音和禮拜時身體的感受，可以成為覺知的助緣。或者，我們可以覺知合掌於三門（額頭、喉嚨、胸前）的動作。如果你身體開始疼痛，可以用疼痛作為禪修的助緣。所有這些都是有所緣禪修——用一個對象支持心的覺知安住，讓覺知安住在一個對象上，任何對象都可以，讓這個對境成為覺知練習的助緣。

無所緣的禪修——開放的覺知

即使沒有過於專注在皈依境的圖像上，皈依境的觀想也會讓人覺得疲累或無聊。那麼不要讓自己卡在觀想裡面，或執著你必須作這個修持的想法，否則你有可能會昏沉、散亂或煩悶的站在那兒想：「今天我要觀想皈依境，明天我也要觀想皈依境，後天還是觀想皈依境。」遇到這樣的情況，我父親和薩傑仁波切都鼓勵學生放下觀想，但繼續禮拜和念誦。很多前行修持者以為皈依境的觀想必須要持續，其實，你可以在無所緣禪修狀態下修持，將心安住於開放的覺知，同時作大禮拜和念誦皈依誓言。這沒有問題。

這樣做時，單純的讓心自然休息，沒有任何特別焦點，也沒有散亂。讓心在當下保持著開放和空間，你甚至不需要禪修，只是放鬆你的心，沒有丟失在念頭或回憶當中。

如果你已經接受過心性指引，那麼安住在開放的覺知，會自然連接到大手印和大圓滿傳承，直接開顯覺知本質的練習。方式雷同，唯一的差別是，當你在修持中自然安住時，你的禪修會有清淨的覺知呈現。

帶著開放的覺知練習皈依大禮拜，這在平常修持中也特別好，因為平時坐下來禪修對某些人很困難，走在街上時，瘋猴子心就像我們帶的寵物狗一樣，也跟著我們走。大禮拜的修持，可以讓我們透過身體活動，來練習保持內心的穩定。

慈心、悲心、菩提心

另一種方式是放下皈依境的觀想，用重複念誦和禮拜，來體現慈悲和菩提心的願望。憶念慈心，我們希望一切眾生都能快樂；憶念悲心，我們希望一切眾生都能離苦；憶念菩提心，我們祈願能幫助一切眾生證悟他們的佛性。我們把注意力放在生起慈悲和菩提心上，不需要一個特別的圖像，直接讓祈願轉向諸佛菩薩，祈請他們幫助一切眾生證悟。這是我們內心的祈願，同時我們口中仍然念誦皈依文，沒有比祈請自他都能解脫更好的願望了。

即使你放掉皈依境的圖像，仍然可以保持對周圍眾生的感知：敵人在前，父母在兩側，朋友親眷在後，周圍環繞一切的眾生。這樣無揀擇的全體眾生，就是在開展我們無偏頗的慈悲，沒有像凡夫那樣挑選揀擇，讓某一些人成為你展現慈心的對象。每一次禮拜，你想像無量的慈悲，毫無個人好惡的分別，也不擔心能影響多少，從內心生起，如同太陽的光芒遍撒在周圍的眾生身上。朋友、家人、敵人都平等的接受你的愛，平等的值得你去愛。

用這個修持技巧，你放下觀想繼續禮拜和念誦，同時，我們問自己：「是誰在向誰皈依？佛陀是空性，我也是空性，皈依境也是空性，並沒有人在皈依，沒有皈依的對象，也沒有皈依這件事。」我們就保持著放鬆，安住在如幻的皈依經驗中。這是皈依的終極形式，我們皈依內在的究竟真實本質——無實質的空性。

最好的皈依內在佛性方式是認識到：某人皈依於某個境界的整個概念，都不是究竟真理，不是究竟發生的實相。任何事物都無自性，皈依的人，皈依的對象，以及皈依的行為都非本自存在。從究竟的見地去看，這是最好的皈依的方式，皈依的經驗變得像夢一般，一切看起來都那麼真實，但實際上是空的。這是勝義諦中皈依的空性，也就是空性，這遠遠超過了凡俗經驗中，某人依賴某件事的狀況。因此，最好的信賴之處，我們可以說，那是沒有人依賴任何事物。

繽紛的圖像，虔敬心和尊崇心態的開展，會誘使行者相信：這些現象是「真實」的，他們的確有實體，而不是心的顯現。我們很容易就忘記這些修持和儀軌，是幫助我們的善巧方便，這就是為什麼回到空性如此重要。但是，也不能捨棄形式，我們必須從自己所在和所知處開始：外形、圖像、聲音、動作。所以，我們先用相對真理的世俗顯現開始，之後就可以用空性來練習。

幾天或幾週後，或甚至在一座修持中，你如果真的感覺無聊或煩躁，或感覺修持索然無味、了無生機，那麼嘗試轉換方式來修持。不需要有特定的順序，你可以從無所緣止禪，切換到慈悲再到觀修，每一次轉換，或許都讓你覺得新鮮，你可能會想：「噢！我真的比較喜歡這個技巧。」但很快又掉入昏沉或散亂。那也沒關係，不要試圖找到最有效的一種修持方法，因為覺受會循環變化，隨著不同技巧的運用，不時有新鮮或無聊的經驗。它們是互相輔助的，這很重要，因為太多人認為前行修持最關鍵的部分是觀修，而非禪修。然而，真正重要的是，要讓心保持穩定、無散，如果對境或焦點自己轉變了，是沒有問題的。

總體來說，當你對修持厭倦的時候，才需要切換技巧。即使一開始，一種方式也需要至少持續五分鐘，隨著修持進展，可以在你選擇的修持方式上延長時間。

你會遇到的困難

所有的佛法修行都會遇到困難，讓我們的心從困惑轉向清明，不是一個輕而易舉的過程。雖然我們讚歎佛法的殊勝利益，還是會在修持中遇到抵觸或不現實的期待，或者，我們會屈服於失望。在寺院常住的團體中，很明顯的每個人都經歷類似的考驗，但如果你是一個人在家修持，或沒有接觸佛法團體，你可能會認為唯獨自己在面對這些困境。因此，讓我們來看看大部分的學生都很常見的困難，或許會對你有幫助。

太專注而狹隘

對所有眾多不同修持方法有比較全面的瞭解，會減輕過於專注的傾向。西藏有一個形容心由於太專注而狹隘的說法：「當我們想到頭，而丟了腳；當看到腳，又沒了頭。」意思是在觀想圖像時，保持一個大體的景象，甚至允許有流動和變化的空間，整個景象可能變得模糊或波動，不要認為：「噢！這不對，我必須更專注一些。」形象上的扭曲是沒問題的，實際上，那是好現象，因為它們表明覺知是起作用的。

當我們開始嘗試觀想皈依境的時候，我們的心經常空白一片——完全空白！沒有任何東西。那就是我第一次修持的經驗，我想像不出來任何東西，越努力去想，越感覺像坐在駕駛座同時踩著油門和剎車，嘎——！當我告訴父親這個情況，他說：「沒問題！這是正常的，最重要的是感受佛菩薩就在這裡。如果你不能想像出外形和顏色，那沒有關係。」

出現醜陋的佛像

當我決定重新開始嘗試大禮拜的修持時，想放一張皈依境的圖畫在房間，面對著它我想或許會有幫助。我父親有幾幅皈依境的畫，但沒辦法從那吉寺的佛殿搬出來。有一天我去拜訪一位隱居的僧人，他收集了很多佛像，他拿出很多佛像、本尊的照片，找到了一張皈依境，但已經摺過而且皺巴巴的，我還是帶回了房間，在修持的時候放在面前。我所看到的都是扭曲的佛像和皺皺的本尊，我把照片拿去給父親，告訴他：「第一次我試著觀想，腦子一片空白，現在我有了這張皈依境的照片，但都看到醜陋的佛像。我該怎麼辦？」

「沒問題！那就想像醜陋的佛像。」父親答道。

他的回答讓我大吃一驚，我以為一尊醜陋的佛像，就需要儘快被轉化為美觀的佛像。於是，我想像著醜陋的佛像，沒有試著除去或改變它，很快，我的佛像變得很莊嚴了。

這樣持續了幾週之後，我告訴父親：「現在我可以觀想皈依境了。」

父親說：「不要得意，有一天你可能又做不到了，不要執著。」

我點點頭表示明白他的意思，但心裡相信自己找到了這個練習的祕訣，不會再有問題了。果不其然，我想像的圖景很快又變得模糊和彎曲了。過了幾週，圖像又變了，這次不僅是變醜了，而且變得畸形怪異：變形的佛像長著扭曲古怪的臉，鼻子歪了，嘴也殘缺了。真是可怕極了！我只好再次問父親怎麼辦？

父親告訴我，儘管去觀想一尊醜陋的佛像好了，真的醜陋不堪，而且從佛像鼻孔和耳朵爬出蜘蛛和昆蟲，頭上頂著鴿子，鴿子的糞便還流到佛像臉上。聽到父親這樣說，我驚呆了，站在那兒，瞪大眼睛看著他，猜想他是否在開玩笑。但他沒有笑就結束了講解，我離開的時候，心裡想著要接受他的建議。那樣練習幾天之後，我的佛像又恢復了莊嚴。

我發現，因為執取，我變得很在意一個完美、清晰和美麗的圖像，父親是要我打破對觀修對象看起來美或醜，以及對完美主義的執著。他讓我看到，只有放下想做的急切心態，才可能做到，同時也讓我體驗到放下執取的好處。我從中還學到，如果不能夠建構起內心圖像，那就回到無所緣止的修持，過不久圖像會不費力的在心中出現。

不能完成修持的恐懼

很多學生都對皈依的修持長吁短嘆，多半起因是由於完成大禮拜看來遙遙無期，它確實可能要花相當長的一段時間，甚至對一位很精進的在家學生，也可能幾年才能完成。我的建議是：如果你對大禮拜有厭惡感，那就用厭惡感作為你覺知的對境。如果你急切的想完成功課，那就用急切心態作為覺知的助緣。記住，我們在所有的修持中都要運用覺知，最終在所有的活動上也都運用覺知。只要在修心，無論它處於什麼未證悟的狀態，可能是厭惡或不安、痛苦或挫折、希望或恐懼，都會給我們帶來利益。如果你已經承諾要作這個修持，但現在發現自己不喜歡，嘗試著去修，沒有問題。

買一送五的修持

在皈依的修持中，我們對可信賴的三寶和三根本建立信心，這是我們的任務，但同時我們也會接收到很多其他好處：止、慈心、悲心、菩提心、觀修、淨化和功德。

不要忘記我們一直都在禪修，整個修持要點是認識出我們自己的覺知，而不斷開展它，觀想是對此很棒的輔助。在修持皈依的時候，我們可以將覺知安住在皈依境上，或是像我之前所提，身體的覺受，祈願的念誦聲，或是覺知本身，都可以成為助緣。

當我們確定了菩提心的動機，透過發願要幫助一切眾生證悟，我們累積了功德，沒有比這更殊勝的願望了。然而我們不只是「祈願」而已，我們的意願受限於自己的困惑，如果我們對幫助他人的承諾是認真的，就必須透過修持，讓自己有能量和能力展現證悟的特質，產生最大的利益。

皈依境是我們自心創造的，它存在於無實的空間，沒有實體，色空不二。無論多麼具體，多麼色彩斑斕，充滿多少的象徵意義，形態始終透明和無實體。當我們運用觀的禪修在這個修持中，我們保持對經驗如幻本質的覺知，因為如幻的本質，一切在心中的現象都沒有真實、堅固的存在。這就長養了對勝義諦空性本質的智慧，也是我們自己本質的洞見。

我們在大禮拜為主的修持中，結合身、語、意的淨化和除障，這樣的修持，消融了過去我們在身、口、意所造的負面業力。

透過發願讓一切眾生究竟離苦，我們累積了功德：透過對證悟者們的虔敬，我們在累積功德的同時，也能消除負面惡業和遮障。

輪迴就是涅槃

在完成四共加行之後，我們發願要離苦，但並沒有清晰的目標，一旦我們和可信賴的保護連接之後，我們的目標也呈現出來。我們開始陸續發現，自己因為沉溺於輪迴中短暫的皈依，而錯失了真正的快樂。

和佛、法、僧的連接，不是把河的兩岸連接起來的一座堅固、扎實、耐用一千年的橋梁，它更像是把兩岸慢慢必然拉近的 條輕盈宜人的繩索，拉近直到兩岸相融，直到我們認識到輪迴就是涅槃，外在的佛陀和內在的佛陀無二無別。

第二部分

為利眾生願成佛

直至證悟前，都願為個人的利益而皈依佛、法、僧的誓言之後，緊接著要發願，為幫助一切眾生而證悟。「以我所修諸功德，為利眾生願成佛。」將一切眾生融入我們個人的善願，表達的就是菩提心的願景。梵文中 chitta 意為「心」，bodhi 意為「證悟」。菩提心通常可以翻譯為「證悟的心」或「覺醒的心」。

我們可以想到很多透過慈善救濟來利益眾生的方式，捐助貧困飢民或流浪者，或救助愛滋病、河盲症，這些可貴的努力都展現了對他人真摯的關懷，但還是做不到協助他人究竟離苦，因為世間的善行，都要依靠各種因緣和合才會產生利益。而因緣和合的條件和狀況是無常的，因此不能給眾生恆常的解脫，成佛才能真正離苦，因為成佛是不受因緣條件限制的狀態。

菩提心自然包含了各種形式的愛心和慈悲，但不是所有的愛心和慈悲都是菩提心。我聽到我的學生經常將菩提心和慈悲交替使用，但它們不是一樣的，釐清其中的差別非常重要！要清楚的解釋這個差別，我想先介紹「四無量心」——菩提心的基礎，以及和慈悲的差別。

遍及一切——四無量心

願一切眾生具樂及樂因

願一切眾生離苦及苦因

願一切眾生不離無苦之妙樂

願一切眾生遠離怨親愛憎，常住大平等捨

希望一切眾生具足快樂以及快樂的因，是慈心；希望一切眾生遠離痛苦以及痛苦的因，是悲心；滋養增強歡喜眾生健康和成功的能力，是喜心；希望眾生不受控於自己的怨憎、親疏對待，是無量的捨心。捨心使慈無量心、悲無量心、喜無量心成熟，無偏私的遍及一切眾生。

這四種願心很明確，但「無量」這個概念可能會造成混淆。無量涉及的是一切眾生：一切人類、昆蟲、鳥類、魚類、禽獸，數量是無限的，因此發願的動機也是無限的。這怎麼可能？

看看達賴喇嘛尊者：他要面對和中國政府之間嚴峻的問題，對印度及全世界藏人群體的重大責任，以及持守作為精神領袖、和平倡議者、心靈導師和傳承持有者的承諾。在這樣的情況下，他問自己：「為什麼我還那麼快樂？」他自己的回答是：「因為慈心和悲心，這是我力量的源泉，讓我保持積極和無畏，增強了我的能力，讓我可以做更多。」

我們越投入去行持，就越有能力完成更多，如果我們只是坐想這些概念，那不會有作用。當我們真誠的為他人的福樂行動，概念自然會瓦解，慈悲愛心會成為我們源源不絕的能量。

我們如何培養廣大、無邊、無量的慈悲呢？要開始於修持和觀察對自己的愛。我們沒辦法一步就達到純正的無量慈悲，那是不可能的，要從對自身相對的理解和個人經驗入手。每個願望，我們先導向自身，然後向認識的人開展。接著，才可以發展為無量的願心，那才能成為菩提心。

第一步是認識愛和慈悲的種子，一直都存在於我們內心。一切眾生，包括我們自己，恆時都在尋找快樂，試圖避開痛苦。對快樂的渴望是從根本的愛生起的，想要離苦的願望就是悲心的基礎，即使在最黑暗的時候，這樣向善的衝動，都促成我們各種行為的展現。

舉一個不太可能的例子——憎恨自己。怨恨自己應該是一種自我折磨的心態，但如果我們去觀察，這樣的痛苦經常是因為拿自己跟別人比較，總認為別人比自己優秀、聰明或出眾而激起的。深藏在這種破壞性比較心理之下的，是對快樂的渴望，和希望擺脫自怨自艾的束縛。愛和悲心一直都和我們同在，一旦我們認出了它們，我們便能夠承擔起開顯它們的責任。

可悲的是，人們試圖透過帶給自己和他人痛苦，來得到快樂的事例不勝枚舉。一個先生相信自己沒有他太太會更快樂，而殺死了她。一個盜用公司財物的女人，以為不勞而獲的錢財能改善她的境況。這樣的人是不明因果，自食苦果。這就是為什麼我們不但希望得到快樂，還希望得到快樂的因，帶來傷害的行為，是不可能給予自他快樂的。

祈願快樂的練習

在醞釀和準備無量的慈心和悲心的階段，我們先對自己和認識的人發同樣的心願。

1. 願我具足樂及樂因。
2. 願某位（具體姓名）我愛的人具足樂及樂因。
3. 願某位對我而言中性的人能夠具足樂及樂因。
4. 願某位我很不喜歡的人能具足樂及樂因。

接著，我們發願離苦及苦因，並將之擴展到同樣的類別（自己、自己愛的人、一般的人、自己不喜歡的人）。這個願望同時反映和培養我們的悲心，願我遠離痛苦以及苦因。

下一個練習，我們修持喜心：願我永不離無苦之妙樂。

第四個練習，修持捨心：願我遠離怨親愛憎，常住大平等捨。

每一步，我們都從自身開始，為的是從自己的經驗去確定這個真理。接著我們將善願擴展到我們愛的人，一個一般人，最後到一個我們不喜歡的人。

讓我們從認識自己多麼希望快樂開始，或許我們認為禪修本身就會讓自己快樂：「為什麼我要這樣做？為什麼我會對禪修或佛法有興趣？」

答案或許是：「它讓我成為一個更好的人，它讓我少發脾氣、更有耐心，我希望學習放鬆，在工作中少一些緊張，或者能夠讓自己多一些朋友。」

我們對快樂的想法數不勝數，一些人背上旅行背包，在登山中尋找樂趣。一些人每天負荷沉重的工作，而享受徒步負重應該是有點瘋狂的想法，但也不是沒人這樣做。重點是，認識到我們每天的行為和活動，都是如此的為了趨向身體和心情的舒適，而避開不舒服、煩惱和不快樂。為什麼我們從木頭板凳移去坐沙發？我們又是為了什麼計畫週末活動、投資金錢和支持某個政黨？

當我們認識到自己所做的每件事，隱晦或明顯的，都是在尋找著快樂，那麼我們就可以對自己作第一個祈願——願我具足快樂及快樂的因。先不要急著和悲心一起來修持，現在還太困難，儘管慈心和悲心像硬幣的兩面不可分割，但開始還是把慈心——對快樂的渴望，和對自己、他人的悲心分開，一個一個的修持。它們像火焰的兩個面向：一個著重在熱度，另一個著重在亮度。在開始的時候，分開來修學會比較容易。

讓我們轉向快樂的、慈心的種子，已經存在我們心中，因此我們不是向外呼喚這個感受。然而，我們不一定已經認識到自己的行為，是多麼被追逐快樂吸引著。現在有了對快樂認識的新發現，祈願快樂便有了更有價值的工具。我們開始認識快樂的渴望所展現的特質，感受它細微、隱蔽或扭曲的形式。舉例來說，嗑藥和喝酒可理解為可能導致傷害的自我藥物治療，但用藥或去試圖平衡病狀，卻是來自一個健康的本能。一些具破壞性的習慣之下，隱藏的是正面的動機，看到這點會幫助我們找到更有效的方法。

這個練習讓我們即使在有害的行為和情緒時，也能和一直在顯現的慈心和悲心的清淨種子連接。平常我們總是遺漏了這個部分，但如果能在極端的行為中，也認識出我們的本初善，對認識我們在日常活動中所尋找的快樂，會有幫助。當我們看到了自己對快樂的嚮往，我們便可以將這個祈願擴展到其他人。

第一步擴展到自己容易生起慈愛的對象，比如父母或孩子——願我愛的人能具足快樂及快樂的因。這個祈願的對象也可以是你的伴侶、老師或寵物，但最好從一個能讓你生起無條件的愛的人開始。

接著想像你修持慈心的這個人，和你一樣希望得到快樂，具體的想，選擇一個你瞭解的人，思維這個人的環境、期望、需求和障礙，然後重複的祈願：「願某某人可以具足快樂以及快樂的因。」

接下去選擇一個一般人作為對象——願這個我感到中性的一般人能具足快樂及快樂的因。對這個人，我們沒有特別的感受，不偏愛也不討厭。不管這個人是誰，一位雜貨店老闆，或是你孩子同伴的家長，清晰的在心中憶起這個人，然後像祈願自己快樂一樣為他祈願。

最後，讓你的祈願擴展到你不喜歡的一個人——願這個我很不喜歡的人能具足快樂及快樂的因。你可以思維：「這個人也像我一樣，有父母；他也跟我一樣，有一些神經質反應和不同的需求；這個人也會有經濟或健康上的困境，如同我一樣；這個人也有關於權力、情感的問題和失落，跟我一樣；這個人也希望著快樂，不希望痛苦。」試著建立這個你不喜歡的人與自己的共同點，讓這些共同點在你心裡排到最前面。

接著思維這個你很不喜歡的人，如果這個對象引發強烈的對抗或是憤怒，讓你難以從容的禪修，那麼你需要停下來，選擇一個可行的情況來練習。你或許選擇一個只是讓你覺得生氣的對象，或是一個曾經給你帶來過強烈的負面感，而隨著時間負面感減弱了的人。之後，你可以再回到比較困難的對象上。

這四個祈願快樂的練習，是為了更好的開展，對我們和一切眾生根本特質的認識，同時也確定我們和眾生之間的共通點，勝於我們的差異。

當你對不喜歡的人作了慈心的禪修之後，發現自己仍然不喜歡他，不要氣餒。或許你在禪修中的確生起了純正的慈心，但幾天後你可能半夜醒來，充滿了對那個人的怨氣。這是正常的，隨著修持日漸穩定，你也會轉變跟他人的關係，你甚至可以逐漸肯定，你對每個遇到的陌生人都很瞭解，因為你知道他們希望得到快樂，如同你我一樣。

祈願離苦的練習

願我能遠離痛苦以及痛苦的因。

當我們修持悲心——離苦的願望，我們從觀察自己每一刻的活動開始，每一個舉動都是為了避免感受到不舒服、壓力、傷痛或任何大大小小的痛苦。

如我之前所述，慈心和悲心如同硬幣的兩面，只是強調的部分有些許不同。「我今晚要出去，因為一個人待在家裡太孤獨了。」這種情況，著重的不是出去尋找快樂，而是為了脫離孤獨的苦，沒有愛的感受，或孤僻。這是悲心的展現。

下一步——願我愛的人能遠離痛苦以及痛苦的因。不要忘記第二個部分：「痛苦的因」。普遍的問題是，我們總是不很清楚自己想要什麼，我的一個學生從小就一直夢想著擁有一棟海邊的木屋，她用掉所有的積蓄，換來夢想成真。木屋棒極了——只持續了六個月，她根本是錯誤認定快樂的來源，將皈依處設定為外在的事物，而自己內心神經質的習氣依然故我。每個人都是如此，這就是輪迴的本質。當我們看不透覆蓋在快樂本質上的幻覺，就始終會在輪迴中，試圖創造一個完美的人生。這是必定矛盾的——輪迴就沒有完美可言。離苦的祈願，重點是要認識苦的因——不能認識我們的真實本性，不知道如何超越輪迴的無明，以及缺乏對如何改善業力的認識。

在這個練習中，不必想像出最悲慘的痛苦，比如我們所愛的人罹患癌症，或遭受災難。頭痛就夠了，或是過敏，或是微不足道的小麻煩，想到一位得癌症的朋友也是可以的。如果我們自己就身患惡疾，那麼我們可以說：「願我遠離這個病痛及病痛的因，願所有眾生都遠離這種病痛及病痛的因。」永遠可以就自己的狀況，運用自己的情況來祈願，是極其有利的。不過，太極端的例子，會掩蓋一些不快樂的小事件，往往是一些小傷害，細微的嫉妒，或執著買一件家具，就會製造大問題。痛苦的情節輕微，不代表會影響我們平靜的因素，這是不重要的。

當你對悲心的感受穩定之後，就可以對你喜愛或厭惡的人開展悲心，希望他們能離苦。

祈願隨喜的練習

願我永不離無苦之妙樂。

願（我愛的人、一個我感到中性的人、我不喜歡的人）永不離無苦之妙樂。

第三個祈願，我們依照之前兩個相同的次序，從自身開始，認識我們自己的善美、優點，欣賞我們所擁有的，希望開展對自己擁有的正面特質的感激。我們去認識在生活中經歷的，所有良好的條件和關係，比如家人和朋友，感激自己得到的引導和支持，感激自己找到了一條發現持久快樂的道路。我們為之感到歡喜。

關於喜的修持，不要讓它過於誇張隆重，比如說：「我好極了，因為我是個有名的建築師、因為我攀登了珠穆朗瑪峰、因為我有一輛寶馬車。」隨喜和歡喜不是在於獲得成就或金牌，讓它保持簡單：「今天我坐在溫暖的陽光下，喝了一杯茶。多好啊！」為之感到歡喜。「現在我在讀一本書。真好啊！」或者你想認識自己確實希望成為一個好人，幫助別人，學習更加謙和、信任。你可以回憶自己曾經幫助別人找到了丟失的寵物，我們的善德不一定要很宏偉，但去認識和欣賞它們是很重要的。然而對一些人，這個練習卻是極其困難的，不只你一個人在修持中有問題，如果你沒辦法對自己好的特質隨喜，那沒有關係，帶著覺知，下次再嘗試。

對一般人或我們不喜歡的人修持善意的喜悅，會導致讓人不悅的嫉妒心態。嫉妒比較難以對付，因為它總是躲躲藏藏。當我們的同事因他所做的項目得獎，我們想要為此感到歡喜，但嫉妒悄然而至，沖淡了原有的熱忱，我們希望自己可以獲獎，認為自己更有資格獲獎。如果這樣的感受生起，允許它存在，過幾分鐘，你再來開展對這個強烈嫉妒的感謝，因為它讓你看到了自己內心的另一種狀態。透過它，你看到自己和他人的連接是如何被影響的。

祈願平等心的練習

願我遠離怨親愛憎，常住大平等捨。

可以從最簡單、最常見的例子，去認識好惡分別，如何在你的生活中扮演了有力的角色：對人、食物、氣味、衣服、電視節日，乃至任何事的取捨好惡。觀察是什麼引起你的行動，當你靠近吸引你的事物時，就像滑進了磁吸力。同樣，碰到不喜歡的氣味、顏色、暴力畫面或恐懼，你如何排斥、後退。

或許，我們認為路上迎面而來的一群年輕人是惡棍，就立刻改道而行，是什麼讓我們停在一間餐廳前，而掠過其他餐廳？我們是否會靠攏自認為更有錢的人，避開認為跟自己在不同社會階層的人？我們是否被他人的名譽和聲望吸引，而回避自己認為是被社會驅逐、失敗和沒落的人？

嘗試看到喜好和厭惡，如何引導了你的行為，然後用你的習慣來作試驗。例如，走進地鐵看到的第一個空位，不管鄰座是什麼樣的人，著裝不整還是衣著考究，你都坐下來。一位西方學生曾經在印度的公共廁所這樣嘗試，她放下總是尋找更乾淨的馬桶的習慣，有空位就可以用。雖然那還是不怎麼行得通，但至少她嘗試了。托缽的僧人不會選擇施主的食物，面對任何的布施，都是由衷的感謝。

為了理解貪愛和厭惡的毫無益處，我們可以想一位曾經是朋友，現在變成敵人的人。你可以想一位過去的伴侶，曾經背叛了朋友的室友，盜用公司錢財的生意夥伴。或許你剛知道最好的朋友在背後說自己的壞話，你也可以想曾經是敵人，後來變成朋友的一個人。這裡的重點是看到，即使我們對摧毀自己平等捨的喜好或憎惡非常在意，讓我們產生強烈情緒的對象，還是一直在改變。

我一些在溫哥華的學生作這個練習的時候，其中一位告訴我關於他鄰居的事。他的鄰居不是可惡之人，但他做了一件可惡的事，他蓋了一棟房子，擋住這個學生一部分的海景。這個學生和他妻子，試圖跟這位新鄰居「講理」，解釋說他可以怎樣建房子，而不破壞他們的海景視野，但鄰居也希望有完美的海景，因此不願改變建築計畫。後來他們聽說這位鄰居是心臟科醫生，我的學生透露說，他和妻子曾在背後惡意的開玩笑，說心臟科醫生或許也會心臟病突發。接著他們大笑：「哈哈！」

結果一天半夜，我的學生從錐心的胸痛中驚醒，他太太撥了九一一急救，當她打電話給鄰居醫生，對方穿著睡衣、提著急救箱即刻趕了過來，並對他施行急救。這個學生必須接受心臟搭橋手術，醫生告訴他，如果不是他鄰居即時搶救，他不可能活著被送到醫院。後來的情形可想而知：他們成了很好的朋友，鄰里友愛和睦。

對平等捨重大的障礙是執著，偏愛喜好並沒有錯，咖啡和茶、陽光和雨露，問題出在我們堅持不放下自己沒有的東西。舉例來說，我們的心認定自己要巧克力冰淇淋，但只能吃到香草冰淇淋，就會小小的惹惱我們；戶外活動因為天氣原因取消，也會讓我們焦躁失意；當我們去禪修中心，卻沒有自己期待的修持空間……。現在，試著去看這樣的進退取捨的動向，如何針對一個人、一個情況、食物、顏色、天氣，而那就是基於沒有停止過的對快樂的追求：得到想要的，遠離厭惡的。

到這裡我們完成了在四個特定的類別，運用四種祈願。現在，我們準備好修持四無量心了。

願一切眾生具樂及樂因

這裡我們放下開展慈心的四個不同對象，將一切眾生作為修持的對境，重要的是對「一切」眾生要在字面上去理解。當你在修持無量的祈願，那就沒有例外——包括咬死你的貓的那隻狗、撞死你兒子的司機、甚至是殺人無數的獨裁者，哪怕是對人虐待者、對兒童性騷擾者或種族歧視者。無一例外，沒有遺漏，沒有揀擇。這聽起來可能不現實，甚至不太讓人願意去做，然而完全的包容，會使這個練習有效。當心不再尋機選擇或鑒別將誰排除在外，它會輕鬆下來，回到慈心和悲心的本質中。

或許現在你的心正掙扎著，抵觸要對所有眾生開展慈心，辯論這個概念的不公平，或是你想試著說服自己，這根本就不可能。這樣的狀態是正常的，但是看看達賴喇嘛、翁山蘇姬、小馬丁路德金或聖雄甘地，他們為了政治改革而投入和奉獻自己的生命，而非煽動憎恨。憎恨是容易的，從最偉大的領袖那裡，我們看到的不是透過憤怒或仇恨報復，也不是教唆我們接受消極的哲理，我們目睹的是慈悲行動的核心——認識到壓迫者和受難者共有的痛苦。對我們的敵人復仇，不但讓我們成為敵人，也讓我們全部都成為受害人。聖雄甘地曾說：「以牙還牙，世界只會更盲目。」

將人類分為好的和壞的兩類，想像一些人值得我們付出愛心和慈悲，一些人不值得，這是不合道理的。當我們認識業力，我們會清楚的看到，製造痛苦的人必然會受苦。無論痛苦以什麼形式出現，殺人或被殺，搶劫或被搶，都會帶來痛苦。分別對待不會忽略、否定或寬恕暴力者的行為，這點容易讓人混淆慈悲和縱容，慈悲不是縱容，但我們祈願加害於人的人，能夠從他們破壞的行為模式中得到自由，我們希望他們透過幫助，而非傷害他人，得到快樂。

練習的時候，不要對一個情況想像太多細節而卡在故事情節中，我們嘗試做的是培養和擴展我們的心，使其開展出為一切眾生離苦得樂的真實祈願。

【禪修練習】願一切眾生得到快樂

- 以放鬆的姿勢坐好，後背挺直。
- 你可以睜開或閉上雙眼。

• 安住在開放的覺知中一兩分鐘。
• 現在思維在無量無邊的宇宙中，有無量無邊的眾生，而每一個眾生都希望得到快樂。
• 接著重複念誦：願一切眾生具足快樂以及快樂的因。
• 允許自己感受內心開放、盛開、消融自他之間的界限。
• 感受一個母親對她新生的嬰兒無量的愛。
• 結束時再讓心安住在開放的覺知中。

在這個練習中，禪修的覺知安住在一切眾生身上，但是你可以將覺知的對境轉換為感受，因為身體的覺受有可能變得很強烈。開始的時候，不要擔心要保持住愛心的感受，哪怕我們只體會到一點自己的愛變得廣大、無分別、無量，那也是非常好的。

願一切眾生遠離痛苦以及痛苦的因

這個練習中，試著想像世間數百萬計的人，受著各種粗重形態的苦難：饑荒、洪災、地震，以及各種四大造成的苦難。你也可以祈願人類都可以從佛陀所說的生、老、病、死四大苦河中解脫。

這個階段，你是用自然或災難性的痛苦之因作修持的輔助，接著可以將更微細層面的，自己製造的痛苦帶入心中：執著、慾望、我執、無明，或不認識自己的佛性。從轉心四思維的練習中，你應該已經瞭解，即使面對自然災害或是生理上的問題，也有潛藏的苦因。

願一切眾生永不離無苦之妙樂

這個練習也許會相當困難，如果我們真正誠實的面對自己，會看到發自真心的為他人的快樂歡喜，是多麼困難，尤其針對我們不喜愛的人。要對一切眾生生起喜心，像我們觀想皈依境一樣，需要一些練習。

喜心的感受，相較慈心和悲心，更有力量、更熱忱。經常有學生抱怨自己生不起這樣的感受，如果你練習時卡在那裡，就再回到對自身或自己愛的人修持喜心。當你感受到熱切的喜悅，再讓它擴展到一切眾生。

願一切眾生遠離怨親愛憎，常住大平等捨

對自己和他人修持這個祈願，應該讓我們理解到它的重要，知道自己是多麼容易跌進未經審查的愛憎分別陷阱中。因此，我們祈願一切的眾生，都解脫於隨好惡之風搖曳的生活——那是沒有方向，沒有穩定和平靜可言的。

究竟的祈願——菩提心

四無量心是無限的，完全包容而無分別的，它們能滋養開放的心，創造善業，去除障礙，淨化惡業。除了這些殊勝的利益，菩提心會帶我們更進一步，同時，如果沒有清楚的認識四無量心，就很難體會到菩提心帶給我們的飛躍。菩提心有兩種：勝義菩提心和世俗菩提心。我們首先來看世俗菩提心。

從希望到行動——世俗菩提心

世俗菩提心有兩種：願菩提心和行菩提心。我們以願菩提心為出發點，因為那是四無量心的自然延伸，但它並不包含究竟離苦的目標，也就是證悟。在四無量心中，概念性的框架本身就是有限的，沒有完全的證悟，我們在不同程度上，還是會被自我、覆障、困惑所纏縛，因此還會在一定程度上經歷痛苦。

願菩提心，結合了祈願眾生都能達到究竟解脫的證悟：我們祈願一切眾生透過完全的證悟，具足快樂以及快樂的因；我們祈願一切眾生因為完全證悟，遠離痛苦及痛苦的因。菩提心，就是修持這究竟的祈願。

將世俗菩提心的願菩提心和行菩提心聯繫起來，是非常重要的。假設我想要從北印度到中印度旅行，我要從喜馬歇爾邦的智慧林出發，到比哈爾省的菩提迦耶，我的意願是朝拜正覺大塔——釋迦牟尼佛證悟的聖地，同時也將參訪附近我自己的寺院——德噶寺（Tergar），在那兒我可以為小喇嘛們上課。這是我的願望、我的目標。接下來，我必須計畫我的行程，這在印度從來都不是件容易的事，我看了巴士和火車的時間表，預留了起霧或其他延誤的時間，預定了車票等等。接著，我就出發了。

我們為了實現自己的願望而付出努力，行菩提心著重點在於，祈願為了幫助一切眾生證悟，而自己要證悟的心，不僅僅是個「願望」。只是希望某件事，有可能會很被動，相反的，行菩提心是活躍、有生機、有行動力的。我們不僅是祈願，我們還要為達到願望而行動。

願菩提心專注在成果上：我願意去菩提迦耶，我願意為了利益眾生而證悟佛道。願菩提心始於認識到每一個眾生基本、本能的想要快樂，不想痛苦的願望。當這個認識穩定了，我們就可以開展祈願，不要擔心細節，讓自己的心為了無量的眾生，對無量的祈願展開。這也包含了我們自己，不要忘記這點。

實際的修持——六度波羅蜜

願菩提心是導向法道的重點——一切眾生的究竟證悟，行菩提心是為此結果創造因緣條件。幫助一切眾生發現他們真實本質的實際修持，是六度波羅蜜。波羅蜜（梵文：paramita）意為「究竟」、「到彼岸」，包含超越輪迴的六種行為：布施、持戒、忍辱、精進、禪定、般若（智慧）。發願成佛的菩薩們，如我們，在每天的生活中實踐這六種行為，以完善內在證悟的特質，而超越迷惑到解脫。當我們接觸了六度波羅蜜，四不共加行就成了世俗菩提心的修持。讓我們來看看這是怎麼做到的。

第一個波羅蜜：布施，或許是發起慈善捐助的心念，或是去施食站作義工，或是幫助臨終關懷等等想法。這些布施的行為不能被忽略，但是也有更細微層面的布施，如保護市場的牲畜，牛羊、魚蝦、烏龜等不受販賣宰殺，也是一種形式的布施。把這些動物買下來，放到他們自然生存的棲息地，或照顧到自然死亡。護生也體現在把室內的昆蟲放出去。

我們也可以作法布施：幫助他人找到認識自己真實本性的途徑。

當我們帶著穩定的心出現在一些場合，也是一種布施和給予。當然，這需要一定的練習。我們可以瞭解前行修持也是布施的行為，當我們放下自我中心的習氣，給予自己和他人無有希懼、無有焦慮或評判的可能性。當我們運用了菩提心，想幫助一切眾生的祈願，就是布施的行為，禪修練習也是布施的行為。

第二個波羅蜜：持戒。它有很多形式，最簡單的是分作三類：攝律儀戒——止惡而不製造苦；攝善法戒——揚善而帶來快樂；攝眾生戒——幫助一切有情。每一步的前行修持都涉及到這三類的戒律。

如果對持戒有誤解，會和因循守舊的遵從相混淆，但我們這裡談的不是刻板的道德束縛，持戒應該帶著輕鬆且幽默的方式，透過它，我們可以對自己的行為有更好的覺察。

第三個波羅蜜：忍辱。它直接關係到我們的佛法修持，舉例來說，通常我們都會抱怨禪坐帶來的膝蓋疼痛，或是看不到成果時會沮喪，或是對修持厭倦，或無可抑制的煩躁。理智上，我們都清楚修道上這樣的困難是自然的，但要突破對正常情況的負面反應，我們要修忍辱。

它需要從習慣性反應中抽離，而不被綑縛的耐性，透過耐性的培養，我們選擇增多了。一個練習中成百上千次的重複，也需要耐性。

第四個波羅蜜：精進。它給予我們在覺醒之道上持續的能量。傳統教法中，精進的定義是樂於善法，而與怠惰相反的特質。懶惰有時以拖延的形式出現，有時也指失望洩氣和無精打彩。精進是對這樣的心態最好的防範，就像防水包裝保護不被雨水淋濕，精進也保護我們不受境界因緣影響而放棄自己。要完成前行，精進是必須的，不僅是幫助我們超越生理上的不舒服，而且還會輔助對治面，對放下我執時，可能生起的恐懼或抗拒。

第五個波羅蜜：禪定。當禪定作到完善的時候，意味著無論我們在哪裡、做什麼，我們的心都不會從覺知散離。不管運用什麼方法：覺知有所緣、覺知無所緣、菩提心、觀修，前行都提供了足以讓我們培養禪定覺知的機會。

第六個波羅蜜，是最重要的般若波羅蜜。如果沒有般若智慧，前五種行為都不可能圓滿，智慧讓布施、持戒、忍辱、精進和禪定，超越凡俗形式的善行，或有道德的行為。

般若有很多形式，從聽聞和學習佛法而來的文字般若，從省思、思維我們所學的法教而來的觀照般若，透過禪修直接經驗的實相般若，以及認識一切現象空性本質的空性智慧。涉及到波羅蜜的行持，般若智慧能幫助我們在利益他人時，不被信念、期待所束縛，以行布施為例，我們不會在布施的過程中，失去對根本自性的覺察，也就是不會脫離明空不二的清淨覺知。

這使布施得以自在如法的展現，而不會有是否得到回報或結果，這樣自我為中心的掛礙。

我們鼓勵將六度波羅蜜，整體運用在前行修持，去體現世俗菩提心的修持。我們為什麼作大禮拜？為什麼念誦？為什麼觀想皈依境和皈依的來源？因為它們都是因，都是我們為了一切眾生而證悟的祈願行持，沒有比這樣的動機更偉大的了。

完全覺醒的心——勝義菩提心

現在為什麼我們將這個無量、無限、無盡的祈願，和它的行持形容為「相對」的呢？因為儘管它是最有利益、利他的動機，它仍然是在概念的範圍內運作。無論我們已經消融了多少我執，依然還有一個「我」在恭敬禮拜和祈願，因此「我」能夠證悟而幫助「他人」證悟。「我」和「他」是相對的、二元的、未證悟的真理的面向。

當我們談到勝義菩提心，我們指的是完全覺醒的心——已經超越所有概念，超越一切二元對立，超越輪迴和涅槃。在勝義諦，菩提心成為另一種成佛、覺醒、證悟、體認空性和證悟無量、無別、天空一般真理的表現。

當我在作前行修持的時候，我不太清楚勝義菩提心是怎麼利益眾生的。我的第一次三年閉關中，心裡是憶念著努日家鄉的窮人，修持慈心和悲心。我能夠在心裡看見每個人的面容，能看到他們簡陋的草棚，能感受到他們冬天顫慄的身軀，我知道他們有時飢寒交迫而夜不成眠。

我在智慧林的房間裡，感到非常傷心，覺得這個修持太令人鬱悶了。我難過得幾乎流淚，卻看不到這樣的傷感能幫到誰，這樣的難過之下，我甚至認為，自己比開始修持之前更沒有希望利益眾生。

過了一陣子，我不想一個人再掙扎下去，便去見薩傑仁波切。我告訴他自己在修持慈悲，遇到了大問題：我變得跟需要離苦得樂的人一樣不快樂。我對他說：「現在我們都一起在受苦，哪有什麼好呢？如果佛陀的慈悲是無量的，那佛陀一定比世界上任何人都痛苦，可不就確確實實難過到極點了？」

「不是的。」薩傑仁波切說，帶著少有的直率說：「佛陀的慈悲不是充滿哀傷，因為佛陀瞭解空性，空性的智慧能使無限的慈悲超越痛苦。」

這讓我不理解了。薩傑仁波切接著說：「是因為空性，慈悲才得以成為無量的。」他告訴我：「我們對慈悲的概念限制了我們的能力，我們的行為或許受了善意、愛心和慈悲的激勵，但是它們同時也被這些概念束縛。所有的概念都是束縛和局限，只要我們還受限於慈悲的概念，我們的行為就被度量，因而它就是有限的。無量的悲心只有在概念消融、空性智慧展現的時候，才會生起。」

接著仁波切告訴我：「現在不要再聚焦於慈心和悲心，禪修空性。慢慢的，你會達到空性和慈悲的圓融。」

從勝義諦的觀點，也就是空性的見地來看，痛苦、迷惑以及所有輪迴的事物，都是相對的概念。世界上億萬的眾生仍然感受到痛苦、迷惑和輪迴，他們相信自己認為的必然性和確切的真理，而沒有認識到自己是如何製造了痛苦。

當空性和慈悲雙融，我們不會束縛在痛苦的相對現象中，也不需要去分析它，不再用自己有限的、概念性的智力去思維它。明智的心會用慈悲回應一切，同時智慧會認識出當下真實的空性。當人們敘述他們的不快樂，我們不需要陷入故事情節，我們能夠幫他們分析出他們如何自造了痛苦，也能感知到他們的妄念讓迷惑看起來堅固不變。我們認識到現況無實體的本質，卻發現人們仍困於破壞性的習性，因此會向無力脫離自己困惑的人伸出援手。

認識空性會彌合自他之間的分隔，這展現出來的便是空性和智慧的雙運，也就解釋了為什麼證悟者的事業可以廣大無邊，而一般的社會活動家總是忙碌得筋疲力盡。如果我們對自己善行加以概念性、量化和自我的思維，立刻會認為眼前的工作變得無比艱巨：「我必須完成那麼多工作。」挑戰頓時顯得難以克服，需要投入的努力超出了我們的能力範圍。我們可能會絕望或變得任性和有壓迫感，試圖證明自己的承諾和付出，能夠勝任某個特大的任務。

然而，每個關於我們的工作如何重要、非凡，以及能否完成它的概念，都是受概念性思維的束縛。就像我們的願望受阻，阻礙它的是有關我們所作所為，和我們能做什麼或該做什麼的想法、錯覺和預設的概念，這些都將讓我們精疲力竭。工作和工作者都被客體化和量化了，這樣的情況不但沒有無量可言，而且還增大了疲累感。

空性讓無量成為可能。當我們把空性帶入思想和行為，整個情況便靈活起來。曾經覺得真實而具體的經驗，現在變得如夢一般。如果我們在夢中看到某人在受苦，我們立刻會採取行動幫助他減輕痛苦，但同時不會陷入戲劇化情節，也不會把自己的行為和我們自己看得太認真。我們可以全身心的投入為他人福利的工作，同時認識到整個過程都是從自心生起。

一位學生曾經問一位佛教大師：「當你證悟的時候，你還會痛苦嗎？」

「會的。」大師回答道：「當我太太去世的時候，我哭泣了很久。但我的眼淚沒有根基。」

眼淚無根。當證悟空性，痛苦不再對我們有束縛，痛苦不再從習性或神經衝動而來，它也不會讓我們對痛苦和自憐的執著持續下去。

如果我們失去對空性的洞見，那麼菩薩的誓言不只是不可思議的，也是不可行的。要真正達成誓言，我們必須對空性有所體認，即使那意味著是一個信念的飛躍。沒有任何經驗的話，空性也只是另一個概念，因為我們抓住的僅僅是概念，所以仍然流轉於輪迴之中。

一旦我們理解了菩提心，所有的修持都將成為無量的，而且是波羅蜜的展現，可以超越輪迴。如果沒有菩提心攝持，即使我們修持布施，那也不會是無量的，也不能帶著究竟的動機，激勵幫助眾生趨向究竟解脫，邁向證悟。

放下我執而利他——迴向功德

接下去，我想介紹一個關於菩提心非常重要的內容。每一座修持結束的時候，我們都要「迴向功德」，念誦的文字根據不同法本有所出入，但共通的內容是：「將我所積諸善德，迴向眾生常安樂，究竟解脫輪迴苦。」

從現在開始，我們可以在修持四個思維，或在開放的覺知中安住之後，迴向功德。之所以在這裡解釋迴向，是因為它和菩提心的關係，以及在每一段修持之後——無論什麼修持、修持多久，一定要迴向。如果一天之內我們修幾座法，那每一座法修持完畢都要迴向。迴向是用最簡潔的方式，確認我們要放下我執和為利他而修持的意願。如果我們不將自己所修功德迴向出去，而堆積在心裡，就像吸附於船底的藤壺難以除去，成為拖累我們的我慢。迴向功德，使我們確信自己沒有用佛法修持，為自己帶上另一頂帽子。

迴向功德，也是一種讓修持帶來的利益「蓋印封存」的方式。沒有迴向，我們所作的任何功德善行，都只會有短期效應，很容易流失。透過迴向，我們的祈願延伸出去，使修持帶給自他的利益成倍增長。

迴向功德是我們修持最甚深的特性之一，但它並不侷限於只發生在正式修持之後。我們可以在經驗任何正面的事情之後作迴向，無論那是一個社會活動，或是樂捐善款，甚至在音樂廳為他人表演，完成一首詩，或在高山的湖泊游泳之後，都可以迴向。重點是不把正向經驗所帶來的利益和效果，只保留給自己，產生障蔽自心的我慢和自滿。執著於修持所帶來的功德，就像前進一步緊接著卻又後退一步，在正式和非正式的修持之後都迴向功德，會保持我們逐步向前。

請不要忘記在每次修持之後這樣去作，還要記得：所迴向的功德，是利益包括自己在內的一切眾生。

第九章　淨化過去的自己——金剛薩埵

金剛薩埵淨障的修持，可以消除堆積如山的惡業，
突破萬劫的負面障礙和遮蔽，只要我們全心全意，真誠的投入
這個修持，無論過去或現在世的業習多麼頑固惡劣，都會被淨除。

到目前為止，我們已經透過轉心四思維，建立了離苦解脫的心，然後透過外在的佛、法、僧連接上真正的皈依處——自己的佛性。認識到痛苦的成因和特徵，我們開展出幫助一切眾生解脫痛苦的願望，帶著這個放大的動機，我們希望排除認識內在本然清淨的任何阻礙，清淨掉覆蓋在鑽石上的每一點泥污。

從究竟的觀點來看，既然我們是純淨、完美和一塵不染的，那我們要清淨的是什麼呢？我們要清淨的，是認識不到本自清淨的無明。此時我們一如既往的純淨，但我們不能接受這個事實，所以必須淨除心中的迷惑，直到認識自己原本的清淨。這是為什麼我們要修持，且為了完成整個修持，我們向淨除覆障最有力量的金剛薩埵祈請。

在噶瑪噶舉傳承裡，金剛薩埵是一切諸佛的總集，特別受西藏人的尊崇。證悟之前，他也跟我們一樣，是輪迴中迷惑的有情眾生，後來他開展出為了利益一切眾生，而證悟的菩提心和

誓言，他的誓願還特別加上一點：「當我證悟成佛，一切眾生只要眼見我的形象，耳聞我的名號，或持誦金剛薩埵咒語，都能淨除他們的覆障、無明、負面和損壞的誓言。如果不能依此修持而得解脫，我便誓不成佛。」

我父親曾告訴我：「一根火柴可以燃燼一座山的乾草，金剛薩埵的修持力量也如此強大、有效。」金剛薩埵淨障的修持，可以消除堆積如山的惡業，突破萬劫的負面障礙和遮蔽，只要我們全心全意，真誠的投入這個修持，無論過去或現在世的業習多麼頑固惡劣，都會被淨除，就連佛陀時代的殺人惡魔央掘魔羅也不例外。央掘魔羅殺了九百九十九個人，這樣的罪大惡極也不能阻止他成就，因為他成為釋迦牟尼佛的弟子，把凶狠的暴徒之心轉化為覺醒的佛心。

這個修持所能帶來的可能性相當有吸引力，你不覺得嗎?當我年幼的時候，對作大禮拜很懶惰，但我很喜歡金剛薩埵的修持。（我們可以稱它為「淨障的修持」，也可以說是「金剛薩埵的修持」，因為這一階段的前行要持誦咒語，所以有時也稱之為咒語的修持。）

淨化無分大小事

在前行修持中，皈依運用了觀想等金剛乘的方法。然而，皈依或是轉心四思維的方法，在佛教其他的派別中也很常見。生起菩提心，我們進入了大乘佛教的世界。自此，無論我們在做什麼，任何事包括座上修持，或在路上行走、候機、吃飯、睡覺，都能讓「為利眾生而證悟」

的願望不斷加深和增長。

金剛薩埵的修持，帶我們進入了大乘的兩個修持之一：淨除業障——專注於金剛薩埵的修持；以及累積功德——曼達的修持，也是下階段要修持的。這個步驟是跟隨「藏傳大乘佛法」，就是我們如何一步步深入藏傳佛教的傳統。金剛薩埵的修持，是金剛乘藉由特殊觀想金剛薩埵和念誦百字明咒，來達到淨除業障的目的。

儘管習氣的力量讓我們的行為漏洞百出，但當我們逐漸穩定自己的意願和動機，佛法會一步一步的，讓我們的人生真正有所改變。然而，我們可能有時還會感覺舉步維艱，就像一隻腳被固定住了，或者我們已經更能認出和接受自己的神經質和我執，即便知道離執這個振奮人心的目標，依然不能繞過負面行為所造成的內心障礙。

這裡有個提醒：不要傻傻的認為自己的惡業，跟央掘魔羅相比微乎其微，因此就沒有什麼可淨化的。我們作的是修心，對著伴侶孩子大吼大叫、邪淫、傷害動物，包括開車時無意間殺死了昆蟲，甚至惡念，都會影響我們心的平靜。心理和生理的活動造成心的煩惱，就如同水波破壞了湖面的平靜，它們渾濁了清晰的感知，在心裡留下干擾我們走向自由的因素。不淨除這些惡業，就會像翅膀負重的鳥在飛翔，我們勤懇的努力，卻不敵情緒的包袱和負擔。過去的經歷會把恐懼、創傷、愧疚和懊悔固化成塊，堆積在我們內心，如果只是會說：「噢，但它們究竟、本質上是空的。」這對我們沒有幫助，空性不是一個想法，而是活生生的經驗，糾結在身心的緊張，會阻礙我們的覺醒。

沒有什麼需要丟棄的

和皈依誓言一樣，金剛薩埵的修持也包含世俗（相對）的層面，和究竟（絕對）的層面。在相對層面上，針對的是由無明和根本無明引起的不善行，央掘魔羅就是一個極端的例子，但他也示現了如何將負面業力轉化而非丟棄。這就像堆肥，我們把惡臭的垃圾收集起來，不讓卡車把它載走，而是認識出它所具有的正面性，讓惡業轉化為心的養分。很多金剛乘修持都是運用我們所有的——甚至惡業，讓它們成為無價的轉化來源。當我們真正領悟到：其實人生中沒有什麼是需要丟棄或掩蓋，或是透過精神手術切除的，那麼這條法道會變得相當令人喜悅。

從絕對層面的見地來看，修持者、修持者所祈請的對象、修持本身，都沒有本質上獨立的特性。究竟上，我們和我們所有的行為都是空性的，金剛薩埵是空性的，我們的祈請、發願是空性的，究竟也沒有過去或未來。理解物質在本質上的空性，是最好的淨障，然而，只要我們還活在相對世界，我們生活關聯的就都是來自相對層面，而我們也能從相對的修持中獲得利益。但是，保持一點絕對的見地，還是重要的，儘管它比較模糊。因為要證悟，我們必須清淨認為自己本質不是空性和清淨的看法。

在修持中，金剛薩埵坐在我們頭頂上方，開始的時候我們可以用二元的方式：「我向他祈請。」這會慢慢消融金剛薩埵和自己絕對無二元的融合中，修持的時候，想像自己變成了所祈請的本尊，這不只是在練習時暫時發生的融合，這是我們相對的自己外在不淨形體，和絕對自性的無瑕清淨之間，真實、持續、無別的不二顯現。

真實本性始終如一

從跟很多學生的交談中，我發現他們抗拒負面業力能轉化為中性的可能性，更別說可以轉化為正面業力了。人們對某些自認為不可原諒的行為，帶有極大的罪惡感，如果內疚和羞愧是對負面行為適當的反應，那在他們看來，自己不再感到內疚和羞愧，是非常令人憎惡的。然而，這種思維讓心忙亂得轉個不停，對自己和他人重複講我們的故事，不會讓我們學到什麼。

對大多數人而言，這種殘留在內心的干擾，完全融於造作的自我，而要想將它們分開，就變得極其困難。如果我們運用身為人的優勢，便能認識我們如何把這些內心的造作黏合在一起，又如何可以將它們分離。理解到這點，整個修持就是可行的了。如果我們帶著一個感知為堅固、緊繃、恆常的自我開始淨除業障，進展會很遲緩，但是有了觀修無常的準備功夫，我們可以認識到：任何行為都是可以淨化的，因為覆障只是一個暫時經驗的殘留物。我們的佛性就像清淨的水，如果水中有雜質，那是可以淨除的，因為水的本質一直是清淨的。無論鑽石上泥污多麼厚重，鑽石的真實本性始終如一。

咒語不是凡夫的語言

在這個修持過程，我們念誦金剛薩埵的咒語，向本尊祈請，這裡是第一次在前行中引入咒語的修持。梵文的 man 意為「心」，tra 意為「保護」，持誦咒語保護我們的心，不再因認同瘋猴子心而受干擾，也免於周旋於自我為中心的喃喃自語。咒語是修止的另一種助緣，它消融心的自我對話或談論自己的習慣，集中渙散的心力，儘管心裡嘰哩呱啦一番也能兼併，讓瘋猴子心的聒噪給自我放個假，就像看場電影可以讓我們停止考慮自己一兩個小時。然而，封鎖或打壓自我，不會帶來轉化的價值，但咒語能夠幫助我們，因為咒語的文字不是凡夫的語言。

咒語的音節字母，都象徵著諸佛證悟的特質、加持、智慧和慈悲。過去無數證悟的大師，在過去幾千年持誦這些咒語，並將它們流傳下來給我們，因此咒語被認為，是帶著世世代代成就者們的加持。這些加持展現了正面內在聯繫的巨大力量，諸佛菩薩、證悟聖者、傳承祖師以及上師們，在我們聽到這些咒語之前，已重複了這些咒音千百萬次。念誦這些文字，聆聽它們，重複持誦它們，自然產生和證悟者、傳承持有者、上師和弟子的業緣聯繫。咒音本身就是神聖的，不只是它的含義，為什麼我們說：「即使你不懂它的意思，聲音也會對你有幫助。」這就是語業或者說聲音的業力展現。

從勝義諦的角度來看，凡俗的文字是空性的，經典的文字也是空性的，所有的聲音和加持也都是空性的。但同樣的，這不意味著相對層面的價值沒有利益，水是空性的，但能為我們解渴。

我們從身、語、意三個方面製造了惡業，雖然我們的身心也在修持，但因為咒語的持誦，金剛薩埵的淨障修持重在口業。透過禮拜，我們修持身業；透過覺知和觀想，我們修持意業。然而，核心的修持是百字明金剛薩埵咒語，這一階段的修持被認為是淨化負面的口業：妄語、綺語、惡口等等。

除了淨化口業，這個練習也可以用作淨化任何其他部分的業障：創傷、不好的記憶、反覆出現的惡夢。它也可以淨化負面行為的因，比如嗔怒、嫉妒、貪婪，和其他破壞性的衝動。當我們說「這個修持」可以做到這麼多很棒的事，意思是要用我們自己的努力、意願和祈請，轉化的力量來自內在，要依靠對自己能力的信心。

我們要大聲念誦咒語，儘管聲音最後也會低沉下來。當我們很睏倦的時候，要提高音量來振奮自己；當和別人坐在車子或飛機上，可以重複默念咒語。當今世界是用話語連接的，我們隨處都可能用到收音機、電視機、網際網路、電子郵件、手機簡訊等等，當我們認識一切現象的因緣關聯，並將其運用到語業，就會看到我們能展現的巨大力量。

四力懺悔

透過金剛薩埵的修持，我們承認自己過去給自他造成痛苦的行為。通常，有效運用減輕負面感受的方法，會讓我們無法面對自己，因此我們需要幫助。在這個修持中包含了四種方式的淨障：依止力、出罪力、對治力、防護力。我們依照這個有邏輯關聯的順序來認識它們。

一、依止力

依止力有兩個方面。第一是願菩提心：「為什麼我要作這個修持？是為誰修持？我是為了修持淨障，以達到證悟及幫助一切眾生證悟。」如此建立我們無量的動機，加強我們的誓願。這個依止力來自於我們自己。

第二個依止力來自於金剛薩埵。修持中我們觀想他坐在我們頭頂，金剛薩埵成為我們發露懺悔的對象。當我們為修復今生或前世、有意或無意間，造成的身心破壞或損傷而努力，他就是我們穩定、不評判、慈悲的見證和支持。我們面對金剛薩埵，而他反映出我們以慈悲、智慧和平等捨，見證自己負面行為的勇氣，並幫助我們連接上自心的清明。

觀想金剛薩埵

金剛薩埵與我們同一方向坐在我們頭頂，象徵明空雙運。我們想像他全身是透明的白色，熠熠發光而沒有實體，像彩虹或全像攝影，生動但空靈。他的頭偏向左邊，面容寂靜，略帶微笑。記住！不要讓觀想太逼真，要開展出近似活生生的金剛薩埵的形象，但不在細節上造作。要能做到有效且有轉化性的練習，我們對金剛薩埵存在的確信是關鍵的因素。

在我們頭頂二到四英吋的高度，有托著月輪的白色蓮花。蓮花代表住於輪迴卻不染著，以及諸佛證悟事業的展現，蓮座上的金剛薩埵，雙腿輕鬆彎曲放在身前，右腳略微向前伸出來。他的右手托著金剛杵，置於胸前，左手放在他左邊大腿上，握著口朝上的金剛鈴。金剛杵象徵慈悲和明性，金剛鈴象徵空性和智慧，整個形象是明空雙運的展現。金剛薩埵以單獨的本尊身出現，但從他心間放射出光芒，邀請智慧尊融入，而他成為諸佛的本質。

倒立的金剛薩埵

當我還住在那吉寺的時候，就跟父親修持金剛薩埵。開始的時候，我不能夠把金剛薩埵觀想得很清晰，有時候我太用力而使得心中一片空白，我向父親訴苦說自己作不到這個修持。父親告訴我：「放鬆你的心，你太過用力了。」

我遵照父親的指導，幾周之內我的金剛薩埵形象變得非常清晰，完美極了，太棒了！我回去告訴父親，現在我把頭頂的金剛薩埵觀想得非常好了，我能把蓮花月輪、顏色、鈴杵……都觀想得清清楚楚了。

父親說：「噢，那非常好。現在觀想倒立的金剛薩埵。」

我無望而垂頭喪氣的離開。幾天之後，我告訴他：「我真的試過了，但還是不能觀想出倒立的金剛薩埵。」

「想像不是真實的。」父親解釋道：「那就像月亮在湖面的投射，它會移動，會改變，會像波浪般起伏，那就是它的本質。你不需要把形象抓得死死的，想像出完美的形象，並不是重點，更重要的是能感受到佛菩薩的存在。」

始終嘗試感受諸佛活生生的存在，這比完美的看到圖像更重要！

二、出罪力

歷史上佛陀有四位弟子，他們個人的經歷演變為這個練習中的四種力量。四位弟子中，央掘魔羅的故事最為人知曉，也最戲劇化。央掘魔羅的老師是著名的塔克西拉大學的教授，在老師的誤導下，央掘魔羅決定殺死一千個人。他殺死九百九十九個人之後，脖子上掛了九百九十九根手指，他的名字央掘魔羅就是「指鬘」的意思。這時他看見前面出現了一名比丘，他追上前去，儘管比丘保持著同樣的速度，可無論央掘魔羅跑多快，都追不上他。

最後他對著比丘大喊：「你等等！」比丘繼續往前移動。他又叫：「你為什麼不停下來？」比丘沒有轉身，對他說道：「我已經停了，央掘魔羅，你也應該停下來。」

「真奇怪。」央掘魔羅想：「他說他已經停了，但他還是在走，難道他是個打妄語的比丘？」

央掘魔羅繼續快跑，比丘繼續慢行。遠遠的，央掘魔羅對比丘叫到：「你說『我已經停了』是什麼意思？可你還是在走。」

比丘回答道：「我已經停止為自己和他人製造痛苦了，但是你，央掘魔羅，還帶著內心的恐懼和痛苦在奔忙著。」

央掘魔羅一聽，心想：「哇！他知道我的狀況呢！他明白我的心。」比丘慢下來，央掘魔羅追了上來，他看到了——釋迦牟尼佛。佛陀面對這個脖子上掛著九百九十九隻手指的人微笑著，有很長時間都沒有人對央掘魔羅表示善意了，此時他的殺人惡念全部消散殆盡。

佛陀說：「你必須停止殺戮，你在給自己和他人製造無法計量的痛苦。」當下他明白，原來是被自己的教授設計了，立刻對自己的行為產生了極大的慌亂和恐懼。

那時，央掘魔羅不可能想到，在他所作所為中有一絲一毫的價值，我們應該也難以看出央掘魔羅的行為有任何智慧。我們平時不會在自己和他人不好的行徑中，發現好的方面，這是錯誤的，因為總是會有一個優點的，即使像央掘魔羅這樣的殺人狂也是。每個負面行為裡都含有可淨化的種子，沒有所謂絕對負面的事情，也沒有絕對的惡業。不可能有！

這不是振奮人心，讓人感覺良好的心理治療，這是法的真理。如果我們不相信最惡劣的行為都有被淨化的可能，那麼我們就不能接受無常的相對真理——它和空性的絕對真理同在。沒有事情保持不變，惡業也一樣，淨化的種子是否能成熟，取決於我們如何對待自己的負面業力。但是，我們必須帶著確信的知道：我們自己就體現了淨化的能力，就如同我們體現了解脫的可能。佛陀看到央掘魔羅清楚的認識到自己的困境，並對自己的行為承擔責任，真誠的發願要改悔。

央掘魔羅見到佛陀後不久，剃度出家了，雖然他發誓將來絕不再殺生，內心仍然被過去的行為所折磨。佛陀向他解釋空性的真理，一切現象的無常本質，以及淨化的能力。但佛陀不能揮一揮魔杖，便洗去央掘魔羅的惡業，恢復他的清醒。央掘魔羅有他的功課要完成：將愧疚和懊悔轉化為正面的特質，這是他特別的挑戰。因為他殺了那麼多人，我們可以想像他要面對的，是如山一般巨大的挑戰，最後央掘魔羅用懺悔，將內疚和羞愧轉化為智慧和慈悲。央掘魔羅的轉化，奠定了趨向淨化的基礎，在前行裡面，我們稱之為出罪力。

當我們的行為觸犯了自己心裡的對錯標準，像央掘魔羅一樣，我們會感到愧疚和汗顏，但這種感受不一定會防止我們重複同樣的行為，或促使我們承諾要淨化自己的惡業。總而言之，懺悔的感受會帶來改變的可能，我們認識到自己製造的痛苦，希望那沒有發生過。我們誠懇的祈願未來不再做，我們也發願要清淨造作的不善業。

我們不會記得今生每個細小的過失，每個善意的謊言，或每個殺害的小蟲，當然我們更不可能記得過去世自己做過些什麼。所以，不要卡在細節上。我們可以祈願清淨今生和前世任何一個惡業——為了利益眾生，並帶領他們證悟。

懺悔和愧疚的差別

讓我們區別一下懺悔和愧疚的差別。央掘魔羅的例子太極端，所以想像一個比較貼切的情況，比如一個至今仍讓你難以釋懷的事件，或一個攸關生死的經歷，或偷盜、妄語、邪淫。把一個具體的事例帶到心上，想想平常你是如何看待它的。我們都經常試圖逃避，心裡出現這件事，但立刻躲開它，不去想。當一輛貨車從你旁邊塵土飛揚的開過，你會立即以手掩面，就是這樣躲避的行為，心也是經常這樣回應愧疚。以前的畫面或我們的行為在心中回溯，攪動太多的厭惡感，而讓我們不想正視，但無論如何，我們都會被它干擾，我們的心被這種感受抓住，不能釋懷。

另一種對類似干擾內心平靜事件的回應方式，是自己在心裡一遍一遍重播。第一種方式是不能直視，第二種方式是一直不停的去想它。負面情緒與其相關的念頭會重複生起，但最後都不過是另一部我們主演的內心人戲。我們一再重複的看著自己，絮絮叨叨的自責，沒完沒了。

所以，我們要如何用懺悔來減輕痛苦，而不是讓自己一直深陷愧疚？那就要透過智慧的覺照。我們將愧疚從懺悔中剝離，愧疚的焦點是個人的情緒反應，這會導致情緒成為人生的主線，不留修正的餘地。

試著不帶評判的直視一個帶來麻煩的行為，不要試著去理解、評判或改變它，只是重新看著它，帶著止的安住心，像在觀禮臺看著遊行，或是站在岸上看著河水而不被它捲走——只是看著發生的情況。過程中或許會帶來很多情感沖擊，但我們同樣用覺知有所緣的禪修方式面對。

記住：金剛薩埵一直都坐在我們頭頂，護念和支持著我們的努力。他也同樣目睹我們所看到的，而不帶評判。他的慈心和悲心，不會分別「受害者」或「作惡者」，因為他見到我們本質的清淨，所以也祈願我們能見到自己本質的清淨，他無有分別的為一切眾生的證悟祈願。有著如此殊勝的依靠，我們去審視自己的行為，止的禪修幫助我們更容易發現心是否散亂，或被故事情節抓住，或跌入厭惡而逃避不去看。嘗試在行為和演繹出故事的情緒糾結之間，是否能創造出一些空間，看一下自己能否打破，情緒能量助長行為的習性模式。

依此懺悔，幫助我們認識自己過去的行為，以及現在能對此做什麼。懺悔帶來對自己過去負面行為的認識，這個認識成為我們的輔助，而金剛薩埵成為我們將不善行矯正為善行的途徑。懺悔，而非糾結在羞愧內疚的情緒責難，讓業障得以淨化，由此幫助我們向前邁進。

殺了蚊子該怎麼辦

很多學生用金剛薩埵，來淨化自己造成無數昆蟲、飛蛾、老鼠或螞蟻死亡的惡業。我聽說了很多不同除蟲驅蚊捕鼠的手段，我都能作驅除蠅蟲的顧問了！一次有個學生到菩提迦耶，來上為期一個月的寂天菩薩《入菩薩行論》的課程，一天晚上，她在房間學習的時候，被一隻蚊子叮得怒火爆發，當那隻蚊子停在天花板上，她順手將《入行論》朝牠扔了過去，只聽啪的一聲，天花板上留下一塊她無法清洗乾淨的紅色。接下來的日子，那就是折磨她的一點提醒，尤其捧著她衝動之下選用的凶器，更是令她懊悔不已。

有些人養貓來捉老鼠，這樣他們自己的業就清淨了；有人把他們的貓留在室內，防止牠們捕食獵物，同時也防止牠們造業。關於昆蟲螻蟻之類的修持，有一個要點——不要被細節弄得手足無措。通常細節都不是重點，尤其在這方面，如果你試著回憶每個誤殺蟲蟻的事件，窮其一生也數不完。保持單純的一念：「我真心對傷害或殺死的生命抱歉。」

偷竊珠寶的財務經理

人們總是在生活受挫的時候，來到佛法中心。我所知道最極端的一個例子，是和一位有偷盜癖（偷竊強迫症）的人有關。有一個女人經常去百貨公司，偷竊價值上萬美金的珠寶、耳環、戒指和手鐲，她曾經是一個公司的財務經理，所以她偷竊並不是因為缺錢。她也明白這是病態、癮頭，但就是無法控制自己。她個子很高，長長的黑髮在腦後挽成一個圓髻，渾身都很有富貴的派頭和自信的姿態。正因為如此，她看起來不像小偷的類型，一般店員都沒有留意她，以至她偷竊了很長時間都成功了。直到有一天，監視器拍到了她把一條昂貴的項鏈，放進自己的皮包。她結婚二十多年的丈夫，根本不知道她有這樣的惡習，她被捕的事在新聞播報的時候，她正值青春期的孩子都震驚了。這之後，她再也沒有偷竊，然而一生就這麼毀了。

和央掘魔羅一樣，這個女人也必須學習回顧她以前一幕幕的惡行——像老電影的靜止圖像，直到她可以把行為和對行為的情緒反應分離開來。一旦我們可以讓心安住在對所回顧的行為的覺知，不再屈服於嫌惡或執著，那我們就能夠從懺悔中生起智慧。如果我們一直對曾經的所作所為害怕去想，或被羞愧丟臉的情緒力量壓制，那我們無法真正的估量我們的行為。現在，當我們可以冷靜的審視，和認識它們的負面影響，就可以使懺悔成為改變的催化劑。同樣的，金剛薩埵在那裡支持著我們，懺悔讓我們可以理解和接受自己行為造成的傷害，而不被事件的情緒熱浪席捲。

懺悔的力量，也能夠對治從惡行生起好的感受。例如，透過詭計陰謀戰勝了對手，會讓人生起自滿或驕傲。如果我們對自己成為騙局的主謀喝彩叫好，我們就不可能改掉傷害人的習慣。如果把自己奉為促成對手失敗的英雄，只會加劇負面情緒的力量，而它才是我們真正的敵人。

修持的實用要點

儘管懺悔的力量很大，但不足以清淨累劫的惡業，我們還需要對治力，這是下一節要討論的內容。在這兒，我想提幾個關於修持的實用要點。

當我們修持金剛薩埵，我們先要生起菩提心，清楚自己為什麼要作這個修持，為了誰而修持，以及我們的願望是什麼。這是第一個部分——依止力。

第二部分：出罪力，我們想像金剛薩埵在我們頭頂，這時，可以用一兩分鐘回想，一個造成愧疚和汗顏的具體行為。如果有時間的話，可以用五到十分鐘回顧整個事件，但不要捲入細節。如果我們面對的是一個特別困難的情況，給自己多一些時間，如果我們的情況類似央掘魔羅，那你就要為此花大量時間，在這點上沒有固定的要求。

在進入第三個部分對治力之前，清楚的知道我們想要淨化的是什麼行為、情緒或病症，是很有幫助的。我們可以用一般的祈願來進行思維：「對我過去知道或不知道的眾生，所造成的傷害，任何由此累積的惡業，我祈願，為了一切眾生的利益，現在都將它們懺悔清淨。」

這樣就可以了，或許還會有變化，有些人從這樣的祈願開始，又發掘深藏在內心的一些特別事件，但我建議，如果有任何在記憶中浮現的事例，就可以立即用它作修持。

懺悔讓我們對淨障有了迫切感和決心，現在我們準備作實際淨障的修持。

三、對治力

對治的意思，是向負面相反的方向運作，跟水澆滅火、光明驅除黑暗同理，這裡我們用觀想和咒語，來對治負面業力。金剛薩埵真實的顯現，卻又如同鏡中的反射，他不具血肉之軀，也沒有實體。在金剛薩埵的心間，我們想像一個月輪，月輪上立著一個和金剛薩埵身體一樣白色半透明的「吽」字。

圍繞著「吽」字，是百字明咒逆時針方向繞旋排列。咒語象徵著悲智雙運，也象徵諸佛、成就者和我們的上師、導師的本質。當我們持誦金剛薩埵百字明咒時，我們的虔敬力和信心觸動金剛薩埵心間的咒輪。

金剛薩埵百字明咒開始是這樣念的：嗡．班雜薩多．薩瑪雅．瑪怒巴拉雅．班雜薩多……咒語有用各種文字拼寫的不同音譯寫法，也有不同的翻譯。因為單單只是咒音，就被認為具有顯現、產生和賦予加持的能力。很多人持咒而不知道它的意義，但我認為，雖然不必逐字逐句理解，瞭解我們大概念的是什麼，對修持會有激勵的作用。基本上，持誦這個咒語是從心底祈請金剛薩埵幫助我們認識、面對和放下，任何對認識清淨本性的阻撓和障礙，這是很個人的祈請：「金剛薩埵，我向您懺悔……不要捨棄我，請支持我，讓我平穩的度過面對自己錯誤的挑戰。」咒語中向金剛薩埵祈請不要捨棄我們，實際是在請求我們不要捨棄自己，不要對自己放棄。持咒的過程中，百字明咒逆時針圍著吽字旋繞，證悟者共有的智慧化作白色的甘露，順著咒輪繞旋而流出。咒語可以在整個修持中任何時候持誦。

這白色的甘露不太像水更像流光——鮮亮、閃爍和透明，甘露是一切諸佛的精華，也是所有證悟聖者智慧和慈悲的精華。當然，智慧不具形狀和顏色，慈悲也沒有形狀和顏色，當我們以觀想為道，可以自由的為智慧和慈悲賦予形態，為的是激勵自己的修持。

甘露從安住在我們頂上的金剛薩埵心間吽字暨百字明咒鬘流下，漸漸由金剛薩埵的腳趾向上充盈到頭，直到充滿他整個身體，再由金剛薩埵腳趾往下流出，經我們的頭頂梵穴流入我們全身。甘露所流動的是智慧、慈悲和金剛薩埵佛心的力量，充溢在他半透明的身體裡面。當甘露充盈到他的心間，連「吽」字和百字明咒鬘，也沉浸於甘露之中。最後，金剛薩埵整個體內都充滿了甘露，持續流出的甘露，從他的右腳大拇指流出，進入我們的頭頂梵穴，再流入我們全身。

甘露灌頂

我們想像甘露滲入我們的每一吋肌膚，每一個細胞，到身體的每一個空間：眼球四周、鼻腔、耳朵、喉嚨、口腔及整個腦部。它注入我們的肌肉骨骼之間，與我們的血脈一起流動，沁入我們的骨髓。一邊念誦咒語，我們一邊如此清晰的想像。

同時，我們想像一切曾經傷害自己和他人的行為，我們所有的愧疚、難受、身心病痛，全部被沖洗，以黑煙、泥漿和像墨汁混合灰土的污泥形式，從每個毛孔、七竅排出去。污垢從我們身體的裡裡外外流到腳趾，而後流入大地之下，被中和在一起。

甘露流下的功用是清淨和轉化，帶著化現為金剛薩埵的諸佛的幫助和加持，以及我們真實的懺悔，我們請求本尊和我們自己賜予淨障。但是，修持的意願、動機和努力，一定要來自於我們自己。

如果你有生理疾病，比如肺部感染、腫瘤、牙痛或背痛的問題，你可以在甘露降下的時候，把注意力帶到這個病痛或不舒服的部位。持續的念咒，但讓你的覺知保持在患病的部位。接著，你想像甘露清洗病痛的部位，然後病痛化為黑煙排出你的身體。這個修持對改善身體的疾病很有效果，但請不要讓它完全替代醫療診治。淨化的效用取決於我們的意願和動機，但也有賴於我們的能力。儘管我們能達成的潛力無限，但我們此刻的能力或許還是有限的。

任何善業都有幫助

在此我想補充一點：任何以幫助他人為意願的行為，都會對惡業有幫助。就像光明驅除黑暗，布施削減慳吝，善行遮遣惡行。所有六度——布施、持戒、忍辱、精進、禪定和般若，都能消除負面力量。不殺生、不偷盜、不妄語等十善業也是同樣的道理，任何累積善業的行為，同時也能夠驅散或消融惡業。因此，在金剛乘前行觀修中的甘露淨化，不是唯一對治負面業力的方法。

修持的利益

我們透過金剛薩埵的修持，獲得淨障的利益，但這個修持同時還會帶來幾個正面的結果。

1.有助止的修持

觀想本尊有助於止的修持。我們可以安住於本尊整體的圖像，也可以選擇特定的部分，作為我們覺知的助緣。或者我們可以用甘露流進自己身體的感受，或是黑煙泥污從每個毛孔流出的感受，或是咒音，都可以作為覺知的對境。我們也可以讓覺知從對境移開，安住於無所緣。大致來說，所有這些修持都是在培養覺知，因為是覺知讓我們的日常生活，從迷惑重新導向清明。沒有禪定的覺知，我們無法達到，因此，沒有比覺知更有利益的了。

2.對治惡業

因為我們的動機是菩提心，透過祈願一切眾生能證悟解脫，帶給我們善業，就這個善德本身，已經是我們惡業的對治。

3.生起智慧

在觀想金剛薩埵的過程中，我們修持了觀，用想像的力量，生起和消融金剛薩埵的形象，提供我們機會去瞭解，我們的心每天是如何運作的。現象在我們心中持續的生起又消融，而平常生活中，我們沒有鼓勵自己以此去探索，我們需要一個可以創意實踐自心的實驗室，觀想的練習，提供了這樣一個實驗空間，並幫助我們認識：色相從來沒有離開過空性。這就是明空雙運，而認識到這點就是智慧。智慧認識了空性，也認識到空不異色（明性）。

對色身從空性生起的認識，以及對明空不二的認識，都需要智慧。達到這個認識的智慧，也更進一步培養、深化和穩固了智慧本身。透過止的修持所培養的覺知，輔助這個認識的開展。

4.累積功德

透過為利益他人而淨除我們惡業的祈願，我們累積了功德和福業，這是跟具體的行為相關聯的。當我們加上菩提心的祈願，就將動機擴大至為了認識自己的真實本質，而為自他帶來究竟的解脫，我們要淨除業障。

咒語的發音要清晰

當我們開始咒語的修持，很重要的是，即使速度很慢，也要清晰的發音持咒。我們要嘗試清楚的念誦，直到能夠兼顧聲音、文字和感受。開始的時候，念完一圈佛珠（一〇八遍），可能需要一小時。那沒有關係，不要著急，當我們掌握住了，就可以很快速的念誦，儘管聽起來似乎有點含糊，但音節都應該清楚。阿底峽尊者告訴我們，咒語的加持不是靠完美的發音來體現。

有一次阿底峽在西藏，他的脖子上長了瘡，這些瘡大到讓他很不舒服，於是這位印度大師到了一間很大的寺院，請求他們特別為他修法淨障。這座法要念誦一個很長的咒語，而咒語的音節都是用梵文書寫的。僧人們都知道阿底峽是梵文的大學者，但他們還是用藏文的譯音念誦咒語，這就像西方人用英文音標來讀藏文，我可以想像發音會多麼滑稽。

當阿底峽聽到西藏僧人重複念誦的梵文咒語，大笑起來，而他的瘡在這樣一笑之下都破了，就徹底痊癒了。「咒語的發音不正確，」阿底峽得出了結論：「但咒音所含的加持是無誤的。」

持咒的次數

完整念誦一圈念珠的金剛薩埵咒語，也就是一〇八次，並不一定要配合甘露的淨化。想像甘露從頭頂流注到腳底的同時，可以念誦幾圈念珠，也就是三百或四百次長咒，或念誦一〇八遍咒語中，可以重複多次的觀想甘露從頭流下。你可以嘗試不同的方式，找到適合自己的，這兩者可以靈活交替。不管怎樣，你的前行導師給你一萬次還是十一萬次的念誦，這是指重複咒語的次數，而非甘露流下的次數。

將修持擴展及他人

讓我們的修持擴展到其他人，我們想像所有眾生站在我們身旁一起皈依，但現在，想像每個人的頭上都坐著金剛薩埵，或者，你可以觀想你自己代表了所有的眾生。我們所作的任何祈請，眾生也如是祈請；任何我們達到的成就，眾生同樣達到；任何我們接受到的加持，眾生也接受到了。

我們也可以為一個特定的對象作這個修持。如果認識的人正在生病，或是受著負面情緒的折磨，我們可以想像金剛薩埵在這個人的頭頂。當我們持咒的時候，甘露從他的頭頂注入身體，淨化他的覆障。這對於因為我們過去的行為，而承受心理或生理痛苦的人，是很好的修持。

成為金剛薩埵

當業障從我們身體緩緩流出，這個淨化的過程，將我們轉化為彩虹一般的智慧身，消融了甘露和自身、金剛薩埵和自己的一切差別。這有點像煉金術的過程，心臟、手臂、指甲、手指，全身內外都被兼容。我們的身體不再被經驗為血肉之軀，而是光和能量。在對治力完成的時候，我們感到：「我就是金剛薩埵。」

在觀想甘露灌頂的過程中，我們還沒有清淨，消融不淨，讓我們有意識的和自己根本的清淨本性連接，這是特別重要的一點。在每個本尊修持中，與本尊合而為一都具有淨化的效果，但在這裡尤其關鍵，因為我們在特別處理留下「我不好」的這種認同的很多行為。我們心裡的想法是：「我是個差勁的人，我父母就那樣告訴我，我的基因就是糟糕的，已經成型了。」接下來會是什麼？「我永遠無法改變，我沒辦法超越這些負面特質，直到我死都會帶著它們，這就是我的惡業。」執著於這種破壞性的認同，造成我們修道上巨大的障礙。

當甘露淨化的時候，我們有一種重生的感覺，我們有了新的可能性。結合這些方法、信心以及祈願，我們會獲得引導自心所作的修持，能夠成就的自信。我們開始相信自己有征服絕望的力量，帶著這樣鮮活的全新可能性，我們進入第四力——防護力。

四、防護力

在完成念誦的修持之後，我們要思維防護力。這時候，在金剛薩埵的支持下，我們觀察有害的行為。出罪力幫助我們看到自己造成的痛苦，刻意生起的對治力將我們身、語、意所造的惡業淨化。現在，帶著諸佛的加持，和除去解脫之道障礙的決心，我們進入防護力的修持。

這一步的修持，是穩固從負面到正面的轉變。現在我們感到清淨，充滿正向和勇氣，我們不希望退後或漏失這樣的善德。你對金剛薩埵說：「請原諒我過去的行為，我一定不再犯，我發誓不再造惡業，請加持我不會再犯同樣的錯誤。」要真心實意，讓這個成為你對金剛薩埵的坦誠告白，而此處的金剛薩埵不是別人，就是你自己。你向完美的自己承諾盡力做到最好，我們不能想：「噢！好極了！現在我承認錯誤，懺悔清淨，舊帳一筆勾銷了。我可以再重蹈覆轍，任意做傷人害己的事了。」或者想：「我現在已經清淨了，自然不會再犯同樣的錯誤。」

我們還是可能再犯的。事實上，在我們未證悟且在輪迴的狀態下，就有可能再造相同惡業。但我們要祈願不再那樣做，因而懇請透過防護力讓自己堅守不犯。我們真誠的祈願這個全新的開始，將人生轉向一個新的方向，想像金剛薩埵回答我們：「現在你完全淨除了業障。」不要害羞於這樣跟本尊的對話，讓它是你個人的，而且有意義的。寂天菩薩在《入菩薩行論‧

懺悔品》最後說道：

諸佛祈寬恕，
往昔所造罪，
此既非善行，
爾後誓不為！

嚴苛之愛

讓我們假設你現在專注於改正自己的一個壞毛病，比如抽菸，因為它傷害你的健康，縮短你的壽命，削減你幫助別人的能力。或是你有誇大其辭的習慣，本來應該說「我步行了兩里路。」你會說：「我徒步走了五里。」或是，明明是在飛機裡坐等四十分鐘，會被你戲劇化誇大為延誤了四小時，沒有吃的，熱得透不過氣來，一會兒嬰孩還開始哭鬧。每一次重複這個故事，情節變得更糟，自我變得更堅固。

每當這樣的情況發生，你可以審視到內在的不安全感，讓你向外尋求保障和肯定，比如點燃一支菸，或是不斷給自己戴高帽子。但重點是，選擇克服現在的一個壞習慣，防護力會擔負起嚴苛之愛的責任。我們不用給自己上刑，現實來看，責罵自己沒有用。但我們真的想要突破這個壞習慣，出於對自己和與自己相關人的愛，我們需要用上一點有力的制約來規範自己。可是，這能在一夜之間就做到嗎？不太可能。但是，金剛薩埵的修持和覺知的禪修，會讓我們和壞習慣脫離，慢慢的，久置一旁的習慣，就可能消失無蹤了。

有時候如果那個行為很單一，沒有重犯的威脅性，防護力似乎就失去意義。但是，我們需要檢測在非特定情況下，身、口、意其他形式也可能犯同樣的錯誤。比如說我們出了車禍，重複發生同樣車禍的機率不高，但是如果事故發生是因為心不在焉，那同樣的心態會再出現，而帶來造成傷害的其他行為。現在很多人在駕駛汽車、火車，甚至飛機的時候，同時在講電話，發簡訊，看iPod、iPad，或聽音樂。他們的警覺性和覺知完全被干擾，這就很難保證不做出具傷害性的事了。

發自內心的思維

開始修持的時候，最好發自內心去思維自己要作的修持，直到身心都安頓下來，真實感受準備好了，接著很自然從止的修持進入。不過，在修持過程中，任何時候都可以回到檢視自己在做什麼、為什麼要作的思維上。這可以和止的修持結合起來。

舉例來說，當我們想像甘露流下，我們的覺知是安住在頭頂金剛薩埵的形象上，甘露注入我們身體等等，同時間，我們可以思考自己的動機、意願和祈願。這也不是理智的思維，而是要從內心生起對本尊存在的感受。當我們持誦咒語時，我們可以把圖像作為覺知的對境，但我們也可以包含，對修持意義的思維性理解。

轉向有所緣的止

我們可以從思維的探索，轉向有所緣的止禪。我們可以把金剛薩埵的形象帶入覺知，作為認識覺知的助緣。或是用甘露本身，因為甘露進入自身每個細胞，增強了我們的覺受，我們可以讓覺受成為認識覺知的助緣。如果有所緣覺知讓我們覺得疲累或厭倦，心開始散亂，那麼轉換為開放的覺知——無所緣止禪。

安住在開放的覺知

我們可以在開放的覺知中持咒並計數，但是我們的心沒有對境，讓心自然安住在認識覺知本身。有時候覺知在有所緣和無所緣之間，毫不費力的轉換，那是很好的。

祈願幫助他人

修持菩提心的時候，我們可以放下觀想，只是安住在幫助眾生的祈願上。我們可以想：「願我淨化我的惡業和覆障，為了幫助眾生能淨化他們的惡業和覆障而證悟佛道。」或是：「我清楚自己所有不善的行為，希望一切眾生也能夠如此了知。」這裡的重點是幫助他人。

進行空性的禪修

你也可以進行空性的禪修，無論是透過觀的修持或心性禪修，我們觀照明性——色相的本質，和空性的雙運。我們已經運用想像，生起了金剛薩埵和甘露灌頂，在持咒的同時，我們可以用同樣的心，去檢視一切現象明空不二的本質。你也可以問：「誰的什麼在被淨化？我是空性的，我的行為也是空性，我祈請的對象都是空性。」如果你此時能安住在空性上，那就是勝義諦修持。

無論你是否會在一座修持中作空性的觀修，我建議你在修持結束的時候，練習觀修空性。如果你已經接受過心性指引的教導，你可以直接跳入對心性的認知，然後自然安住於清淨的覺知。

你可以隨時切換禪修的方法，不需要遵循一個固定的順序一一練習，任何一個都可以重複練習。像我的上師們強調：「轉換禪修方法，為的是讓修持保持力度和活力，不要機械死板的練習。」不管你用哪種方式，你都可以持續記錄念誦咒語的次數。

完成修持但不要超前

在每一座修持結束時，金剛薩埵確認你清淨了業障，和你誠實的意願，他化為光融入你身體的甘露光中，你認識到自己成為了金剛薩埵。在這樣的融合中，你感知金剛薩埵修持的空性。現在你認識到這個融合，反映出你本質的空性，和金剛薩埵本質的空性，因為兩者要能合而為一，只能從空性中生起。接著，你認識到自己破壞性的行為和你的懺悔也反映出空性，於是你觀修它們沒有任何本質、固有的特性。

到此為止，我們經驗了整個過程，從相對到絕對，從色相到空性，都是無實體如夢如幻一般。

此時不需要再作什麼特別的禪修，只是讓你的心融入金剛薩埵，然後放鬆。讓你的心安住在這個認識中，在這樣的狀態中至少靜坐幾分鐘。

現在假設我們準備用一小時來修持金剛薩埵。我建議你用五十分鐘，完成正式的念誦修持，然後用至少五到十分鐘，沒有觀想或持咒的靜坐。當你結束空性的練習，隨喜淨化的感受，對自己說：「今天我的功課完成得很好。」

一旦我們在絕對層面有所體認，相對或世俗層面的淨化感受，就不再是必要的了。但是，重要的是不要讓自己超前，儘管我們認識了勝義諦的見解，也將勝義諦和世俗諦的看法都帶入了修持，直到我們真正穩固了勝義諦的體認，都不能忽略世俗諦的修持。

淨障的經驗如消除了病痛、精神折磨與惡業帶來的痛苦，以及從壓力中釋放，或消融了創傷，會帶給我們如彩虹般的感受——充滿了光、潔淨、生機、鮮活，沒有實體重量。緊抓住身體中的愧疚或創傷，會讓我們的感覺像有物質的重量一般沉重。現在，我們感受到從生死的恐懼中，解脫出來的青春活力、健康、強壯和自由。防護力在此時感覺完全能產生效用，我們帶著信心引導自己的行為去創造善業。

在修持金剛薩埵的期間，有些人會持續感到夢境受到修持的影響。比如說，在河裡沐浴或游泳的夢境，這是把淨障的過程延續到睡覺的時候；還有夢到自己在飛，也表示一種輕盈的狀態；夢到穿新衣可能表示重生。有時候我們也可能夢到跌進泥潭！不管什麼夢，我們都不要執著它。

即使我們還是會重複壞習慣，或給自己或他人製造新問題，但我們修持所帶來的正面影響不會喪失。朝向自己已經設定的目標，無論途中跌倒多少次，最終還是會完成這趟旅程。或許我們還不是百分之百的清淨，但到獻曼達的修持時，會有新發現——粗重的負面力量，已經從我們心緒中篩選過濾出去了。就像我們的心透過了一個覺知的過濾器，除去了最有害的遮障。我們感到從惡業中清淨，或最起碼是已經透過淨障修持開始減輕了負擔，使自己像一個淨空的容器，重獲新生般來到修持獻曼達的起點，準備好累積兩種正向的資糧：福德和智慧。

第十章　放下執著的心——獻曼達

曼達修持最明顯的效果，展現在我們往後如何布施的行為。
如果你能保持離執的心，
就一定看得出，緊抓不放的執著開始鬆動了。

我父親曾告訴我，心裡憶念著放下我執，即使供養垃圾，也比期待回報的供養黃金，是更為殊勝的布施。為了明示這個重點，他跟我講了第十世噶瑪巴確映多傑（Chöying Dorje，1604-1674），受皇帝邀請到中國講法的故事。

過去西藏的偉大上師，在旅途中都會短暫停留，為當地村落和城鎮的人講法。但這次皇帝的邀請來得很倉促，人們知道噶瑪巴沒有時間為他們講法，但他們還是想呈上供養給噶瑪巴。村子裡的一群農夫集合起來，商量他們要作的供養，他們集合了每個人的所有財物，計算留下賴以生存的過冬食物、牲口和衣物後，他們沒有任何多餘的東西可以作供養。每個人都很失望，突然一位村民想到了，他們能負擔得起的一個供養——廚餘！於是，他們混合了泥沙、瓦礫和廚餘，當噶瑪巴和一行人經過他們村莊的時候，歡喜的向噶瑪巴拋灑作供養。

因為我們的業與煩惱是來自身、口、意三者的造作，前行的修持就是清淨身、口、意的負面業力，但是各自的重點有所不同。皈依大禮拜著重在身業方面的淨化，而咒語持誦重在語業的淨化，曼達的修持重點則是清淨我們執著、有限和造作的意業，所用的主要工具就是觀想。我們運用觀想，作無量的供養布施，在這樣無限、廣大和繁盛的布施面前，我們不再堅持自己如凡夫般，對世界和我們自身的感知，訓練心放下，會淨化執著的心。

一切都完美如是

執著和執取從內心生起，因此無法只是透過身、語兩方面來淨除。放下執著的心，才有能力將我執連根拔除，放下自我的行為，才能累積福德資糧。透過放下，我們觸碰到自己內在，從未空虛過的巨大寶藏，當開始看到自己的珍寶，才算開始累積了智慧資糧。

為了從一般的施捨，轉化為放下自我為中心的執著，我們創造出整個宇宙來作布施，用日月星辰、山河大地、林木寶山作為供養。我們將原本就不屬於自己的東西供養出去，而培養放下的心。我們的想像天馬行空，超越世俗布施的想法，從而打破我們和世俗善行相關的概念。帶著正向的意願、動機和菩提心，我們布施自己的身體、血肉，布施心意所化現的一切，以及瞋恨和貪婪這樣的染污。

沒有什麼是太好或太壞，而不能作為供養的，因為沒有事物、念頭或物件有本質存在的價值，任何誘使我們貪執的——情緒、跑車、敵人或是愛人，都適合作為供養。我們修持的，是為自己和一切有情眾生，培養給予之心和捨離執著的心。菩提心促使這個修持的開展，淨化心的過程包含了所有的心。布施的心意，因為要達成自他一切眾生的究竟安樂，而含括了一切的心意。

很多人以為福德資糧就好像動章獎勵機制：做了一件好事得一枚動章，直到數量夠了，便可以解脫。然而「好事善行」一般透過文化傳統和價值觀來定義，因而多少會堅固「我」在為「他人」做好事的二元認知，而強化了自我。整個善行都取決於文化因素和自我取向。雖然我們也會把做好事得獎章的概念當作玩笑，但要消除它的影響卻是件費工夫的事，甚至修持多年的人，也會被「看起來」對自己和別人有利益的事所誘惑。事情的本身或許是有利益的，但做事者的心態會阻礙二元對立的消除和心的轉化。

為了擴大我們的理解，讓我們從因緣觀來觀察福德資糧。影響身、語、意的是這三者的行為造作，這就是業力定律，也可以說是我們的行為影響和制約了身、語、意。比如透過舉重來影響我們的身體，經過訓練，逐漸突破過去所不能及的事，而增加自己的能力和信心。功德也是這樣運作的，只是透過養成了作善事的習慣，而影響我們的心。我們越注重培養創造功德的因緣，利生的能力就能夠越自然和充分的展現。我們的心態影響了心的能力，而所有的行為，則影響了我們的未來。

這聽起來似乎是個直線過程，然而因緣卻是循環的，舉例來說，我們已經談過，迷惑是因為不能認識無常，能夠清醒的認識，並不是從完全的無明突發而生，而是透過功德所生。我們的修持和睿智的分析，為心能夠認識無常創造了因緣條件，也是因為功德，才能創造產生這個認識的業緣，進而增加未來功德的可能性。在未來的某一刻，我們或許會突然認識到：短暫的快樂時光帶來的是變化，這個洞見讓我們避免經歷很多痛苦，而這也是因為功德。如果認為突然間有了這麼偉大的洞見，都是自己的作為，那我們首先否定了業力和因緣和合的真理；其次，錯誤的把慧見歸功於我們分離的自我。

這裡的重點，不是要轉移對做善事的注重，而是要把福德資糧看作是有生命、流動的心的特質。我們需要打破的，是把功德和相對時空的特定行為，聯繫起來的習慣。我們也要認識：儘管透過曼達的修持累積資糧，但事實上，能夠作這個修持，就展現了我們已經累積的功德資糧。

孩提時代的我，認為父親的肯定是累積功德最好的標示，因此總試圖想辦法討他歡心。我經常下午跑去他房間，如果他沒有訪客，他會面朝窗外坐在禪修凳上凝視虛空，非常的放鬆。我會爬上去，坐在他身邊，開始禪修，並希望他注意到我完美的坐姿和放鬆的心。事實上，我的姿勢跟直尺一樣僵硬，心也很緊繃。

一天下午，我們一起坐著，父親非常自然，而我在一旁挺直端正。父親用非常輕柔的聲音對我說：「你知道嗎，阿麼，累積資糧最好的方法是認證空性。」

我一聽，有點被擊敗的癱坐下來，接著覺得非常困惑，思考什麼都不做怎麼能幫助他人。「如果你只是坐著禪修空性，不做其他任何事，」我問父親：「也不為別人祈禱，不關心生病的人。誰都沒有東西吃！這對誰有利益呢？」

「惡業的因是無明。」父親對我說：「無明就是不認識實相的本質，不認識無自性、空性和心性。如果還有無明，那麼二元就存在，概念也存在，人被困於惡業中，這就是輪迴——我們執著對真理錯誤的認知，還不斷給自他製造痛苦。」

父親向我解釋，如果沒有認識空性，我們愚痴的給自己的身心建構一個單獨、分離和不同的「自己」，這個「自己」總試圖滿足執取自我的需求和慾望，卻只能把我們束縛於周而復始的不滿足之中，分割開「自己」和「他人」。

「空性就像光，」父親繼續解釋道：「像陽光。儘管你想著『沒有、沒有、沒有』，其實『沒有』是擁有一切。如果你理解了這個『沒有』是空性，智慧就開始展現了。因為智慧驅散無明的黑暗，所以它累積了功德。」

父親問我：「當你晚上在房間點上一支蠟燭，會怎樣呢？」

「房間的黑暗就消失了。」我回答道。

「那就像智慧。」他說。

這裡要重複一個重點：究竟真理——也就是我們的佛性、絕對的真理，它沒有覆障，沒有惡業，沒有祈請者，也沒有祈請對象，沒有需要清淨，也沒有需要累積的。一切都完美如是。妙極了！

學生們都會問：「那麼為什麼還要修持？為什麼要獻曼達，來清淨我們已經是純淨完美的心？」那是因為我們還沒認識究竟的真理，我們的智慧還沒認出自己已經是完美的，這就是覆障，為此，我們要修持。

獻曼達的修持中，我們在相對和絕對兩個層面作供養，以此累積福德和智慧資糧。透過供養星辰、地球、黃金、房屋、我們自己的身體和所愛的人，累積福德資糧；透過供養所有這些事物的空性，累積智慧資糧。當我們放下執著和自我僵固，就同時累積了福德和智慧資糧。放下，累積；放下，累積。淨化和累積不可分的同時在發生著。

創造神奇的曼達界

曼達（梵文：mandala）有幾個用途，「曼達修持」可以是這裡指的前行修持，還有一種是一系列的圖畫展現，用視覺來作特殊的禪修練習。另外有一種修法的法器——圓形的盤子，叫作曼達盤，用來作部分的曼達修持。每種情況下，曼達都是指無所不包的宇宙，或一個神聖的圓圈——代表無限的充足和圓滿、無始無終、沒有邊際、沒有裡外的界域。這樣沒有固定不變的，就是絕對的展現。曼達的圖像代表的，是諸佛證悟的智慧所顯現的圓滿宇宙，或我們所稱的淨觀。

用世俗的標準，我們要創造的曼達，是代表一個不可思議、無法超越的壯麗和清淨的宇宙。在我們自己的想像中，創造出一個巨大神奇的曼達界，我們運用相對心在世俗諦的工具——想像，可以一瞥勝義諦。想像，成為探索感知細微處的絕妙方法。

曼達的宇宙，與用世俗觀有限的投射建構出的世界，形成了對比。看一張二維的世界地圖，不會帶來直接的經驗，雖然億萬人透過共同的業力、文化習慣，都承認這是世界「真實」的樣貌，但沒有一個人真正看到了世界。曼達中有層次、有象徵性的圖像，取代了我們對世界傳統和習慣的認知，在視覺上展現了曼達宇宙的超凡脫俗。為了放下我們根深蒂固的自我執著，和感知周圍世界的習氣模式，我們需要一個非凡的顛覆：透過一個新世界的輔助，體驗一種新的存在方式。

放下的心

一粒米或一百萬美金的供養，可以同樣展現放下的心，或同樣展現慳吝、執取和把持的心。我們可能為了提升名譽、聲望而作布施，捐助一定數額的款項，可以建一座以自己名字命名的醫院或圖書館。為醫學研究或教育設施捐款，可以產生有利的結果，但通過慈善捐贈獲取公眾關注、讚揚和社會尊重，也必然會堅固我慢和讓我們陷於輪迴煩惱的執取。我們在車上讓座給一位老人會想：「噢，我是多好的一位菩薩啊！」或是為了讓別人羨慕而給予；或是供養一萬美金給佛教寺院，則認為自己高尚極了；甚至我們會為了贏得別人的好印象或喜愛而布施，比如宴請賓客。

想一下，過去幾次你贈送或布施的行為，然後分析當時的狀況，看看是否你能夠誠實的發現，自己這個行為背後的多重原因和目的。放下並不一定和金錢有關，甚至也不是必須拿出實物來布施。你可能給予很多，但鮮少有放下執著的意願和目的。

一把土的供養

十二世紀的格西班（Geshe Ben）大師，以他嚴謹的自律，和幽默的修行方法聞名西藏。格西班獨自隱居在一個建在岩洞裡的關房，從岩洞的入口可以俯覽整個山谷。一天，他看到有人從山下走上山來，過了一會兒，他再看那人，發現是他的一位施主上來拜訪。他立刻開始打掃房間，清理佛龕上的灰塵，攤平桌布，清潔供碗。

突然，他停下來想到：「我這是在做什麼！我是為了讓施主歡喜讚歎而打掃，這純粹就是我執的表現。」於是他走到屋外，抓起一把土，撒到佛桌上，然後在外面坐下來。

施主很快的出現了，帶來了供養和美味的甜點。格西班很尊重的向他問候，並邀請他進屋喝茶。當他們在屋裡坐下，施主環顧四周，驚訝的發現了什麼似的問道：「這裡為什麼這麼骯髒？你的佛龕怎麼了？」

格西班解釋說，他意識到自己打掃房間純粹的自我目的——給自己營造一個好印象，所以他丟了一把土在房間，以除去虛偽的莊嚴相所帶來的臭味。施主被格西班的這番話震撼了，下山後把這個故事講給很多人聽，很快的，格西班清淨無為的品行被傳為佳話。當一位德高望重的喇嘛聽到這個故事說道：「那一把土是西藏最殊勝的供養。」

獻曼達之七堆供

獻曼達的修持，從簡到繁有很多種不同形式。我們要談的是一個基礎，也是最簡潔的形式，叫作七堆的獻曼達。

一開始坐在佛桌前，我們需要兩個黃銅、銀質或銅質的曼達盤，最好是以你的經濟狀況，來選擇曼達盤的材質。沒有必要擺闊，但也不要吝嗇。貧窮的藏人用一片木板或扁平的石塊，作曼達修持，也沒有不妥。

其中一個壇城曼達盤放在佛前，另一個作為獻曼達用拿在手上。首先，要清淨已經完成的曼達盤，用左手拿著曼達盤，接著用右手的拇指、食指和中指，或用拇指和其他手指一起也行，取一小撮穀物通常是米，撮著米，用右手腕外側順時針方向擦拭曼達盤，同時想著：為了我們自己和所有眾生的究竟解脫，淨除一切因為我執而堆積的惡業和覆障。接著一邊用右手順時針繞旋並擦拭曼達盤，一邊誦金剛薩埵百字明咒。我們此時的動機是要清淨我們和一切眾生的心，就如同清淨手中的曼達盤。

做完之後，在曼達盤上灑少許清水，接著在曼達盤上擺放五堆供養，一般用穀、米來擺放，也可以用比較精緻的多瑪（藏文：torma，藏傳佛教中用熟的青稞粉混上奶油做成的供養品）。其中一堆米或多瑪放在曼達盤中央，其他四個分別順著曼達盤沿擺在主要的四個方向。

這個壇城曼達要放在你的佛前，象徵著無量的宮殿，叫作曼達宮殿。宮殿四邊圍牆都是一樣長度，每一面牆中央都有一扇門。傳統的法本對此有很多細節的描述，但你不必太過掛礙，只要你能感受到這個巨大的宮殿——類似將泰姬馬哈陵和凡爾賽宮合併起來的，帶有拱頂的巨型宮殿，但是它沒有浴室、臥室或廚房。一樣，這個觀想也像月亮的倒影或是彩虹一般，沒有實體和密度。

在這彩虹宮殿裡，有如虛空般出現和皈依境一樣組合形式的本尊群，但沒有樹或是湖。想像金剛總持在中央，像中央的那堆米所象徵的，其他四堆象徵右邊的釋迦牟尼佛，左邊的聖賢僧，後面的法寶，以及前方的本尊。沒有象徵護法的一堆米，因為他們也沒有出現在皈依樹上，所以他們不在曼達盤上，而是守護在宮殿的四門。

對著所有的證悟聖者，我們作供養。再一次提醒：生起聖眾真實存在的感受，比想像出完美的圖畫更重要。為什麼我們要對諸佛本尊供養一切？以相對的見地來看，這些非凡、殊勝的聖者，是值得我們虔敬和祈請的對象，他們的智慧讓我們歡喜得要作供養。看到外在的佛陀，幫助我們連接自己內在的佛陀，因為每次獻曼達的修持結束時，我們都要觀想自己的心與接受我們獻供的諸佛之心相融。修持到這個階段的時候，凡夫已不能給予我們同樣的激勵，某種程度上，我們看到所有眾生的本質，就像我父親對待乞丐和國王的部長。現在來說，我們從自身的狀況開始做起。

獻曼達也將我們和諸佛聯繫在一起。再一次的，我們和諸佛連接，並祈請他們的提攜和加持，因此我們的祈請和他們的加持，循環產生廣大的布施，利益一切有情。不要忘記，我們這樣做的目的，是為了幫助所有眾生證悟，這是從世俗諦的觀點來說。

如何從究竟層面，來理解我們對諸佛的供養呢？我們可以問：「是誰在供養誰？」在獻供養的時候同時問這個問題，會帶來瞥見空性的瞬間，這個智慧在勝義諦，就是最殊勝的加持。稍後，我們會在修持次第的部分，再來復習這些觀點。

除了在佛前擺壇城曼達盤，我們也可以呈香、花、燈、食、樂等七供。這些豐沛富足的獻供，可以支持和鼓勵自己的供養心，如壇城曼達，這些供養代表修持的圓滿。「圓滿」，可以充實自己的努力，幫助我們從迷惑轉向清明。眼前的一切都是提醒我們：修持的努力能夠達成願望。我們以果為道，以目標作為工具。

供養要根據自己的經濟能力來作，不要小氣，但也不要因為奢侈的供品而傾空口袋。記住，我們需要做的是修心。如果你能負擔每天都用新的米來獻曼達，非常好，不行的話，就每天加一些新的米在之前的曼達供養中。紐修堪仁波切年輕的時候很貧困，他獻曼達供養的時候，連一顆米或穀物都沒有。

接著你要跟清淨壇城曼達盤一樣，擦拭清淨獻供的曼達盤。我們通常用米來作獻供，但不要像我們供養五堆米那樣灑太多水，而讓米粘在一起。有時候，我們將泡過藏紅花水的米晾乾，再混合特別的香料種子，或是將穀類、藥丸，或像綠松石或紅珊瑚之類的寶石、珠寶一起來獻供。用右手握住這些供品（多數是米），準備好放在曼達盤上作供養。曼達盤中間有圓形的弧度，米要放在邊緣，一般來說米會順著光滑的盤面滑落，為了不讓米粒、供品撒落在地，你可以在腿上蓋一大塊布，或是腰上繫一條圍裙遮住膝蓋，在你面前形成一個袋兜，當米滑落下來時，自然會被兜住。你也可以用布蓋住一個籃子，將籃子靠在膝間，修持的時候，重複的從籃子或袋兜裡面取米來作供養。

在你的左手，除了要持握曼達盤，還要握住計數用的念珠。現在很多人覺得用小型的電子計數器更方便，這也是可以的。

清淨曼達盤的過程，是將曼達盤握在左手，右手握住一把米，順時針方向，用你的右手腕外側擦拭曼達盤表面，同時念誦金剛薩埵百字明咒：嗡．班雜薩多．薩瑪雅．瑪怒巴拉雅．班雜薩多……嘗試配合咒語念誦的時間，即念一遍咒語的過程中，手腕擦拭三圈，同時心中祈願，為了要引領所有眾生證悟，我們要清淨自己和一切眾生的心，解脫迷惑和二元感知的束縛。當咒語念誦和擦拭三圈完畢，我們把手中的米灑落在曼達盤中央。

用一堆米創造一個世界

當我們將米灑落在曼達盤上，曼達盤變成了一個偌大、平整、金色的大地，周圍是鐵山圍繞的海洋。從海洋的金色表面，升起了四面須彌山，須彌山在一個不可思議廣闊的宇宙中央。須彌山底部有四個由下到上次第變小的平臺，當須彌山從最上面一層的平臺開始升高，頂部的正方形四邊也逐漸擴大，最後形成平坦正方，比底座大很多的頂部。東方的一面是由純水晶組成，南方是藍寶石，西方是紅寶石，北方是綠寶石，寶石各朝四方放射出璀璨的光芒。我們現在所有都是用想像在創造，所以不要試圖用邏輯去分析，一堆米怎麼能架構出一個世界。

在化現為須彌山的曼達盤中央的一堆米周圍，我們在四個方向各放一堆米。它們將成為在海洋中，圍繞著須彌山的四大部洲。如果跟時鐘表面對比，四大部洲相當於分布在十二點、三點、六點、和九點的位置。在九點和十二點之間，以及三點和六點之間，我們放上代表日、月的兩堆米。現在我們就有了七堆的供養，想像每個部洲都閃耀著它所對應的須彌山那一邊的寶石顏色。

整個壇城宇宙，都充滿了傳統象徵佛行事業的吉祥物，它們包括：傘蓋——象徵保護；法螺——象徵法音宣流；八輻法輪——象徵佛陀轉法輪和佛陀教法將眾生引向解脫的能力。根據習俗，古印度和西藏象徵皇家富貴的物品也充滿了壇城，有所謂的王宮珍寶的供養，像如意牛、如意寶珠、寶地沃土、珍品、象馬等。這些傳統代表富貴和福樂受用品，也可以擴展到現代的財寶珍奇或奢侈品，如勞斯萊斯、iPad、五星級酒店、國家公園、有機藍莓、豪華遊艇……任何讓我們特別覺得豪華名貴、賞心悅目的事物，都可以敷設在須彌山和四大部洲，作為供養。

如果我們希望作最廣大豐富的供養，那麼可以想像，從我們左手持握的曼達盤上，放射出彩虹的多色光環。每一束光的頂端，出現另一個也同樣充滿不可思議奇珍異寶的曼達，每個曼達也放射出彩虹光環，每束光頂端又有一個同樣的曼達，以此類推，直到形成百萬、億萬、無量無邊光的世界的供養。而我們——修持供養的人，安靜平和的坐在這個財富盈溢，璀璨奪目，自己創造的宇宙之中。

獻曼達的基本方法

實際的獻曼達修持，我們從七支坐法開始。將修持安頓在身體上，始終是很重要的，修持的利益能有多少，都取決於你是否坐得端正、警覺、精神飽滿，還是癱軟、渙散、失去平衡。

現在你已經清淨了握在左手的曼達盤，穿好了接住穀米的圍裙，佛前擺設著豐盛的供品，盡你所能的，穩定對曼達宮殿和其中六個祈請對象的觀想，同時也要穩定的觀想須彌山宇宙，及珍奇絕倫的豐盈供養。你的右手，抓起米或其他供養的穀物，開始修持。

根據不同導師建議的不同法本，觀想的繁複程度也有差別，這裡我們用四句〈供養祈請文〉來作修持。

大地塗香敷妙花，
須彌四洲日月嚴，
觀為佛國作供獻，
有情咸受清淨剎。

當你念誦祈請文，左手持握曼達盤，右手將一把米在曼達盤上分布，握住米的右手大拇指朝上，順時針在曼達盤上移動你的手，圍著曼達盤邊緣，在拳頭下端放出一圈米，接著放一堆米在曼達盤中央，之後的六堆米分別放置在十二點位置的東勝神洲，三點的位置南贍部洲，六點的位置西牛賀洲，九點的位置北俱盧洲。接著在九點和十二點之間、三點和六點之間各放一堆米，代表太陽和月亮。

你放在曼達盤上的米，大部分都會滑落，當你念誦和供養一次七堆米結束，剩下在盤子上的米，都可以用手腕拂拭乾淨，讓米都掉進你的圍裙裡，接著再開始下一次的七堆米供養。

只透過書面學習，不太可能掌握到這個修持，你需要親眼看到和實行，才會有所感受。但是，在這裡能提供如何獻曼達的基本方法，你的前行導師或上師會告訴你一個修持的數目。

實際修持的重點就講述到這裡，但是我們會在講解外、內、密的供養三次第之前，先講解關於觀想和動機兩方面的內容。念誦祈請文和供養的過程中，以上三個次第都包含在內，在每個次第也要持續念誦的計數。

須彌山是真是假

在古代歷史中，有一些聖哲提供了須彌山具體的高度，也描述了連同海底具體層數的總厚度，這傳達了一個錯誤印象——須彌山在世俗上是能見到的現象，加上認為曼達宮殿像古印度的皇家宮殿一樣，有固定的架構圖解的誤解，「王宮珍寶的供養」也讓人聯想到古印度，但我們已經談過，這些供品都可以是我們自己想像出來的豪華版的供養。

現代很多人說：「噢，我不能夠跟曼達和須彌山聯繫起來，因為仁波切你知道，它們像古印度殘留的遺跡，而我們今天已經比幾千年前的人，對宇宙和地球的瞭解多太多了……。」他們認為，這個觀想和現代的知識是相矛盾的，但是我們談的不是買張機票飛去須彌山，或是像登珠峰一樣要去攀登須彌山，我們談的是心的化現。

傳統對須彌山象徵性的描述，的確跟我們對「真的」山峰的形象是矛盾的，它垂直的幾何形狀構建得「非比尋常」，海水和四大部洲，也是超乎常理的設計。即使須彌山的一些形象影射古印度時代，但它的目的是帶我們經驗一個新境界，有關「山」的想法和前置概念的圖像，在這個經驗中無法出現，這就更強化曼達超越了世俗世界的界定。

假裝有用嗎

在獻曼達的修持中，即使我們將名貴的財物，如紅色敞篷車供養出去，我們都還是可以即時將它取回來開去上班。如果我們供養自己的身體，一樣在明天早餐前會物歸原主。所以，你可能會想：「這只是在做戲，怎麼會有用呢？它不是真的，我只是在假裝。」如果你的經驗是，自己裝模作樣在供養，那麼這個修持當然不會有效。但如果你帶著「色即是空，空即是色」的理解在修持，那就不會有問題。你只是假裝作人的嗎？這裡需要的不是「真正」把東西供養出去，而是真實的透過放下的心，去發現一切現象的空性，從而創造一個對我們自己和周圍的世界更流動、更不具實體的感知。

修持中的真誠度，決定了這個修持是否有效，我們的供養物，成為測量和轉化心的工具。我們觀察自己的執著，透過穩定我們的心，然後用慧觀檢視，可以體會因執著造成的苦。不管我們實際上是不是要供養出紅色敞篷車，我們仍然可以用它去認識，自己對這塊鋼鐵器具的神經質認定。我們看著自己對這輛車的期待，如何依賴這部機器去傳達代表身分、力量、財富、時尚和自信的訊息。想像，成為讓我們看到自己多麼缺乏信心，多麼不信任自己能力的工具。

透過止的禪修，這個經驗變得有感受、有形象的切身體會，而透過它才會出現某種轉變。

放下執著的三部練習

獻曼達的修持分為外、內、密三種供養。外的供養，指供養想像出來的非凡宇宙，如須彌山和一切它所連帶的珍寶財富。外的供養，也指我們和一切眾生共同生存的世界，比如腳下的地球，對銀河、松林、山巒和紅色鬱金香，我們都有共通的感知。內在的供養，對我們來說是最接近、最個人的，比如我們的家人朋友、財富健康等。作到密的供養，是對供養者、供養品和供養的對象，三者的感知都成為空性的顯現。最粗重明顯的自我執著和執取，能夠透過外在和內在的供養消除，但要淨除最細微、最難以認識的我執層面，需要祕密的曼達供養。

外、內、密的供養不是三個分開、連續的修持，而是同一個修持中，自始至終在進行著的三個方面。這三個類別，單指對曼達修持的三種理解方式，而沒有本質上的差別。這三者都是透過坐在壇城曼達前，獻曼達修持，以及念誦咒語來完成。

想像創造出宇宙

在具體講解外、內、密供養之前，我想再來談談想像，因為在這個修持中，想像確實變得相當複雜，哪怕是最短的法本儀軌也是如此。

一般說來，我們利用想像的力量，來清淨和轉化對實相的世俗感知。舉例來說，我們都有一座山看起來是什麼樣子的想法，須彌山明顯不符合這個想法，在這個不相符的有限的例子中，開展靈活性和彈性思維的機會出現了。當我們在佛教的修持中，套用這樣的不相符合，就會讓我們欣賞所運用的善巧方便。這個修持挑戰的，是我們把桌子、高山、汽車、孩子、甚至我們自己……這一切都感知為堅固、恆常、不變、獨立的，我們缺少的是空性的認識。在曼達中的各種物體都是空性的展現，然而，我們大部分的人都養成了，看不到色空不二之中空性面向深重的感知習慣。為此，我們需要破除這個受限的模式。這裡所用的，是我們想像出來的曼達，我們鑽進自心建構的宇宙飛船，飛向另一個空間。

重點是，曼達中的形體物件不外乎也都是空性，但是我們刻意用自己想像的力量，創造出這個宇宙。當我們越熟悉這個過程，就越容易看到我們在曼達之外和在曼達之內，都同樣在創造著事物。所有的事物本質都是空性的，將覺知帶入曼達的修持，確實可以幫助我們認識到：我們製造了自己的實相。對此有了理解，我們便可以從迷惑向清晰跨出巨大的一步。

進行這個複雜的觀想，需要一顆放鬆的心。一開始，細節會讓人感覺應接不暇，我們要觀想整個皈依聖眾、整個宇宙和所有一切的投射，以及我們個人的各種供養，同時我們還在念誦，以及往曼達盤上供米和計數！記住：祈請聖眾的出現而作供養，始終比想像出每個傳統的畫面更重要。

想像的練習輔助奢摩他（止的禪修），用對境作為覺知的助緣，有利於平息瘋猴子心的造作，並幫助覺知本身。實際在曼達修持中，我們也許會感覺，在眾多分散的對境中，找到覺知的專注點是不可能的，也或許因為心太著力於想像整個幻化的宮殿和宇宙，而感到暈頭轉向，或是心在細節間來回跳躍，像猴子在樹枝間盪鞦韆。多數情況，尤其在一開始，觀想和修持的各部分都不會太清晰。

重點是：不要覺得挫折和灰心，更重要的是開展出修持基本的感受，去感覺我們的曼達宇宙，是我們能供養出最好、最美、最適宜的。清淨的動機，就足以讓修持完全有效，不要擔心細節不是完全清晰。

外在的供養

曼達修持的法教中，外在的供養，包括圍繞須彌山的四大部洲、日、月、被鐵山圍繞的純淨海水，同時也包含所有我們放進曼達宇宙的華貴珠寶、動物、花草、寶馬轎車和五星級酒店等，你也可以選擇加上億兆個光的宇宙。根據不同的前行法本，這些供養的描述可能相當繁複，但基本上外在的供養，都是我們感知到整個世界和奢華富貴的特徵。

當我們一面累計供養的次數，一面用米作象徵性的供養，我們可以想像，能特別讓本尊聖眾歡喜的宇宙中某個內容來作供養：「我供養這珊瑚珍寶、熱帶島嶼、雪山峻嶺，以及散發著甜美氣息的松林。」我們可以供養能夠想像到的整個宇宙中最華麗、美觀和宜人的事物——

奇妙的景觀、盛大的饗宴、華麗的宮殿，或沁人心肺的芳香。像我之前所述，我們也可以供養共有的感知所對應的事物：當我們開車的時候，可以供養兩旁經過的大樹或頭頂的天空；當我們看著孩童玩耍，或欣賞藝術，聆聽音樂的時候，也可以供養這些賞心悅目的感受。

一位美國朋友告訴我，多年前一位剛從西藏出來的喇嘛暫住在她家。一天下午，她開車載著喇嘛出去，路上需要去超市買菜，於是她停在一個橄欖球場大小的超市前。我個人也有類似的經驗，第一次見到超大型的市場，覺得完全難以置信。這位喇嘛瞪大眼睛，看著一排排的食物：八十二種不同的早餐麥片、百米長的冰箱、四種不同包裝的四十種果汁、十種品牌的衛生紙、五十種口味的冰淇淋，諸如此類。我朋友形容，當時這位喇嘛用手摸著各種食品，從貨架上拿下來端詳，就像盲人試著用觸摸來認識事物。

然而，當他們走到水果區，他的驚奇達到了極致：像金字塔一般成堆的柳丁、西柚、密瓜、香蕉、蘋果、奇異果、鳳梨等種類繁多的水果，比他曾經見過西藏最高階喇嘛所擺設的最豐富的壇城，和最盛大的法會布置，都還要奢華。對他來說，眼前真的就是不可想像、不可思議的諸佛化現的宇宙。

很顯然，在這驚鴻一瞥之後，喇嘛開始念祈請文。雖然我的朋友聽不懂藏文，但她從喇嘛的手印（供養的手勢），看到他旋轉雙掌，接著從手肘張開手臂，將掌心向上，看似將一切都隨風供養。這是放下執著的心，放下被眼前美輪美奐、魔法般展現的奇景捕獲的心，這是在完美和豐足之餘所不需要的。也是從這樣的心，喇嘛把他所遇到的都作為供養，他不僅在行為上不執取豐盛的物質，就連視覺上也不執著享有。面對這任運而生的曼達，他的反應是作供養——為了利益他人而將它布施出去。因此，所有眾生都能遇見這樣的富足之境，而這些供養所帶來的增益，成為他們證悟的因。這就是我們所說的捨棄執著的心。這和一般的布施相當不同，不是嗎？

意緣供養的利益

透過慈悲、保護和財物布施的行為，可以幫助別人，儘管這些行為含有執著，但也一定會種下善的種子，消融負面業力。因此，自然有人會問這樣的問題：坐在佛龕前供養想像出來的宇宙，怎麼會比做世俗層面的好事，能更有效的累積功德？

通常我們在世間的善行都是有染著的，我們可能會根據自己所認為的「善事」的想法和概念來行動。我們的善行可能是為了向別人炫耀，所以無論表象如何，實際上都是在加強自我的執著和傲慢。即使帶著正面的動機，當我們很平常的布施時，經常還是有清晰的「我」在給某人某個東西，這便把我們鎖在自私的習性中，而限制我們本有的無限潛能。

這跟我們獻曼達是相反的。想像的運用，讓我們從習慣性的吝嗇解放出來。我們沒有人可去炫耀自己，沒有家人朋友目睹我們的善行，我們可以經驗到廣大、全新範疇的，不受我慢和個人利益染著的清淨供養。獻曼達所帶來的布施，是不帶有希望回報的想法的。

當我們外在的曼達開展到一定程度，對放下執著的含義，有了一定的領會和感受，就可以進入更有難度的內在曼達的供養。

內在的供養

在作內在的供養時，念誦和供曼達的修持和外在供養時一樣，只是緣念的供養內容更個人化。我們的供養專注在自己最執著的四類事物：個人的財產、自己的身體、自己的家人朋友（傳統說「眷屬」），以及我們的善德。所有我們認同感最強和最放不下的事物、人、情緒或境界，都歸於這四類，即是最堅固的我執所追逐的對象。這四類在修持中沒有特定的順序。

我們越能夠發自內心的將這些供養布施出去，我們的修持就越有效果。財富包含珠寶、居所、股票和公司，而財富也包括豐富我們人生的事物，比如結婚戒指、全家福照片、或是所愛的人或寵物。我們認同有確實意義的事物，因為除了這些事物本身，我們還要嘗試放下我所有的執著。

當你這樣嘗試的時候，你的身體有什麼感受？你的下巴、肩膀和手，有沒有感覺繃緊？有沒有抗拒感？你有沒有想要伸手將它們抓住？試一下和這樣迂迴粘稠的執著感連接，跟這樣彈力伸縮特質的感受連接。執著就像一條把你和事物連在一起的橡皮繩，透過修持，它越拉越細，但還沒有徹底斷開。

供養煩惱

當我們談太多這個練習相關的財富和豐饒，會忽略最重要的一點：我們要修持的是執著的特性。煩惱（梵文：kleshas）——內心眾多的苦，就屬於這個範疇。我們可以供養自己的瞋心、貪婪和恐慌。在我三年閉關的經典中這樣寫道：「外在的世界是供養的容器，像盛滿水果或珠寶的缽，這個缽代表宇宙，水果或珠寶代表所有的眾生。供養的缽可以裝一切，甚至我們的煩惱也是恰當的供養。」

那時候，我認為供養瞋心、妒嫉、傲慢給諸佛，真是太不恭敬了，就像把一堆垃圾當生日禮物送給你的朋友。當我問薩傑仁波切供養煩惱的利益為何時，他說：「對於佛陀，金子和糞土沒有差別。我們作供養是修持捨離執著的心，唯一有價值的是離執本身。最有效的練習是，當我們在修持對厭惡和執著的抓取，我們透過供養瞋心而捨離了瞋心；我們供養我慢，就捨離了我慢。加持並不從世俗的價值來衡量，而是從離執而生。」

薩傑仁波切注視著我，知道我在思索著糞土和黃金之間，令人驚異的等同性。接著他輕聲說道：「佛陀擁有一切。一切！他不需要從我們這裡得到什麼，我們的供養不會使他富有，或對他有任何增益，那是不可能的。我們不能給佛陀增添任何事物，我們也不是為了討好佛陀，供養完全是為了離執。」

我有位學生開始前行時熱情充沛，但後來被昏沉挫敗，她嘗試了不同的方法打起精神來修持，直到最後接受一個明顯的模式：在她昏沉修持的同一天，她可以精神飽滿的參加派對，或是去電影院，即使到深夜都不想合眼。她很氣餒，自責對修持的抗拒。似乎她認為每個階段的修持，都要滿懷歡喜和熱情的去投入。當然，如果我們總能那樣，就不需要生起修持的動機了。當她來找我，問道：「為什麼？為什麼？為什麼？為什麼修持是這麼困難？為什麼我對無意義的活動，比追求佛法更有精力和熱情？」

對此沒有玄妙的解釋——因為我們在輪迴中，就是這樣！輪迴就是一個壞習慣接一個壞習慣，這個壞是指，我們執著於讓自己不能離苦的習慣。輪迴是有挑戰的，但我們的人生不只是在兩個極端作選擇：涅槃是好的，輪迴是壞的。現在我們在輪迴中，尋找著輪迴的美好，這就是為什麼我們要作前行修持，這個修持的利益來自於我們的真誠。

所以，我們不只是供養珠寶、水果和所有美麗奇妙的事物，我告訴這個學生：「供養你的抗拒，供養你的昏沉和迷惑，供養你對派對和電影的喜愛。如果你把這個喜愛標注為『無明』，沒問題！那就供養你的無明。」如果我們認識出自己的煩惱，還有比這更好的供養嗎？

供養我們的身體

第二類內在的供養是我們的身體。當我們說要捨棄一些什麼的時候，首先都會想到財物，但我們大多數人最深的執著，其實是自己的身體。這裡我們要具體到每個細節，以真實的感受對身體各部分放下執著：雙手、雙腿、四肢、內臟、大腦、眼睛、耳朵等等。再一次去看你是否可以和捨離的感受連接，看是否有任何的抗拒感生起，去觀察任何所屬和擁有權的感受，以及對身體本身的感受。放下對身體的執著，是我執相當有力的對治，也是針對造成最大痛苦的，自我預設的想法和執取的修持。

供養家人和朋友

內在供養的第三個部分，是供養我們的家人和朋友。我們身邊每個和我們有個人聯繫的人，都是捨離的對象。想想任何我們歸類為「我的」的個體：我的配偶、我的父親、我的母親、我的孩子、我的老師、我的狗，或是一位即將過世或剛過世的親人，也可以作為自己去面對放下執著的挑戰。

一位學生告訴我，她在作這個練習的時候，想到世界上她最愛的生命，是自己豢養的名叫丹特的黑狗。她發展出一個把狗送給我的幻想，她當然清楚知道我經常旅行，而且住在寺院，不可能養狗。但那不是問題，她提出來替我照顧這隻狗，餵食、遛狗，作丹特最好的朋友。她解釋說：「我只能練習捨棄這隻狗，因為我知道牠還是屬於我的。」

「沒關係，那是一個開始。」我對她說。接著我故作嚴肅的音調逗她說：「好，哪天我會去把我的狗要回來。」頓時，她面露驚慌。

我也告訴她，她的幻想的確是在正確方向的一個開始，這具有真實的價值。只是考慮放下你最愛的，已經很了不起了。不要忘記這一點！

供養我們的善德

內在供養的第四點，要放下對自己善德的執著。善德在這裡指我們成就的所有正面特質的事情，包括我們的正面行為、功德、禪修和各種心靈修持。任何以及所有屬於自己內在的正向特質，都可作為善德供養：慷慨、善意、慈悲、精進、毅力、忠貞、勇氣、堅強，任何我們認為正面的性格特徵。

很多學生告訴我，他們無法把自己和善德聯繫起來，這似乎建立在對善德的假定——任何對自己善德的認同，就自動表現出我慢和自我珍愛。這其實是反面的自我，因為它把我們的善德誇大了，它讓善德成為我所有，或是完全的認同。善德其實單單就是我們曾經做過，或現在正在做的正面的事情，每個人都有某種程度的善，如果我們太在意、認定它，我們就把它變成了特殊的某個事物，像是說：「哇！看看我，我是多麼友善、耐心和美好啊。」我們開始像孔雀一樣炫耀自己，同時又覺得難為情。這是自我的花招，不是善德。我們一定要試著捨離它。

祕密的供養

在前面的四加行步驟中，我建議了幾種修持產生疲憊或厭倦的時候，可以振奮我們的方法，空性的修持是其中一種。但在獻曼達過程中，空性的禪修是完整修持的一部分。空性就是祕密的供養，所謂祕密是指甚深、奧妙。空性的禪修在這裡不再是一個任選的加分題，而是達到曼達修持利益的精髓。對於修持存在於空性的實相淨觀，我們涉及到智慧資糧的累積，因為是智慧認識出空性。

密的曼達供養時，修持的動作沒有改變，我們繼續一次接一次持誦曼達咒、供養七堆米、計數，但是我們放下曼達宇宙供養的觀想，帶著穩定的身心，開始在內心問：「誰在作這個供養？」我們的身體展現的是無常的一個形體，然而也是空性中「明」的面向。我們持握著的曼達盤也是明性，米也是空性的一個形象，佛龕上花果、飲食、香水等，所有供品也是空性。我們向諸佛菩薩祈請，他們也是空性的，「色即是空，空即是色；色不異空，空不異色。」

當你在持誦曼達咒和供養七堆米的時候，你可以想到之前所有外在和內在的供養：「我所供養的這個事物、這個人、寵物、銀行帳戶、身體、宮殿、鑽石珠寶，這些象馬車乘、我的肢體、朋友、煩惱和德行，所有這些的空性都供養給諸佛本尊的空性。」

繼續念誦供養的同時，讓心安住於一切現象無二的空性本質中，或者如果你明白如何修持心性，你可以就安住在清淨的覺知中。停下所有的觀想和問題，只是保持念誦、供養米和計數。

空性禪修和心性禪修，都是曼達修持的勝義諦形式，具有最殊勝的利益。這其中的道理為何？如前所述，智慧認識出空性，對一切現象空性本質的明晰感知，從智慧生起，同時穩定了智慧，並累積更多的智慧。生起智慧是最究竟的利益，因為我們所作的一切修持，都是為了透過智慧導向自他究竟的離苦。認識和增長一個對實相真實和完整的見解，使修持達到圓滿。

這就是為什麼透過保持空性的感知，可以滋養和聚積智慧。

祕密的供養帶我們接近下一個，也是最後一個前行的修持。累積福德和智慧資糧，是大乘佛教基礎的兩個方面，也是我們得以在道上持續修持的必需。它們給修道的心創造了因緣，二資糧的圓滿，將引領我們到達進入金剛乘淨觀的起始點。下一個前行修持——上師相應法，我們就將真正進入金剛乘佛法。透過密的曼達供養，我們累積了智慧，在上師相應法，我們就是從智慧之處作修持，要達到那點，我們需要祕密的供養。

累積二資糧

完成三種供養之後，我們祈願所有眾生都能圓滿二資糧，這就稱為累積二資糧。外在和內在的供養構成福德資糧，祕密的供養圓滿智慧資糧。供養宇宙和其中的一切之外，福報和善德也從迴向眾生中產生。這個修持中有供養和布施兩個方面，首先我們開展福德資糧，接著我們布施給一切眾生。這樣，給予就是收穫。我們布施而累積福德智慧，在整個修持中，我們都祈願一切眾生能夠圓滿二資糧。

運用不同的禪修方法

我們需要一段時間的練習，才能在心中看見整個曼達宮殿的本尊、須彌山、百萬億兆的光明宇宙等等，但我們可以運用不同的禪修方法。

當你開始一段曼達的修持時，試著培養對整個巨大圖景的感受，不要陷入想像曼達宮殿的細節，要憶念出現在其中的諸佛菩薩，感受整個宮殿廣大、充盈和半透明的虹光化現。想像須彌山和所有世間和個人供養所展現的極大歡愉、華麗和深妙的慷慨施設。由此開始，然後觀修整個意義的所在，允許你的心，輕鬆的從所觀想對境的一個部分轉向另一部分，再慢慢把各部分組合起來，讓自己有一種無限的整體感。重要的是，觀想的心要放鬆，否則練習起來會令人疲乏或受挫。但是，如果你真的很煩躁或厭倦，那可以切換到其他禪修方式。

以特定的部分當助緣

用觀想對境的一個特定的部分作助緣，讓心穩定。可以用金剛總持或另外的本尊，一匹馬或一頭象，或是須彌山的珠寶。或者，你也可以完全放下觀想內容，只是用手在曼達盤上供米的動作，作為助緣，或是念誦的聲音也可以當作止的助緣。

安住在開放的覺知中

在開放的覺知中安住，保持念誦和計數。獻曼達修持和之前的修持一樣，培養心安住——止，但這並不是它主要的目標，無論如何那還是都會帶來利益的。

為究竟的快樂祈願

在這裡你放下觀想，但是保持念誦，供七堆米和計數。將你的覺知帶到幫助一切眾生證悟的祈願上，思維：「願我累積福德智慧資糧，能夠幫助眾生證悟；願一切眾生累積福德智慧資糧，能幫助他人證悟。」這裡的重點，保持在為究竟快樂的究竟祈願上。

持守菩提心的附帶利益，是福德資糧的積累，像止禪，累積福德資糧不是獻曼達的主要目的，但是自然能在生起菩提心的時候長養福德。如我之前所說，為一切有情能究竟離苦的祈願，就能累積福德。動機和意願本身就能影響心，而增加我們幫助眾生的能力和潛能，也讓我們處於正確的方向。這意味著我們面向善行，而背離造成自他迷惑和身心傷害的惡行。當完成無數次的供養和菩提願心的生起，我們的福德也隨之增長。

無概念的心

我們也可以選擇修持空性，作觀修或心性的修持。除了祕密的供養，我們也可以理解外在和內在供養的空性。我們運用想像，生起一個巨大複雜涵蓋宇宙以外的大宇宙空間，帶著慧觀，在念誦、供米和計數的同時，我們可以檢視一切現象的色空不二，接著問自己：「誰在累積二資糧？我是空性的，我的行為是空性的，我祈請的對象也都是空性的。」這樣分析詢問之後，安住在無概念的心，供養的修持成為勝義諦的修持。為了圓滿我們幫助一切眾生證悟的承諾，我們需要滋養認識空性的智慧。

如果你已接受過心性的教導，那麼你可以在修持供養中，讓心安住在清淨的覺知。

你可以隨時轉換禪修方法，不需要依特定的次序修持這些方法，著重在其中一種方法是可以的。不同的禪修方法，在修持過程中，也可能自己調適而任運轉換。不需要阻止這個改變，而把自己拉回到之前的修持。如我的老師所強調的：行者不應像在自動駕駛儀引導下，對自己修持的狀況不予理會，而要轉換不同禪修方法，以使修持保持活力和鮮明。

下座前的修持

在一座修持結束前，我們讓獻曼達過程中觀想的所有佛菩薩，融入金剛總持，宮殿也融入金剛總持，然後金剛總持融入光，光融入我們自身和所有眾生之中。因為一切都消融於金剛總持，因此我們與諸佛菩薩合而為一，和釋迦牟尼佛、佛法、僧寶合而為一，與上師——加持的根本、本尊——成就的根本，以及護法——事業的根本合而為一。接著讓你的心安住。如果你認識過心性，那麼安住在清淨的覺知，或者就安住於開放的覺知。

迴向一切眾生的解脫

接著，我們要將修持所得的福德智慧功德，迴向一切眾生的解脫，和我們有業緣聯繫的人，能夠直接得到迴向的幫助。我們大多數人，以及大多數我們認識的人，都長期困於煩惱與不滿當中，曼達修持幫助我們打開自己，和一切有情連接。究竟的給予，包含供養執著的習氣，這是持續帶來痛苦，並讓我們處於孤立和恐懼的根源。我們祈願所有的眾生，都有體驗放下執著的可能性。

整理清潔

修持中不可避免的會有米粒落在地上，結束後一定要清理整個環境，不要將地上散落的米粒和佛龕的米混合。需要丟棄的米，不要跟著垃圾一起丟掉，你可以繼續用來布施，比如放在外面餵小鳥或昆蟲。

成就的徵兆

曼達修持最明顯的效果，展現在我們往後如何布施的行為。如果你能保持離執的心，就一定看得出，緊抓不放的執著開始鬆動了。更廣義來看，用想像建構一個曼達宇宙，讓我們面對自己的僵化與有限的感知。我們不能一步到位的穩定色空不二的淨觀，但是這個修持，向我們展示了更開闊的視野，這也可以削弱我執，那個執取預設的概念和造作的心。

在前行開始階段，我們用想像，消融認為自己是誰，或可以是誰的習性界限，也依此去探索桌子、其他人或自己的無常性。這樣，我們挑戰自己，認為有堅固獨立實體存在的概念心，對顯現外形的真實性抱以疑問，也幫助消融執著和造作。在不共前行當中，想像的對境——諸佛、本尊、一切眾生和整個聖化的宇宙，變得相當複雜，然而我們保持在自己原本的色身形體中，用我們的凡夫身，向三寶禮拜；用我們的凡夫語，向一個想像出來的金剛薩埵，祈請淨除惡業和覆障。在供曼達修持中，我們清淨執著心的染污，而完成福慧二資糧的累積。

當我們坐在這裡，所想像的諸佛、本尊、壇城宮殿和眾多宇宙還是出現在那裡，只有到每座修持的最後，我們完全和所有觀想對境融為一體，方可認識到自己與他們本質無別。

完成三步不共的前行修持，我們帶著確信、清淨、富足的心，準備好向前邁一大步：認識我們已經是——且一直都是佛，而從智慧中去修持。下一步的上師相應法修持中，我們不再和本尊分離，帶著「我」和「他們」的二元感知而修持，我們將第一次透過想像，展現為本尊，作為聖者，而讓自己更接近，去經驗自己是誰的實相。

第十一章　點亮你自己——上師相應法

上師的本質，就是上師。
從凡夫的形象，你不能得到任何加持。
真正的上師，是身、語、意的智慧精華。

來自世界各地的朝拜者，都把我父親尊崇為一位證悟的大師，而在我的記憶中，沒有哪一次，我不曾聽到他們與父親，討論上師至高無上的重要性。然而，當我年幼時，父親已經上了年紀，他患有糖尿病，帶著厚重的眼鏡。對他，我懷著摯愛，以及將他視作上師的虔敬。但要把一位生活在自己身邊，外表略顯寒磣的上師，看作活生生的佛陀，讓我不太能感到恰如其分。

直到我進入三年閉關，仍然沒有信服上師是必須的，很快的，我遇到了薩傑仁波切。儘管這樣，我還是在琢磨：「我們有了佛、法、僧三寶，難道還不夠？」

一天下午，當我們坐在溫暖的陽光下隨意聊天的時候，薩傑仁波切給了我答案。薩傑仁波切從來不預示什麼，他追憶起自己年輕時，在西藏和其他三十位出家人作三年閉關的往事。他們的閉關上師叫拉根（La Gen，意思是老僧）南達（Namdak），一位備受尊敬的喇嘛。南達喇嘛不知從何時起不再剃髮，纖細的長髮從耳朵上方束起來，不時乾咳。

當拉根南達對薩傑仁波切和其他閉關的人，教導前行最後一個加行的內容，他拖著身子從他的關房走到大殿。整個教導的過程中他都在咳嗽，他解釋在上師相應法修持中，要觀想上師金剛總持或金剛總持在我們頭頂，他還強調觀想的本尊和在世的上師是相同的，所以也可以觀想這位上師在自己頭頂。

聽完他的教導，一位僧人告訴同伴（也就是多年後成為我的上師的薩傑仁波切）：「我沒辦法觀想這個老頭在我的頭頂，他那麼醜，一直咳嗽，而且他的頭髮也很可笑。我該怎麼辦？」當時薩傑仁波切不知道該如何回應。

幾天後，南達又出現在大殿講課，薩傑仁波切對他的同伴耳語道：「跟他講你的問題吧，告訴他！」

於是那位僧人對南達說：「我修上師相應法遇到很大的困難，因為我不想把像你這樣醜陋的老頭，觀想在我的頭頂。」

南達回答說：「我沒有說你必須觀想我（一陣咳嗽），你可以觀想金剛總持。」

接著我問薩傑仁波切：「如果上師不是有形的身體，那他是誰？」

「上師的本質，就是上師。」他解釋道：「上師外形的身體只是感知，當從凡夫的感知去看上師，他不是證悟的。而你沒有辦法從這個凡夫的形體得到加持，真正的上師是這個身、語、意的智慧本質。」

我繼續問下去，直到薩傑仁波切的回答，跟我父親說過的一模一樣：「諸佛菩薩就像已經點亮的燈，為了點亮自己，你需要和他們連接，燈芯和燈芯相連，心和心相應。弟子的虔敬心，透過接觸上師，和證悟的心相連接。」

薩傑仁波切的身教，不是籠統或隨意的說法，它碰觸到造成我諸多尷尬、困窘的地方：薩傑仁波切老了，裝著假牙，他杵著拐杖，一瘸一拐的走路，跟我父親一樣，也戴著一副眼鏡。在他成為我的上師那一刻起，我都在想：「為什麼要這樣一位老人來當我的老師？他走路都有問題。」

一直以來，我也和薩傑仁波切在八蚌寺閉關的同伴一樣，困擾於自己有這麼老的一位上師。但在跟薩傑仁波切的這番對話之後，我拋開了心中的抗拒感，持續回到薩傑仁波切的話：「上師的本質，就是上師。」

在噶瑪噶舉傳承的上師相應法修持中，我們要觀想自己成為本尊金剛瑜伽女，對自己頭頂或前方的金剛總持祈請。其他傳承會有不同的本尊，但修持是相似的。上師相應法完整的結合了前面所修持的皈依、菩提心、懺悔、供養、六度波羅蜜和累積福慧二資糧，但是有個很大的不同是：我們此處的修持是在金剛瑜伽女的身、語、意之內作修持。我們運用的是自己發掘和經驗到的，證悟者的功德特質，或許不能在整座修持中都保持這樣的體驗，但是會不斷熟悉它，從而透過這個經驗進入金剛乘。

每個人都是佛

通常我們每天的經驗，是自己和他人是分離的，因此，開始修持佛法的時候，我們沒有和佛融為一體，而是用熟悉而有限的二元之心去修持：有個我在這裡，釋迦牟尼佛在那裡。上師相應法的修持，要消融二元對立的感知，我們看每個人都是佛，連自己也不例外。我們將這個見地從上師身上，擴展到其他有情眾生，不再像之前的加行修持那樣，把金剛總持或金剛薩埵看作上師的化現，這裡我們把上師看作諸佛的化現。觀想的對象沒有變，但感知轉變了。

「上師的本質，就是上師。」外在形體是人，內在的本質是佛——這就是絕對的見地。對所有人應該都是如此，我們不只對上師，對每個有情生命都這樣看待。由於上師和我們之間的緣分，上師和諸佛之間的關聯，都促使這個感知生起，並讓它更容易接近。

前面的修持中，我們的凡夫身轉化為佛身，現在的佛身，是讓我們看到上師的人身就是佛。之前，我們從人身開展對佛身的虔敬；現在，我們的佛身對人身生起慈悲。儘管我們說虔敬心是對證悟聖者的，而慈悲是對有情眾生的，最終這兩個特質融合為一。一旦我們認出上師即佛，便會更容易的看到，我們自己和一切眾生都是佛。這就是以果為道的修持。

實際的修持包含行者以禪修姿勢而坐，觀想自己化現為金剛瑜伽女的智慧身，而行大禮拜。這個時候，誰在大禮拜？誰在懺悔、淨障和積資？我們化現為金剛瑜伽女的凡夫身在做著這些修持。禪坐時，從金剛瑜伽女的心間，化現出千萬個我們自己的凡夫身形。在這裡我們換檔了：之前，諸佛是我們凡夫身的化現；現在，我們凡夫身是諸佛的化現。我們透過金剛瑜伽女的眼睛看到自己凡夫的身體，我們透過金剛瑜伽女的耳朵聽到自己向諸佛祈請，我們的凡夫外形不再是「相對」真理，而「僅僅」是相對顯相。這就是說我們不再參與恆常、堅實和獨立的造作，而是看到我們自己的化現是無常、無實體和因緣和合的。

在這個階段，我們已經走到凡俗二元的感知，和輪涅不二的淨觀之間的橋中央了。我們的確透過成為如金剛瑜伽女一般的本尊，邁上了這座橋，但事實上，我們無法只靠自己通過這座橋。上師幫助我們超越相對真理而看到絕對真理，上師既是嚮導，也是橋本身。讓我們從迷惑轉向清明的，是我們對上師的感知，而由此產生的轉化，是我們如何看待自己。

金剛乘裡面最重要，也是最容易被誤解的就是上師。剛接觸金剛乘的人，有時認為上師的角色表現了一種神權政治，而學生是被暴君奴役的子民，這完全偏離了精髓的重點——弟子也都是佛，而我們所有的修持、主張和方法，都是推進對此的理解。一切的有情眾生都是佛，看到別人是佛，會幫助我們看到自己是佛。這讓一個看起來抽象、不相關、理想化的概念賦予了血肉骨髓。

平常生活中的英雄、導師、教練的角色，和上師的角色一樣，是有幫助的。假設你是一位擅長滑雪的高中生，你崇拜的一位奧運滑雪冠軍，有一天看到你滑雪告訴你說：「你也能夠滑得很棒。」這引申出了一個平行點：對成功的信心不只是來自學生，也來自導師和上師，他們對弟子能夠成就佛道的信心同等強烈，甚至更加強大。

一位好的教練或輔導員相信學生，並認識到學生的潛力和最好的特質，他們的認識幫助學生也能夠認識自己。教練讓學生看到他最好的，就像上師對弟子所做的一樣，這兩者所認識的內容有差別，但方法是相似的。

金剛乘的方法，不是設計出來利益證悟聖者的，證悟者根本不需要，證悟聖者也不需要我們的虔敬、供養和祈請，需要這些的人是我們自己，西方人尤其特別需要對此加以理解。我們運用這些系統和方法，透過修法儀式、上師、諸佛，因為他們照亮我們通向覺醒的道路。

上師相應法的三個重點

在上師相應法修持中，我們運用想像，達到對一位有血肉之軀的上師的淨觀，行者要透過三方面使這個過程變得清晰：以果為道、虔敬和信心、業緣關係。

一、以果為道

我們在上師相應法修持的時候，不再用諸佛的內在生命，投射於外在形體，而是將這些投射轉向內，照亮我們自己的佛性。上師相應法讓我們自己的身、口、意轉化為佛的身、口、意，這就是我們所謂的「觀想為道用」。之前的修持，我們想像出自己希望成為的本尊，由此我們縮短了「自己」和「他人」之間的差距，到了上師相應法，我們要完全的消除這個差距。

上師相應法之前，我們一步步趨向智慧，是透過認識自己的本質是智慧，認識無常的真理是智慧，認識空性真理是智慧，認識一切現象的因緣關聯是智慧，還有透過認識痛苦本身，即可轉化為智慧，所有這些見解都在接近智慧。到了上師相應法的修持，我們不透過方法和方便而體現智慧，我們進入金剛乘，成為證悟者——金剛瑜伽女、諸佛之母、智慧之源。

我們一直在運用覺知和想像的方法。在皈依、金剛薩埵和獻曼達的修持，我們依據相對和絕對的見地，運用自己的身形，但接著要問：「是誰在修持？」我們透過這個問題，探索色相和空性，觸及到存在於我們形體內外的佛性，認識到我們和諸佛不可分的本質。但是在上師相應法，我們從自己的潛力完全開展之處用功。迄今為止，我們已經以種子為道，以因為道，以方便為道。現在，我們以果為道。

當然，我們現在仍然在道上，直到證悟前，我們都在某種程度上受限於概念。一些輪迴的跡象還會給我們造成陰影，一些不快還會干擾我們的心，但是當潛力和成果融合，我們會在道上風生水起，事半功倍。

相信自己是佛

很多人修持幾十年，仍然沒有真正相信自己有解脫的潛能。老實說，要百分之百的相信我們自己會成佛的確很困難，每當我向我父親表達這個疑惑，他就會說：「這很正常，只要嘗試就好，而且繼續修持。最重要的是持續修持。」

把我們自己想像為金剛瑜伽女，有點像給自己穿上萬聖節的裝束。我們需要看這套衣服合適否，穿起來感受如何，透過一種不帶威脅的方式，這給我們提供了一個放下慣有的，在狹小的框架裡對自己的認定——「這就是我」。

然而，透過觀想，我們自己要付出努力，但我們只靠自己，是無法完全認識出自己的潛力的。真正能幫助我們穩定淨觀的力量來自什麼？不是從本尊而來，不是從佛陀而來，也不是從過往幾百年的傳承上師而來，直接而無價的幫助，是從我們身邊活生生的上師而來。

密勒日巴的忠告

一次，密勒日巴向他的弟子回憶起自己住在山洞時，除了蕁麻就沒有別的食物，一位學生對他說：「沒有人可以像你這樣生活，冬天身上只披一塊布，蕁麻是唯一的食物。你一定是佛的化身。」

密勒日巴回答道：「這是錯誤的見地。如果你修持佛法，你就會成佛，你就會證悟。我們都有相同的潛力，如果你認為我只是佛的化身，那你永遠也不可能認識你自己的佛性。」

把密勒日巴看作佛的化身的感知，表現出概念化的瘋猴子心，當我們和上師的關係，伴隨著純正的虔敬，瘋猴子心會停止關於上師，以及肯定或否定上師真正是誰的許多想法和概念。把密勒日巴形容成某位轉世，或許是出於恭維和讚歎，就像說：「哇！你太棒了！你一定是某位佛菩薩的化現。」然而這樣的感知並不能引導弟子解脫。

很多學生認為，如果自己看不到上師頭上的光環，就是不夠虔敬的表現。其實這又掉進更多的概念當中，「錯誤」是個概念，「光環」是個概念，「化身」也是概念。但是如我之前所說，我們運用概念超越概念，這也涉及到淨觀。當然這是矛盾的，因為任何關於淨觀的概念，都攪亂了它真正的含義。

佛陀大醫王

釋迦牟尼佛把弟子比喻為病患，老師比喻為醫生，而佛法比喻為醫藥。我們把身體的病痛，托付給一位有經驗的醫生診治，心的問題要找一位法的醫師。

兩千六百年前，生活在這個地球上的佛陀，仍然照亮著我們的道路，但是他不能跟生活在世間，和我們身邊的上師一樣慈悲，他不能舉起一面鏡子，映照出我們神經質習性的反應，或是揭露閃避的我執的隱蔽處，如同螃蟹逃竄到岩石下藏匿。如果我們下決心要斷除煩惱，和重複無明的身、口、意行為所形成的神經質反應，我們一般會需要比經典中的古老話語更強的藥力。我們需要一位在世的、具德、有經驗的醫師，給予最好的診斷，開出最有效的藥方，依據不同病患的症狀而對症下藥。

西藏歷史記載了無數偉大的上師，用各種方式的努力，引導他們的弟子覺醒的故事。有些故事聽起來太神奇，以至於現代人把它們當作民間神話，而非具指導性的教法。然而，現代也有足夠多的事例和故事證明：對治我們神經質習性的藥方，可能展現為意想不到的各種形式。

幾年前，一位弟子為了慶祝自己的生日，請他的上師到加德滿都一間豪華餐廳用餐。上師提出他來點菜，學生心想：「太好了！我們倆都是素食者，沒有比上師來點菜更好的了。」這個學生不只是不吃肉，他還告誡其他學生不要吃肉，同時表現出他有德行的優越感和驕傲，對吃肉的佛教徒尤其鄙視。

當服務生過來的時候，他的上師點了雞肉馬薩拉和咖哩羊肉。學生不安的握著餐巾紙，一杯接一杯灌著涼水。菜餚上桌後，他的上師吃了一大勺，說道：「我的天啊！這真是太美味了！我已經很久沒吃咖哩羊肉了，今天我要好好享受一番。」

那位學生沒有回應。於是上師問他：「你覺得怎麼樣？」

那位弟子含糊答道：「還好。」但他瞪著雙眼，內心的衝擊和困惑溢於言表。

上師繼續愉快的進餐，直到最後，他說：「生日快樂！希望你喜歡我的禮物。」話音一落，他們倆同時大笑了起來。

釋迦牟尼佛根據僧團出現的衝突和狀況，給弟子制定了分門別類的各種規矩和戒律。結集在律藏的所有教法，包含了道德行為、律儀規範、個人節操、飲食作息等等方面的條規戒法。但不是每個可能的情況都出現過。律藏沒有關於對素食者傲慢的矯正方法，這就是身邊的導師需要出現的時候。

為了能讓病患服藥，必須對醫生有信心；素食的學生能夠受教，因為他信任他的上師不是單單只想破壞他的生日，而是要摧毀他的執著和我慢。老師也需要瞭解學生的承受度和能力範圍，如果最後學生還是感到受傷和憤怒，那就不是真正的觀機而教。

對祈願的理解

因為我們祈願在一生之內證悟，所以我們要運用各種有力的工具──視覺對境、氣味、想像、咒語、對象、祈願文等，來幫助我們根除深植的無明。如果我們忽視這些工具的重要性，而把它們當作佛法的道具，我們會面臨被自己傲慢和自滿擊敗的危險。你、我、每個人──我們在道上都需要支持。

祈願可以是一種祝禱：我們虔誠的祈願，跟隨佛陀的腳步，對所有眾生慈悲，減少自私，更加慷慨……諸如此類。現在我們的祈願，像卷起來的畫軸，我們要展開它，又或許像一棵幼苗，盼望著成為圓熟的稻穀。這個感受，是從內在引發出一些東西，而非從虛無中期望得到什麼。

另一種對祈願的理解，是依賴對我們外在的某個人事物懇請幫助，懇請賜予我們外在的某物。我們透過想像，透射出外在的生命體，我們製造了「我」和「上師」，或者「我」和「佛陀」之間的二元關係。然後，我們用這個相對真理作為善巧方便，因此有「我」在向「上師」或「佛陀」祈請。我們祈請幫助除去自己的惡業和覆障，因為我們有製造問題的習慣，二元關係和祈願文會非常有用。

依勝義諦來看，這些聖眾並不是存在於我們之外，我們透過想像讓他們生起，這樣，祈願縈繞我們心頭，就像棉線繞著紡車，我們卷在紡車上的，也是從紡車上取下來的，但是整個過程創造出不同的紋理、質地和能力。祈願從來沒有離開過我們的心，但是祈願因內心對諸佛的想像而轉化了，這就使祈願和發願實現的能力倍增。

諸佛的加持是信心帶來的禮物。如果我們自己信心和能力的體會增加，效果必定會出現。就像之前提過的，一切都可能經驗為一種加持，上師就是從負面轉向正面的轉化器。涅槃是我們的感知，輪迴是我們的感知，當我們理解這兩者中沒有哪一個比另一個更堅固、更真實，那麼上師便能夠幫助我們，轉向帶來更大快樂和自他痛苦終結的感知。

二、虔敬和信心

上師相應法的第二個重點，是信心和虔敬。藏傳佛教的經典教法，區分了信心和虔敬的差別，但在這裡不是必要的。重點是要知道，我們世間的聰明才智，所展現的花招和自我的伎倆，都不是虔敬。純正的虔敬，能夠融化最堅硬強力的自我保護層。這完全是必要的，因為如果沒有調柔我們的心，我們的願心不會也沒有可能成熟。

薩傑仁波切教導我三種虔敬：1. 祈願或清淨的虔敬；2. 渴望的虔敬，或者說對達到某種成就的期望和願望；3. 信任的虔敬。他解釋說：「假設你要穿過沙漠，或是像西藏西部的平原，沒有汽車或摩托車，也沒有駱駝，步行在沙漠中，烈日當頭，沒有一絲雲彩，酷熱難當。當你走到一半時，你意識到這段旅程比預計的更長，你帶的水快沒了。你不斷抬頭，希望下雨，然而，太陽直射在你頭上，熱度變得難以忍受，地上的熱氣也往上升。你行進在太陽、地面和空氣三方帶來的熱浪之中，口乾舌燥，心裡想的都是水，你渴望著水。這就是渴望的虔敬。

遠遠的，你看到平原的邊緣，就在那之外，出現了美麗翠綠的山，一道純淨的瀑布從山頂傾瀉而下，這景象讓你喜出望外。這就是祈願的虔敬或信心。你感受到水的純淨，你能在心裡品嚐它，對水能帶來的可能性的信心，激勵你在這三種熱浪中繼續行走。當你走到瀑布前，你想：『這水一定會解除我的乾渴。』你有這樣的信任，這就是信任的虔敬。」

這樣解釋完，薩傑仁波切問我：「這三種虔敬，哪一種最重要？」

我當時已經完全忘失在故事當中，想著：「我只是個小男孩，獨自穿越平原，又熱又渴，水也快喝完了。或許我會死在那裡……」我望著仁波切，希望他自問自答。

「你如何開展出信任的虔敬？」他繼續問道：「透過推理。首先，當你準備旅行的時候，你準備了包括水的一切所需。當你來到沙漠邊緣，看到遠方的青山瀑布，這讓你很開心，快樂的感受反映出清淨的虔敬。第二，你渴望喝水解渴，那就是渴望的虔敬，願望的虔敬。第三，如果你帶著堅定的信念——水是好的，因為它會幫你解渴而喝了水，這就是信任的虔敬。你信任它，是因為你對它有經驗，接著祈願和渴望自然而然就生起了。」

我們如何開展對上師的虔敬和信心？我們要認識：上師的本質和諸佛的本質沒有差別。老師、上師，以及一切諸佛有著無二無別的佛性，學生也有佛性，這是根據勝義諦的說法。如果我們對此有了體認，那就是勝義的上師相應法修持。但在世俗諦，虔敬是我們看到上師是佛的方便，而它也成為開展我們淨觀的方便。我們依賴勝義諦的智慧接受上師、諸佛和我們不可分，從無始以來就結合在一起，上師心和自心在本質上一直都是融合的。現在我們對此已經有了覺知，我們理解一切的感知都是心的顯現。

在此，重要的不是用我們世俗真理的心，去分析或評判，或瞭解我們的上師是否真正是佛，重要的是運用虔敬這一相對的方法，我們感知上師就是佛。這樣的感知確實會幫助滋養我們看自己也是佛的信心。

古老的教法認為，上師的純正性是理所當然的，然而在末法時代，我們無法找到完美的上師。如果上師有覆障，我們就有聽取壞建議的風險，那麼我們怎麼開展虔敬和淨觀呢？我父親告訴我，聽取上師建議的時候，永遠不要背離自己直覺的智慧。當然，如果是關於佛法的建議，我們必須非常小心。我父親說，如果是關於世間俗務的建議，我們絕對沒有服從的義務。

而今一些學生，對佛法和世間法的問題混淆不清，他們問上師修持方面的問題，也問上師該買哪一棟房子。在一次會面中，他們問關於禪修、工作和人際關係的問題，我父親解釋說，如果學生的問題是關於俗事，那麼他們不採納上師世俗的建議，也不算破壞誓言。

現代很多學生跟隨上師，收集灌頂、口傳和很多的教法，但這些都不能替代修持。清淨的弟子並不一直遊蕩在上師周圍，他們來到上師面前，請示教法、指導或釐清修持上的困惑，而後他們自己去修持。如果我們感知上師是佛，我們就會接受到佛的加持。但是，加持來自因緣條件的聚合，而非莫名的從天而降。它們並非獨立存在於我們的心之外，沒有事物獨立存在，接受和受益於加持的能力，來自於我們這方，來自於我們的修持。

有個西藏的故事，很好的詮釋了這點。一位沒有受很多教育的雲遊喇嘛，到了一家人門口前請求留宿，為了讓這家人對他生起恭敬而供養他更多錢和食物，這個喇嘛需要想出比「嗡嘛尼唄美吽」更炫的招術。這個咒語他知道，但在西藏這是連小孩都會念的咒語。所以他開始嘰哩咕嚕小聲快速念起沒有意義的音節：「嗡巴拉度列吽索班雜哈……。」這家人一聽，感覺這是很大的加持，於是把這位大喇嘛請進了他們家。

第二天早晨，這家人的太太告訴喇嘛：「你就是活佛，我已經等待你出現很久了。現在，我想請求你給我綠度母的口傳。」這個喇嘛不知道綠度母，他抓抓頭說道：「啊，嗯，呵……我不太確定妳是否準備好了接受這高深的教法。」

但這位太太很堅持，懇求他說：「你必須教我綠度母才能離開。」

最後，喇嘛讓她拿了一些水和生米，接著讓她坐在他面前。他又含糊的念起了咒音，並指示她喝下清淨過的水，接著他說，她已經接受口傳了。接下來他讓她靜默的閉上眼睛坐幾分鐘，之後他才會教她綠度母的咒語。

當她靜坐的時候，這個喇嘛東張西望，試圖想出對付的辦法。他看到走道盡頭這家人的女兒在清掃泥土地面，一縷陽光從窗戶透進來，照射在飛揚的塵土上。他開始想：「我們很快都會歸於塵土，我會變成塵土，這個婦人和她女兒也一樣，我現在告訴她什麼都沒有差別。」接著他讓她睜開眼睛說道：「因為妳的虔敬和清淨的信心，我現在要教妳祕密的，密乘的綠度母咒語，這是很少人知道的。但無論什麼情況下，妳都不能告訴其他人，只能自己輕聲念誦。」接著對她念道：「卓瑪薩土魯魯。」說完，喇嘛繼續上路了。女主人每天都快樂的念誦她的咒語，很快她夢見了綠度母，更讓她覺得有加持。

有一天，一位真正的大班智達（偉大的學者上師），來到了他們村子。婦人走上前去，低聲念著「卓瑪薩土魯魯」。那位班智達還是清楚的聽到了，接著她說：「度母，除了塵土，一切都不會留下。」

這讓班智達警覺起來，問道：「妳在說什麼？」她解釋說這是很稀有的、密乘的綠度母咒語，是非常祕密的方式傳授給她的。「我真的很抱歉告訴妳，」班智達對她說：「這不是正確的咒語。綠度母的咒語應該是『嗡達列度達列度列梭哈』。」

婦人非常感激班智達告訴了她真相，她表示懺悔，並承諾今後都要正確的念誦咒語。然而，綠度母再也沒有出現在她夢裡。一天晚上，綠度母出現在班智達的夢中，並告訴他：「你不應該讓她後悔於念錯了咒語，你做錯了。」

醒來之後，班智達直奔婦人家裡，對她說：「我很抱歉，我剛才發現妳之前念誦的咒語，來自一個很古老、祕密、最珍貴的綠度母教法，妳應該念回以前的咒語。」

婦人告訴他：「我想應該真是那樣。因為念了你給的咒語，我再也沒見到綠度母。」

這就是信心和祈願的力量。同時，即使我們的老師，確實就是最殊勝卓越的佛陀，但我們對此沒有淨觀，那我們也不會知道，不會看到。當密勒日巴第一次見到馬爾巴的時候，他看到的只是一位在田地耕田的農夫。當紐修堪仁波切剛從西藏出來，到了加爾各答，他選擇如同乞丐一樣，生活在一群流浪的苦行僧當中。他選擇這種艱苦的修行方式——沒有衣食房舍的保護，沒有他的名聲可以帶來的庇護，我們稱這樣的修持叫「乾柴放入烈火」。首先，我們從中開展出不可動搖的體悟，接著我們有意的添加障礙和困難的境遇，使我們的證悟更加明亮圓熟。

如果我那時見到堪仁波切——骯髒邋遢且幾乎衣不蔽體，蓬亂的頭髮，我不確定是否能認識到他證悟的功德。如果我們沒有淨觀，即使佛陀本人，也不會出現在我們面前。如果我們有虔敬和淨觀，便能夠跟隨一位或許在我們前方僅幾步之遙的清淨上師，在道上快速的進步，但仍然能透過淨觀達到證悟的目標。

三、業緣關係

上師相應法的第三個重點，是透過上師和諸佛建立業緣關係。只要我們還在輪迴流轉，我們的佛性就還未甦醒，我們需要比自己瞭解得更透徹的聖者給予協助。如果我們可以和上師的證悟心連接，那麼就可以透過祈請和祈願，和一切諸佛連接。看到上師的身體，聽到上師的聲音，接受上師的教導，是跟佛法連接最好的方式。這就是為什麼經典說：諸佛菩薩像太陽，他們的加持如同陽光。

薩傑仁波切告訴我，我們的覆障就像垃圾，如果我們要將垃圾燒掉，就將它放到陽光下。但是只靠陽光，沒有那麼容易就讓垃圾燃燒起來，如果我們把一個放大鏡擱在垃圾上聚光，垃圾很快就會燃燒起來。放大鏡將陽光的熱度集中，使我們的無明迅速的燃燒起來。上師就是這放大鏡，佛陀就是太陽。

當我們想到諸佛和他們證悟的功德，他們和我們之間相差甚遠，而無法認識到諸佛不可思議的功德特質。而上師跟我們一樣吃喝拉撒睡，他們也會累，會衰老禿頂，戴上老花眼鏡，也跟我們一樣需要衣食溫飽，但我們仍然敬佩他們無我的行為，在他們慈悲的教導下開展和成熟自己的心。同時，上師非常人性的特質，也意味著會容易從中發現我們喜歡與否，和尊崇與否的特點。

有一次，密勒日巴在一個戶外法會儀式講法，那時他已經在整個地區備受尊崇，而且有很多弟子。那天，人群中有兩位學者，他們很嫉妒密勒日巴的名聲和人們對他的恭敬，這些學者不是修行人，他們到那裡是為了批判密勒日巴的學問，而非接受他的智慧。帶著強烈失控的情緒，他們密謀著讓密勒日巴當眾出醜。

預謀好策略之後，兩位學者帶著他們的一群學生來到講法現場，剛開始他們靜靜的坐著，有禮貌的聆聽，但接著一位學者站起來喊道：「你是偉大的瑜伽士，那一定知道經典和法本的所有邏輯。」

「我沒有學習經文。」密勒日巴答道：「我甚至不知道『側瑪』（藏文：tsema）和『車瑪』（藏文：chema）的差別。」藏文中，tsema 的意思是「無誤的邏輯推理」，chema 是指「蔬菜做成的菜餚」。

接著那位學者說道：「如果你沒有學習，如何知道所有事？無誤的邏輯推理的結果，就是真理。」

這時，向來以道歌教法而聞名的密勒日巴，唱出一首道歌來作答：

吾已值遇無誤上師尊，
接受無誤耳傳與教導。
至於無誤山洞我修持，
無誤行者修諸無誤法，
吾已臻至無誤之證悟。

這時，坐著的那位學者氣急敗壞，他抓了一把泥土，跳起來，朝密勒日巴扔過去。目睹如此無禮不敬的舉動，很多在佛學院跟隨這位學者的學生都離開了。

但幾週之後，當眾提問的那位學者去拜見密勒日巴尊者，並請求開示。幾年後，他成為一位偉大的證悟瑜伽士。向尊者扔泥土的學者依然對尊者很輕慢，沒過幾年就死了。

後來密勒日巴提起這兩個人，他說道：「他們兩人都和我結了緣——一個結善緣，一個結惡緣。但即使是結惡緣的這個人，也會在幾世之後解脫輪迴。」這就是業緣的力量。

這裡便講述完有關上師相應法的三個重點：以果為道、虔敬和信心以及業緣關係。現在，我們要進入選擇上師的四個重要因素。

弟子要選擇上師

西藏有個說法：「當你遇到一位老師，不要像看到肉就狼吞虎咽的狗一樣，不顧一切的撲向這個人。」要觀察和檢視老師，這是學生的責任。記住，我們並不需要一位特別的老師，教完我們所有金剛乘的教法，紐修堪仁波切就有二十五位上師。

在擇師的時候要慎重的原因是，大部分的人找到一位老師，尤其是他們遇到的第一位老師，他們並不真正清楚一位上師應具備什麼，亦或他們也不知道自己要尋找什麼，然而他們的期待卻製造了很多困惑。歷史上很多最偉大的藏傳大師都有一個共同點——從不把他們的智慧之心行諸於外，我父親就是那樣一個例子。他的證悟從不表現在光鮮的外表，如果他一個人走在市集，沒有人會留意他，而他也不以為意。

偉大的上師巴楚仁波切（Patrul Rinpoche）外表看起來就像個流浪漢，而他也經常被當作流浪漢對待。當他去寺院見上師或甚至傳法的時候，經常被寺院的守衛或廚師驅趕。不明仁波切身分的人，對他的功德特質都有眼無珠，不能識別。

一次，巴楚仁波切接近西藏才久寺（Tsechu Monastery）時，經過了一個關房，關房裡的僧人叫住他說：「嘿！老頭！你的衣服、鞋子看起來都破舊不堪了，如果你來幫我打掃關房、煮飯、清潔供碗和作供養，我會給你衣服和食物，或許有時還可以教你一點法。」

巴楚仁波切說：「噢，這聽起來是個好主意。」於是他留下來，一絲不苟的完成每天的工作：清潔佛龕、供養和準備食物。

閉關的僧人對此很高興。一天，他說：「現在我要教你從《普賢上師言教》節選出來的法，這是偉大的巴楚仁波切的著作。」巴楚仁波切非常仔細的聽法，並感謝僧人的教導。

就這樣，很多天過去了。一天早上，僧人注意到佛龕上的供碗沒有擺整齊，他嚴厲的訓斥他的老侍者：「你沒有聽到巴楚仁波切說，供碗要整齊排成一條線嗎？」

巴楚仁波切說道：「噢，抱歉我做錯了！」

藏曆十五的這天上午，巴楚仁波切對僧人說：「我想請求你允許我去寺院繞塔，我會按時回來準備你的午餐。」僧人應允了他。

巴楚仁波切走到佛塔前，念誦祈願文，接著繞塔。這時，寺院的一位總管認出了他，立即在路上對他禮拜起來。總管向巴楚仁波切獻上哈達，接受到仁波切的加持感覺無比的高興，並邀請仁波切參訪他的寺院。所有在佛塔的僧人和在家人，都驚奇的問這人是誰，很快的，偉大的巴楚仁波切來了的消息不脛而走。每個人都來向仁波切禮拜、請求加持，仁波切不斷的說：「請停下來。請不要禮拜。很抱歉我必須離開了，我還有很重要的事，不能在此停留。請讓我過去。」但是越來越多的人圍了過來。

不久，關房的僧人開始嘀咕：「那老頭做什麼去了？這麼晚還沒回來。」他看到從寺院走過來的人群，向他們問道：「你有沒有看到我的老侍者？」

那些人說：「我們沒有看到什麼老侍者，但是巴楚仁波切在佛塔那裡，每個人都在接受加持，或許你的侍者也在那兒吧。」

僧人一聽有點惱怒，想到：「等老頭一回來給我煮午餐，我自己就要去見巴楚仁波切。」

過了一會兒，他看到一位老人由人群擁著向他的關房走來，一路上每個人都在向他禮拜、獻哈達。僧人想：「那不會是我的老侍者吧？」當人群靠近的時候，他看到那位老人真的就是為他煮飯洗碗的老侍者！僧人感到極度羞愧，他跑進房間鎖上門窗躲了起來。

巴楚仁波切到了門口，說道：「請讓我進去，很抱歉我遲到了，現在我回來給你煮午餐了。」門一直都不開，巴楚仁波切繞了關房一圈，請求他開門，但僧人羞於露面，最後巴楚仁波切只好離開了。

我們之中有誰會跟那位僧人表現不同嗎？如果我們以世俗價值觀去探尋，就可能得到一位世俗的上師，所以我們需要培養對上師特質的認識。無論如何，一旦我們從上師處接受教法，就自然成為了上師的學生，因此先觀察清楚是重要的。我們可以向周圍的人打聽和詢問，閱讀上師的書籍，看他們的教學錄影，或是聽他們講法的錄音。

如果上師不具格，不清淨，那麼跟隨他就是以盲導盲。如果你依著盲目的信念，選擇一位盲目的老師，這位盲目的老師就有可能把你帶向懸崖。在這個末法時代，找到一位完美的上師，幾乎是不可能的，即使上師是百分之百的完美，但學生不一定有足夠的智慧識別。無論如何，上師對弟子沒有揀擇，而弟子要選擇上師，這是有擇師指南可以遵循的。

擇師指南

選擇上師的四個因素是：檢視傳承、上師的修行經歷、上師的慈悲和關照弟子的意願，以及上師對自己所受戒律的持守。這些不是你能從網路上找得到的資料，你需要做點功課，但如果你觀察後，顯示和這位上師心靈相通，那麼你的努力就是值得的。

一、檢視上師的傳承

上師的傳承並不能保證那就是具德的上師，不過，這些因素都是參考指南，不是保證和擔保，而從傳承開始檢視是再好不過的了。幾百年來，證悟的聖者、祖師們的貢獻，透過口傳、書寫的法本和學術論著，豐潤了整個傳承。另外，藝術、圖畫、大師們的故事和傳奇，讓傳承歷史更加深厚。沒有哪一位老師，等同於傳承的重要性，但是，帶領我們進入傳承的，還是老師。

想像你進入一個開設了你最感興趣的學科的大學，像科學、藝術或歷史，你能夠接觸到由教授、學長、同學、圖書館、資料庫……所累積的智識，如海洋般的經驗和知識豐富博大，你要做的是盡力吸收。這是我們的功課，多麼難得珍貴的機會！佛法的傳承也如此，因為傳承，修持賦予了生命力與變化性，它永遠不會像只啃書本那樣乾涸無味、停滯不前。

如果我們遇到的上師沒有傳承，沒有師承前輩，那怎麼辦？如果一位老師，連一位自己恭敬的在世的大師都沒有，或是他詆毀其他上師，宣稱唯獨他自己是最好的老師，那我們最好回避這樣標榜自己為「無上師」，或自稱某某尊者，或宣稱自己已經證悟的上師。在金剛乘，我們說：如果一位老師聲稱自己有神通力，或展現神通，或說他有佛陀直接傳遞的訊息，或是宣傳特異功能或療癒能力，說自己的證悟很高，那麼這個人一定有問題。他不是真正的上師。

檢視傳承並向傳承上師詢問，是學生的責任。你可以向傳承裡的其他大師詢問：「你怎麼看這個人？他值得信任嗎？其他傳承上師支持他嗎？」你也可以向身邊的法友打聽，可以向這位老師的同行上師詢問。

二、上師的修行經歷

上師一定要有一個修持、禪修和學習的經歷。如果我們想學習佛法，必須跟隨一位知識和經驗、修持和慧解，都比我們更為豐富深厚的人。一個人的背景和經歷，能夠反映出很多他真正的興趣，是否真正奉守對法的承諾？有沒有繼續加深對法的理解？是否幫助他的弟子？是否輔助他自己的上師們？對他人是否關懷？你可以跟其他人談起這位上師。當然，讓人訝異的事是必然的，我們不能過早下結論。

三、上師必須關心弟子

弟子選擇上師，一旦上師同意接受一位弟子，那麼上師有責任，將弟子引導至他能證悟的最大潛能。弟子也應該認識：上師是站在他的角度，試著幫助他在修持道路上，不斷開展心靈的成熟。是上師的慈心、悲心、眷顧和善意，讓修道的旅程鮮活而完整。僅僅從經典法本或過往的大師身上，我們是不能感受到佛法強有力的跳動的。

我們還要記住重要的一點：沒有兩位學生是完全相似的。針對不同的個性、習慣，上師量身訂做的引導方式，可能對一位學生有幫助，對另一位學生就會是障礙。因此，學生不是總能理解上師和其他人的連接方式，因為沒有兩位學生是一模一樣的狀況。

最重要的一點，是學生要完全信任，上師是盡全力在法道上幫助弟子的解脫而利益所有眾生。這不代表上師是完美的，但可以確定，就這個因素考量，他是一位具德的上師。

四、上師持守的戒律

第四個因素，是在擇師的時候，關係到上師對自己所受戒律的持守。或者，換句話說，要檢視上師是否守持了三昧耶戒（梵文：samaya，金剛乘專屬的名相）。三昧耶意味著保持對佛、法、僧不動搖的尊重，用於金剛乘則是指對上師的信心。

有的西方弟子認為，離開一位上師就是毀壞了三昧耶，不完全真是如此。如果跟隨學習一段時間，你發現這位上師並不適合自己，那麼最好就停止和這位上師的接觸。在金剛乘沒有規定你無論如何都必須跟隨一位上師，絕對不是的。如果你根據這四點分析，百分之百確定一位老師不具格，那你應該切斷聯繫，甚至你也可以和其他人討論自己的狀況，這是完全如法的。如果上師不具備這四個特質，而我們也對上師不如法的行為有確鑿的證據，那麼告訴別人並不算毀犯三昧耶。如果這位老師有一間所屬的寺院，那麼最好的選擇是和寺院的住持，或這位老師的高層僧眾討論。

距離我在西藏康區寺院的最近一個寺院，就曾經有一起關於一位祖古的事例。這位祖古曾經是寺院教導年輕僧人的老師之一，也是寺院主要的行政負責人，但是他對村裡一名婦女很執著。人們幾次晚上都發現他不在自己的房間，村里的流言蜚語開始慢慢傳進寺院，變成無休止的八卦話題。這名祖古從小在寺院長大，所以每個人都清楚他所應持守的戒律，如果傳言是真的，那他就已經犯戒了。

寺院僧眾合住，往來和關聯很緊密，每個人的行為都會影響整個僧團，就像二十個人一起划船，突然其中一個人將船槳朝反方向划，這讓整艘船偏離方向，整個氛圍受到毒害。對年輕僧眾來說，寺院是一個培訓和養成的地方，他們需要老師們的激勵，而不是打擊或受到干擾。

很多年輕的僧眾到寺院行政處的僧人那裡，投訴這位祖古的行為，但是他們沒有證據，而祖古本人也否認傳言的內容。沒有證據，也就不能做什麼。最後，每個人都對謠言和八卦忍無可忍了。在暴風雪後的一個晚上，一些年長的僧人跟著祖古的腳印，在那個婦女家中捉到他。於是，他被寺院驅逐，後來他跟這位婦女結婚生子，特別節日的時候也以在家人的身分到寺院拜訪，但他再也不能進入佛堂修法了。

實際來說，我們不會總是知道上師的戒律到底持守得如何，我們也不一定清楚傳承所賦予上師的律儀是哪一種彈性尺度。從我們已經知道發生在東西方僧團的例子，如果一位老師的行徑，被一位或很多學生譴責，總會有其他學生挺身而出祖護他們的老師。所以，譴責不會那麼容易確實。儘管如此，如果我們感覺一位老師行為很糟，即使沒有證據，或許就應該遠離，因為在那種情況下，我們大概也不再有意願接受這個人的教法，那就已經有足夠的理由讓我們離開了。但是，最好是不帶怨恨淡然的離開，之後我們要既不鼓勵他人，也不阻止他人去跟隨這位老師學習。

很多時候，特別是西方學生會認為，自己以不淨的感知看待他們的上師，是有問題的。如果他們對上師有任何批評或負面想法，他們就會責怪自己。這是沒有好處的，如果這樣的師生關係對我們修道沒有幫助，那麼學生的責任是要做改變。這種情況下，改變現狀無須掛礙。

上師衡量表

就上師這個對西方人來說，確實很古怪的概念來談，最重要的問題其實最簡單：「這對我有幫助嗎？我有沒有因此更激勵自己去修持？這樣的情形對我的願望有助益嗎？」有時候，學生花了很長時間，列出一張關於上師的衡量表：「這些是好的，這些是壞的，哪個比重多一些？我該怎麼辦？」

如果你不能從上師的教法中獲益，或是當下的情形成為你修道的障礙，那麼你應該不帶偏頗的離開。薩傑仁波切說，如果衡量表顯示百分之七十到八十是正面的，那就非常好了；如果百分之七十到八十都是負面的，那就最好是不損壞三昧耶的離開，也不要給原有的狀況再增添負面因素。

如果你從一位老師轉向另一位老師，但總是失望，總是抱怨，總是感覺每位老師的行為或個性背叛了你，那麼你需要問自己：你在尋找的是什麼？很多現代人尋找上師，就像在尋找婚姻伴侶——完美的先生或太太，那是不可能的。從概念上發展出來的完美，就連釋迦牟尼佛本人也無法滿足。尋找婚姻「最好的終極版」伴侶是行不通的，用相同的心態找一位完美的上師，也是行不通的。在輪迴中，就沒有完美可言——上師和伴侶均是如此。

血肉之軀的上師都會呈現傾向、涵養、業力和喜好的個性，如果你專注於上師的性格特徵，你永遠會發現過失——保證會這樣。一位上師吃肉，太可怕了！另一位整天都吃糖，還有一位喝湯時發出很大聲響。有一位上師被告知，有人斷言他還沒開悟，因為他這麼胖。另一位讓學生驚駭的上師喜歡看電視上的拳擊節目。一些上師喜歡女人，另一些愛啤酒，還有一位上師在倫敦買了藏紅色的羊絨襪子。「糟透了！真可怕！」然而，這些行為中，沒有哪一個能夠說明，上師是否有能力在道上引導我們，當其成為批評之詞，所涉及的行為大部分都是一些個人所不喜歡、不接受，或是朋友間的評判，形成這些漫天飛舞的偏見和看法，其實大都摻入了文化背景、社會階層和個人喜好的分別。

我們經常是在相對層面評判上師，但是，上師的角色，是帶領我們認識自己究竟的本質，這就是為什麼我們要談到淨觀，以及視上師為佛的利益。如果我們對證悟的願望是純正的，那麼主觀的看待上師世俗方面的行為，對我們不會有幫助，這也就是為什麼薩傑仁波切告訴我：「上師的本質，就是上師。從凡夫的形象，你不能得到任何加持。真正的上師，是身、語、意的智慧精華。」

印度的埃洛拉和阿旃陀石窟，布滿了岩石上開鑿雕刻的大型佛像和殿堂，岩壁被鑿開，創造出清晰不朽的建築物。沒有任何的增添，沒有在岩石上附加另一座雕刻好的石像，每一座雕像和形狀，都從消隱的泥土和岩石顯露出來。如果從山的一側望過去，會看到一排佛像群，整座岩壁的景觀因此而改變。

當我剛到智慧林，對自己這樣一位年邁、無牙、杵著拐杖的上師很失望。但是，當我嘗試他所知道並教導的，我的焦點改變了！這並非因為上師的色身消失了，或把他感知為世界上最美的形體，而是我們所看的不同了。上師的心在本質上，和任何人的心，包括我們自己的心，沒有不同。但是，如何去感知上師的心，決定了他對我們開發自己最好的特質有多大助益。

三種跟隨上師的方法

基本上有三種跟隨上師的方法。第一種，我們選擇一位特定的上師，作為我們主要的上師或根本上師，我們也可以從其他老師，尤其是跟這位上師相同傳承的老師那裡學習，但誰是我們主要的老師不是問題。第二種，是跟隨很多老師，但不特定一位主要的或根本上師。第三種，是我們所謂的自然而然成為上師的情況。

一、選擇一位根本上師

一生中有一位老師，對很多人來說是很好的，從中可以開展有力的信任，且隨著學生對上師的開放度增加，就能有更多機會得到上師給予他們修心的幫助，和對治自己厭惡和受迫的心理障礙。

這只是一種方式，西方弟子中常見的，是感覺有一位特別的上師很必要，或是他們和上師必須很親近，以至於能告訴上師所有的事——家庭、關係、金錢問題，也從上師那裡詢問自己該住在哪裡，買什麼樣的房子，投資哪個股票……這像婚姻關係裡的親密性。然而，一旦學生去另外一位老師那裡聽法，便會感覺背叛了上師。這是不太正確的，關係的親密，往往造成相反的效果，這種情況是重心太多放在人上面，或是太注重這個人的個性和特點，或是焦點在與上師的關係上了。

在西方，藏傳佛教的老師仍然不多見，真正的佛弟子可能只能接近一位老師。然而，隨著更多的藏傳佛教的老師定期去西方弘法，他們的西方弟子也成為了老師，這個情形已在飛速改變中。但是，一種「唯一」的想法，仍然在跟隨上師這件事上作祟，而且有可能導致失衡的狀況：「我只有一位父親、一位母親、一位丈夫或妻子，而現在我有一位上師，過去我有一位上帝和一間教堂，現在我有一位上師。」

對「我唯一的上師」執著越深，對薩傑仁波切所說的「上師的本質，就是上師」的這個教法就越難以領會。上師的性格特徵，無論好、壞或中性，都不是智慧和加持的來源。當對上師的感知成為上師的本質，也是十方一切諸佛的本質，來自上師的利益就會倍增。佛法真正的養分，來自於這樣的擴展，來自於上師的心所閃耀的智慧。我們或許會說，這樣的擴大是來自於，讓一位單獨的上師融入福智的廣境，而與諸佛結合。但我們越是將上師這個人和他的性格，和「我唯一的上師」的概念緊附在一起，上師就越不可能成為淨觀的對象，而映照出我們自己，這也就反映出淨觀對我們才是最大的利益。

因為對西方人來說，上師和弟子的關係，是很生僻的一個概念，對它的理解需要一段時間才會達到一致性。不難理解一些西方人把上師的作用，看成類似社會上某種形式的權威，比如父母、老闆、長官、警官或心理醫生，如果弟子有意願把問題都導向佛法的修持，所有這些投射都是可以作為修持的。

有時候人們會告訴我關於他們的童年，他們的母親對他們做了什麼，父親對他們說了什麼，兄弟姐妹如何……直到談話涉及到整個家族史，那同時我也在想：「關於佛法的問題在哪裡？哪裡可以開始入道？哪裡是修持的機會？」一位老師沒有必要成為幫學生處理執著、貪婪、怨恨或嫉妒的臨床醫師，但有時候當我對學生介紹修持的方法，去減輕他們的問題，卻發現他們很抗拒。我就想：「咦！或許這個人需要的是治療師，而非一位法道上的法友。」

當學生問起心理議題、婚姻問題、家庭鬧劇等諸如此類的問題，我一般的回應都會試圖帶到佛法的討論，建議學生參加我認為對他們有幫助的法會、修持或祈願。通常對非佛法修持相關的問題，我會試著讓他們的心轉向他們自己的智慧、喜好和知識。有那麼一點點的鼓勵，人們通常就能夠為他們世俗的問題找到答案。如果有人希望用佛法所教導的來幫助自己，那麼我可以提供一些建議和方法。

很多人因為一些情緒危機或長期的心理痛苦，在佛法中尋求解決辦法，這是合乎情理的。但他們希望上師可以解決他們所有的心理難題，他們似乎都有一個錯誤的想法，認為上師的工作就是為他們解決問題，而不是引導他們透過禪修和學習來面對問題。現在很多學生花在跟隨上師的時間，多過於他們自己修持的時間。西藏的大師向他們的上師求法時，總是接受了教法，釐清了修法相關的問題，就離開上師自己去修持。重點不是我們在哪裡、怎麼修行？重點是不要認為待在上師身邊就是修行，我們需要的，是滋養我們內在的上師。

過去西藏有很多上師，好的、壞的、假的，這很正常。很多人透過從政或從商，讓自己有個好名聲，成為一個大人物，有些人以上師之名，來建立自己的社會地位，這些都是不可避免的情況。但在過去的西藏，或甚至現在西藏以外的社群團體，都有一種「質量管控」的存在。如果一位上師行為出格，比如說對住持不遵從，或是行為不當而有損寺院利益，相關傳承和寺院的僧眾可以採取行動。開始是找這個人來談話，目的是給予他改變的機會，但如果這個人繼續對社群或傳承，造成相反的影響，那他將被「解雇」，可以是這麼說。

前不久在尼泊爾就有一起關於破戒祖古的事例，他在寺院的年輕僧眾和在家信徒面前，謊稱自己修持成就，說自己是證悟的大師，能夠親見佛菩薩。他也這樣對功德主聲稱，並代表寺院接受了功德主的捐款。後來，趁其他人都睡覺的時候，他換上在家人的衣服，用功德主給的錢，去加德滿都的夜總會花天酒地，甚至還給自己買了車，很顯然他沒有合理使用捐款。對於試圖對他諫言幫助他的人，他也不予理睬，且拒絕改正自己的不良行為。

最後，寺院的住持召開了一場會議，其他寺院很多的傳承上師、喇嘛和僧眾，包含這個祖古都在場。住持在這些人面前，公開斥責他，說道：「你個人不能代表這個寺院或傳承！」於是解除了他的祖古身分，令他無法再依此吹噓自己，並喪失了所有的信賴。身為祖古，並不意味著他可以為所欲為，一位祖古必須和其他人一樣，遵循寺院的戒律規範，否則將會面臨譴責或驅逐。

每個社群團體，都會不可避免的經歷干擾和混亂，重要的是人們如何處理。這個問題也發生在沒有住於僧團而單獨教法的老師身上，十幾二十年前臺灣就曾經發生過，幾名臺灣人自稱為金剛乘的傳承持有者，稱他們自己為某某仁波切，並對外宣說：「我是第二佛。」因為周圍沒有另外的老師，他們自己似乎還幹得不錯。但是當真正持有傳承的上師開始在臺教法，假上師便無法再繼續他們的把戲了。當人們有選擇，就會看到真假上師之間明顯的差別，今天類似的情形在臺灣已經改善了很多。

過去西藏封閉的村落，很難避開那些穿著得體的僧服、手拿念珠和轉經輪，跟著游牧農人旅行的假上師。他們會坐在村子裡的佛塔前，抬高下巴念著「嗡嘛尼唄美吽」。儘管西藏每個小孩都會念誦這個咒語，他們還是能夠化緣到足夠的錢成功行騙。

二、跟隨很多老師

如果我們只跟一位老師結緣，那很好；如果我們和很多老師結緣，那也很好。只要持續修持。

第一世欽哲仁波切蔣揚欽哲旺波（Jamyang Khyentse Wangpo，1820-1892），花了十多年走遍整個西藏，不分教派的尋找純正甚深的教法。他有一百二十五位根本上師。因為對眾多傳承和上師的開放，以及對所有教法卓越的領悟，他創立了一種佛法修行的途徑，也就是後來眾所周知不分教派的「利美（藏文：Rime）運動」。之後跟隨這一足跡的偉大上師——頂果欽哲仁波切，據說從超過五十位上師那裡接受過教法。

無論我們跟隨多少老師學習，重要的是運用四個擇師的因素。通常來說，即使我們在同一時期，跟隨幾位不同的老師學習，對每一位老師應該還是有真正發自內心的連接感，或是有純正的動機。老師像花朵，佛法像花蜜，學生像蜜蜂，我們可以從很多花朵汲取佛法的花蜜。

有時候，跟隨上師需要耐性，就像我跟紐修堪仁波切的情況。我與仁波切在不丹舉行的頂果仁波切荼毗典禮初次會面之後，我也在加德滿都見過堪仁波切幾次。我總是可以從他那裡學到一些東西，但都不是透過正式的教法。一九九四年起，我在智慧林佛學院就讀，其間很多假期我都回那吉寺，向我父親問關於禪修的很多問題，但他總是給我同樣的答覆：「像我已經告訴你的，你應該從堪仁波切那裡領受教法。」

堪仁波切傳給我的農齊傳承，從無垢友（Vimalamitra）和蓮花生大士（Admasambhava，也稱咕嚕仁波切）開始，兩位都在公元八世紀從印度來到西藏，把佛法的種子播撒在西藏，同時帶來了珍貴的農齊傳承的精要教法。無垢友尊者說，這個傳承應該用一師一徒的方式保存下去，直到末法時代，這些甚深的教法才可以更廣泛的流傳。

末法時代有五個徵象。第一是像戰爭、謀殺、屠殺動物等不善行出現；第二是個人的嗔怒、嫉妒或仇恨等情緒，誤用於政治或軍事行動上，造成大規模的痛苦悲劇；第三個徵象是退墮的見解，比如說人們盲目的相信自己理解力的弱點，只透過獲得名聲、貪慾和金錢，來滿足短期的慾望；第四個徵象是由地、水、火、風四大元素造成的嚴重自然災害，如洪水、地震、乾旱、森林大火、海嘯或颶風；最後一個徵象是新興的疾病或流行病，比如愛滋病、泡疹或肝炎。

我第一次請求堪仁波切教授我佛法後，過了好一段時間我才有機會回到不丹。當我還在佛學院學習的時候，就和我哥哥措尼仁波切計畫，一起利用春假從尼泊爾去不丹。一切都安排妥當，我也回到了尼泊爾，這時出現了一個問題——我拿不到不丹簽證，我每天等著來信，打電話給簽證辦公室。同時，我六個星期的假期也一天天在流逝。接著，措尼仁波切要參加他自己的課程，而我也還不確定堪仁波切是否會教我。透過一位朋友，我得知如果從陸路到不丹，可以在通過邊境的時候申請簽證。於是我就那樣做了，但是當我到了廷布（不丹首都），發現堪仁波切不在那裡，他在不丹東部的塔爾帕陵舉行大法會，法會要一天二十四小時的進行十一天。當我抵達塔爾帕陵的時候，我向仁波切解釋說：「我父親送我來這裡，我真的很想跟您學習教法……。」

他說：「你可以參加法會。」而沒有明確是否接受我學法的請求。接著我參加了三天的法會，每晚我們都一起用餐，但仍然沒有教法。修法的最後一天，他給了我大圓滿概略的介紹，然後叫我跟他到廷布。

廷布座落在森林覆蓋的狹窄河谷盡頭，仁波切的房子就在山腳下，那是一座水泥和木頭築成的兩層樓房，一樓有延伸出來的空間作為修法的地方。樓上是居住空間，我就住在其中一個小房間。當我們回到他的房子，仁波切每天都教授我佛法，之後的十個星期，我每天的修持是三座各兩小時到兩個半小時的練習。沒有法本，沒有經文學習，就只是兩心相應的教法，我自己的練習，以及跟他會面。在這個過程中，由他來決定是否繼續的時機。

我四位主要上師的傳承和修持背景都緊密相連，因此他們每位所教導的，都持續加深和印證另外幾位上師的教導。然而，有時候如果你有太多上師，你可能會遇到互相矛盾的指導，因為上師們不同的風格、不同的傳承或不同的修持心得等等。舉例來說，根據一位上師，你應該像這本書所介紹的依次作前行修持，但另一位上師可能告訴你，你可以同時進行不同的修持內容。類似情況發生的話，你需要選擇跟一位上師的教導，來完成前行修持或其他的修持？如果你有很多上師，那麼在前行修持中，你可以想像金剛總持代表所有不同上師的本質，或是某一位給予特定修持的上師的本質。

不管我們選擇擁有多少上師，即使是一百二十五位，每一位都應該符合我們能瞭解和評估的最佳標準。如果上師符合這些標準，也和我們有緣，那麼我們就能夠從他們的教導中獲益。

在我的四位上師中，只有大司徒仁波切仍然健在，我為自己還能夠親近這樣完美真正的上師感到幸運。但在更深的層次，我從沒有感覺他們誰還在世，誰已經圓寂，因為他們一直都和我在一起，而我也仍然祈請他們的加持。有時候，我會想念他們身形的存在，但與上師的心意相連，從未和我分開。

三、自然而然成為上師

選擇一位上師和多位上師以外，還有一種方式，是我們所謂自然而然成為上師的方式。這發生在我們接受心性指引，而我們當下認識出自己的心性時，這位指出我們心性的上師，便自然就是我們的「根本」上師。如果在此之前，我們已經選擇了一位上師，那麼我們就有兩位上師，這沒有問題。

我叔公桑滇嘉措就是這樣一個例子。當他六七歲的時候，離開家去寺院學習。那之前他已經被認證為一位祖古，因此受到非常好的待遇，所以他帶著特別調皮的習慣到了寺院。他總是想辦法躲開他的老師和侍者，跑下山去和村里的孩子們玩兒。一天，當他和一些男孩在村裡的佛塔附近玩耍的時候，一位牙齒掉光了的駝背老婦人認出了他，婦人一手拿著念珠，一手轉著經輪，對他喊道：「嘿！小子！你在這裡做什麼？」

所有的男孩都停下遊戲，彼此靠攏以測安全。但老婦人繼續盯著我叔公桑滇嘉措，用責備的口吻說：「你不應該在村子裡。你應該在寺院，學習禪修和經文。你這是在浪費時間！」

男孩說：「妳說的是什麼？什麼是禪修？」

老婦人接著說：「哈！你這孩子真好笑！你連禪修都不知道是什麼？」

男孩轉頭望向他的同伴，但他們都無語的聳聳肩，於是他轉頭看著老婦人，也搖頭聳肩說道：「我不知道。」

「那就像把你的眼睛向內看去，看著你的心。」老婦人說。

於是，這個小男孩將他的注意力向內，就好像看向他的後腦勺，接著「轟——！」他認出了心性。這個經驗讓他感到前所未有的開闊、廣大和平常。接著，他爬山回到了寺院，請他的老師教他禪修。

隨著這個男孩——我叔公桑滇嘉措的漸漸成長，他接受了很多偉大上師的教導，但他說，沒有什麼比那位老婦人教他的更殊勝。他後來總是說：「這位老婦人就是我的第一位上師。」

到這裡就完整了三種擇師法，現在我們要進入修行本身的細節。

成為金剛瑜伽女

當我們想像自己是金剛瑜伽女的時候，會有一種本尊的證悟功德開顯的感受，我們可以想：「光從自身散發出去，我開顯了無量的智慧和慈悲。我有信心且平靜，我的本質就是明空不二的融合。」

我們不再想像佛陀的內在生命在「外面那裡」，我們不再準備成佛。我們不再祈請要成佛，或是為了成佛而修持布施、持戒、禪定，或其他的波羅蜜。我們就是佛！

金剛瑜伽女──一切諸佛之母，顯現出不同的身形，有不同的名稱、顏色和姿態。在我們上師相應法的修持裡，金剛瑜伽女身體是明亮的紅色，站在蓮花中平放的日月輪上。她形體的樣貌：站姿、顏色、頭髮和臉部表情，都散發出強有力、旋風般的能量，就像飛舞中的留影。

她的三隻眼看到過去、現在和未來。她的右腿代表勝義諦的真理，右腿抬高，表示不受輪迴束縛，彎曲的膝蓋指向身體的另一邊。她的左腿代表世俗諦真理，左腳踩著一具人屍，這具屍體外在的意思是無常，內在的意思是殺死我執──「我」和「自我」的執取與貪著已經被摧毀。其祕密的含義是，世俗諦和勝義諦真理顯現為不二融合，因為我執製造出的無限二元對立，完全被關閉了。此時，輪涅不二──現象的本質從而展現。

金剛瑜伽女的上半身偏向右邊。她的臉向左傾斜，代表法身，空性之體。她被明亮的火焰圍繞，代表破除一切無明的黑暗。她的雙臂代表智慧和慈悲。她右手舉向天空，手持彎刀舞動，斬斷自我和貪、瞋、癡三毒。她的左手靠近胸前，托著顱器，裡面盛滿代表成就的菩提心的血紅甘露。紅色代表慾望，她已經滿足破除我執覆障、成就智慧而幫助一切眾生證悟的慾望。記住，她不是血肉構成的身體，而是從光中生成。儘管她顯現出耀眼的顏色和強力的能量，她仍然是透明，清晰而無實體的。

儘管我們仍然有遮障，但還是必須認出我們體現的，是佛的功德。因為如果用凡俗的身體和凡夫心進入這個修持，我們不能得到由佛心傳送到佛心的加持，成為金剛瑜伽女，使之可行。

金剛瑜伽女是噶舉傳承主要的本尊之一，有時候金剛瑜伽女是和勇父合抱雙身像。她代表了空性慧，一切諸佛之母，由此而出生一切形象。男性代表方便和明性，色相的明性。合在一起代表色空不二。這不是兩個本尊一起出現，他們是一，顯現為二，他們的特性在本質上不可分離。但是在相對的概念世界裡修持，而為了超越相對的概念世界，女性所顯現的智慧是最重要的。對於這裡的上師相應法修持，我們只用單身的金剛瑜伽女作為本尊。

金剛瑜伽女有六個骷髏裝飾的瓔珞，分別代表六度波羅蜜。除了其他項鏈嚴飾，她還帶著五條半透明的絲巾，代表五種智慧。她全身赤裸，顯示無遮障的心——赤裸、純淨、除卻概念執著。

我們或許會受到激勵而想到：「我是佛的報身相。之前我沒有認識出自己就是佛，但今天我認識到了！」我們說「報身」是因為金剛瑜伽女的清淨體，她不像釋迦牟尼佛的化身會老死，但也不像法身，空性的象徵，她有形體。

我們試想，現在我具備了諸佛的證悟功德：一體、智慧、清淨，我們稱這個為金剛乘的佛慢。我們顯現為金剛瑜伽女，但是她沒有自性的存在，她是空性的顯現，或說是我們佛性的顯現。世俗的傲慢是帶著我執而生起，會使我們認為自己比他人更高更重要，在這兒，佛慢從空性而生，因此我們增長的是自信和能力，但沒有自我，因為一切都是從空性生起。

觀想金剛總持

在我們的頭頂坐著金剛總持，他的頭頂垂直排列著傳承上師，最頂端又是一尊金剛總持，代表傳承的核心。一些人覺得觀想金剛總持面朝自己比較容易，在頭頂或面向自己都沒有關係，金剛總持還是深藍色的身體，象徵無造作、無分別的真理，超越主體和客體。他是我們所有上師的本質——無論我們有一位還是多位上師，我們可以觀想他的本質，就是給我們上師相應法教授的根本上師。金剛總持和之前皈依和曼達修持中一樣的顏色、裝飾和姿勢，我們無須太在意所有傳承上師，主要焦點放在頭頂的金剛總持就可以了。他依然坐在獅子座的蓮花和日月輪上。

七支供養

作為日常修持的一部分，一般修四不共加行的學生，每天都以前行每一步驟的簡軌開始修持，到了上師相應法，學生應該已經是坐在佛前。進入上師相應法修持時，首先試著讓所有概念性的思維融入空性，從空性中我們觀想自己成為金剛瑜伽女。作為金剛瑜伽女，我們向上師和傳承祖師作七支供養。

七支供養不是上師相應法特有的修持，雖然它是前行修持的總結，或開啟很多其他的修持，此處它可以幫助我們生起虔敬和接受度，穩定身、語、意的證悟特質。端坐在正確的姿勢，我們透過七支供養，向一切諸佛、證悟聖者、傳承祖師和上師的總集——金剛總持祈請。七支供養包括：禮拜、供養、懺悔、隨喜功德、祈請金剛總持恆轉法輪、祈請金剛總持長久住世利益眾生，最後在功德迴向中完成七支供養。

一、禮拜

首先想像自己用禮拜來激發皈依之心，這是對反映我們心性的三時上師，最虔誠和恭敬的心。我們不需要站起來禮拜，我們已經是金剛瑜伽女，保持身體的坐姿，觀想從站立的紅色金剛瑜伽女智慧身的心間，湧出無數個自身的化現，這些化現身對金剛總持作禮拜。同樣，我們也可以想像過去、現在、未來一切時空的所有眾生，和我們化現的身形一起作禮拜，同時保持觀想金剛總持，包括自己的上師，或給予口傳的上師，一切證悟聖者的化現。

除了從金剛瑜伽女化現出我們凡夫的身形，我們也可以化現出勇父和空行一起禮拜。同時，我們念誦七支供養文，呼喚本質與諸佛無別的上師，明瞭是上師為我們展現心的本質，就是真正的法身。此外，禮拜也是我慢最好的對治，淨除我慢之毒，會幫助我們的心準備好下一步的供養。

二、供養

這裡包含了曼達的供養：宇宙、行星、我們的財富、身體、眷屬、美德，以及可以想像到的宇宙裡值得供養的一切。同樣，執著和抓取的心最好的反面，就是離執的心。

三、懺悔

這裡我們重複金剛薩埵修持的懺悔內容：對過去惡行的認識，誓願不再做。同樣的，從金剛瑜伽女心間，發射出無數個我們凡夫身形的化現，在一起作著懺悔。

四、隨喜

隨喜他人的成功，意味著放下競爭的心，放下嫉妒、羨慕，增長歡喜他人善行功德的能力，與此同時，也為我們自己累積了功德。

五、請轉法輪

我們祈請金剛總持和一切諸佛菩薩常轉法輪。佛出世間，並不保證會留下教法，因為教法要勸請才會出現。所以，我們帶著願法輪常轉而利益眾生的祈願，請求諸佛法音宣流，讓一切眾生能知道究竟離苦的真理。

六、請佛住世

認識到上師、諸佛和一切智慧尊，是驅散輪迴黑暗的光明，我們祈請他們以化身（人形）長住於世間，以我們能親近的顯現，無量的智慧、慈悲幫助一切有情眾生證悟。

七、迴向功德

我們認識到，以金剛總持形象顯現的我們的上師，帶著他們要為一切眾生的證悟迴向功德和善願的決心，見證我們的修持。我們虔敬的祈願跟隨上師的典範，無一例外的，為每一個眾生迴向自己的功德善願。

上師六句祈請文

完成七支供養之後，我們進入對上師的六句祈請文。在噶舉傳承裡，這是前行中上師相應法修持的核心。第一次，我們觀想自身化為金剛瑜伽女，由一個證悟者的智慧身，向上師懇請。

尊貴的上師，我向您祈請。
加持心能捨我執。
加持心能無需求。
加持能滅非法想。
加持悟自心無生。
加持迷惑立地息。
加持萬有顯法身。

第一個請求——幫助自心捨去我執，這是整個修持、整個法道的精髓。「我虔敬的祈請您加持我放下我執、執取和這個有破壞性的『我』。」如果我們可以從心捨下造作、執取和我執之處著手，那麼自然、本質的證悟功德便會顯耀。接下去的祈請文是關於這一句的延伸。

出離是放下我執，這不表示要換上僧服去山洞，任何真實出離自我習性的嘗試，都能培養出離心。坐在禪坐墊上，反映出我們出離的承諾，致力於觀照和訓練瘋猴子心，無論是在餐廳、課堂或機場，都能激發出離心，哪怕我們認為自己的努力無效。每一次，我們阻止自己習慣性的壓抑或貪婪的行為，就是在修持出離心。每一次，我們切斷內心的衝動和執著的行為之間的繩索，就是出離。

非法想是偏離幫助他人的身心活動。在法道上，每件事都從菩提心開始和結束，願望都是幫助一切眾生證悟。任何跟幫助他人無關的想法都是非法想，如果我們放下了自我的造作，如果我們捨離對自我為中心的專注，菩提心便會生起。我們祈願，那些將我們和瘋猴子心問題和自私綁在一起的念頭和習慣，能夠停息，我們向上師祈願，加持自己能夠消除負面和不善的念頭。

無生之心是無造作、無執取的本心——沒有生起也沒有消亡。它是無生的，它也無死。就像虛空本身，它無礙，不可分，無限量，因此所有的可能性都存在：證悟、成佛、菩提心、一切。所以，我們祈請上師加持我們，讓我們能夠證悟自心——無始以來無生的本質。

我們祈請迷惑都能自己止息。每天我們都面對很多迷惑，我們如何能超越？只是想著迷惑是不好的，沒有幫助，尋找迷惑的對治本身，也是一種迷惑。所以，這裡要求讓迷惑自解脫，我們透過覺知做到它，覺知迷惑，就消融了迷惑。

最後，我們祈請上師讓一切出現和存在的，都顯現為法身。這意味著我們要帶著對實相完全的體認去生活，一切的經驗都是淨觀而來，輪迴和涅槃不二，我們祈願一切有情眾生，都能認識這覺醒的心。

變化禪修方式

不同的老師，會指示不同的上師相應法修持方式，有些情況下需要念誦十一萬一千遍六句祈請文。從這一點，我們必須聽從具格的前行導師。同樣的，在念誦這個祈請文的時候，我們也可以一邊重複，一邊以不同的方式修心。跟先前的練習雷同，如果我們的心昏沉或掉舉，我們就需要調整修持的方式。比如說，我們可以放下觀修，安住於開放的覺知，或練習無所緣的止禪，或是用念誦祈請文的聲音作為止禪的對境，也可以在重複祈請文的時候，讓心專注在菩提心上，思維：「願我放下我執的心，而利益眾生，因而他們都能夠放下我執，而證悟成佛。」我們刻意的將心帶到慈悲的心願——帶領一切有情眾生覺醒，或是重複祈請文的時候想：「誰在向誰祈請？誰在懇求什麼？誰在祈請？誰在聽？」如果我們接受過安住於心性的指導，那麼也可以用它來交替練習。總之，我們要在自己選擇的禪修方式中念誦祈請文。

四種灌頂

金剛乘灌頂是透過念誦、修法和儀式，上師授權允許弟子進行某個特定的修持，這是一個具兩層含義的開端，一是透過儀式進入神聖的精神世界，二是開啟一個需要我們參與並完成的旅程。灌頂儀式在古印度是新國王登基時舉行，它是一種授予新國王信心，幫助他認識並圓滿自己能力的方式。這裡，我們都是新國王，透過四個灌頂，以及它們授權我們進行的修持，我們可以認識自己擁有的寶藏。

在我的傳承裡，這些灌頂，也稱作阿比謝卡（梵文：abshisheka），通常都是上師對一個或一群弟子授予。這裡的四種灌頂的觀想是上師相應法的一部分，可以在修持過程中間歇的完成。

在一座修持中要觀想多少次四灌，由我們自己決定，但每次都要包含完整的四灌。每一個灌頂都包括消除身、口、意的覆障，開展我們的禪修，種下四身佛果的種子。佛的四身分別指化身、報身、法身和自性身（梵文：svabhavikakaya）——所有佛身的總集和精華。

我們的身體坐在佛像或佛龕前，雖然我們已經觀想金剛總持，就在我們自身金剛瑜伽女的頭頂，但在這四灌的時候，要觀想上師金剛總持在我們前方。還要記住，金剛總持是所有上師和諸佛的化現，選擇最讓你覺得醒目、最具有激發力的金剛總持外形來觀想，但要記住他本質上代表一切諸佛。

首先，我們讓傳承中的諸佛，在金剛總持頭頂消融於光中。接著，光再融入下方的金剛總持。這尊藍色的金剛總持，便是我們自身為金剛瑜伽女所觀想的，面對自己出現於前方虛空中。我們觀想凡俗的自己和金剛瑜伽女不可分離。如此，是我們凡夫身形在從灌頂獲得加持和利益。一開始，我們作寶瓶灌頂。

一、寶瓶灌頂

寶瓶在此當作和色身相關的內容：形狀、顏色、身體、物質，以及自然界的元素和我們身體內部的元素。從上師金剛總持的前額發出白色的光，融入我們作為金剛瑜伽女的眉心，消融了色身的障礙，比如病痛等，同時也淨化了身體行為造作的負面業力，比如傷害別人或殺生。這個灌頂帶來心的清明，開顯淨觀——一切經驗到的事物都是清淨、明澈的覺性展現。這個灌頂也允許我們進入下一個階段，這一階段叫作生起次第，不清淨的感知習慣，透過觀想自己為本尊而減弱，而透過咒語和觀想的練習，使本尊證悟的功德融入自己，同時開顯我們本質的佛性。儘管諸佛的智慧沒有形狀或顏色，我們練習要運用形狀和顏色，這樣就讓我們種下化身的種子——在我們人形的色身中成佛。這個「寶瓶」代表的就是人的形體，它將成為承載化身的容器。

二、祕密灌頂

接下來，從上師金剛總持的喉輪發射出紅色的光，進入金剛瑜伽女——我們的喉間，淨化語業方面的惡業和覆障——妄語、惡口、誹謗、口舌是非等等。這讓我們在生起次第之後，可以進入圓滿次第的修道。

我們的內心具有和諸佛相同的智慧和覺性，我們的身體也和佛的身體一樣。在圓滿次第的修持，要帶著我們的身體是佛的智慧這個面向的想法，身體在粗的層面和風或氣相連，顯現為語。我們身體上的修持，是訓練氣脈、呼吸和風的能量，這也是以果為道，因為我們所修持身體的幾個面向——氣、明點、脈（梵文：prana、bindu、nadi）已經在我們體內。氣（梵文：prana）指風或空氣的能量，在我們身體的脈之內運行循環；脈（梵文：nadi）是氣運行的管道；明點（梵文：bindu）是指體內能量元素的微細點——極小而非肉眼能見。

我們在圓滿次第，將覺知運用於微細身的層面，學習如何控制和引導內在的能量，會幫助我們的修持提升和穩固，進而認識心的本質之真實空性。我們運用轉化凡夫身形的面向，來輔助心的轉化，隨著修持的時間推移，我們如果淨化了身體，那麼我們的一切染污和覆障也會被淨除，這自然會帶來對心性的認識。這個成果會顯現為報身——有顯現，但無實質，這是物質所釋放的佛的精華。當我們將「祕密」這個概念，用在修持的特定面向上，基本的意涵是「甚深」或「內在」，或較外在現象更為細微。

三、智慧灌頂

從上師金剛總持的心輪放射出藍色的光，進入我們作為金剛瑜伽女的心輪，淨化心錯誤或不當的觀念、瞋恨、沉溺於瘋猴子心、自我珍惜、自我執著等，諸如此類的負面狀態和覆障。在這裡授予的智慧灌頂，讓我們可以作樂空雙運的修持。

這裡所用的「樂」，容易跟「快樂」混淆，尤其在西方，「樂」已經和迷幻藥物所致的癲狂或飄飄然的愚樂相聯繫，或指否定一切不如意的渾然狀態。這裡的樂，是指我們在苦的另一面，我們已經放下了對事情應該如何的執著想法，這並不表示我們所處的狀況都是完美的，而是沒有了對我們想要的事物的貪執，我們認識出所發生的一切本質的完美。這裡的樂，暗指一種積極有力的喜悅感，略比中性情感強烈一點，是一種欣然、鮮活的——「哇！我自由了！」的感受。

四、詞意灌頂

在第四個灌頂中，上師三門化現的三種光，同時融入金剛瑜伽女的身體，淨化身、語、意所有最微細的習氣、覆障和負面，允許我們接受直指心性的口傳。我們稱此灌頂為詞灌，也是緣於這些口傳。我們凡夫心現在已成為證悟的心，我們一天二十四小時，時時處處有這個心，它完全解脫了概念、執著、反感、貪婪和無明的束縛。而我們唯一的障礙是——不能認識出它。在這兒，我們讓自己準備好接受「言傳」或是大手印直指心性（大手印本質）的修持。

這些灌頂的成果是自性身——四身的精髓，也是一切的精髓。所有這些灌頂都是以果為道。智慧融於身體粗的層次，如同奶油本身就存在於牛奶之內。一旦染著殆盡，我們的智慧心便會開顯，但我們必須知道：現在我們已經擁有修持所需的一切。

四灌總結

四個灌頂總共包含了十六個元素。寶瓶、祕密、智慧和詞意灌頂，分別對應身、口、意，以及身口意三者的融合。

每一個灌頂都給予授權四個延續的修持：寶瓶灌頂之後的生起次第修持；祕密灌頂之後的圓滿次第修持；智慧灌頂之後的樂空不二修持；以及詞意灌頂之後的解脫道修持。每一個灌頂都種下顯現三身的種子：顯現為化身相對於身；報身相對於語；法身相對於心；自性身相對於身口意三者的融合。

上師相應法修持的完成

在第四個灌頂之後，上師金剛總持化光融入自身，我們直接認識到：「我和上師合一。」其實一開始我們就不曾分離，但我們沒有認識過，所以我們要用世俗諦真理——光、融入等等，來輔助我們對勝義諦真理的認識。

我們觀想分離的二者，目的是達到二者融合的認識，這不只是我們和上師合二為一，我們也和一切眾生合一。在那一刻，有三種轉化：我們的身體和眾生的身體成為上師身；我們和眾生的語成為上師語；我們和眾生的心成為上師心。甚至外在現象：桌子、樹木、書籍、建築等等，都轉化為法身。這是虔敬、信心、慈悲和愛心的體驗，而它延伸到一切現象，一切都從愛、喜悅和虔敬而生，這就是所謂的透過上師相應法，轉化一切顯現成法身，而這個發生在接受四個灌頂之後。

如果我們在整座修持中間歇的作這些灌頂，那麼在修法的最後，要整個完成一遍四個灌頂。結束後，安住在無造作的融合當中，保持這樣的心，盡量的安坐不動。最後，結行迴向。

與上師的心融合

我們修持上師相應法的核心利益，是透過對上師的信心和虔敬，讓我們有機會經驗到自己的真實自性。

我們在觀想自己為金剛瑜伽女的同時，向金剛總持祈請，這就是修持的精華所在。但同樣的，我們透過上師相應法也練習了止禪，激發了我們的菩提心，觀修了空性，或安住在心性之中。上師相應法，是讓我們和自心的本然狀態連接很有力量的方式，因此我特別建議在練習過程中，不時的讓自己的心和上師的心融合，然後讓心安住在自然、無造作的狀態，繼續修持和念誦六句祈請文並計數。

改變的徵兆

因為前幾步修持的諸多面向，開始展現更好的意義和深度，上師相應法修持會帶來不同形式的改變。虔敬心的培養會激勵我們禪修，成效是心在禪修中能更持久的安住，這是修持得力最好的徵兆。

當我們對上師開展出信心，也會開展出對自己的信心，受到鼓舞的信心，自然會加強我們的修持。修行即是如此，對自己能力的信心受到激勵，也能夠增進我們的禪修。

在上師相應法，我們開始視上師為佛，這延伸到我們看自己也是佛，接著，帶著淨觀，我們看一切眾生都是佛。有了這個認識，煩惱不能以過去的強度控制我們的生活，當我們減少專注於自我珍惜時，驕傲、自滿、嗔怒等就會縮小、減弱。這使我們可以更清晰的看見、聽到和回應他人的需要。當智慧和慈悲遍滿我們的心，自我的執著自然會逐漸消失殆盡。

在完成前行之後，我們有很多修持可以進行。不過，它們基本上是一種輔助和穩定，趨向解脫道的修持是從前行開始的。如我開頭所述，很多大師完成了無數次的前行修持，而從來沒有哪兩次是相同的。

第十二章　所有的佛法都在這裡

無論你選擇什麼修持，最重要的是覺知。
覺知是一切！
當你認出覺知，所有的修持都變得甚深。

我二十歲的時候，從智慧林去不丹，在此之前，我已經從紐修堪仁波切那裡，接受了前半部的農齊教法，這一次拜訪仁波切，是為了接受後半部的教法。我帶著很大的困惑，到了堪仁波切在廷布的住處，我的困惑是：自己已經接受了非常多殊勝的教法，卻不清楚應該修哪一個。我知道心性修持是最重要的，然而我也被教導認識心性，需要很多其他方法的輔助和加強，而它們都有著各自的重要性：本尊瑜伽、微細身的修持、獻曼達等眾多修持。

當我每次學到新的修持時，我的上師們總是告訴我：這個修持是多麼的殊勝精深，多麼有轉化的力量，如何使我的心成熟之必要的修持，它包含了佛法最精要的內容。但有一天我開始思慮：「我怎麼可能作這麼多種禪修？太多精要的修持了。」

好幾個月，每當我開始作一個修持，就會覺得另一個修持更好，如果我選擇周詳長軌的曼達練習，又會覺得做一個簡單一些的觀想修持更智慧和謙卑。有一天我決定用簡單的練習來輔助我的體證，但又擔心錯過複雜修持中的重要部分，然後我記得曾經聽過「出離心是佛法最重要的」，於是決定專注在這上面，但是又想起「菩提心是最重要的」，於是又轉去修菩提心。後來我決定暫時不選擇某一特定的修持，就讓最好的修持自己呈現。很快的，我又責怪自己在浪費時間。

六個月持續的困擾不定之後，我去見了堪仁波切。我們在他的房間地上坐著，他從來不坐凳子或睡在床上，總是用地毯坐臥。他的座位右邊有一扇大窗戶，從這扇窗戶看出去，可以看到整個美麗的廷布小城。窗戶開著，送進輕柔的涼風，跟以往一樣，他的心似乎從來不散亂於覺知以外，他的眼睛充滿了智慧和慈愛。

仁波切的房間牆上掛滿了唐卡：金剛薩埵、蓮花生大士、普賢王如來和阿彌陀佛。我環視著這些聖者的形象，心中思忖著哪一個修持是最好的？於是我向仁波切解釋道：「我不懷疑心性修持是最好的，但不知道輔助它最好的修持是什麼？」我告訴他，幾個月來我都從一個修持跳到另一個修持，仍然不確定哪一個對我修道是最好的。「現在我不能忍受這麼多棒極了的可能性，」我說：「同時，我也不想錯過任何重點，可以請您給我一些建議嗎？」

仁波切用阿底峽尊者的一個故事來回答我。他告訴我阿底峽受藏王邀請來到西藏，藏王告訴尊者佛教在西藏式微。然而幾百年前佛教剛從印度傳入西藏的時候，有政治和王室的強大支助，但後來的一位藏王看到人民對佛法的虔敬，深感受到威脅，所以試圖把佛教在西藏滅除。

「藏王不想和佛陀競爭，」堪仁波切笑著解釋道：「他沒有成功，但是佛教初期的繁榮已經衰退，很多細微層面的理解已經喪失，而很多人都誤解了佛法。在這個低潮期，新的藏王執政了，他決定要看到佛法在西藏再次興盛起來。」

這個時候，阿底峽已經以他徹底的了悟，淵博的學識，以及他承諾要糾正佛法扭曲的見解，有了很高的聲望。阿底峽接受了藏王之請，出發到西藏。當他穿過西部邊境，到了著名的翻譯家大譯師仁增桑波（Lotsawa Rinchen Zangpo）的家鄉噶日（藏文：Ngari）時，仁增桑波年事已高，並已經翻譯和修正了一百多部經典。他也曾為了在西藏重新奠定佛法的根基，被藏王派去印度學習佛法和梵文。阿底峽和仁增桑波這兩位大師很愉快的相會了，他們花了很多天的時間，討論佛陀早期教法的精要，大乘的慈悲和智慧的教法在西藏的發展。

阿底峽每一個關於梵文佛教經典中的問題，或是對印度或西藏佛教特別細微的觀點的問題，仁增桑波都絲毫不差的給予了完美的答案。阿底峽仔細的聽著，逐漸對仁增桑波無瑕的理解深感讚歎。最後阿底峽讚許仁增桑波道：「有你這樣一位偉大的上師在西藏，我沒有必要去了，我現在就可以打道回印度。」

仁增桑波一聽很歡喜，但還是謙恭的請求阿底峽繼續前往西藏。這時阿底峽又想到一點，問仁增桑波：「請告訴我，你是如何把所有這些重要的教法一起修持的？」

仁增桑波答道：「為了完成所有的重要修持，我建了一棟三層的樓房。早上，我在最下層樓修持小乘的教法；中午，我到二樓修持大乘的教法；晚上我到三樓修持金剛乘的教法。」

當仁增桑波一說完，阿底峽忍不住大笑到說不出話來。最後，他說：「現在，我瞭解為什麼我需要來西藏了。」

大譯師仁增桑波接著問道：「你如何將三乘一起修持？」

阿底峽告訴他：「基本的修持有兩個方面：皈依和菩提心。主要的修持有兩個方面：智慧和方便。結束的時候，我們作迴向。這五個修持就包含了三乘的精要，這就夠了。所有佛法都在這裡，我們在一座修持中就可以完成。皈依代表基本乘，菩提心代表大乘，方便和智慧代表金剛乘，方便在此可以理解為止禪或本尊修持，智慧就是空性，結束是迴向。」

這番教導令仁增桑波非常歡喜，他發誓餘生都閉關修行，並繼續跟隨阿底峽的教法。

證悟是發現自己的過程

堪仁波切接著告訴我：「這就是藍圖的要點，它讓你不會丟失。一旦你知道了這張藍圖，你就知道了佛法的整體。任何你接受到的教法，都可以是藍圖上的細節之處。」

堪仁波切沉默一陣問道：「現在你清楚如何在一座間完成所有這些修持了嗎？」沒有等我回答，他立刻繼續說道：「皈依是進入基本教法的大門，任何修持都從皈依開始。有了皈依，我們的心從輪迴的迷惑中轉向解脫，然而當你知道上師和諸佛是無別的，皈依修持就變成了上師相應法。

皈依之後，你用菩提心來確定自己的動機，這就是進入大乘的門。這明確了我們每一個修持，甚至我們日常生活的每個活動的動機。金剛薩埵和曼達修持擴展了大乘的見地。

接著到金剛乘的主要修持——本尊修持，是穩定我們色空不二的方便，空性便是智慧。金剛乘基本的方法是以果為道，在上師相應法修持中，我們成為證悟的本尊金剛瑜伽女。為了能夠對此有真正的確信，我們必須認識空性的真理，那就是智慧。

這是前行修持之後，所有本尊修持的精華所在。無論你選擇什麼修持，最重要的是覺知。覺知是一切！當你認出覺知，所有的修持都變得甚深。如果你沒有認出覺知，那麼即使你修持各種殊勝的方法，也不能對你有真正的幫助。最後是迴向，永遠要用迴向功德來圓滿修持。」

隨著堪仁波切的講解，我感到一種近乎生理的焦慮從我的身心消散。那次談話之後，我作了很多不同的修持，但再也沒有擔心過哪一個是最好的，或是我漏掉了什麼重點。因為堪仁波切的建議，我理解所有的佛法合一，無論是什麼方式的修持：止禪、本尊修持、菩提心，目的都是一樣的——從自我執著中解脫，超越概念，幫助他人，和認識出覺知。

我們前行修持之旅的內在核心，最重要的部分可以進一步濃縮到三種修持：頭、心臟和軀幹的修持。皈依和菩提心一起是修持之首；修持之心是智慧——透過空性或心性修持獲得，這是金剛乘的精髓；最後，我們迴向功德，就是修持的枝幹。

轉心四思維激勵我們出離輪迴，皈依的修持肯定和加深這個出離心，有了出離心，我們能看到自己的潛力，對自己感到有希望獲得自由的極大可能性，給我們的修道創造了充滿能量的喜悅。這就像看到了沙漠盡頭的瀑布，我們還是很渴，但是看到水就已經帶給我們希望和快樂。外在的皈依是我們轉向佛、法、僧，尋求保護和指引。內在的皈依時，我們向內看到自己的智慧和慈悲。這兩者都讓我們看到：我們和證悟的聖者有著同樣的本質。

菩提心確定我們的動機，但因為菩提心本身就清淨我們的負面和障礙，因此它包含了金剛薩埵修持的成果。同時因為菩提心可以累積福德資糧，它也就含有曼達修持的成果。正如堪仁波切所說，當我們感知到上師為佛，那麼皈依和上師相應法成為一個修持。

至此，你也許會認為轉心四思維和金剛薩埵等修持，似乎是在往後倒退。「既然我可以就作皈依、菩提心和迴向的修持，為何還要完成所有這些修持？」

如我先前所述，我父親說證悟是一個發現我們自己的過程，每個練習都提供了一個特定的方式，讓我們注意到自己本質的不同方面，以及自心被遮蔽和覆蓋的面向。因為我們帶著不同的性格、需求和能力進入法道，一張精要的成佛地圖，建議我們在盡可能全面的探究佛法，也是探索自心的過程中，去發現什麼有效，什麼行不通。

是什麼真正幫助穩固我們的出離和了悟？即使一位上師也不一定總是能夠確切告訴我們怎麼修持，我們必須自己去實踐和發現什麼修持是有幫助的。此外，不要忘了堪仁波切說的「認識覺知」，認識覺知為每個修持增添了廣度，有了覺知，所有的修持都是甚深的。

夢境和預言

堪布阿旺巴桑（Khenpo Ngawang Palzang）是紐修堪仁波切上師的上師，他曾經被授予一生之內可以將農齊教法傳給不只一位弟子。曾經有預言說：當堪布阿旺巴桑接受了這些教法，就到了這些教法廣傳的時候。後來堪布阿旺巴桑自己接受這些教法時，他作了一個有預言的夢。

他的夢裡出現了一個覆蓋整個西藏大地的巨型佛塔，夢中他被告知，這座塔是印度的一位信奉佛法的國王阿育王所建。突然，這座塔的西面崩裂分離了，從塔頂的每一處都開始瓦解塌陷，像地震一般搖動著下面的土地。倒塌下來的碎片散落翻滾到山下，落入大海，海水霎時變成紅色，接著在空中傳來一個聲音：「海中的千萬眾生，都會達到直接的了悟。」

夢中的大佛塔代表藏傳佛教，阿育王修建了這座佛塔，意味著佛法是從印度傳到西藏。佛塔的西面崩塌，預示了西藏佛教會在中國文革中被毀，但是將發展至西方，傳遍全世界。海洋在西藏以外，而它所變成的紅色是藏傳佛教的主色，這意味著金剛乘從它發源的地方，由海水帶向其他地方。「千萬眾生」是指西藏以外世界各地的廣大人群，「達到直接的證悟」意味著他們會有證悟的成就。

同樣，我也祈願：儘管很多佛法在西藏以內被破壞，但它因此能夠轉化為，帶給全世界眾生無量無邊的利益。

我衷心的希望，這本書提供了指導性的解說，或許新接觸佛法的人，也會學到一些有用的東西，那就太棒了！或許你已經開始用新的方式看自己的心，任何有幫助的內容，任何你在書中發現的智慧，請將此功德迴向給他人。

釋迦牟尼佛曾說，聽聞或讀誦四句佛法，就有無可比擬的利益。因此，隨喜你已經投入這麼多寶貴的時間，閱讀這些教法。正如對待修持本身，你不會只想把功德和智慧留給自己，或是用佛法再給自己戴一頂帽子，你希望將它分享出去利益一切眾生，即使只是默默的祝福，你可以如是思維：「我將任何學習到的都迴向給他人，他們因此可以從人生的困惑中解脫，開展智慧和清明，願痛苦都轉化為寧靜。」

英文版致謝

二〇〇四年，明就仁波切在加拿大溫哥華，給予了藏傳佛教前行的教授，我要感謝艾力克斯坎貝爾（Alex Campbell）將仁波切這些教法謄寫下來，提供了本書最初的內容，以及他一直以來對此書的支持。後來的資料，來自於我和明就仁波切二〇〇九年至二〇一一年之間的訪談。

很多人對這部著作給予了很大的護持，我要特別感謝尼泊爾威色林佛學院（Osel Ling Monastery）喇嘛噶瑪列些（Lama Karma Lekshe）和貢鄔達帕（Kunwood Dakpa）的協助；圭勒莫瑞茨（Guillermo Ruiz）、李玉燕和楊肇功夫婦友好的幫助，讓我滯留在菩提迦耶德噶寺的日子不會孤獨；感謝賈斯汀凱利（Justin Kelley）、尼娜費寧根（Nina Finnigan）以及阿尼妙琳（Miao Lin）的善意和鼓勵；感謝實現仁波切願景項目的堅定參與者、國際德噶執行長艾德溫凱利（Edwin Kelley）。

對慷慨結緣本書插圖的傑利科波拉（Jeri Coppola）、鄔金嘉波（Urygen Gyalpo）、瑪麗塞普契爾（Marie Sepulchre）、薇微安庫茲（Vivian Kurz）和雪謙文庫（Shechen Archives），表示至誠的感謝。同時，感謝傑夫瓦特（Jeff Watt）提供來自喜馬拉雅藝術資料庫（Himalayan Art Recources）的噶舉皈依境的圖畫。感謝用部分讀物鼓勵我的喬安娜荷林伯利（Joanna

Hollingbery）、艾米格洛斯（Amy Gross）、葛蘭娜翁斯特（Glenna Olmsted）、妙心凱利（Myoshin Kelley）、卡蘿爾湯金森（Carole Tonkinson）；感謝阿尼佩瑪丘卓（Ani Pema Chödrön）和米歇爾馬丁（Michele Martin）分享他們的領悟，以幫助仁波切的口述轉為書面文字；感謝詹姆斯瓦格納（James Wagner）、加藤香澄（Kasumi Kato）和克拉科迪若德（Clark Dyrud）給予原稿精細的修整；同時感謝波妮林奇（Bonnie Lynch）、史帝夫迪博茨（Steve Tibbets）和多米妮卡帕當娜（Dominie Cappadonna）付出他們時間和精力，特別是精勤的校閱。

非常感謝來自詹姆斯沙衡（James Shaheen）不變的友誼和他在《三輪佛教雜誌》（Tricycle：The Buddhist Review）忙碌的工作之餘，幫助幾個階段的校稿；感謝馬修李卡德（Matthieu Ricard）流暢的說明這些教法的歷史背景。另外，感謝追隨祖古烏金仁波切和明就仁波切多年的弟子、國際德噶資深指導員提姆翁斯特（Tim Olmsted），根據他自己的經驗給予本書無價的智慧指導，對他守護這些珍貴法教的投入，我深表感激。提姆還協助將本書手稿引薦至香巴拉出版社，在那裡得益於艾蜜莉鮑爾（Emily Bower）的編輯，非常感謝她。

從起始到完稿，寇特蘭達爾（Cortland Dahl）以他對傳統藏文法本的知識，結合了智慧和對明就仁波切的虔敬，對本書有著至高的重要性。我在此感謝他的合作和包容的耐心。

明就仁波切於二〇一一年六月，進入了長期的獨自閉關，他囑咐弟子和學生繼續他留下的功課。此書嚴格校稿而呈現的是我對仁波切教法的理解，因此任何文中可能出現的錯誤都歸咎於我。

對明就仁波切無條件的慈悲和給予我一同寫作的機會，我要致以最深的感激。作為從仁波切在本書的教法中獲益良多的人，我想用仁波切在本書末對所有讀者的建議，將任何我們所學到的迴向給他人：

「正如修持一樣，你不會只想把功德和智慧留給自己，或是用佛法再給自己戴一頂帽子。你希望將它分享出去利益一切眾生，即使只是默默的祝福，你可以如是思維：『我將任何學習到的都迴向給他人，他們因此可以從人生的困惑中解脫，開展智慧和清明，願痛苦都轉化為寧靜。』」

海倫特寇福（Helen Tworkov）

加拿大新斯可舍省布雷頓角島

二〇一三年八月

名相詞彙表

一畫

- **一般的覺知**：我們在開始修心之前所運用的覺知——對它本身沒有認識的覺知。

二畫

- **八有暇**：不受限於八種狀態或情況，相關於此的基礎練習，包含觀修八種限制獲得解脫的情況，當人類不具有此八種無暇，便有了究竟覺醒的能力。
- **十圓滿**：出生為人的十種本具的特質和條件，賦予人覺醒的機會，是前行轉心四思維的內容。

三畫

- **上師**：心靈或精神導師。
- **上師相應法**：前行的最後一個階段的修持，著重於認識弟子和上師證悟之心不可分割、無二無別的本質。
- **大手印（梵文：Mahamudra）**：噶舉派的實修傳承，著重於見到自心的真實本質，並在其經驗中修持。
- **大乘（梵文：Mahayana）**：佛教在佛滅度五百多年後的一個分化性的運動，著重於慈悲和為利益一切眾生而修行證悟，這也稱為菩薩道的修持。
- **大司徒仁波切（Tai Situ Rinpoche，1954）**：由十六世大寶法王認證為第十二世大司徒，並在東藏的八蚌寺坐床。後跟隨十六世法王（同行還有第六世明就仁波切）從西藏來到印度。大司徒仁波切在印度西北部的比爾省建立了智慧林寺，第七世明就仁波切十一歲開始在此就讀。今日大司徒仁波切指導著全世界無數的噶舉寺院、閉關中心和佛教中心，延續著藏傳佛教法脈的興盛。他是明就仁波切的四位主要上師之一。
- **三昧耶（梵文：Samaya）**：金剛乘特殊的誓言和誓戒，通常在灌頂中領受，運用於很多的戒律上，通常是和弟子對上師不可動搖的信心相關聯。
- **三寶**：佛、法、僧。
- **三身**：法身、化身和報身。

- **三根本：**金剛乘中和三寶共同為皈依的對象，見上師、本尊和護法。

四畫

- **止：**指安住於它本然的穩定，不受外界環境影響的心的狀態，透過禪修的覺知來培養。
- **心經：**也稱為般若波羅密多心經，教導「色不異空，空不異色；色即是空，空即是色」的佛教經典。這個教法開示：雖然現象有形象的出現，但不具任何真實、實在的本質。
- **心性指引的教導：**上師親自口授而為學生指出其心性，本書中明就仁波切解釋說，如果學生接受過此教導，可以運用到前行修持。
- **手印（梵文：mudra）：**修法的姿勢，但不局限於手和手指的動作。
- **化身（梵文：nirmanakaya）：**證悟的體現。化身 nirmana 的意思為化現，kaya 的意思為身體。化身的佛，是能被一般人用平常的感知所接觸，釋迦牟尼佛就是化身佛的一個例子。
- **六度波羅蜜：**幫助我們從輪迴過度到涅槃的六種特質或方法，包括布施、持戒、忍辱、精進、禪定、智慧，也稱為「到彼岸」。因為這六種世俗菩提心的基本方法，是空性智慧的自然體現。
- **仁波切：**珍寶，一種尊稱。
- **六道：**輪迴的存在——描述如瞋恚、貪婪和無明等心理狀態。三惡道是地獄、餓鬼、畜生；三善道是人、阿修羅、天道。

五畫

- **四無量心：**為一切眾生具足快樂及樂因，遠離痛苦及苦因，享有永不離無苦之樂的法喜（指他們永不會缺乏隨喜他人安樂的能力），以及不偏頗於怨親愛憎的願望。
- **四聖諦：**歷史上釋迦牟尼佛最初的四個教法：苦諦、集諦、滅諦、道諦——八正道。
- **本尊（藏文：yidam）：**在金剛乘傳統中，本尊是證悟者，是特別的一個禪修對象，作為修持的輔助，他們或許展現為有形象的外在形體，但究竟上，是心所化現的經驗。

六畫

- **成佛：**與證悟、覺醒和直接體認真理交替使用。成佛就是認識了佛性——淨除了所有覆障、負面業力和迷惑的狀態，超越了二元和輪涅。
- **有情眾生：**六道輪迴中的所有生命，有情的顯現是無明和苦所定義的輪轉的存在。

七畫

- **佛：**證悟者，覺悟真理本質的人。
- **佛性：**每個眾生本具的基礎本初善、智慧和慈悲，修行人在心靈道路上所認識的真理的究竟本質。
- **佛法：**通常指佛陀的教法。
- **佛珠（梵文：mala）：**一百零八顆珠子串起來，用作修行人計算所持咒語或祈願文的次數。
- **佛塔：**圓形的建築，象徵佛陀的心，塔內經常供奉證悟者的舍利。
- **身（梵文：kaya）：**身體，指念頭的身體，或是指相關特質的一個集合或組合，見三身之法身、化身、報身。
- **那吉寺：**座落於加德滿都河谷的尼寺，祖古烏金仁波切隱居的關房。
- **那洛巴（Naropa，1016-1100）：**噶舉傳承的第二位證悟祖師，傑出的學者，曾經是印度比哈省有名的那爛陀大學的論師。當他看到自己對法不完美的理解，便拋棄他顯要的地位，而跟隨不尋常的大師帝洛巴學習。
- **赤裸的覺知：**無念之心，在此狀態下覺知認出了它自己，而解脫於概念、記憶和連帶事物的濾網。

八畫

- **戒律（梵文：vinaya）：**釋迦牟尼佛所制定對出家僧團行儀、紀律的規約，直至今日都規範著佛教僧團的律典。
- **阿底峽（Atisha，980-1054）：**印度大師，學者，譯師，佛法從印度傳到西藏重要的傳播者。
- **咒語（梵文：mantra）：**意為心的保護者，以一連串的梵文音節，代表一位特定本尊的智慧，修行人重複念誦，跟念誦祈請文相同。
- **勇父和空行：**展現證悟事業的男性或女性的化現。
- **法：**這個名相有很多含義，包括「法則」和「現象」，最常見的指佛陀的教法，為佛、法、僧三寶之一。
- **法身：**證悟真理空性慧的層面——無形、無造作、虛空般的開放空間。
- **苦（梵文：dukkha）：**痛苦與不滿足，一種內心認同於負面反應，而製造和把持心理痛苦的狀態。從苦中解脫，來自於認識苦不是存在於一個人的本質之內。
- **明光：**覺知本具知道的特質。
- **空性：**一切現象潛在的本質，意為它們都不具本質、獨立的特性，與勝義諦可交替使用。

- **果：**證悟或滅苦，這是佛法修持的目標。在金剛乘，果被用作道（而非因為道），道從最初證悟的真理開始，法道便是證悟此的方法。
- **金剛（梵文：vajra）：**代表如同鑽石，不可摧的霹靂，象徵佛法真理的不可毀滅，可以驅散一切無明和迷惑。金剛杵為修法的法器，象徵著慈悲和方便，一般跟象徵空性智慧的金剛鈴一起使用。
- **金剛總持（梵文：Vajradhara）：**本初佛，代表空性，證悟心的本質。本書中金剛總持視為法身的化現，儘管法身超越了概念和形體，金剛總持身藍色，代表我們真實本質如天空般的無量特質。這是一個用色相超越色相，用觀想超越一切可以思議之想。
- **金剛薩埵（梵文：Vajrasattva）：**象徵淨化的禪修本尊。
- **金剛乘（梵文：Vajrayana）：**佛法的其中一乘教法，其見地為覺醒的道路是證悟或成佛的過程，而非達到的目標，內在真理的認識，只能在當下發生。這主要是藏傳佛教的教法，也在日本佛教的一些教派可以找到。
- **金剛瑜伽女（梵文：Vajrayogini）：**上師相應法修持所用的禪修本尊，一切諸佛的本質，也是佛母——一切諸佛從其所生。

九畫

- **前行（藏文：Ngondro）：**起始的修持，藏傳佛教的基礎修持，幫助我們從迷惑轉向清明。
- **帝洛巴（Tilopa，989-1069）：**不尋常且怪誕的印度瑜伽士，那洛巴的上師，噶舉派祖師之一。
- **祖古（藏文：tulku）：**一位在過去世修行成就，而賦予這一世強大的證悟潛能的轉世之人。
- **祖古烏金仁波切（Tulku Urgyen Rinpoche，1920-1996）：**上一世紀最受尊崇的禪修大師之一，出生在康區，於西藏政變之後來到尼泊爾，並建立了兩所寺院和無數禪修中心。他圓寂前住在加德滿都河谷上的那吉寺，今日，他的遺教由他的兒子確吉尼瑪仁波切（Chkyi Nyima Rinpoche）、慈克秋林仁波切（Tsikey Chokling Rinpoche）、措尼仁波切（Tsoknyi Rinpoche）和詠給明就仁波切（Yongey Mingyur Rinpoche）繼承並發揚。他是明就仁波切的四位主要上師之一。

十畫

- **紐修堪仁波切（Nyoshul Khen Rinpoche，1932-1999）：**紐修堪仁波切經歷了重重艱難，成為了一位博學、有影響力且備受愛戴的大師。他在生死關頭從西藏逃了出來，幾年後安頓於不丹首都廷布。他是明就仁波切四位主要的上師之一。

- **涅槃（梵文：nirvana）：**一種從無明和妄念中解脫的心的狀態，它能夠辨識世俗諦的真理，證悟其真實本質——無限、光明和無苦的自由。
- **乘（梵文：yana）：**車乘，佛教修道或傳統中所跟隨的方法。歷史上的佛陀教法分為了聲聞乘、大乘和金剛乘。

十一畫

- **菩提迦耶（Bodh Gaya）：**位於印度比哈省，歷史上，釋迦牟尼佛成道的菩提樹所在地。
- **菩提（梵文：bodhi）：**正覺，覺悟，見菩提心。
- **菩提心（梵文：bodhi citta）：**覺悟之心。勝義諦的菩提心，指直接認證空性的覺悟的心。在勝義諦上，菩提心可以和以下名相和解釋交替使用：成佛、覺醒、覺悟、證悟空性，以及證悟無量、無礙、虛空般的覺知。世俗菩提心出現在二元概念中，目的是為了開發出勝義菩提心。世俗菩提心分為願菩提心和行菩提心，願菩提心指為了一切眾生的究竟離苦得樂，證得佛果的決心，行菩提心指將願菩提心實踐於修持。傳統的教法中，行菩提心是六度的修持，見波羅蜜。
- **菩薩（梵文：bodhisattva）：**不懈的為了幫助一切眾生離苦而成佛的行者。
- **清明：**覺知本具、本然的特質，心能知道的性質。
- **清淨的覺知：**認識出覺知的存在和本質。
- **頂果欽哲仁波切（Dilgo Khyentse Rinpoche，1910-1991）：**出生於西藏，被視為西藏佛教史上最偉大的上師之一。在中國接管西藏之後，他致力於西藏境外流亡僧人和在家人的佛法教授，並將佛法帶到西方。
- **密勒日巴（Milarepa，1040-1123）：**西藏最受愛戴的聖者，以其常年於喜馬拉雅山洞閉關，和透過唱道歌教授佛法而聞名。
- **淨觀：**所有感官的感知經驗，都是絕對或證悟的真理的顯現。
- **奢摩他（梵文：shamata）：**見止。
- **寂天菩薩（Shantideva）：**印度八世紀的聖者。在那爛陀大學學習的他，曾被看作是平庸的修行人，直到他當著所有出家人前講法，開示出簡潔卻精深的，也是後來廣為流傳的論著《入菩薩行論》。
- **措尼仁波切（Tsoknyi Rinpoche，1966）：**如同他的弟弟明就仁波切，措尼仁波切也出生在尼泊爾。他易於親近的教學風格，體現他甚深的禪修體驗，以及與現代世界的緊密聯繫。仁波切是有兩個女兒的已婚父親，他周遊世界各地教學，指導尼泊爾的兩座尼寺、西藏最大的一座尼寺及東藏五十多個閉關和修持中心。措尼仁波切最新的著作是《醒了就好》以及《覺醒一瞬間》。

- **勝義諦**：見空性。
- **無常**：一切因緣和合的現象都會改變，一切生起，都將消融。我們通常試圖固著於事物保持不變，而否定無常的真理，因此製造了輪迴的痛苦。
- **瘋猴子心**：不可抑制的對自己喋喋不休、不能放下自我預設的心。
- **報身（梵文：sambhogakaya）**：證悟真理的明的面向，通常展現為本尊半透明、光明的身形。
- **智慧**：藏傳佛教中，智慧特別是跟證悟佛性——明空不二有關。
- **僧**：聖僧指的是證悟者的群體，凡夫僧指的是道上的法友、友伴。本書中為佛、法、僧三寶之僧寶。
- **煩惱（梵文：klesha）**：染污，一種具破壞性的心理狀態，如瞋恚或貪慾等清淨圓滿的本質上的覆障。

十三畫

- **想像**：本書中，傳統上常以觀想一詞代替想像，都是指以修持為目的、有意識的在心裡造作一個特定的形象。
- **慈悲**：佛性或本初善的本具特質，它的終極表現是透過空性的智慧。
- **業**：因果定律的法則，示現為自他減輕痛苦的善行，會帶來未來正面的經驗，而不善行會造成負面的經驗。「未來」可能是下一刻、下一年，或下一生。
- **預備修持**：傳統對前行的稱呼，但在此書中，稱為基礎修持。

十四畫

- **農齊傳承（藏文：Nyongtri）**：金剛乘中一次只對一個弟子傳授的「經驗教法」，明就仁波切從紐修堪仁波切處得到此傳承。

十五畫

- **噶舉**：藏傳佛教四大教派之一。
- **輪迴**：輪轉、流轉，心被困於循環的一種存在狀態，心被慾望和迷惑束縛的狀態，迷惑的界域。

十七畫

- **聲聞乘**：釋迦牟尼佛著重在三法印——無我、無常、苦的教法。
- **禪修**：有意願的修心，目的是為了認識出它本具的覺醒特質。

- **禪修的覺知：**認識出它自己之存在的覺知。
- **薩傑仁波切（Saljay Rinpoche，1910-1991）：**明自1985年至圓寂，都在智慧林擔任閉關上師，明就仁波切的四位主要上師之一，也是仁波切的閉關上師。薩傑仁波切在西藏八蚌寺第十一世大司徒仁波切座下完成了閉關修持，西藏被中共接管之後，他離開西藏去了錫金，在那裡待到十六世大寶法王圓寂，之後他去了智慧林和十二世大司徒仁波切重聚。

十八畫

- **轉法輪：**教授佛法，透過對有情眾生講述和介紹佛法，而鮮活保存佛陀的教法。

十九畫

- **證悟：**行者在佛性完全開顯的狀態——明空雙運的完全體認。

二十畫

- **護法：**能幫助修行人消除障礙、護持其修行和體驗的證悟事業的化現。
- **覺知：**本然、始終存在的，心能知道的特質。儘管只有一個覺知，但在表達上分為一般的覺知、禪修的覺知和清淨的覺知。
- **灌頂：**一種儀式，經常是法會的形式。藉由此上師幫助行者，認識其證悟的自性的某個層面，並授權弟子可以進行某個特定的修法而證悟。
- **釋迦牟尼（Shakyamuni，公元前566-485）：**歷史上的佛陀，他當初出離世俗的迷惑生活，下定決心要認識苦的根源，因而激勵和塑造出，後來發展直至今日的各個佛教傳承的教法。
- **觀（梵文：vipashyana）：**洞見，清晰的看到。觀的禪修強調一切顯現都從空性生起，與空性無可分割，也融於空性。觀禪是直接、體驗的洞見之一切經驗的顯現，無法用言語和概念詮釋，因此它本質如虛空般不可抓取、無根基。

眾生文化出版書目

噶瑪巴教言系列			
1	報告法王：我做四加行	作者：第十七世大寶法王 鄔金欽列多傑	300 元
2	法王教你做菩薩	作者：第十七世大寶法王 鄔金欽列多傑	320 元
3	就在當下	作者：第十七世大寶法王 鄔金欽列多傑	500 元
4	因為你，我在這裡	作者：第一世噶瑪巴 杜松虔巴	350 元
5	千年一願	作者： 米克．布朗	360 元
6	愛的六字真言	作者： 第 15 世噶瑪巴．卡恰多傑、第 17 世噶瑪巴．鄔金欽列多傑、第 1 世蔣貢康楚仁波切	350 元
7	崇高之心	作者：第十七世大寶法王 鄔金欽列多傑	390 元
8	深藏的幸福：回憶第十六世大寶法王	作者：諾瑪李維	399 元
9	吉祥如意每一天	作者：第十七世大寶法王 鄔金欽列多傑	280 元
10	妙法抄經本__心經、三十五佛懺悔文、拔濟苦難陀羅尼經	作者：第十七世大寶法王 鄔金欽列多傑	300 元
11	慈悲喜捨每一天	作者：第十七世大寶法王 鄔金欽列多傑	280 元
12	上師之師： 歷代大寶法王噶瑪巴的轉世傳奇	講述：堪布卡塔仁波切	499 元
13	見即解脫	作者：報恩	360 元
14	妙法抄經本__普賢行願品	作者：第十七世大寶法王 鄔金欽列多傑	399 元
15	師心我心無分別	作者：第十七世大寶法王 鄔金欽列多傑	280 元
16	法王說不動佛	作者：第十七世大寶法王 鄔金欽列多傑	340 元
17	為什麼不這樣想？	作者：第十七世大寶法王 鄔金欽列多傑	380 元
18	法王說慈悲	作者：第十七世大寶法王 鄔金欽列多傑	380 元
講經系列			
1	法王說心經	作者：第十七世大寶法王 鄔金欽列多傑	390 元
經典開示系列			
1	大願王：華嚴經普賢行願品釋論	作者：堪布 竹清嘉措仁波切	260 元
2	大手印大圓滿雙運	原典：噶瑪恰美仁波切 、釋論：堪布 卡塔仁波切	380 元
3	恆河大手印	原典：帝洛巴尊者、釋論：第十世桑傑年巴仁波切	380 元
4	放空	作者：堪布 慈囊仁波切	330 元
5	乾乾淨淨向前走	作者：堪布 卡塔仁波切	340 元
6	修心	作者：林谷祖古仁波切	330 元
8	除無明闇	原典：噶瑪巴旺秋多傑、講述：堪布 卡塔仁波切	340 元
9	恰美山居法 1	作者：噶瑪恰美仁波切、講述：堪布卡塔仁波切	420 元
10	薩惹哈道歌	根本頌：薩惹哈尊者、釋論：堪千 慈囊仁波切	380 元
12	恰美山居法 2	作者：噶瑪恰美仁波切、講述：堪布卡塔仁波切	430 元
13	恰美山居法 3	作者：噶瑪恰美仁波切、講述：堪布卡塔仁波切	450 元

14	赤裸直觀當下心	作者：第 37 世直貢澈贊法王	340 元
15	直指明光心	作者：堪布 竹清嘉措仁波切	420 元
16	達賴喇嘛説金剛經	作者：達賴喇嘛	390 元
17	恰美山居法 4	作者：噶瑪恰美仁波切、講述：堪布卡塔仁波切	440 元
18	願惑顯智：岡波巴大師大手印心要	作者：岡波巴大師、釋論：林谷祖谷仁波切	420 元
19	仁波切説二諦	原典：蔣貢康楚羅卓泰耶、釋論：堪布 竹清嘉措仁波切	360 元
20	沒事，我有定心丸	作者：邱陽・創巴仁波切	460 元
21	恰美山居法 5	作者：噶瑪恰美仁波切、講述：堪布卡塔仁波切	430 元
22	真好，我能放鬆了	作者：邱陽・創巴仁波切	430 元
23	就是這樣： 《了義大手印祈願文》釋論	原典：第三世大寶法王噶瑪巴 讓炯多傑、 釋論：國師嘉察仁波切	360 元
24	不枉女身： 佛經中，這些女人是這樣開悟的	作者： 了覺法師、了塵法師	480 元
25	痛快，我有智慧劍	作者：邱陽・創巴仁波切	430 元
26	心心相印，就是這個！ 《恆河大手印》心要指引	作者：噶千仁波切	380 元
27	不怕，我有菩提心	作者：邱陽・創巴仁波切	390 元
禪修引導系列			
1	你是幸運的	作者：詠給・明就仁波切	360 元
2	請練習，好嗎？	作者：詠給・明就仁波切	350 元
3	為什麼看不見	作者：堪布竹清嘉措波切	360 元
4	動中修行	作者：創巴仁波切	280 元
5	自由的迷思	作者：創巴仁波切	340 元
6	座墊上昇起的繁星	作者：堪布 竹清嘉措仁波切	390 元
7	藏密氣功	作者：噶千仁波切	360 元
8	長老的禮物	作者：堪布 卡塔仁波切	380 元
9	醒了就好	作者：措尼仁波切	420 元
10	覺醒一瞬間	作者：措尼仁波切	390 元
11	別上鉤	作者：佩瑪・丘卓	290 元
12	帶自己回家	作者：詠給・明就仁波切 ／ 海倫特寇福	450 元
13	第一時間	作者：舒雅達	380 元
14	愛與微細身	作者：措尼仁波切	399 元
15	禪修的美好時光	作者：噶千仁波切	390 元
16	鍛鍊智慧身	作者：蘿絲泰勒金洲	350 元
17	自心伏藏	作者：詠給・明就仁波切	290 元
18	行腳：就仁波切努日返鄉紀實	作者：詠給・明就仁波切	480 元

19	中陰解脫門	作者：措尼仁波切	360 元
20	當蒲團遇見沙發	作者：奈久．威靈斯	390 元
21	動中正念	作者：邱陽．創巴仁波切	380 元
22	菩提心的滋味	作者：措尼仁波切	350 元
23	老和尚給你兩顆糖	作者：堪布卡塔仁波切	350 元
24	金剛語：大圓滿瑜伽士的竅訣指引	作者：祖古烏金仁波切	380 元
25	最富有的人	作者：邱陽．創巴仁波切	430 元
26	歸零，遇見真實	作者：詠給．明就仁波切	399 元
27	束縛中的自由	作者：阿德仁波切	360 元
儀軌實修系列			
1	金剛亥母實修法	作者：確戒仁波切	340 元
2	四加行，請享用	作者：確戒仁波切	340 元
3	我心即是白度母	作者：噶千仁波切	399 元
4	虔敬就是大手印	原作：第八世噶瑪巴 米覺多傑、講述：堪布 卡塔仁波切	340 元
5	第一護法：瑪哈嘎拉	作者：確戒仁波切	340 元
6	彌陀天法	原典：噶瑪恰美仁波切、釋義：堪布 卡塔仁波切	440 元
7	藏密臨終寶典	作者：東杜法王	399 元
8	中陰與破瓦	作者：噶千仁波切	380 元
9	斷法	作者：天噶仁波切	350 元
10	噶舉第一本尊：勝樂金剛	作者：尼宗赤巴．敦珠確旺	350 元
11	上師相應法	原典：蔣貢康楚羅卓泰耶、講述：堪布噶瑪拉布	350 元
12	除障第一	作者：蓮師、秋吉林巴，頂果欽哲法王、祖古烏金仁波切等	390 元
心靈環保系列			
1	看不見的大象	作者：約翰．潘柏璽	299 元
2	活哲學	作者：朱爾斯伊凡斯	450 元
大圓滿系列			
1	虹光身	作者：南開諾布法王	350 元
2	幻輪瑜伽	作者：南開諾布法王	480 元
3	無畏獅子吼	作者：紐修．堪仁波切	430 元
4	看著你的心	原典：巴楚仁波切、釋論：堪千 慈囊仁波切	350 元
5	椎擊三要	作者：噶千仁波切	399 元
如法養生系列			
1	全心供養的美味	作者：陳宥憲	430 元
佛法與活法系列			
1	收拾書包成佛去！：達賴喇嘛給初發心修行人的第一個錦囊	作者：第十四世達賴喇嘛 比丘丹增．嘉措、比丘尼圖丹．卻准	480 元

國家圖書館出版品預行編目 (CIP) 資料

帶自己回家 ： 藏傳佛法前行修持指導 / 詠給明就仁波切 (Yongey Mingyur Rinpoche), 海倫特寇福 (Helen Tworkov) 作 ; 妙琳法師英譯中. -- 初版. -- 新北市 ： 眾生文化, 2015.08
面 ； 公分. -- (禪修引導 ; 12)
譯自 ： Turning confusion into clarity : a guide to the foundation practices of Tibetan Buddhism
ISBN 978-986-6091-48-3(平裝)
1. 藏傳佛教 2. 佛教修持
226.969 104011178

禪修引導 12

帶自己回家——藏傳佛法前行修持指導

Turning Confusion into Clarity：A Guide to the Foundation Practices of Tibetan Buddhism

作　　者　詠給明就仁波切（Yongey Mingyur Rinpoche）
　　　　　海倫特寇福（Helen Tworkov）
英 譯 中　妙琳法師
發 行 人　孫春華
社　　長　妙融法師
總 編 輯　黃靖雅
責任編輯　賴純美
校　　對　多傑圖滇
封面設計　自由落體設計
版面構成　施心華　鄭又綺
內頁排版　施心華
行銷企劃　黃志成
發行印務　黃新創

台灣出版　眾生文化出版有限公司
地 址：22061 新北市板橋區四川路二段 16 巷 3 號 6 樓
電 話：02-8967-1025　傳 真：02-8967-1069
電子信箱：hy.chung.shen@gmail.com　網 址：www.hwayue.org.tw

台灣總經銷　紅螞蟻圖書有限公司
地 址：114 台北市內湖區舊宗路二段121巷19號
電 話：886-2-27953656 傳 真：886-2-27954100
電子信箱：red0511@ms51.hinet.net

香港經銷點　佛哲書舍
地 址：九龍深水埗白楊街30號地下
電 話：852-2391-8143 傳 真：852-2391-1002
電子信箱：bumw2001@yahoo.com.hk

印　　刷　博創印藝文化事業有限公司
初版一刷　2015 年 8 月
一版七刷　2020 年 2 月
I S B N　978-986-6091-48-3(平裝)
定　　價　450 元